ÈXITS 62

9

NICHOLAS SPARKS

El missatge en una ampolla

Traducció de Jordi Arbonés

Edicions 62

Barcelona

Títol original en anglès: *Message in a Bottle*.

Disseny de la coberta: Enric Jardí.
Fotografies de la coberta: © Photo Discs, 1998.

Primera edició: novembre de 1998.
© per la traducció: Jordi Arbonés Montull, 1998.
© d'aquesta edició: Edicions 62 s.a.,
Peu de la Creu 4, 08001-Barcelona.
e-mail: edicions_62 @ bcn. servicom.es
internet: http://www.partal.com/Ed62

Imprès a Hurope s.l., Lima 3 bis, 08030-Barcelona.
Dipòsit legal: B. 46.673-1998.
ISBN: 84-297-4486-X.

Per a Miles i Ryan

RECONEIXEMENTS

AQUEST LLIBRE no hauria vist la llum sense l'ajut de moltes persones. Voldria expressar el meu agraïment especial a Catherine, la meva esposa, que m'ha brindat el seu suport amb la mateixa proporció de paciència i d'amor.

També voldria donar les gràcies a la meva agent, Theresa Park, de Sanford Greenburger Associates, i al meu editor, Jamie Raab, de Warner Books. Sense ells, no hauria pogut escriure aquest llibre. Ells són els meus mestres, els meus col·legues i els meus amics.

Per fi, hi ha altres persones que també mereixen la meva gratitud més sincera i cordial: Larry Kirshbaum, Maureen Egen, Dan Mandel, John Aherne, Scott Schwimer, Howie Sanders, Richard Green i Denise DiNovi: tots vosaltres sabeu el paper que heu tingut en aquest projecte, i jo us dono les gràcies per tot plegat.

PRÒLEG

L'AMPOLLA VA SER TIRADA per la borda un càlid vespre d'estiu, poques hores abans que es posés a ploure. Com totes les ampolles, era fràgil i s'hauria trencat si hagués caigut d'una certa altura a terra. Però un cop ben segellada i tirada al mar, com ho havia estat aquesta, esdevingué un dels objectes amb més bones condicions per navegar que l'home coneix. Podia mantenir-se flotant sota l'embat dels huracans o les tempestes tropicals, i podia surar al capdamunt de les ones més perilloses. Era, en certa manera, l'envàs ideal per al missatge que contenia, un missatge que havia estat enviat per complir una promesa.

Com el de totes les ampolles que es deixen a la mercè dels oceans, el seu curs era imprevisible. Els vents i els corrents tenien un paper important en la direcció que segueix una ampolla; les tempestes i les restes d'un naufragi també poden desviar el seu curs. En algunes ocasions, una xarxa de pesca pot atrapar una ampolla i arrossegar-la una dotzena de quilòmetres en la direcció oposada a la que portava. El resultat és que dues ampolles tirades simultàniament a l'oceà poden anar a parar a un continent diferent o fins i tot a punts de l'esfera terrestre totalment oposats. No hi ha manera de preveure cap a on viatjarà una ampolla determinada, i això forma part del seu misteri.

Aquest misteri ha intrigat els éssers humans d'ençà que existeixen les ampolles, i algunes persones han intentat obtenir més coneixements sobre tot plegat. El 1929, una tripulació de científics alemanys es va fer a la mar per seguir la trajectòria d'una ampolla en particular. Va ser tirada al mar al sud de l'oceà Índic, amb una nota a l'interior en la qual es demanava a la persona que la trobés que hi consignés l'indret on havia anat a parar i que la tornés a tirar al mar. El 1935, ja havia fet la volta al món i recorregut aproximadament setze mil milles, la distància més llarga de què es tingui oficialment notícia.

Durant segles les cròniques han parlat dels missatges dins les ampolles i enregistren alguns dels noms més famosos de la història. A la meitat de la dècada del 1700, Ben Franklin, per exemple, va utilitzar ampolles portadores de missatges per compilar les dades bàsiques dels corrents de la costa atlàntica, informació que encara avui és vàlida. Fins i tot en l'actualitat l'Armada dels Estats Units usa ampolles per reunir informació sobre les marees i els corrents, i sovint les empren per seguir la direcció dels vessaments accidentals de petroli.

El més cèlebre dels missatges mai enviats va ser obra d'un jove mariner, Chunosuke Matsuyama, que el 1784 va quedar aïllat en un banc de corall, desproveït d'aliments i d'aigua, després de naufragar la seva embarcació. Abans de morir, va gravar el relat del que li havia ocorregut en un tros de fusta i després va ficar el missatge dins una ampolla. El 1935, cent cinquanta anys després d'haver estat tirada a l'aigua, va arribar a la petita vila de la costa del Japó on Matsuyama havia nascut.

Tanmateix, l'ampolla que havia estat tirada al mar un vespre càlid d'estiu no contenia pas cap missatge sobre un naufragi, ni era utilitzada per efectuar cap carta marina. Contenia, en canvi, un missatge que transformaria dues persones per sempre, dues persones que, altrament, mai no s'haurien conegut, i per aquest motiu podríem dir que es tractava d'un missatge predestinat. Durant sis dies va surar lentament en direcció al nord-est, menada per vents d'un sistema d'alta pressió que planava sobre el golf de Mèxic. El setè dia els vents amainaren, i l'ampolla va virar directament cap a l'est, fins que finalment va anar a parar al Corrent del Golf, on aleshores va agafar velocitat, per desplaçar-se cap al nord a gairebé setanta milles diàries.

Al cap de dues setmanes i mitja de ser a l'aigua, l'ampolla encara seguia el Corrent del Golf. El dia dissetè, però, una altra tempesta —aquesta vegada al mig de l'Atlàntic— va provocar vents prou forts per desviar l'ampolla del corrent, i aleshores va començar a avançar cap a Nova Anglaterra. Sense l'impuls del Corrent del Golf, l'ampolla va tornar a alentir la marxa i va anar fent ziga-zagues en diverses direccions a prop de la platja de Massachussets durant cinc dies, fins que va quedar atrapada a la xarxa del pescador John Hanes. Hanes trobà l'ampolla rodejada per un miler de perques bellugadisses i la va tirar en un racó de la barca mentre examinava la xarxada. Per sort, l'ampolla no es va trencar, però de seguida restà oblidada a prop de la proa durant la resta de la tarda i primeres hores del vespre, mentre la barca tornava cap a la badia de Cape Cod. Aquella nit, a dos quarts de nou —i un cop l'embarcació va tornar sana i estàlvia dins els confins de la badia—, Hanes va tornar a topar l'ampolla mentre es fumava un cigarret. Com que el sol ja s'havia amagat a l'horitzó, el pescador la va agafar però no hi va veure res d'estrany a dintre, i la va tirar per la borda sense donar-hi una segona ullada, de manera que l'ampolla aniria a parar a una de les petites poblacions que s'afileraven a la costa de la badia.

Amb tot, això no va succeir de seguida. L'ampolla va anar a la deriva durant uns quants dies —com si volgués decidir cap a on havia de tirar abans d'elegir el seu curs— i per fi va recalar en una platja a tocar de Chatham.

I va ser allà, al cap de vint-i-sis dies i de set-centes trenta-vuit milles, on va acabar el viatge.

U

BUFAVA UN VENT FRED del mes de desembre, i Theresa Osborne, amb els braços plegats, contemplava el mar. Més d'hora, quan ella havia arribat, hi havia unes quantes persones passejant per la platja, però com que havien advertit els núvols, ja feia estona que se n'havien anat. Ara ella es trobava tota sola a la platja, i observava tot el que l'envoltava. L'oceà, en reflectir el color del cel, semblava acer líquid, i les onades rompien de manera incessant contra la sorra. Uns núvols feixucs anaven descendint a poc a poc, i la boira començava a fer-se més densa, tot fent tornar invisible l'horitzó. En un altre indret, en un altre temps, hauria sentit la majestuositat de la bellesa que la voltava, però allà a la platja, s'adonà que no sentia res en absolut. En certa manera, tenia la sensació que en realitat no era allà, com si tot plegat no fos més que un somni.

Havia arribat amb el cotxe aquell matí, si bé amb prou feines conservava algun record del viatge. Quan va prendre la decisió de venir, tenia pensat passar-hi la nit. Havia fet tots els preparatius i havia esperat amb ànsia passar aquella nit tranquil·la lluny de Boston, però mentre contemplava les aigües agitades de l'oceà, va comprendre que no es volia quedar. Emprendria el viatge de retorn a casa tan bon punt hagués acabat, per tard que fos.

Quan finalment estigué preparada, Theresa va avançar a poc a poc cap a l'aigua. Sota el braç duia una bossa que havia preparat curosament al matí, assegurant-se que no es deixava res. No havia dit a ningú el que portava, ni els havia explicat el que pensava fer aquell dia. En canvi, els havia dit que pensava anar a fer les compres de Nadal. Era una excusa perfecta, i per bé que estava segura que l'haurien compresa si els hagués dit la veritat, aquell viatge era una cosa que no volia compartir amb ningú. Havia començat mentre estava sola, i era així com volia acabar-ho.

Theresa va fer un sospir i mirà l'hora. Aviat seria plenamar, i seria aleshores quan per fi estaria a punt. Després de trobar un lloc sobre una petita duna que semblava confortable, es va asseure a la sorra i obrí la bossa. Regirant-ne el contingut, va trobar el sobre que buscava. Després de respirar fondo, va aixecar-ne la solapa.

A dins hi havia tres cartes, curosament plegades, cartes que ella havia llegit tantes vegades que n'havia perdut el compte. Tot mantenint-les al seu davant, les va mirar.

A la bossa hi duia altres objectes, també, si bé no estava preparada per examinar-los, encara. Així que va continuar concentrada en les cartes. Les havien escrites amb una ploma estilogràfica, i en diversos llocs hi havia petites taques de quan havia sortit massa tinta de la ploma. El paper, amb el dibuix d'un vaixell de vela a l'angle superior dret, començava a descolorir-se en certes parts, i la lletra s'anava esvaint amb el pas del temps. Sabia que arribaria un dia en què aquelles paraules ja no es podrien llegir, però confiava que, a partir d'aquell moment, ja no sentiria la necessitat de mirar-les tan sovint.

En haver acabat, les va tornar a ficar al sobre amb tanta cura com quan les havia tretes. Tot seguit, després de tornar a guardar el sobre a la bossa, va contemplar la platja de nou. Des d'on s'estava asseguda, podia veure el lloc on havia començat tot allò.

Recordà que havia estat corrent a trenc d'alba, i podia rememorar clarament aquell matí d'estiu. Era l'inici d'un dia molt bonic. Mentre absorbia el món que la rodejava, escoltava el cloqueig agut de les orenetes de mar i el clapoteig suau de les onades en petar contra la sorra. Malgrat que estava de vacances, s'havia llevat d'hora per sortir a córrer ja que així no hauria de vigilar on posava els peus. Al cap d'unes hores, la platja estaria plena de turistes estesos sobre les tovalloles prenent el sol ardent de Nova Anglaterra. En aquella època de l'any, a Cape Cod sempre hi havia una munió de gent, però la majoria dels estiuejants solien quedar-se dormint fins més tard, i a ella li encantava la sensació que experimentava en córrer per la sorra colpejada i allisada per la marea que ja anava de baixa. A diferència de les voreres de la ciutat, la sorra semblava flonja en la justa mesura, i sabia que els genolls no li farien mal com li passava a vegades després de córrer pel ciment.

Sempre li havia agradat córrer, un costum que havia adquirit a l'escola secundària quan corria pel bosc o camps a través. Si bé ja no era competitiva i rares vegades cronometrava les corregudes, aquelles estones constituïen uns dels pocs moments que podia estar sola amb els seus pensaments. Ho considerava com una mena de meditació, i per això li agradava fer-ho tota sola. No havia entès mai per què a la gent li agradava córrer en grup.

Malgrat que s'estimava molt el seu fill, s'alegrava que Kevin no fos allà amb ella. Totes les mares tenen necessitat de prendre's un descans de tant en tant, i ella esperava amb delit estar tranquil·la mentre fos allà. Res de partits de futbol al vespre ni de reunions a la piscina; res d'estrèpits de motos al fons de casa; res d'ajudar-lo a fer els exercicis escolars; res de despertar-se a mitjanit per fer-li fregues quan se li enrampava una cama. Feia tres dies que l'havia portat a l'aeroport perquè agafés un avió per anar a visitar el seu pare —l'ex d'ella— a Califòrnia, i només després de recordar-li-ho Kevin es va adonar que no l'havia abraçat ni besat per acomiadar-se. «Ho sento, mare», va fer ell mentre l'estrenyia entre els seus braços i li feia un petó. «T'estimo. No em trobis a faltar gaire, eh?» Després, girant cua, va donar el bitllet a l'assistent de vol i es va ficar a l'avió gairebé sense tombar-se.

No el culpava pel fet que hagués estat a punt d'oblidar-se'n. Als dotze anys, Kevin es trobava en aquella etapa en què li semblava que abraçar i besar la seva mare en públic no era una cosa *que molés*. A més, tenia el cap en altres coses. Des del Nadal passat que només esperava poder fer aquell viatge. Ell i el seu pare anirien al Grand Canyon, després passarien una setmana navegant amb canoa pel riu Colorado i finalment anirien a Disneyland. Era el viatge fantàstic que tots els nois somiaven, i ella estava contenta per ell. Malgrat que estaria sis setmanes sense veure'l, sabia que a Kevin li faria bé passar aquella temporada amb el seu pare.

Ella i David havien mantingut una bona relació des que s'havien divorciat ja feia tres anys. Si bé no havia estat el marit ideal, era un bon pare per a Kevin. No s'oblidava mai d'enviar-li un present per Nadal o el dia del seu aniversari, li trucava cada setmana i viatjava d'un cap a l'altre del país unes quantes vegades l'any tan sols per passar un cap de setmana amb el seu fill. Després, naturalment, hi havia les visites establertes pel tribunal de plets matrimonials: sis setmanes a l'estiu, cada dos Nadals i la setmana de festa escolar per Pasqua. Annette, la nova esposa de David, estava molt ocupada amb el seu fillet, però

Kevin li tenia molt d'afecte, i no tornava mai a casa enfadat o amb la sensació de no haver estat ben atès. De fet, en general parlava amb entusiasme sobre aquelles visites i no es cansava de repetir que s'hi havia divertit molt. A vegades, ella fins i tot sentia una mica de gelosia en aquells moments, però s'esforçava per no demostrar-ho davant del noi.

Ara, a la platja, corria a un pas moderat. Deanna l'estaria esperant per esmorzar —sabia que Brian ja se n'havia anat—, i Theresa desitjava amb il·lusió el moment d'estar amb ella. Deanna i Brian eren un matrimoni més gran que ella —tots dos ja s'acostaven a la seixantena—, però Deanna era la millor amiga que tenia.

Deanna, la directora executiva del diari on treballava Theresa, feia anys que anava a Cape Cod amb el seu marit. Sempre paraven al mateix lloc, a la Casa del Pescador, i quan Deanna va saber que Kevin se n'anava a Califòrnia a veure el seu pare durant bona part de l'estiu, va insistir perquè Theresa anés a passar uns quants dies amb ells. «Brian es passa tots els dies jugant a golf, i a mi m'agradarà tenir companyia —havia dit—, i d'altra banda, ¿què faràs si no? De tant en tant, has de sortir d'aquest apartament.» Theresa comprenia que la seva amiga tenia raó, i després de rumiar-s'ho durant uns quants dies, finalment es va decidir. «Que contenta que estic!», havia exclamat Deanna, amb una expressió triomfant al rostre. «T'encantarà aquell lloc!»

Theresa havia de reconèixer que era un indret magnífic. La Casa del Pescador era una bonica construcció restaurada situada al caire d'un penya-segat des d'on es dominava la badia de Cape Cod, i quan la va veure a la distància, va alentir el pas fins a convertir-lo en un trot pausat. A diferència dels corredors més joves, que augmentaven la velocitat cap a la fi de la correguda, ella s'estimava més alentir-la i prendre-s'ho amb calma. Als trenta-sis anys, ja no es recuperava tan de pressa com abans.

Mentre se li tranquil·litzava el pols, ella pensava com passaria la resta del dia. Havia portat cinc llibres per a les breus vacances, llibres que havia volgut llegir durant tot l'any passat, però mai no havia trobat el moment de fer-ho. Semblava que ja no hi havia prou temps per a res..., sobretot tenint Kevin a casa, amb la seva energia inesgotable, havent de portar tota sola la casa i encara menys amb tota la feinada que se li amuntegava a l'escriptori. Com a articulista del *Boston Time*, a través d'agència, estava sempre sota la pressió constant de la data límit per escriure els tres articles setmanals. La majoria dels seus col·legues es pensaven que per a ella era bufar i fer ampolles —picar trescentes paraules en un dia i llestos—, però la cosa no era tan fàcil. Trobar permanentment un tema original relacionat amb la paternitat ja no era tan fàcil, sobretot si pretenia continuar distribuint els articles a través de l'agència. La seva columna, «Paternitat moderna», ja apareixia a seixanta diaris de tot el país, si bé la majoria només en publicaven un o dos, dels seus articles, en determinades setmanes. I com que tan sols feia un any i mig que havia rebut l'oferiment de la distribució per agència, i era una nouvinguda per a la majoria dels periòdics, no es podia permetre el luxe de deixar d'escriure ni que fos uns quants dies. L'espai dedicat als articles en bona part dels diaris era molt limitat, i hi havia centenars de columnistes que competien per omplir aquells comptats centímetres en blanc.

Theresa va alentir encara més el pas i per fi es va aturar mentre una oreneta de mar feia voltes sobre el seu cap. La humitat era elevada, i es va eixugar la suor del front amb la màniga. Va respirar fondo, va contenir la respiració un instant i després va exhalar l'aire abans de girar la vista cap al mar. Com que era d'hora, l'oceà encara tenia un to gris fosc, però el color canviaria tan bon punt el sol s'elevés una mica més. L'aigua exercia una mena de seducció. Al cap d'un moment, Theresa es va treure les vambes i els mitjons, i tot seguit es va acostar a la vora de l'aigua per deixar que les onades li llepessin els peus. L'aigua li feia un efecte estimulant, i es va passar una estona caminant amunt i avall. De sobte, es va alegrar d'haver tingut temps d'escriure articles de més durant els últims mesos de manera que aquella setmana podria oblidar-se de la feina. No podia recordar quan havia estat la darrera vegada que no havia tingut un ordinador a l'abast, o que no havia hagut d'assistir a cap reunió, o que no havia hagut de presentar cap article en una data determinada, i el fet d'estar lluny del seu escriptori durant un temps li causava una sensació de llibertat. Gairebé tenia la impressió que tornava a ser mestressa del seu destí, com si tot just comencés a sortir de l'ou.

Prou que sabia que hi havia dotzenes de coses que calia fer a casa seva. A hores d'ara, calia empaperar i modernitzar la cambra de bany, calia tapar els forats dels claus de les parets i tampoc no li hauria anat malament una capa de pintura a la resta de l'apartament. Feia un parell de mesos que havia comprat el paper per a les parets i pintura, corrons i poms per a les portes, així com un mirall nou, amb els estris necessaris per instal·lar-lo, però encara no havia obert les capses. Sempre tenia alguna cosa per fer el cap de setmana següent, per bé que els caps de setmana solia estar tan ocupada com els dies feiners. Els articles que havia comprat encara eren a les bosses amb què els havia portat a casa, darrere l'aspiradora, i cada vegada que obria la porta de l'armari, semblava que es burlaven de les seves bones intencions. Pensava que potser quan tornés a casa...

Va tombar el cap i va veure un home dret a una certa distància, platja enllà. Era més vell que no pas ella, devia tenir uns cinquanta anys, i tenia la cara colrada pel sol, com si visqués en aquell indret tot l'any. Semblava que no es movia —simplement s'estava dins l'aigua i deixava que li mullés les cames— i va advertir que tenia els ulls tancats, com si gaudís de la bellesa del món sense la necessitat de contemplar-lo. Duia uns texans descolorits, arremangats fins als genolls, i una camisa còmoda que no s'havia pres la molèstia de ficar dins els pantalons. Mentre l'observava, Theresa va pensar que li hauria agradat ser una altra mena de persona. ¿Com devia ser passejar per les platges sense cap altra preocupació? ¿Com devia ser arribar a un indret tranquil cada dia, lluny del brogit i l'animació de Boston, per apreciar el que la vida pot oferir?

Va fer un parell de passes més aigua endins i va imitar aquell home, amb l'esperança de sentir el que ell experimentava en aquells moments. Però quan va tancar els ulls, l'única cosa en què podia pensar era en Kevin. Déu sabia que volia passar més temps amb ell, i que sens dubte desitjava ser més pacient amb ell quan estiguessin junts. Volia poder seure i enraonar amb Kevin, o jugar a Monopoli amb ell, o simplement mirar la televisió al seu costat sense sentir l'impuls d'alçar-se del sofà per fer alguna cosa més important. Hi havia vegades que, quan repetia a Kevin que ell era la seva primera prioritat i que la família seria la cosa més important que ell tindria, Theresa se sentia com una farsant.

Però el problema era que sempre hi havia alguna cosa per fer. Calia rentar els plats, netejar les cambres de bany, buidar la caixa del gat; calia portar el cotxe a revisar, calia rentar la roba i calia pagar les factures. Malgrat que Kevin ajudava moltíssim complint els seus deures, gairebé estava tan ocupat com ella amb l'escola i els amics, i totes les altres activitats seves. El cas era que les revistes anaven a parar a la galleda de les escombraries sense que ella les hagués llegides, les cartes no arribaven mai a quedar plasmades al paper i, de vegades, en moments com aquell, s'amoïnava perquè tenia la sensació que la vida se li escapava de les mans.

¿Però com ho podia canviar, tot allò? «Viu la vida dia a dia», li deia sempre la seva mare, però ella no havia de treballar fora de casa ni criar un fill sense la contribució d'un pare per molt que Kevin fos un noi espavilat, segur de si mateix i afectuós. La seva mare no comprenia les exigències que Theresa havia de suportar cada dia. Tampoc no ho comprenia la seva germana petita, Janet, que havia seguit els passos de la seva mare. Janet i el seu marit feia quasi onze anys que estaven feliçment casats, amb tres filles meravelloses per demostrar-ho. Edward no era un home brillant, però era honrat, treballava de valent i podia mantenir la família sense que Janet hagués de treballar. Hi havia moments en què a Theresa li semblava que a ella li agradaria una vida semblant, fins i tot a costa de sacrificar la seva feina.

Però això no era possible, ja que David i ella s'havien divorciat. Feia tres anys, quatre si comptava l'any que havien estat separats. Ella no odiava David pel que havia fet, però li havia perdut el respecte. L'adulteri, tant si es tractava d'una aventura ocasional com d'una relació de llarga durada, no era una qüestió que ella estigués disposada a tolerar. Tampoc no se sentia millor pel fet que David no s'hagués casat amb la dona amb la qual havia sortit durant dos anys. La pèrdua de la confiança era definitiva.

Un any després de separar-se, David havia tornat a la casa paterna de Califòrnia i alguns mesos més tard va conèixer Annette. La seva nova esposa era molt religiosa, i de mica en mica va saber despertar l'interès de David per l'església. David, que havia estat agnòstic tota la seva vida, sempre havia semblat que necessitava alguna cosa més transcendent en la seva vida. Ara assistia als serveis religiosos regularment i de fet actuava com a conseller matrimonial juntament amb el pastor. Theresa sovint es preguntava què podia dir a algú que hagués fet el mateix que ell i de quina manera podia ajudar els altres si no havia estat capaç de dominar-se ell mateix. Ella no ho sabia pas, ni li importava, en realitat. Simplement s'alegrava que David encara demostrés interès pel seu fill.

Com és natural, un cop ella i David es van haver separat, moltes de les amistats de Theresa també es van acabar. Ara ja no formava part d'una parella, i a les reunions que els amics organitzaven per Nadal o quan feien una costellada al pati de casa, ella semblava estar fora de lloc. Tanmateix, encara conservava algunes amigues, i a vegades trobava un missatge al contestador, en el qual li suggerien de trobar-se un dia per esmorzar o d'anar un dia a casa seva a sopar. En alguna ocasió hi anava, però en general sempre trobava una excusa per no acceptar la invitació. Per a ella, cap d'aquelles amistats no semblava el que havia estat, i de fet no ho eren. Les coses canviaven, les persones canviaven, i el món anava fent via a l'altra banda de la finestra.

D'ençà del divorci, només havia tingut unes quantes cites. No era pas que no fos atractiva. Ho era, o si més no això li deien sovint. Tenia els cabells de color castany fosc, tallat a l'altura de les espatlles i llis com el fil d'una aranya. Els seus ulls —el tret que més sovint li alabaven— eren castanys amb puntets de color d'avellana, que reflectien la llum quan era a l'aire lliure. Com que corria cada dia, estava en forma i no aparentava l'edat que tenia. Tampoc no se sentia vella, però darrerament, quan es mirava al mirall, li feia l'efecte que l'edat l'estava atrapant. Una nova arruga a la comissura de l'ull, un cabell gris que aparentment havia crescut de la nit al dia, una vaga expressió fatigada d'estar constantment en activitat.

Les seves amigues deien que estava boja. «Et veus més jove ara que no pas anys enrere», insistien, i ella encara advertia que alguns homes es fixaven en ella als passadissos del supermercat. Però ja no tenia, ni els tornaria a tenir mai més, vint-i-dos anys. Això no vol dir que volgués tornar a aquella edat, encara que hagués estat possible, a menys que, com es deia a vegades a si mateixa, pogués conservar la ment més madura que ara tenia. Si no era així, segurament hauria quedat atrapada amb un altre David: un home ben plantat que cobejava les coses bones de la vida amb la presumpció inconscient que ell no havia de jugar seguint les regles del joc. Però, dimonis!, les regles eren importants, en especial les que es referien al matrimoni. Aquestes eren les que teòricament una persona no havia de trencar mai. El seu pare i la seva mare no les havien trencat; la seva germana i el seu cunyat tampoc, ni ho havien fet Deanna i Brian. ¿Per què ell sí? ¿I per què —es preguntava mentre s'estava amb els peus dins l'aigua— els seus pensaments sempre tornaven al mateix tema, fins i tot al cap de tant de temps?

Suposava que tenia a veure amb el fet que quan finalment arribaren els papers del divorci, es va sentir com si una petita part del seu ésser hagués mort. Tenia la sensació que aquella ira inicial s'havia convertit en tristesa, i ara havia esdevingut una altra cosa, quasi una mena d'esmorteïment. Malgrat que estava en moviment constant, li feia l'efecte que ja no li passava mai res d'especial. Cada dia s'assemblava exactament a l'anterior, i li costava de diferenciar-los. Una vegada, devia fer un any, es va estar asseguda al seu escriptori durant un quart provant de recordar l'última cosa que havia fet espontàniament. I no va poder recordar-ne cap.

Els primers mesos li havien estat difícils. Després, la ira s'havia esfumat i ja no experimentava la necessitat d'estomacar David i fer-lo pagar pel que havia fet. L'única cosa que podia fer era compadir-se de si mateixa. Ni tenint Kevin al seu costat permanentment canviava el fet que ella se sentia absolutament sola al món. Hi havia hagut un període breu en què només dormia unes quantes hores cada nit, i de tant en tant, mentre treballava, havia d'abandonar l'escriptori i ficar-se al seu cotxe per plorar una estona.

Ara, al cap de tres anys, no hauria pogut dir amb franquesa si mai tornaria a estimar algú de la manera que havia estimat David. Quan David va aparèixer a la festa de l'associació d'estudiantes del seu primer any a la universitat, en va tenir prou amb una mirada per saber que volia estar amb ell. El seu amor tendre li havia semblat d'allò més poderós, d'allò més aclaparador. Es quedava desperta pensant en ell mentre s'estava al llit, i quan caminava pel campus, somreia tan sovint, que els altres estudiants també li somreien cada vegada que la veien.

Però aquesta mena d'amor no dura, o almenys això és el que ella va poder comprovar. Amb el pas dels anys, el seu matrimoni es va anar tornant diferent. Ella i David van madurar, i es van anar distanciant. Resultava difícil recordar les coses que al principi els havien atret l'un a l'altre. Tot fent memòria, Theresa tenia la sensació que David s'havia convertit en una persona totalment diferent, si bé no podia determinar el moment exacte en què tot havia començat a canviar. Però, quan la flama de la relació s'apaga, pot passar qualsevol cosa, i per a ell, la flama s'havia apagat. Una trobada casual en una botiga de vídeos, una conversa que va portar a un dinar i, finalment, a tots els hotels de la zona del gran Boston.

La cosa més empipadora de tota la situació era que, de vegades, ella encara el trobava a faltar, o, en tot cas, enyorava la part bona de la seva persona. Estar casada amb David resultava còmode, com el llit en el qual un ha dormit durant molts anys. S'havia acostumat a tenir una altra persona al costat, simplement per xerrar o per escoltar. S'havia acostumat a despertar-se en sentir la flaire del cafè al matí, i trobava a faltar la presència d'una altra persona adulta a l'apartament. Trobava a faltar moltes coses, però sobretot trobava a faltar la intimitat que naixia en abraçar una altra persona i mussitar paraules dolces darrere les portes tancades.

Kevin encara no tenia edat per comprendre aquestes coses, i per bé que ella l'estimava profundament, no era la mena d'amor que desitjava en aquells moments. El que sentia per Kevin era un amor maternal, probablement el més profund, el més sagrat que hi ha. Encara li agradava entrar a la seva habitació quan el noi s'havia adormit per seure a l'espona del llit i contemplar-lo. Kevin sempre tenia una expressió molt serena, al seu rostre bell, amb el cap sobre el coixí i ben acotxat amb el cobrellit. Durant el dia, semblava en activitat constant, però a la nit la seva figura quieta, dormint, sempre li inspirava de nou els sentiments que havia experimentat quan encara era un infant. Amb tot, aquells meravellosos sentiments no canviaven el fet que, un cop abandonava l'habitació, baixava a la sala d'estar i es prenia un got de vi amb l'única companyia de Harvey, el gat.

Encara somiava que s'enamoraria d'algú, d'algú que la prengués entre els seus braços i la fes sentir com l'única dona important del món. Però resultava difícil, sinó impossible, trobar una persona decent avui dia. La majoria dels homes que coneixia de trenta i tants anys ja eren casats, i els que s'havien divorciat aparentment buscaven alguna dona més jove a la qual poguessin emmotllar d'alguna manera a la forma exacta que ells volien. Quedaven, doncs, els homes de més edat, i si bé ella pensava que es podia enamorar d'una persona més gran, havia de tenir en compte el seu fill. Ella volia un home que tractés Kevin de la manera que calia tractar-lo, i no simplement com un subproducte no volgut d'algú que despertava el seu desig. Però la realitat era que els homes madurs generalment ja tenien fills grans; molt pocs tenien ganes de passar per la prova de criar un adolescent a la dècada de 1990. «Jo ja he complert el meu deure», li havia comentat secament un home amb qui havia sortit una vegada. Aquella havia estat la fi de la relació.

Ella reconeixia que també trobava a faltar la intimitat física que naixia d'estimar i abraçar una altra persona, a més de confiar-hi. D'ençà que s'havia divorciat de David no havia estat amb cap home. N'hi havia hagut oportunitats, és clar —trobar algú per ficar-se al llit no era mai difícil per a una dona atractiva—, però aquest senzillament no era el seu estil. No l'havien criat d'aquesta manera i ara ella no tenia pas intenció de canviar. El sexe era massa important, massa especial, per ser compartit amb qualsevol. De fet, només havia dormit amb dos homes en tota la seva vida: David, és clar, i Chris, el primer xicot que realment havia tingut. No volia ampliar la llista simplement per uns quants minuts de plaer.

Així que ara, mentre passava aquelles vacances a Cape Cod, sola al món i sense cap home en el futur previsible, aquella setmana volia fer algunes coses que li donessin satisfacció només a ella. Llegir alguns llibres, posar els peus sobre la taula i prendre un got de vi sense tenir l'aparell de televisió titil·lant al fons. Escriure cartes a les amigues i sortir a córrer al matí, abans que aparegués algú que li esguerrés el moment. Volia tornar a experimentar la llibertat, encara que només fos durant un temps breu.

També volia anar de compres, aquella setmana. No pas a JC Penney ni a Sears ni a cap dels llocs que anunciaven les vambes Nike i les samarretes dels Chicago Bulls, sinó a les botiguetes on venien foteses i que Kevin trobava avorrides. Es volia emprovar vestits nous i comprar-se'n un parell que li remarquessin la figura, tan sols per sentir que encara era viva i vibrava. Potser aniria a la perruqueria. Feia anys que no canviava de pentinat, i estava cansada de veure's cada dia igual. I si aquella setmana un xicot ben plantat li demanava per sortir, potser ho acceptaria, encara que només fos per tenir una excusa per posar-se les coses noves que s'hagués comprat.

Amb una sensació d'optimisme d'alguna manera renovada, va mirar per veure si l'home, que duia un barret de palla, encara era allí, però se n'havia anat tan silenciosament com havia arribat. I ella també se n'havia d'anar. Se li havien enravenat les cames en l'aigua freda, i seure per posar-se les vambes li va resultar una mica més difícil que no esperava. Com que no tenia cap tovallola, va titubejar un moment abans de posar-se els mitjons, i després va decidir que no calia. Estava de vacances a la platja. No li calia posar-se ni vambes ni mitjons.

Els portava a les mans quan s'encaminava cap a la casa. Mentre caminava a frec de l'aigua va veure una pedra grossa mig enterrada a la sorra, a un parell de pams del lloc més alt on havia arribat la marea matutina. Va pensar que era una cosa estranya, que no era lloc per a una pedra.

Mentre s'hi acostava, va advertir que era una mica diferent del que semblava. En primer lloc, era llisa i allargada, i quan va ser més a prop, va veure que no era una pedra, sinó una ampolla, segurament tirada per algun turista deixat o per algun dels adolescents de la localitat que baixaven a la platja a la nit. Va mirar per sobre l'espatlla i va veure una galleda de les escombraries lligada amb una cadena a la torre del socorrista i va decidir fer la bona obra del dia. Quan anava a agafar-la, però, es va sorprendre en comprovar que era tapada amb un suro. La va agafar, tot posant-la de manera que li toqués millor la llum, i va veure que a dins hi havia un paper enrotllat i lligat amb una cinta.

Durant un instant, va sentir que se li accelerava el cor mentre l'assaltava un altre record. Quan tenia vuit anys i passava les vacances a Florida amb els seus pares, ella i una altra nena havien enviat una carta per mar, però mai no n'havia rebut resposta. La carta era senzilla, una carta escrita per una criatura, però quan va tornar a casa, recordava que s'havia passat moltes setmanes corrent a la bústia, amb l'esperança que algú l'hagués trobada i li hagués enviat una carta des del lloc on hagués anat a parar l'ampolla. En veure que no rebia resposta, va tenir una gran desil·lusió, i el record es va anar esvaint fins que se'n va oblidar del tot. Però ara li va tornar tot a la memòria. ¿Qui era la nena que l'acompanyava aquell dia? Una nena de la seva edat... ¿Tracy?... No... ¿Stacey?... Sí, Stacey! Es deia Stacey! Tenia els cabells rossos..., passava l'estiu amb els seus avis... i... i... i el record moria allí, sense poder-ne recordar res més per molt que s'hi esforcés.

Va començar a estirar el tap, quasi esperant que fos la mateixa ampolla que ella havia enviat, si bé sabia que això no podia ser. Segurament devia haver-la tirat al mar una altra criatura, però, i si demanava resposta, ella pensava enviar-l'hi. Potser juntament amb un petit present de Cape Cod i una postal, també.

El tap estava fermament ficat al coll de l'ampolla, i els dits li relliscaven quan tractava de destapar-la. No el podia agafar prou bé. Va clavar les ungles curtes al suro i va fer girar l'ampolla lentament. Res.

Va canviar de mà i ho va intentar de nou. Prement amb força, es va posar l'ampolla entre les cames per fer-ne més, i quan ja es disposava a renunciar, el tap va cedir una mica. Amb renovat entusiasme, va tornar a canviar de mà..., va prémer tot girant l'ampolla a poc a poc..., va cedir una mica més el tap..., i de sobte es va afluixar i va sortir fàcilment la part restant.

Va capgirar l'ampolla i es va quedar sorpresa en veure que la nota queia a la sorra, a tocar dels seus peus, quasi immediatament. Quan es va inclinar per collir-la, va advertir que estava molt ben lligada i per això havia lliscat amb tanta facilitat pel coll de l'ampolla.

Va deslligar el fil amb tota cura, i la primera cosa que la va sorprendre mentre desenrotllava el missatge va ser el paper. No era paper de carta infantil. Era un paper car, gruixut i fort, amb la silueta d'un veler estampada a l'angle superior dret. I el paper estava arrugat, amb aspecte de vell, quasi com si hagués estat a l'aigua un centenar d'anys.

Es va adonar que s'aguantava la respiració. Potser ho era, d'antic. Podria ser..., es contaven relats sobre ampolles que s'havien passat un segle navegant pel mar, de manera que aquell podria ser un cas semblant. Potser tenia una vertadera relíquia a les mans. Però mentre examinava l'escriptura, va comprendre que s'equivocava. A l'angle superior esquerre del paper hi havia una data.

22 de juliol de 1997.

Feia tan sols una mica més de tres setmanes.

«¿Tres setmanes? ¿Només?»

Va anar baixant la vista. El missatge era llarg —comprenia les dues cares del paper— i no semblava sol·licitar resposta de cap mena. En una ràpida mirada no va descobrir cap adreça ni número de telèfon enlloc, però va suposar que podrien figurar dins el text de la carta.

Va experimentar una aguda curiositat mentre sostenia el missatge davant els ulls, i va ser aleshores, a la sortida del sol d'un dia calorós de Nova Anglaterra, quan va llegir per primera vegada la carta que li canviaria la vida per sempre.

22 de juliol de 1997

Estimadíssima Catherine,

et trobo a faltar, amor meu, com sempre, però avui em resulta especialment penós perquè l'oceà em cantava, i la cançó és la de la nostra vida junts. Mentre t'escric aquesta carta, quasi et puc sentir al meu costat, i puc sentir la flaire de les flors silvestres que sempre em porten el teu record. Però en aquest moment, aquestes coses no em proporcionen cap plaer. Les teves visites s'han tornat cada vegada menys sovintejades, i a vegades em sento com si la part més gran del que jo sóc s'anés esfumant.

M'hi esforço, però. A la nit, quan estic sol, et crido, i quan el dolor sembla fer-se més intens, sembla que tu encara trobes la manera de retornar al meu costat. Anit, en somnis, et vaig veure al moll a prop de Wrightsville Beach. El vent bufava a través dels teus cabells, i els teus ulls conservaven la llum del sol a la posta. Em colpeix veure't recolzada a la barana. Ets bella, penso mentre et contemplo, una visió que mai no puc descobrir en ningú més. Començo a avançar a poc a poc cap a tu, i quan per fi et tombes de cara a mi, adverteixo que d'altres t'han contemplat, també. «¿La coneixes?», em pregunten amb gelosos murmuris, i mentre tu em somrius, em limito a contestar la veritat: «Millor que el meu propi cor.»

M'aturo en arribar al teu davant i et prenc entre els meus braços. Anhelo aquest moment més que qualsevol altre. És la raó de la meva vida, i quan em tornes l'abraçada, em lliuro del tot al moment, en pau de nou.

Aixeco la mà i t'acaricio suaument la galta, i tu decantes el cap i tanques els ulls. Les meves mans són aspres, i la teva pell és suau, i per un moment em pregunto si no t'apartaràs, però naturalment no ho fas. No ho has fet mai, i és en moments com aquest que comprenc quin és el sentit de la meva existència.

Sóc aquí per estimar-te, per estrènyer-te entre els meus braços, per protegir-te. Sóc aquí per aprendre de tu i per rebre el teu amor. Sóc aquí perquè no hi ha cap altre lloc on estar-me.

Però aleshores, com sempre, comença a formar-se la boira mentre restem units l'un amb l'altre. Es tracta d'una boira distant que puja de l'horitzó, i descobreixo que m'agafa por a mesura que s'acosta. Va avançant lentament, tot embolcallant el món que ens envolta, cercant-nos com si volgués evitar que fugíssim. Talment un núvol, ho va cobrint tot, tancant tot, fins que no queda res més que nosaltres dos.

Sento que se'm comença a tancar la gola i se m'omplen els ulls de llàgrimes perquè sé que ha arribat el moment d'anar-te'n. La mirada que em fas en aquell moment m'obsessiona. Sento la teva tristesa i la meva solitud, i el dolor del meu cor, que s'havia mantingut somort tan sols durant un breu instant, es va fent més punyent mentre tu et separes de mi. I aleshores estens els braços i recules cap a la boira, perquè aquell és el teu lloc i no el meu. Jo maldo per seguir-te, però la teva única resposta és un moviment negatiu del cap, perquè tots dos sabem que això és impossible.

I observo amb el cor partit com et vas esvaint lentament. M'adono que faig un esforç per recordar-ho tot d'aquell moment, tot allò que té a veure amb tu. Però ben aviat, sempre massa aviat, la teva imatge es dissipa, i la boira recula cap al seu lloc llunyà, i jo em quedo tot sol al moll i no m'importa el que els altres pensin mentre acoto el cap i ploro i ploro i ploro.

Garrett

DOS

—¿Que has plorat? —va preguntar Deanna mentre Theresa entrava a la sala del darrere, amb l'ampolla i el missatge a la mà.

En la confusió, Theresa s'havia oblidat de llençar l'ampolla.

Es va sentir incòmoda i es va eixugar els ulls mentre Deanna deixava el diari i s'aixecava de la butaca. Si bé tenia uns quilos de més —i els hi tenia des que Theresa la coneixia—, va fer ràpidament la volta a la taula, amb expressió amoïnada.

—¿Estàs bé? ¿Què ha passat a la platja? ¿Has pres mal?

Es va deixar caure feixugament en una cadira mentre prenia la mà a Theresa.

Theresa va sacsejar el cap.

—No, no és això. Simplement he trobat aquesta carta i... No ho sé, després de llegir-la, no m'he pogut contenir.

—¿Una carta? ¿Quina carta? ¿Segur que estàs bé?

La mà que Deanna tenia lliure feia gestos compulsius mentre formulava les preguntes.

—Estic bé, de debò. La carta era dins una ampolla. L'he trobada a la platja. Quan l'he obert i l'he llegida...

No va acabar la frase, i a Deanna se li va il·luminar lleugerament la cara.

—Ah..., m'has espantat! Per un segon he pensat que t'havia passat alguna cosa. Que t'havia agredit algú o una cosa així.

Theresa es va apartar un ble de cabells que li queia sobre la cara i va somriure davant la preocupació de la seva amiga.

—No, és que la carta m'hagi afectat. És una ximpleria, ja ho sé. No hauria de ser tan emotiva. I em sap greu haver-te esverat.

—Apa, va! —va fer Deanna, arronsant-se d'espatlles—. No et sàpiga greu. M'alegro que estiguis bé. —Va callar un moment—. ¿Dius que la carta t'ha fet plorar? ¿Per què? ¿Què hi deia?

Theresa es va eixugar les llàgrimes, donà la carta a Deanna i es va acostar a la taula de ferro forjat davant la qual havia estat asseguda la seva amiga. Encara sentia una mica de vergonya per haver plorat i va mirar d'asserenar-se.

Deanna va llegir la carta a poc a poc, i en acabar, va mirar Theresa. També se li havien humitejat els ulls. Al capdavall, no era ella sola.

—És... és molt bonica —va dir Deanna per fi—. És una de les cartes més emotives que he llegit mai.

—És el que m'ha passat a mi.

—¿I l'has trobada a la platja? ¿Mentre corries? —Theresa va assentir amb el cap—. No veig com pot haver anat a parar allí. La badia queda a l'abric de l'oceà, i no n'havia sentit a parlar mai, de Wrightsville Beach.

—Jo tampoc no ho sé, però semblava que la mar l'hagués portat aquesta nit passada. De primer gairebé he passat pel costat sense veure què era.

Deanna va passar el dit sobre l'escriptura i va quedar-se pensativa un moment.

—Em pregunto qui deuen ser. ¿I per què estava ficada dins una ampolla?

—No ho sé pas.

—¿No sents curiositat?

El fet era que Theresa evidentment en sentia, de curiositat. Immediatament després de llegir-la, l'havia tornat a llegir, i tot seguit una tercera vegada. Com devia ser, es preguntava, sentir-se estimada d'aquella manera.

—Una mica. ¿Però què hi fa? No hi ha manera que arribem a saber-ho mai.

—¿Què penses fer-ne?

—Conservar-la, suposo. En realitat, encara no hi he pensat.

—Hum! —va fer Deanna amb un somriure indesxifrable. I tot seguit—: ¿Com ha anat la correguda?

Theresa va prendre un glop del suc que s'havia servit.

—Molt bé. La sortida del sol era un espectacle. Semblava que el món sencer fos una foguera.

—Això t'ho ha semblat perquè estaves marejada per falta d'oxigen. Aquest és l'efecte que et fa córrer.

Theresa va somriure, divertida.

—Així que, pel que veig, no vindràs a córrer amb mi aquesta setmana.

Deanna va allargar la mà cap a la tassa de cafè amb una expressió de dubte a la cara.

—Impossible. El meu exercici es limita a passar l'aspiradora per tota la casa cada cap de setmana. ¿Tu em veus esbufegant i panteixant per la platja? Segurament m'agafaria un infart.

—Quan t'hi acostumes, és estimulant.

—Potser sí, però jo no sóc jove i esvelta com tu. L'única vegada que recordo haver corregut de veritat va ser quan era petita i es va escapar del pati el gos del veí. Vaig córrer tant, que quasi em vaig pixar a les calces.

Theresa va fer una riallada.

—I aleshores, ¿què hi tenim, a l'agenda, avui?

—Pensava que podríem anar a comprar alguna cosa i dinar a ciutat. ¿Et sents amb ànim per fer una cosa així?

—Això és el que esperava que diguessis.

Les dues dones van començar a parlar sobre els llocs on podrien anar. Després Deanna es va alçar i va entrar a prendre una altra tassa de cafè, i Theresa es va quedar contemplant-la mentre se n'anava.

Deanna tenia cinquanta-vuit anys i la cara rodona, amb uns cabells que s'anaven tornant grisos lentament. Els duia curts, pentinats sense un excés de vanitat, i era sense cap dubte, segons Theresa va resoldre, la persona més bona que coneixia. Posseïa coneixements de música i d'art, i quan treballava, la música enregistrada en disc de Mozart o de Beethoven sempre sortia del seu despatx per ficar-se en el caos de la sala de redacció. Vivia en un món d'optimisme i d'humor, i tothom que la coneixia l'adorava.

Quan Deanna va tornar a la taula, va seure i es quedà contemplant la badia.

—¿Aquest lloc no és el millor que has vist mai?

—Sí que l'és. Estic contenta que m'hagis invitat.

—Et feia falta. T'hauries quedat completament sola en aquell apartament que tens.

—Parles com la meva mare.

—M'ho prendré com un compliment.

Deanna allargà la mà i va tornar a agafar la carta. Mentre la rellegia, va alçar les celles, però no va dir res. Theresa va tenir la impressió que la carta havia remogut alguna cosa en la seva memòria.

—¿Què passa?

—Simplement pensava... —va fer de seguida.

—¿En què pensaves?

—Mira, quan era a dins, m'he posat a pensar en aquesta carta. Em preguntava si no en podríem parlar en la teva columna aquesta setmana.

—¿Què t'empatolles?

Deanna es va inclinar per sobre la taula.

—El que dic: pensava que podríem comentar aquesta carta a la teva columna aquesta setmana. Estic segura que a la gent li agradaria. És realment una cosa insòlita. La gent té necessitat de llegir coses d'aquestes de tant en tant. I aquesta és molt commovedora. Ja em veig un centenar de dones retallant l'article i enganxant-lo a la nevera perquè el puguin veure els seus marits quan arribin a casa de la feina.

—Si ni tan sols no sabem qui són. ¿No trobes que primer hauríem d'aconseguir el seu permís?

—Aquesta és precisament la qüestió. No podem pas aconseguir-lo. Puc parlar amb l'advocat del diari, però estic segura que és legal. No hi posarem els seus noms vertaders, i mentre no ens atribuïm el mèrit de l'article ni en divulguem l'origen, estic segura que no hi haurà cap problema.

—Sé que segurament és legal, però no estic tan segura que sigui correcte. Vull dir que aquesta és una carta molt personal. Crec que no s'hauria de publicar de manera que la pugui llegir tothom.

—És una història d'interès humà, Theresa. A la gent li encanten aquestes coses. A més, no hi ha res que pugui resultar molest per a ningú. És una carta preciosa. I recorda que el tal Garrett la va ficar dins una ampolla i la va tirar a l'oceà. Bé havia de saber que aniria a parar a un lloc o altre.

Theresa va sacsejar el cap.

—No ho sé, Deanna...

—Bé, pensa-hi. Consulta-ho amb el coixí, si et sembla. A mi em sembla una gran idea.

Mentre es despullava i es ficava sota la dutxa, Theresa pensava en la carta. Es va adonar que pensava en l'home que l'havia escrita: Garrett, si aquest era el seu nom vertader. ¿I qui era Catherine, si existia? La seva amant o la seva dona, òbviament, però ja no era al seu costat.

¿Era morta —es va preguntar—, o bé havia passat alguna cosa que els havia obligat a separar-se? ¿I per què la carta estava tancada dins una ampolla i l'havien tirat al mar? Tot plegat resultava estrany. Aleshores li va sortir l'esperit de periodista, i de sobte va pensar que el missatge potser no significava res. Podia tractar-se d'una persona que volia escriure una carta d'amor, però que no sabia a qui enviar-la. Fins i tot podia haver-la enviat algú que experimentava una emoció especial pensant que feia plorar dones solitàries en platges llunyanes. Però mentre les paraules tornaven a ressonar dins el seu cap, va comprendre que aquestes possibilitats eren molt remotes. La carta evidentment naixia del cor. I pensar que l'havia escrita un home! En tota la seva vida, no havia rebut mai una carta tan emotiva com aquella. Les expressions sentimentals que li havien enviat sempre estaven escrites en un to cridaner com si fossin targetes de felicitació. David no havia estat mai donat a escriure, i tampoc no havia tingut aquella inclinació cap dels altres homes amb els quals havia sortit. ¿Com devia ser un home com aquell?, es va demanar. ¿Era tan afectuós en persona com semblava a la carta?

Es va rentar i esbandir els cabells, i les preguntes se li escapaven de la ment a mesura que l'aigua freda lliscava pel seu cos. Es va rentar la resta del cos amb una esponja i gel de bany; es va estar a la dutxa més temps que no pensava i per fi va sortir-ne.

Es va contemplar al mirall mentre es treia la tovallola. No estava malament per ser una dona de trenta-sis anys amb un fill adolescent, va pensar. Els seus pits sempre havien estat petits, i si bé això era una cosa que l'amoïnava quan era més jove, ara se n'alegrava perquè no havien començat a afluixar-se ni a penjar-li com els passava a altres dones de la seva edat. Tenia el ventre llis, i les cames eren llargues i esveltes a causa de tot l'exercici que havia fet al llarg dels anys. Tampoc les potes de gall no se li marcaven gaire a les comissures dels ulls, malgrat que allò no tenia cap importància. Amb tot, estava satisfeta de l'aspecte que oferia aquell matí, i va atribuir aquella complaença poc usual amb què s'acceptava al fet d'estar de vacances.

Després de maquillar-se lleugerament, es va posar uns pantalons curts de color beix, una brusa blanca sense mànigues i unes sandàlies marrons. Al cap d'una hora, faria calor i humitat, i volia sentir-se còmoda mentre caminés per Provincetown. Va guaitar per la finestra de la cambra de bany, va veure que el sol era més alt i es va dir que hauria de comprar alguna crema protectora. Si no prenia precaucions, la pell se li cremaria i sabia per experiència que les cremades del sol constituïen la manera més ràpida de malmetre unes vacances a la platja.

A la terrassa, Deanna havia parat taula amb l'esmorzar. Hi havia meló i aranges, i també torrades. En haver-se assegut, hi va escampar per sobre una fina capa de mantega —Deanna ja tornava a estar embarcada en una de les seves interminables dietes—, i totes dues van xerrar una llarga estona. Brian havia anat a jugar a golf, tal com ho faria cada dia d'aquella setmana, i havia d'anar-hi a primera hora del matí a causa d'uns medicaments que prenia i que, segons deia Deanna, «li fan un mal terrible a la pell si es passa molt de temps al sol».

Brian i Deanna feia trenta-sis anys que eren casats. S'havien enamorat quan eren estudiants, es casaren l'estiu següent de la graduació, poc després que Brian hagués acceptat una feina en una auditoria al centre de Boston. Al cap dc vuit anys, Brian va esdevenir-ne soci, i aleshores van comprar una casa àmplia a Brookline, on havien viscut durant els darrers vint-i-vuit anys.

Sempre havien volgut tenir fills, però al cap de sis anys de casats, Deanna encara no havia quedat embarassada. Anaren a veure un ginecòleg i així van descobrir que Deanna tenia les trompes de Fal·lopi defectuoses i per aquesta causa no podria tenir fills. Durant uns quants anys, van tractar d'adoptar-ne un, però semblava que la llista era interminable, i van acabar perdent-ne l'esperança. Aleshores van venir els anys negres, com Deanna havia confessat en una ocasió a Theresa, una època en què el matrimoni de poc no va fracassar. Tanmateix, el seu compromís, bé que trontollant, es va mantenir sòlid, i Deanna va tornar a posar-se a treballar per omplir el buit de la seva vida. Va entrar al *Boston Times* quan encara eren poques les dones que hi treballaven i, de mica en mica, va anar ascendint per l'escala de l'empresa. Quan, deu anys enrere, va arribar a ser-ne directora executiva, va començar a agafar dones reporteres sota la seva responsabilitat. Theresa havia estat la seva primera alumna.

Després que Deanne hagués pujat a dutxar-se, Theresa donà una breu ullada al diari i tot seguit va consultar el rellotge. Es va alçar per telefonar a casa de David. Encara era d'hora allà, només les set del matí, però sabia que tota la família ja estaria desperta. Kevin sempre es llevava a trenc d'alba, i per una vegada s'alegrava que algú més compartís aquella meravellosa experiència. Caminava amunt i avall mentre el telèfon sonava unes quantes vegades abans que Annette l'agafés. Theresa va sentir el so del televisor al fons i el plor d'una criatura petita.

—Hola! Sóc la Theresa. ¿Que hi és, en Kevin?

—Ah, hola! És clar que hi és. Espera un segon.

L'aparell va retrunyir en topar contra la superfície de la taula, i Theresa va sentir com Annette cridava el seu fill:

—Kevin, és per a tu. La Theresa és al telèfon.

El fet que no s'hagués referit a ella com la mare de Kevin la va molestar més que no esperava, però no va tenir temps d'entretenir-se a pensar-hi.

Quan va arribar al telèfon, Kevin no tenia alè.

—Hola, mare! ¿Com estàs? ¿Com et proven les vacances?

Ella va experimentar una sensació de soledat en sentir la seva veu. Encara era aguda, infantil, però sabia que només era una qüestió de temps perquè li canviés.

—Meravellosament, però ahir mateix vaig arribar aquí. No he pogut fer gaire cosa més que anar a córrer aquest matí.

—¿Hi havia molta gent a la platja?

—No, però he vist unes quantes persones que hi anaven quan he acabat. Ei, ¿quan marxes amb el teu pare?

—D'aquí a un parell de dies. No comença les vacances fins dilluns, així que ens n'anirem llavors. En aquests moments s'està preparant per anar al despatx a fer una feina per quedar lliure i no haver de pensar-hi més a l'hora de marxar. ¿Vols parlar amb ell?

—No, no tinc res per dir-li. Només trucava per dir-te que espero que t'ho passis bé.

—Serà formidable! He vist un fullet que parla de l'excursió pel riu. Alguns ràpids semblen extraordinaris.

—Bé, vés amb compte.

—Mama, que ja no sóc una criatura.

—Ja ho sé. Simplement tranquil·litza la teva mare d'idees antiquades.

—D'acord, t'ho prometo. No em trauré la jaqueta salvavides en cap moment. —Va callar un instant—. Ja saps que no tindrem telèfon, però, de manera que no podrem parlar fins que torni.

—Ja m'ho imaginava. Doncs ja et trucaré aleshores.

—Serà empipador. Tant de bo poguessis venir amb nosaltres. Ens ho passaríem bomba.

Ella va tancar els ulls durant un moment abans de contestar, un estratagema que li havia ensenyat l'analista. Cada vegada que Kevin deia alguna cosa sobre el fet d'estar tots tres plegats, sempre procurava no dir res que després pogués lamentar. Va adoptar el to més optimista que va poder.

—Al teu pare i a tu us convé d'estar sols. Sé que t'ha trobat a faltar molt. Heu de posar-vos al dia, i ell espera aquest viatge amb tant d'entusiasme com tu.

«Ja està. No ha estat pas tan difícil.»

—¿T'ho ha dit ell, això?

—Sí, diverses vegades.

Kevin es va quedar callat.

—Et trobaré a faltar, mare. ¿Puc trucar-te tan bon punt arribi per explicar-te com ha anat el viatge?

—És clar. Pots trucar-me sempre que vulguis. M'encantarà saber com ha anat tot. —I seguidament—: T'estimo, Kevin.

—Jo també t'estimo, mare.

Va penjar l'aparell, sentint-se contenta i trista alhora, que era com se sentia generalment cada vegada que enraonaven per telèfon quan Kevin s'estava amb el seu pare.

—¿Amb qui parlaves? —va fer Deanna al seu darrere.

Havia baixat l'escala abillada amb una brusa groga ratllada com la pell d'un tigre, uns pantalons curts vermells, mitjons blancs i unes Reebok. El conjunt aquell pregonava als quatre vents que era una turista, i Theresa va haver de fer un esforç per no posar-se a riure.

—Amb Kevin. Li he trucat jo.

—¿Està bé?

Deanna va obrir l'armari i en va treure una càmera per completar l'equip.

—Està molt bé. Se n'anirà d'aquí a un parell de dies.

—Bé, això està molt bé. —Es va penjar la càmera al coll—. I ara que ja ho tenim tot llest, hem d'anar a fer unes compres. Hem d'aconseguir que semblis una dona nova.

Anar a comprar amb Deanna era tota una experiència.

Un cop van arribar a Provincetown, es van passar la resta del matí i les primeres hores de la tarda recorrent una sèrie de botigues. Theresa es va comprar tres vestits i un vestit de bany nous abans que Deanna l'arrossegués a un lloc anomenat Nightingales, una botiga de roba interior femenina.

Deanna s'hi tornava totalment boja. No pas per ella, és clar, sinó per Theresa. Triava puntes, despenjava calcetes i sostenidors que hi fessin joc, i els ensenyava a Theresa perquè hi digués la seva.

—Aquests semblen ben vaporosos —deia, o bé—: No en tens cap d'aquest color, ¿oi?

Com és natural hi havia altres persones a la botiga mentre ella exhibia aquelles peces, i Theresa no es podia aguantar el riure cada cop que feia una de les seves demostracions. La falta d'inhibició de Deanna era una de les coses que Theresa més admirava de la seva persona. Realment no li importava gens el que pensés la gent, i Theresa sovint desitjava poder ser més com era ella.

Després d'acceptar un parell de suggeriments de Deanna —al capdavall, estava de vacances—, totes dues van passar alguns minuts a la casa de discos. Deanna volia l'últim CD de Harry Conick Jr. —«És simpàtic», va fer a manera d'explicació—, i Theresa va comprar un CD de jazz dels primers enregistraments de John Coltrane. Quan tornaren a casa, Brian llegia el diari a la sala d'estar.

—Ei! Començava a preocupar-me per vosaltres dues. ¿Com heu passat el dia?

—Molt bé —va contestar Deanna—. Hem dinat a Provincetown, i després hem fet unes quantes compres. ¿Com t'ha anat avui al golf?

—Força bé. Si no hagués fallat els dos últims forats, hauria tirat un vuitanta.

—Bé, hauràs de practicar una mica més fins que ho aconsegueixis.

Brian va riure.

—¿No et fa res a tu?

—És clar que no.

Brian somrigué mentre desplegava el diari, complagut davant la possibilitat de passar més temps jugant aquella setmana. Interpretant per la seva actitud que volia prosseguir la lectura, Deanna va dir a Theresa a cau d'orella:

—Creu-me. Deixa que el teu home jugui a golf, i mai no et farà cap escàndol per res.

Theresa els va deixar tots dos sols durant la resta de la tarda. Com que el dia era càlid, es va canviar de vestit i es va posar el nou que s'havia comprat, va prendre una tovallola, una cadira plegable petita, la revista *People* i se'n va anar cap a la platja.

Va fullejar mandrosament la revista, tot llegint-ne algun article per sobre, sense sentir realment gaire interès pel que els passava als rics i famosos. Al seu voltant, sentia les rialles de la canalla mentre xipollejaven dins l'aigua i omplien les galledes de sorra. Al seu costat, dos nois jovenets i un home, presumiblement el seu pare, construïen un castell de sorra a tocar mateix de l'aigua. La remor de les ones que llepaven la sorra resultava tranquil·litzadora. Va deixar la revista i tancà els ulls, tot decantant la cara cap al sol.

Volia tenir una mica de color quan tornés a la feina, encara que només fos per causar la impressió que s'havia passat una temporada sense fer absolutament res. Fins i tot a la feina la consideraven el tipus de dona que sempre està en activitat. Si no escrivia l'article setmanal, treballava en l'article de les edicions dominicals, o cercava informació a Internet, o bé se submergia en la lectura de revistes sobre el desenvolupament dels infants. Estava subscrita a la majoria de les publicacions dedicades a la funció dels pares i a totes les que tractaven els problemes de la infància, així com a d'altres que s'ocupaven de la dona que treballa. També s'havia subscrit a publicacions mèdiques, i les repassava sovint per buscar temes que fossin adequats per a la seva feina.

No sabia mai de què tractaria l'article: potser aquesta era una de les raons per les quals tenien tanta acceptació. A vegades, responia a preguntes, en d'altres, donava informació sobre les darreres dades respecte al desenvolupament de l'infant i allò que significaven. Una colla d'articles es referien a l'alegria que comportava la criança dels fills, mentre que en d'altres n'hi descrivia els inconvenients. Escrivia sobre la brega de la mare soltera, un tema que semblava tocar les fibres més sensibles en la vida de les dones de Boston. Inesperadament, la seva columna l'havia convertit en una mena de celebritat local. Però si bé en un primer moment li resultava divertit veure el seu retrat sobre l'article, o rebre invitacions a festes privades, sempre tenia tantes coses per fer, que no semblava tenir temps per gaudir de res. Ara ho considerava tan sols com una altra faceta de la seva feina: una faceta que era agradable, però que en realitat no tenia gaire significat per a ella.

Al cap d'una hora al sol, Theresa s'adonà que tenia el cos ardorós i se'n va anar cap a l'aigua. S'hi va ficar fins que li arribà als malucs i aleshores es va ajupir al precís moment que venia una onadeta. L'aigua freda li va fer proferir una exclamació quan va treure el cap, i un home que s'estava dret a prop d'ella es va posar a riure.

—Resulta estimulant, ¿oi? —va fer ell, i Theresa va assentir amb el cap mentre plegava els braços.

Era un home alt de cabells foscos, del mateix color que el d'ella, i per un instant es va preguntar si no pretenia lligar. Però els nens que corrien per allà a la vora de seguida van posar fi a la il·lusió amb els seus crits de «Papa!», i al cap d'alguns minuts més d'estar-se a l'aigua, en va sortir i va tornar a la seva cadira. La platja s'anava quedant deserta. Va recollir les seves coses, també, i inicià el camí de tornada.

A la casa, Brian mirava un partit de golf per la televisió, i Deanna llegia una novel·la amb una fotografia d'un advocat jove i ben plantat a la tapa.

—¿Com estava la platja?

—Formidable. El sol donava bo, però l'aigua més aviat feia venir calfreds, quan t'hi ficaves.

—Sempre passa. No comprenc com la gent s'hi poden estar més d'uns quants minuts.

Theresa va penjar la tovallola en una barra del costat de la porta. Per sobre l'espatlla, va dir:

—¿Com està el llibre?

Deanna va tancar el llibre i en mirà la tapa.

—Meravellós. Em recorda com era en Brian uns quants anys enrere.

Brian va fer un gruny sense apartar la vista del televisor.

—¿Eh?

—Res, amor. Reminiscències del passat. —Va tornar a prestar atenció a Theresa. Els ulls li brillaven—. ¿Estàs disposada a fer una partida de *gin rummy*?

A Deanna li encantaven els jocs de cartes de tota mena. Pertanyia a dos clubs de bridge, jugava a cors com una campiona i portava un registre de cada vegada que li sortia un solitari. El *gin rummy*, però, sempre havia estat el joc que ella i Theresa jugaven quan tenien temps, perquè era l'únic joc en què Theresa tenia oportunitat de guanyar alguna partida.

—I tant!

Deanna va doblegar la punta del full amb alegria, va deixar el llibre i es va aixecar.

—Esperava que diguessis això. Les cartes són a sobre la taula, a fora.

Theresa es va enroscar la tovallola sobre el vestit i va sortir per asseure's a la taula on havien esmorzat abans. Deanna de seguida la va seguir amb dues llaunes de Coca-Cola Light i va seure al seu davant mentre prenia la baralla. Va barrejar les cartes i les va donar. Deanna va alçar la vista després de mirar la mà que li havia tocat.

—Tens una mica de color a les galtes. El sol devia ser molt fort.

Theresa va començar a organitzar-se les cartes.

—Tenia la sensació que m'estava torrant.

—¿No has trobat cap persona interessant?

—En realitat, no. No he fet res més que llegir i relaxar-me al sol. La majoria de la gent anava amb la seva família.

—Quina pena!

—¿Per què?

—Mira, perquè en certa manera esperava que aquesta setmana coneguessis alguna persona especial.

—Tu ets especial.

—Ja saps el que vull dir. En certa manera tenia l'esperança que coneixeries un home, un home que et deixaria sense respiració.

Theresa va alçar la vista amb sorpresa.

—¿Què t'ho feia pensar?

—El sol, l'oceà, la brisa. No ho sé. Potser és la radiació addicional que em travessa el cervell.

—En realitat, no he buscat cap home, Deanna.

—¿Mai?

—En tot cas, no gaire.

—Ahà!

—No en facis una muntanya, d'això que dic. No fa pas tant temps que em vaig divorciar.

Theresa va tirar el sis de diamants, i Deanna el va recollir abans de descartar el tres de trèvols. Deanna enraonava amb el mateix to de la seva mare quan parlaven de la mateixa cosa.

—Han passat gairebé tres anys. ¿No tens ningú amagat al rebost perquè jo no ho sàpiga?

—No.

—¿Ningú?

Deanna va prendre una carta de la baralla i tirà un quatre de cors.

—Ningú. Però no sóc jo sola, ¿saps? És difícil trobar una persona avui dia. I tampoc no tinc temps per sortir i mantenir relacions socials.

—Prou que ho sé, de debò. El que passa és que tens massa per oferir a qui sigui. Sé que en algun lloc hi ha la persona que serà per a tu.

—N'estic segura, que hi és. Senzillament, encara no l'he trobat.

—¿Però que el busques?

—Quan puc. El que passa és que la meva directora executiva és una vertadera dèspota, ¿saps? No em dóna ni un moment de descans.

—Potser hauria de parlar amb ella.

—Sí, potser convindria que ho fessis —va concedir Theresa, i totes dues es van posar a riure.

Deanna va agafar una carta de la baralla i va tirar un set de piques.

—¿Has sortit amb algú?

—De fet, no. No des que en Matt No-sé-què em va dir que no volia una dona amb fills.

Deanna va arrufar les celles.

—A vegades els homes poden ser uns imbècils rematats, i aquest n'era un exemple perfecte. És la mena de paio que es mereixeria que col·loquessin el seu cap sobre un mur amb una placa a sota que digués: «Típic mascle egocèntric». Però no tots són així. N'hi ha a cabassos, d'homes de veritat..., homes que s'enamorarien de tu en un tancar i obrir d'ulls.

Theresa va recollir el set i va tirar un sis de diamants.

—Per això t'estimo, Deanna, perquè dius unes coses tan dolces.

Deanna va agafar una carta de la baralla.

—És veritat, però. Creu-me. Ets bonica, tens una bona feina, ets intel·ligent. Podria trobar una dotzena d'homes que estarien encantats de sortir amb tu.

—N'estic segura, que podria. Però això no vol dir que a mi m'hagin d'agradar.

—És que tu ni tan sols els en dónes una oportunitat.

Theresa s'arronsà d'espatlles.

—Potser no. Però això no significa que m'hagi d'acabar morint tota sola en una pensió per a velles solteres a la fi de la meva vida. Creu-me, m'encantaria tornar-me a enamorar. M'agradaria conèixer un home meravellós i viure eternament feliç. Però és que en aquests moments no ho puc considerar una prioritat, això. Tal com estan les coses, en Kevin i la feina m'absorbeixen tot el temps.

Deanna no va respondre durant un moment. Va tirar un dos de piques.

—Jo crec que tens por.

—¿Por?

—Exactament. I no crec que hi hagi res de dolent en això.

—¿Per què ho dius?

—Perquè sé el mal que en David et va fer, i sé que jo també tindria por que no em tornés a passar una cosa semblant. És la naturalesa humana. Gat escaldat, amb aigua freda en té prou, fa l'antiga dita. Hi ha molt de veritat, en això.

—Segurament. Però estic segura que si es presentés l'home adient, me n'adonaria. Tinc fe.

—¿Quina mena d'home és el que busques?

—No ho sé...

—És clar que ho saps! Tothom sap si fa no fa el que vol.

—No pas tothom.

—Segur que tu sí que ho saps. Comença per allò que és obvi, o si no pots, comença per allò que no vols..., com ara: ¿et semblaria bé que formés part d'una banda de motoristes?

Theresa va somriure i prengué una carta de la baralla. La mà anava completant-se. Una carta més i llestos. Va tirar la sota de cors.

—¿Per què hi tens tant d'interès?

—Au, va, dóna-li el gust, a una vella amiga, ¿vols?

—D'acord. Res de banda de motoristes, això segur —va dir amb un moviment de cap, i es va quedar pensarosa un instant—. Hum...! Suposo que, sobretot, hauria de ser un home que em fos fidel, fidel a nosaltres, al llarg de tota la nostra relació. Ja he tingut l'altra mena d'home i no podria tornar a passar per una experiència semblant. I crec que m'agradaria que tingués la meva edat o una cosa així, si fos possible, també.

Theresa callà i va arrufar lleugerament les celles.

—¿I?

—Espera un moment..., que hi estic pensant. Això no és tan senzill com sembla. Suposo que seguiria les normes establertes: m'agradaria que fos ben plantat, amable, intel·ligent i seductor..., ja saps, totes aquelles qualitats que les dones volen en un home.

Va callar de nou. Deanna va collir la sota. La seva expressió demostrava complaença a col·locar Theresa entre l'espasa i la paret.

—¿I?

—Hauria de passar moltes estones amb en Kevin, com si fos el seu propi fill..., això és realment important per a mi. Ah, i també hauria de ser romàntic. M'encantaria rebre un ram de flors de tant en tant. I hauria de ser atlètic, també. No podria sentir respecte per un home si el podia guanyar en un pols.

—¿Això és tot?

—Sí, això és tot.

—A veure, doncs, si ho he entès bé. Vols un home fidel, seductor, ben plantat, d'uns trenta anys, que també sigui intel·ligent, romàntic i atlètic. I també ha de ser amable amb en Kevin, ¿oi?

—Ho has entès bé.

Deanna va respirar fondo mentre deixava la mà de cartes sobre la taula.

—Bé, almenys no ets exigent. *Gin*.

Després de perdre definitivament al *gin rummy*, Theresa se'n va anar a dins per començar a llegir un dels llibres que s'havia emportat. Es va asseure al banc de la finestra que donava a la part del darrere de la casa, mentre Deanna tornava a concentrar-se en el seu llibre. Brian encara va trobar una altra competició golfística i es va passar la tarda seguint-la àvidament, tot fent comentaris sense adreçar-se a ningú en particular cada vegada que alguna cosa despertava el seu interès.

A les sis de la tarda —i, cosa que era més important, després d'haver-se acabat la competició golfística—, Brian i Deanna van sortir a passejar per la platja. Theresa es va quedar a casa i contemplà per la finestra com s'allunyaven agafats per la mà per la vora de l'aigua. Mantenien una relació ideal, pensava mentre els observava. Tenien interessos completament diferents, si bé allò semblava que els mantenia units en comptes de separar-los.

Després de pondre's el sol, tots tres van anar amb cotxe fins a Hyannis i van sopar al Sam's Crabhouse, un famós restaurant que era digne de la reputació de què gaudia. Era ple i van haver d'esperar una hora per seure a una taula, però els crancs fumejants i la mantega que els acompanyava valien la pena. A la mantega hi havien afegit all, i entre tots tres es van prendre sis cerveses en un parell d'hores. Cap al final del sopar, Brian va preguntar per la carta que havia anat a parar a la platja.

—L'he llegida en arribar de jugar a golf. Deanna l'havia enganxat a la nevera.

Deanna es va arronsar d'espatlles tot rient. Es va tombar de cara a Theresa amb una expressió als ulls que feia: «Ja t'ho deia que algú s'hi interessaria.»

—Va anar a parar a la platja. L'he trobat mentre corria aquest matí.

Brian es va acabar la cervesa i va prosseguir:

—És una carta interessant. La trobo molt trista.

—Ja ho sé. És la mateixa impressió que he tingut quan l'he llegida.

—¿Saps on para Wrightsville Beach?

—No. No n'havia sentit a parlar mai.

—És a Carolina del Nord —va explicar Brian mentre furgava en una butxaca per treure'n un cigarret—. En una ocasió hi vaig anar per participar en un campionat de golf. Uns camps magnífics. Una mica plans, però s'hi jugava bé.

Deanna va ficar-hi cullerada amb un assentiment de cap.

—Per a Brian, tot està relacionat d'alguna manera amb el golf.

—¿En quin lloc de Carolina del Nord? —va preguntar Theresa.

Brian va encendre el cigarret i aspirà. Mentre exhalava el fum, va dir:

—A prop de Wilmington..., o de fet, fins i tot potser en forma part..., no estic gaire segur dels límits. Amb cotxe, queda una hora i mitja al nord de Myrtle Beach. ¿Has sentit a parlar de la pel·lícula *Cape Fear*?

—I tant!

—El riu Cape Fear és a Wilmington, i allà és on se situa l'acció de la pel·lícula. En realitat, ara se n'hi filmen moltes, de pel·lícules, en aquell indret. La majoria dels estudis importants són presents a la ciutat. Wrightsville Beach és una illa situada davant la costa mateix. Molt pròspera..., actualment gairebé s'ha convertit en un lloc residencial. És on moltes estrelles paren mentre filmen en aquella localitat.

—¿Com és que no n'havia sentit a parlar mai?

—No ho sé. Suposo que no desperta gaire atenció a causa de Myrtle Beach, però és molt coneguda cap a la banda del sud. És un indret magnífic per passar-hi vuit dies si mai en tens l'ocasió.

Theresa no va contestar, i Deanna va tornar a agafar la paraula amb un lleu toc de malícia en la veu.

—Així ara ja sabem d'on és el nostre misteriós autor de la carta.

Theresa es va arronsar d'espatlles.

—Suposo que sí, però encara no hi ha manera de saber-ho del cert. Podria ser un lloc que ells haguessin visitat o on haguessin passat unes vacances. Això no vol dir que hi visqui.

Deanna va sacsejar el cap.

—No ho crec. Per la manera que va ser escrita la carta..., tot fa pensar que el seu somni era massa real per situar-lo en un lloc on només hagués estat una o dues vegades.

—Es veu que hi has pensat més d'un cop, ¿oi?

—Instint. Aprens a deixar-te guiar per ell, i jo m'hi jugaria qualsevol cosa que Wrightsville Beach o Wilmington és on viu.

—¿I què?

Deanna va allargar el braç cap a la mà de Brian, li va prendre el cigarret, va clavar-hi una xuclada fonda i se'l va quedar. Feia anys que actuava d'aquella manera. Pensava que, com que no encenia el cigarret, no era oficialment addicta al tabac. Brian, sense aparentment adonar-se del que ella havia fet, en va encendre un altre. Deanne es va inclinar endavant.

—¿Hi has pensat més, en allò de publicar la carta?

—En realitat, no. Encara no sé si és una bona idea.

—¿I si no hi posem els seus noms, sinó tan sols les inicials? Fins i tot podem canviar el nom de Wrightsville, si vols.

—¿Per què ho trobes tan important?

—Perquè sé reconèixer una bona història quan me la trobo davant del nas. Més: penso que aquesta la trobaria interessant molta gent. Actualment, la gent està tan enfeinada, que aparentment el romanticisme es va morint lentament. Aquesta carta demostra que encara és possible.

Theresa es va agafar distretament un ble de cabells i va començar a enroscar-lo al voltant del dit. Era un costum que tenia des de petita, i ho feia quan rumiava alguna cosa. Al cap d'una llarga estona, va contestar per fi.

—D'acord.

—¿Ho faràs?

—Sí, però com tu dius, només hi posarem les inicials i ometre'm la part que fa referència a Wrightsville Beach. I escriuré un parell de frases com a introducció.

—Com me n'alegro! —va exclamar Deanna amb l'entusiasme d'una criatura—. Sabia que ho faries. L'enviarem per fax demà mateix.

Aquella nit, Theresa va escriure el començament de l'article a mà en un paper de carta que va trobar al calaix de l'escriptori del despatx. En haver acabat, se'n va anar a la seva cambra, deixà els dos fulls a la tauleta de nit i tot seguit es va ficar al llit. Aquella nit va dormir com un tronc.

L'endemà al matí, Theresa i Deanna van anar a Chatham i van fer passar a màquina el text de la carta en una impremta. Com que cap de les dues no havia dut l'ordinador portàtil, i Theresa insistia que l'article no havia d'incloure certa informació, semblava que allò era la cosa més lògica que podien fer. Quan l'article va estar llest, el van enviar per fax. Apareixeria al diari de l'endemà.

La resta del matí i de la tarda la van passar com el dia abans: anant de compres, reposant a la platja, xerrant distesament i assaborint un deliciós sopar. Quan arribà el diari a primera hora del matí, Theresa va ser la primera de llegir-lo. Es va despertar d'hora, va acabar de córrer abans que Deanna i Brian s'haguessin llevat, i aleshores va obrir el diari i va llegir l'article.

«Fa quatre dies, mentre estava de vacances, escoltava unes cançons antigues per la ràdio i vaig sentir Sting que cantava "Un missatge en una ampolla". Incitada a passar a l'acció per la seva entonació apassionada, vaig anar a córrer per la platja amb l'ànim de trobar la meva pròpia ampolla. Al cap d'uns minuts, en vaig trobar una i, efectivament, contenia un missatge. (En realitat, no havia sentit moments abans la cançó: ho he dit per causar un efecte dramàtic. Però és cert que vaig trobar una ampolla l'altre dia al matí amb un missatge commovedor a dins.) No he pogut treure-me-la del cap, i si bé aquest no és un tema sobre el qual escrigui sovint, en una època en què l'amor etern i el compromís semblen tan escassos, confiava que el trobaríeu tan interessant com jo.»

La resta de l'article anava dedicat a la carta. Quan Deanna es va unir a Theresa per esmorzar, també va llegir l'article abans de mirar res més del diari.

—Meravellós! —va exclamar en acabar de llegir-lo—. Imprès, fins i tot queda millor que no em pensava. Arran d'aquest article, rebràs un gavadal de correspondència.

—¿Vols dir?

—I tant! N'estic segura.

—¿Encara més que de costum?

—Tones. Ho pressento. En realitat, avui trucaré a John. Li demanaré que el trameti un parell de vegades durant la setmana. Amb aquest article fins i tot aconseguiràs sortir els diumenges.

—Ja ho veurem —va replicar Theresa mentre es menjava una torrada, sense saber si creure el que deia Deanna o no, però, tanmateix, molt encuriosida.

TRES

EL DISSABTE, vuit dies després de la seva arribada, Theresa va tornar a Boston.

Va obrir la porta del seu apartament, i Harvey va acudir corrent del dormitori del darrere. Es va refregar contra la seva cama, roncant sordament, i Theresa el va alçar i va anar fins a la nevera. Va treure'n un tros de formatge i el donà a Harvey, mentre li acariciava el cap, agraïda perquè la seva veïna Ella havia accedit a cuidar-lo mentre ella era fora. En acabar-se el formatge, va saltar dels seus braços i es va acostar a les portes corredisses de vidre que donaven al pati posterior. L'apartament feia olor de resclosit d'estar tant de temps tancat, i Theresa va obrir les portes perquè es ventilés.

Un cop va haver desfet les maletes i recollit la correspondència i les claus de casa d'Ella, es va servir una copa de vi, va anar fins a l'estèreo i hi va posar el CD de John Coltrane que havia comprat. Mentre la música de jazz inundava la sala, va revisar la correspondència. Com sempre, gairebé tot eren factures, i les va deixar de banda per a una altra ocasió.

Hi havia vuit missatges al contestador quan el va engegar. Dos eren d'homes amb els quals havia sortit en el passat, que li preguntaven si els brindava una segona oportunitat. Hi va pensar breument i va decidir que no. Cap d'ells no li resultava atractiu, i no li venia de gust sortir simplement perquè tenia un espai en blanc a l'agenda. Hi tenia també trucades de la seva mare i la seva germana, i va prendre nota mentalment de telefonar-les durant la setmana. No hi havia cap trucada de Kevin. A hores d'ara devia estar navegant per algun riu i acampant amb el seu pare en algun indret d'Arizona.

Sense Kevin, la casa semblava estranyament silenciosa. També, però, estava ordenada, i d'alguna manera aquell fet tornava la situació més suportable. Resultava plaent arribar a casa i no haver de netejar de tant en tant res més que allò que ella embrutava.

Va pensar en els quinze dies de vacances que encara li quedaven aquest any. Ella i Kevin passarien una temporada a la platja, perquè així li ho havia promès. Però encara li quedava una setmana més. Podria reservar-se-la per al Nadal, però aquest any Kevin el passaria a casa del seu pare, de manera que no semblava que tingués gaires opcions en aquest sentit. Detestava passar el Nadal tota sola —sempre havia estat la seva festa favorita—, però no tenia alternativa, i va decidir que era inútil donar-hi més voltes. Potser podria fer un viatge a les Bermudes o a Jamaica o a algun altre lloc del Carib..., però el cas era que en realitat no volia anar-hi sola, i no sabia qui voldria acompanyar-la. Potser Janet, però ho dubtava. Les tres filles la feien anar de bòlit, i Edward probablement no podria aconseguir escapar-se de la feina. Potser podria aprofitar aquella setmana per fer les coses de la casa que portava de cap..., però allò li semblava una pèrdua de temps. ¿Qui volia passar-se les vacances pintant i enganxant paper a les parets?

Per fi va deixar-ho córrer i decidí que si no se li acudia res d'emocionant, se les guardaria per a l'any següent. Potser ella i Kevin podrien anar a Hawaii quinze dies.

Es va ficar al llit i va agafar una de les novel·les que havia començat a Cape Cod. Va llegir de pressa i sense distreure's i s'empassà gairebé un centenar de pàgines abans de cansar-se. A mitjanit, va apagar el llum. Aquella nit, va somiar que caminava sola per una platja deserta, sense saber per què.

Dilluns al matí, la correspondència que tenia damunt l'escriptori era impressionant. Hi havia quasi dues-centes cartes quan ella hi va arribar, i més tard el carter en va portar una cinquantena més. Tan bon punt entrà al despatx, Deanna va assenyalar orgullosament el munt de cartes.

—¿Veus? Ja t'ho deia jo —va fer amb un somriure.

Theresa va demanar que no li passessin trucades, i va començar a obrir la correspondència de seguida. Sense excepció, eren respostes a la carta que havia publicat a la seva columna. La majoria eren de dones, si bé també havien escrit alguns homes, i la uniformitat de les opinions la va sorprendre. D'una en una, va anar llegint de quina manera s'havien sentit commogudes per aquella carta anònima. Moltes preguntaven si ella sabia qui era l'autor, i unes quantes dones donaven a entendre que si es tractava d'un home solter, elles estaven disposades a casar-se amb ell.

Va constatar que gairebé totes les edicions dominicals del país havien reproduït l'article, i les cartes procedien de llocs tan allunyats com Los Angeles. Sis homes s'adjudicaven l'autoria de la carta, i n'hi havia quatre que en reclamaven els drets: un fins i tot amenaçava d'iniciar una acció legal. Però quan ella va examinar-ne la lletra, no en va trobar cap que s'assemblés ni remotament a la de la carta.

Al migdia, va anar a dinar al seu restaurant japonès preferit, i un parell de persones que menjaven a les altres taules van fer esment d'haver llegit l'article, també.

—La meva dona el va enganxar a la nevera —va fer un home, la qual cosa va provocar la rialla de Theresa.

Al final del dia, ja s'havia llegit la majoria de les cartes de la pila, i estava cansada. Encara no havia escrit ni una ratlla del següent article, i ja sentia la pressió de l'edifici al clatell, com solia passar-li quan s'acostava el moment límit. A dos quarts de sis, va començar a treballar en un article sobre el fet que Kevin era fora i com sentia ella la seva absència. Li sortia millor que no esperava i ja gairebé l'havia acabat quan va sonar el telèfon.

Era la telefonista del diari.

—Hola, Theresa, ja sé que m'has demanat que no et passés cap trucada, i així ho he fet —va començar dient—. No ha estat fàcil, per cert: has rebut unes seixanta telefonades, avui. El telèfon trucava fins i tot quan estava despenjat.

—¿Què passa, doncs?

—Una dona que no para de trucar. Aquesta és la cinquena vegada que truca, avui, i ja va telefonar dos cops la setmana passada. No vol donar el seu nom, però a hores d'ara ja li reconec la veu. Diu que ha de parlar amb tu.

—¿No pots agafar el missatge?

—Ho he intentat, però és insistent. Demana si es pot esperar fins que tu tinguis un moment. Diu que truca de llarga distància, però que ha de parlar amb tu de totes passades.

Theresa va rumiar un moment mentre fitava la pantalla que tenia al davant. L'article ja quasi estava llest: només li faltaven un parell de paràgrafs.

—¿No pots demanar-li un número de telèfon on li pugui trucar?

—No, tampoc no me l'ha volgut donar. És molt evasiva.

—¿No saps què vol?

—No en tinc ni idea. Però parla amb coherència..., no com moltes persones de les que han trucat avui. Un individu em demanava que em casés amb ell.

Theresa va riure.

—Està bé, digue-li que s'esperi. L'atendré d'aquí a cinc minuts.

—D'acord.

—¿A quina línia està?

—A la cinc.

—Gràcies.

Theresa va acabar l'article a corre-cuita. Tornaria a repassar-lo tan bon punt hagués atès el telèfon. Va alçar el receptor i va pitjar la tecla de la línia cinc.

—Digui.

La línia va restar muda uns instants. Després, amb una veu dolça i melodiosa, la persona que telefonava va fer:

—¿Vostè és Theresa Osborne?

—Sí, jo mateixa.

Theresa es va reclinar contra el respatller i començà a cargolar-se el ble de cabells.

—¿És vostè qui va escriure l'article sobre el missatge en una ampolla?

—Sí. ¿En què la puc servir?

La dona va emmudir de nou. Theresa podia sentir la seva respiració, com si rumiés el que havia de dir tot seguit. Al cap d'un moment, va preguntar:

—¿Em pot dir els noms que figuren a la carta?

Theresa va tancar els ulls i deixà de cargolar-se els cabells. «Una altra caçadora de curiositats», va pensar. La mirada va tornar a clavar-se-li a la pantalla, i va començar a repassar l'article.

—No, em sap greu, però no puc. No vull que aquesta informació es faci pública.

La dona es va tornar a quedar callada, i Theresa començava a estar cada vegada més impacient. Va començar a llegir el primer paràgraf de la pantalla. Aleshores, la seva interlocutora la va sorprendre.

—Per favor —va dir—, he de saber-ho.

Theresa va apartar la vista de la pantalla. Va advertir una absoluta seriositat en la veu d'aquella dona. Hi havia alguna cosa més, també, però no acabava d'esbrinar què era.

—Em sap greu —va fer Theresa, finalment—, però realment no l'hi puc dir.

—¿Aleshores podrà contestar una pregunta?

—Podria ser.

—¿La carta anava adreçada a una tal Catherine i la signava un home anomenat Garrett?

La dona havia captat tota l'atenció de Theresa, que s'havia incorporat a la cadira.

—¿Qui és vostè? —va preguntar amb sobtada urgència, i un cop va haver pronunciat les paraules, ja sabia que la seva interlocutora coneixia la veritat.

—És així, ¿oi?

—¿Qui és vostè? —va tornar a preguntar Theresa, aquesta vegada més dolçament.

Va sentir que la dona respirava fondo abans de contestar.

—Em dic Michelle Turner i visc a Norfolk, Virginia.

—¿Com és que coneix aquests detalls de la carta?

—El meu marit pertany a l'armada i està destacat aquí. Fa tres anys, passejava per la platja, i vaig trobar una carta com la que vostè va trobar durant les vacances. Després de llegir el seu article, vaig comprendre que l'havia escrita la mateixa persona. Les inicials eren les mateixes.

Theresa va restar callada un instant. No podia ser, va pensar. ¿Tres anys enrere?

—¿Com era el paper en què estava escrita?

—El paper era de color beix i tenia un gravat d'un veler a l'angle superior dret.

Theresa va sentir que se li acceleraven els batecs del cor. Amb tot encara ho trobava increïble.

—La seva carta també tenia el gravat d'un veler, ¿oi?

—Sí, així és —va mussitar Theresa.

—Ho sabia. Ho vaig saber tan bon punt vaig llegir el seu article.

Michelle parlava com si li haguessin tret un gran pes de sobre.

—¿Encara en conserva una còpia, de la carta? —va preguntar Theresa.

—Sí. El meu marit no l'ha vista mai, però jo la trec de tant en tant i la torno a llegir. És una mica diferent de la carta que vostè va reproduir al seu article, però els sentiments són els mateixos.

—¿Podria enviar-me'n una còpia per fax?

—És clar —va contestar abans de fer una pausa—. És sorprenent, ¿oi? Vull dir que jo la trobés fa tant de temps, i ara vostè en trobés una altra.

—Sí —va mormolar Theresa—, ho és.

Després de donar a Michelle el número de fax, Theresa ja no es va poder concentrar en la revisió del nou article. Michelle havia d'anar a una casa de fotocòpies per enviar la carta per fax, i Theresa no parava d'anar a cada moment de l'escriptori al fax, mentre esperava l'arribada de la carta. Al cap de quaranta-sis minuts va sentir que s'engegava el fax. El primer full era del Servei Nacional de Còpies on indicava que anava adreçat a Theresa Osborne, al *Boston Times*.

Es va quedar fitant el full mentre queia a la safata de sota i sentia el soroll de la màquina mentre anava copiant la carta ratlla per ratlla. Anava de pressa —tardava tan sols deu segons a copiar una pàgina—, però fins i tot aquella espera li semblava interminable. Tot seguit va començar a copiar un tercer full, i va comprendre que, igual que la carta que ella havia trobat, també aquesta devia cobrir les dues cares.

Va agafar les còpies en el moment que el fax feia el senyal de la fi de la transmissió. Va tornar amb els fulls a l'escriptori sense llegir-los i els va deixar de cara avall durant uns quants minuts, mentre tractava d'alentir la respiració. «És tan sols una carta», es deia a si mateixa.

Respirant fondo, va alçar el full de l'adreça. Una ràpida ullada al logotip del veler li va demostrar que es tractava indubtablement del mateix autor. Va situar el full de manera que tingués més bona llum i va començar a llegir.

6 de març de 1994
Estimada Catherine,

¿on ets? ¿I per què, em pregunto mentre m'estic tot sol en una casa a les fosques, ens han separat a la força?

Ignoro la resposta a aquestes preguntes, per molt que m'esforço per comprendre. La raó és simple, però la meva ment m'obliga a descartar-la i l'angoixa em devora durant totes les hores que estic despert. Em trobo perdut sense tu. Sóc un ésser sense ànima, un pària sense llar, un ocell solitari que vola cap al no-res. Sóc totes aquestes coses i no sóc res en absolut. Aquesta, vida meva, és la meva vida sense tu. Anhelo que tu m'ensenyis a viure de nou.

Tracto de recordar com érem en un temps, a la coberta ventosa del Happenstance. *¿Recordes com bregàvem tots dos per dominar-lo? Vam esdevenir part de l'oceà mentre el reconstruíem, perquè tots dos sabíem que era l'oceà el que ens unia. Era en moments com aquells quan jo comprenia el sentit de la vertadera felicitat. A la nit, salpàvem en negres aigües, i jo contemplava com la llum de la lluna destacava la teva bellesa. T'observava fascinat i sabia des del fons del meu cor que estaríem junts per sempre. Em pregunto si sempre s'experimenta aquesta sensació quan dues persones estan enamorades. Jo no ho sé, però si la vida que he portat des que et van arrancar del meu costat n'és un indici, aleshores crec que ja conec la resposta. D'ara endavant, sé que estaré sol.*

Penso en tu, somio amb tu, et conjuro quan més et necessito. Això és l'única cosa que puc fer, però per a mi no és prou. Mai no serà prou, això sí que ho sé, i tanmateix, ¿quina altra cosa puc fer? Si fossis aquí, tu m'ho diries, però fins i tot això m'han robat. Tu sempre coneixies les paraules adequades per mitigar el dolor que sentia. Sempre sabies com fer-me sentir bé interiorment.

¿És possible que sàpigues com em sento sense tu? Quan somio, m'agrada pensar que ho saps. Abans d'estar junts, anava per la vida sense trobar-hi un sentit, sense tenir cap raó per viure. Sé que d'alguna manera, cada pas que vaig fer des del moment que vaig saber caminar era un pas endavant per trobar-te. Estàvem destinats a ser l'un de l'altre.

Però ara, sol a casa meva, he arribat a comprendre que el destí pot ferir una persona tant com pot arribar a beneir-la, i jo em pregunto per què —de totes les persones del món que podria haver estimat— vaig haver d'enamorar-me d'aquella que em seria arrencada del meu costat.

Garrett

En acabar de llegir la carta, Theresa es va reclinar contra el respatller de la cadira i es va posar els dits als llavis. La remor de la sala de redacció semblava venir d'algun lloc molt llunyà. Va prendre la bossa, en va treure la carta inicial i les va col·locar totes dues de costat sobre l'escriptori. Va llegir la primera, va seguir amb la segona, després les va llegir en ordre invers, sentint-se gairebé com una mena de *voyeur*, com si escoltés d'amagat una conversa íntima i secreta.

Es va aixecar de l'escriptori, sentint-se estranyament trasbalsada. Va triar una llauna de suc de poma a la màquina automàtica, mentre tractava de comprendre els sentiments que se li agitaven a l'interior. Quan va tornar al seu lloc, però, les cames de sobte se li van afluixar i va esfondrar-se a la cadira. Si no hagués estat exactament al lloc adient, s'adonà que hauria caigut a terra.

Amb l'esperança d'aclarir les idees, va començar a ordenar maquinalment l'escriptori. Les plomes van anar a parar al calaix, els articles que havia utilitzat com a referència van ser arxivats de nou, la grapadora va ser carregada un cop més, els llapis van tornar a tenir la punta esmolada i una tassa de cafè va ser col·locada sobre l'escriptori. En acabar, ja no hi havia res fora de lloc tret de les dues cartes, que no havia ni tan sols tocat.

Feia una mica més d'una setmana, havia trobat la primera carta, i aquelles paraules li havien causat una forta impressió, si bé el seu pragmatisme l'obligava a seguir endavant i no pensar-hi més. Aquesta vegada, però, això semblava impossible. No podia pas fer-ho, després de trobar una segona carta, escrita presumiblement per la mateixa persona. ¿N'hi devia haver més?, es demanava. ¿I quina mena d'home era que les enviava dins d'una ampolla? Semblava miraculós que una altra persona, tres anys abans, hagués trobat una carta i l'hagués tingut amagada en un calaix, perquè també a ella l'havia commoguda. Va obrir la llauna de suc de poma i en va beure un glop, mentre intentava esbrinar què li passava pel cap. Encara no n'estava del tot segura, i l'única cosa que desitjava era que no s'acostés ningú al seu escriptori durant els següents minuts fins que no hagués pogut posar en clar certes coses. Va guardar les dues cartes a la bossa mentre li voltava pel cap la primera frase de la segona: *¿On ets?*

Va tancar el programa de l'ordinador que feia servir per escriure els articles i, malgrat els temors que sentia, va triar un programa que li permetés accedir a Internet.

Després d'un moment de vacil·lació, va teclejar les paraules:

WRIGHTSVILLE BEACH

dins el programa de cerca i pitjà la tecla d'entrada. Sabia que alguna cosa apareixeria, i encara no al cap de cinc segons ja tenia una sèrie de temes diferents per escollir.

Trobats 3 ítems a Wrightsville Beach. Distribuir els ítems 1-3.

Categories de les locacions - Zona de les locacions - *Pàgines Web Mariposa*

Categories de les locacions

Regionals: Estats Units: Carolina del Nord: Ciutats: Wrightsville Beach

---

Zona de les locacions

Regionals: Estats Units: Carolina del Nord: Ciutats: Wilmington: Béns mobles-Companyia de béns mobles Ticar-També oficines a Wrightsville Beach i Carolina Beach
Regionals: Estats Units: Carolina del Nord: Ciutats: Wrightsville Beach: Allotjaments
—Lloc d'estiueig Cascade Beach

Mentre mirava fixament la pantalla, Theresa de sobte va pensar que allò era absurd. Fins i tot en cas que Deanna tingués raó i Garrett visqués en algun indret de la zona de Wrightsville Beach, encara seria gairebé impossible localitzar-lo. ¿Per què, doncs, ho estava intentant?

Ella en coneixia el motiu, naturalment. Les cartes les havia escrites un home que estimava una dona profundament, un home que ara estava sol. Quan era joveneta, havia arribat a creure en l'home ideal: el príncep o el cavaller dels contes infantils. Al món real, però, semblants homes senzillament no existien. La gent de veritat tenia agendes de veritat, demandes de veritat, expectatives de veritat respecte a com havia de comportar-se l'altra gent. Era cert que hi havia homes bons, homes que estimaven amb tota l'ànima i que es mantenien ferms davant dels grans obstacles, la mena d'home que ella volia trobar des que s'havia divorciat de David. ¿Però com podia trobar un home semblant?

Ara i aquí, sabia que aquest home existia, un home que estava sol, i ella —fos qui fos— segurament era morta, o si més no havia desaparegut sense cap explicació. Això no obstant, Garrett encara l'estimava prou per enviar-li cartes d'amor durant almenys tres anys. Si més no, havia demostrat que era capaç d'estimar algú profundament i, cosa que era més important encara, de romandre plenament fidel al seu amor, fins i tot al cap de tant de temps com feia que la seva estimada havia desaparegut.

¿On ets?

La frase continuava ressonant-li dins el cap, com una cançó sentida a primera hora per la ràdio i que s'anés repetint sense parar tota la tarda.

¿On ets?

Ella no ho sabia del cert, però ell existia, i una de les coses que havia après a la vida era que si descobries una cosa que et causava una tensió interior, valia més que tractessis d'esbrinar-ne tot allò que poguessis. Si et limitaves a no fer cas d'aquell sentiment, no sabries mai el que podria passar, i en molts aspectes això era pitjor que descobrir que estaves equivocat des del començament. Perquè si estaves equivocat, podries tirar endavant a la vida sense mirar enrere per sobre l'espatlla, tot preguntant-te què devia haver passat.

¿Però on portaria tot allò? ¿I què significava? ¿Per ventura el descobriment de la carta havia estat disposat d'alguna manera pel destí o era simplement una coincidència? ¿O potser, va pensar, era tan sols una mena de recordatori d'allò que li faltava a la vida? Es cargolava distretament els cabells mentre ponderava la darrera possibilitat. «Està bé», va decidir, «puc viure sense complicar-me la vida.»

Però sentia curiositat pel misteriós autor de la carta, i no tenia sentit negar-ho, si més no davant d'ella mateixa. I com que ningú no ho entendria (¿com ho podien entendre, si no ho entenia ni ella mateixa?), va decidir en aquell precís moment no explicar a ningú el que sentia.

¿On ets?

En el fons, sabia que la recerca per mitjà de l'ordinador i la fascinació que li produïa Garrett no conduirien a res en absolut. De mica en mica s'aniria convertint en una mena d'història curiosa que ella aniria contant una vegada i una altra. Continuaria fent la seva vida, escrivint la seva columna, passant estones amb Kevin, fent totes les coses que una mare sola havia de fer.

I quasi tenia raó. La seva vida hauria de continuar exactament com ella se l'havia imaginada. Però una cosa havia de succeir al cap de tres dies que la va obligar a endinsar-se en el desconegut únicament amb una maleta plena de roba i una pila de papers que podien o no tenir cap sentit.

Va descobrir una tercera carta de Garrett.

QUATRE

EL DIA QUE VA DESCOBRIR la tercera carta, naturalment que no esperava que s'esdevingués res d'extraordinari. A Boston, era un dia típic de mitjans d'estiu: calorós, humit, amb les mateixes notícies que solien acompanyar aquell temps: uns quants intents de violació provocats per tensions exacerbades i dos assassinats a primera hora de la tarda comesos per gent que havia estat arrossegada al límit.

Theresa es trobava a la sala de redacció, tot cercant dades sobre els nens autistes. El *Boston Times* disposava d'un excel·lent arxiu d'articles publicats en anys anteriors en una gran varietat de publicacions. Per mitjà de l'ordinador podia tenir accés a la biblioteca de la Universitat de Harvard o a la de Boston, i la suma de literalment centenars de milers d'articles que tenien a la seva disposició facilitava la recerca i calia destinar-hi menys temps que no pas uns quants anys enrere.

En un parell d'hores havia pogut trobar gairebé una trentena d'articles escrits en els darrers tres anys que havien estat publicats en revistes de les quals no havia sentit a parlar mai, i sis dels títols semblaven prou interessants per a un possible ús. Com que havia de passar a prop de Harvard en tornar a casa, va decidir recollir-los aleshores.

Quan estava a punt de tancar l'ordinador, de sobte una idea li va passar pel cap i es va aturar. «¿Per què no?», es va preguntar. «És una possibilitat molt remota, però ¿què hi puc perdre?» Es va asseure davant l'escriptori, va tornar a entrar a la base de dades de Harvard i va teclejar els mots:

MISSATGE EN UNA AMPOLLA

Com que els articles al sistema de la biblioteca estaven indexats per tema o per títol, va escollir revisar els títols per accelerar la cerca. La cerca per temes generalment proporcionava més articles, però esporgar-los constituïa un procés molt pesat, i ara ella no tenia temps per dedicar-s'hi. Després de pitjar la tecla d'entrada, es va reclinar contra el respatller i va esperar que l'ordinador recuperés la informació que ella demanava.

La resposta la va sorprendre: en els darrers anys s'havien escrit una dotzena d'articles diferents sobre el tema. La majoria eren publicats en diverses revistes científiques, i els títols que duien semblaven suggerir que les ampolles s'utilitzaven en diverses operacions per determinar els corrents oceànics.

N'hi havia tres, d'articles, però, que semblaven interessants, i en va anotar els títols, amb el propòsit de recollir-los, també.

El trànsit era dens i lent, i va trigar molt més que no es pensava a arribar a la biblioteca i fotocopiar els nou articles que volia. Va arribar a casa tard i, després de demanar el sopar al restaurant xinès local, es va asseure al sofà amb els tres articles sobre el tema dels missatges dins les ampolles al davant.

Un article publicat a la revista *Yankee* al març de l'any anterior va ser el primer que va agafar. Feia una mica d'història sobre els missatges dins les ampolles i feia una crònica sobre les ampolles que havien anat a parar a les costes de Nova Anglaterra durant els últims anys. Algunes de les cartes que s'havien trobat eren veritablement memorables. Ella va gaudir especialment de la que es referia a Paolina i Ake Viking.

El pare de Paolina havia trobat un missatge en una ampolla que Ake, un jove mariner suec, havia enviat al mar. Ake, que s'avorria durant una de les seves moltes travessies marines, demanava que la dona bonica que el trobés li escrigués al seu torn. El pare va donar el missatge a Paolina, la qual va escriure a Ake. Una carta en va portar una altra, i quan Ake finalment va viatjar a Sicília per conèixer la noia, van descobrir que estaven d'allò més enamorats. Es van casar poc temps després.

Cap al final de l'article, va trobar dos paràgrafs que parlaven d'un altre missatge que havia anat a parar a les platges de Long Island:

«La majoria dels missatges enviats en una ampolla solen demanar que qui la trobi respongui de seguida amb molt poques esperances de mantenir una correspondència que duri tota la vida. A vegades, però, els qui l'envien no volen rebre resposta. L'any passat, es va descobrir una carta d'aquestes, un tribut commovedor a un amor perdut, que havia anat a parar a Long Island. Un fragment deia:

»Sense tu als meus braços, sento una buidor a l'ànima. Em trobo cercant la teva cara entre la multitud..., sé que això és un impossible, però no ho puc evitar. Buscar-te és una empresa interminable que està condemnada al fracàs. Tu i jo havíem parlat del que succeiria si les circumstàncies ens obligaven a separarnos, però no puc complir la promesa que et vaig fer aquella nit. Ho sento, amor meu, però mai no hi haurà ningú que vingui a reemplaçar-te. Les paraules que et vaig dir a cau d'orella eren una bogeria, i ja me n'hauria d'haver adonat aleshores. Tu —i només tu— has estat sempre l'única cosa que desitjava, i ara que no hi ets, no sento cap desig de buscar-ne una altra. Fins que la mort ens separi, vam declarar en veu baixa a l'església, i he arribat a creure que aquells mots continuaran ressonant amb tota la seva veritat fins al dia —que indefectiblement arribarà— en què jo també seré obligat a abandonar aquest món.»

Va parar de menjar i bruscament va deixar la forquilla.

«No pot ser!» Es va quedar mirant fixament aquelles paraules. «Senzillament no és possible...»

«Però...»

«Però... ¿qui més podia ser?»

Es va eixugar el front, adonant-se que, de sobte, li tremolaven les mans. «¿Una altra carta?» Va tornar al començament de l'article i mirà el nom de l'autor. L'havia escrit Arthur Shendakin, doctor en filosofia i professor d'història a la facultat de Boston, i volia dir que...

«Deu viure al barri.»

Es va alçar d'un bot i va agafar la guia de telèfons del prestatge a tocar de la taula del menjador. La va fullejar, buscant el nom. Hi havia menys d'una dotzena de Shendakin, si bé només dos semblaven factibles de ser-ho. Tots dos tenien la lletra «A» com a primera inicial, i va consultar el rellotge abans de trucar. Dos quarts de deu. Tard, però no massa. Va pitjar els números. A la primera trucada va atendre una dona que va dir que s'havia equivocat de número, i quan Theresa va penjar l'aparell, va notar que tenia la gola seca. Va anar a la cuina i va omplir un got d'aigua. Després de beure'n un bon glop, va respirar fondo i va tornar al telèfon.

Es va assegurar que marcava el número correcte i esperà que el telèfon comencés a trucar.

Una vegada.

Dues.

Tres.

A la quarta va començar a perdre les esperances, però a la cinquena trucada, va sentir que despenjaven.

—Digui'm —va fer una veu masculina.

Pel so de la veu, va pensar que devia tenir uns seixanta i tants anys. Es va escurar el coll.

—Miri, parla Theresa Osborne, del *Boston Times*. ¿Vostè és Arthur Shendakin?

—Sí, jo mateix —va contestar, amb to de sorpresa.

«Conserva la calma», es va dir ella.

—Molt de gust. Trucava per saber si era el mateix Arthur Shendakin que l'any passat va publicar un article al *Yankee* sobre els missatges enviats dins d'una ampolla.

—Sí, el vaig escriure jo. ¿En què la puc servir?

Theresa va sentir que li suava la mà amb què agafava l'aparell.

—Tenia curiositat per un dels missatges que vostè diu que va anar a parar a Long Island. ¿Recorda a quina carta em refereixo?

—¿Puc preguntar-li per què hi està tan interessada?

—Veurà —va començar—, el *Times* pensa fer un article sobre el mateix tema i ens interessaria aconseguir una còpia de la carta.

Va fer una ganyota davant la seva pròpia mentida, però dir la veritat semblava pitjor. Com s'ho hauria pres si hagués dit: «Bé, miri, estic enamorada d'un home misteriós que envia missatges dins una ampolla, i voldria saber si la carta que vostè va trobar també l'havia escrita ell...»

El professor va contestar lentament:

—Miri, no ho sé. Aquesta va ser la carta que em va inspirar a escriure l'article... M'ho hauré de pensar.

A Theresa se li va fer un nus a la gola.

—¿O sigui que té la carta?

—Sí. La vaig trobar fa un parell d'anys.

—Senyor Shendakin, sé que aquesta és una petició poc habitual, però li puc dir que si ens deixa utilitzar aquesta carta, amb molt de gust li pagarem una petita suma. I no cal que ens doni la carta original. Una còpia serà suficient, per tant no hi perdria res, vostè.

Theresa va endevinar que la petició l'havia sorprès.

—¿De quina suma parlem?

«No ho sé pas, tot això és improvisat. ¿Quant en demanaria, vostè?»

—Estem disposats a oferir tres-cents dòlars, i no cal dir que es farà constar el seu nom com el de la persona que la va trobar.

L'home va callar un moment, mentre rumiava. Theresa va insistir abans que ell pogués rebutjar l'oferiment.

—Senyor Shendakin, estic segura que, en part, està amoïnat per la similitud entre el seu article i el que pensa publicar el diari. Li puc assegurar que seran ben diferents. L'article que nosaltres preparem gira principalment a l'entorn de la direcció que segueixen les ampolles..., els corrents oceànics i tot això, ¿sap? L'únic que volem són cartes reals que puguin proporcionar alguna mena d'interès humà als nostres lectors.

«¿D'on procedia aquella?»

—Bé...

—Per favor, senyor Shendakin. Significaria molt per a mi.

L'home va tornar a quedar-se callat.

—¿Només una còpia?

«Sí!»

—Sí, és clar. Li puc donar un número de fax o me la pot enviar per correu. ¿Li faig el xec a nom seu?

Ell va esperar un moment abans de contestar:

—Suposo... que sí.

Feia l'efecte que d'alguna manera se sentia acorralat i no sabia com sortir-ne.

—Gràcies, senyor Shendakin.

Abans que pogués canviar d'opinió, Theresa li va donar el número de fax, li va agafar l'adreça i va prendre nota de recollir l'ordre de pagament l'endemà. Li semblava que podria resultar sospitós si li enviava un xec personal.

L'endemà, després de telefonar al despatx de la facultat del professor per deixar-li dit que ja li havia estat enviat el pagament, es va posar a treballar amb el cap que li donava voltes. La possible existència d'una tercera carta li feia difícil pensar en res més. Era cert que no hi havia cap garantia que la carta fos de la mateixa persona, però si ho era, no sabia què faria. No s'havia tret Garrett del cap quasi en tota la nit, provant d'imaginar-se com devia ser, pensant en les coses que li devia agradar fer. No comprenia del tot quins eren els seus sentiments, però finalment va decidir que fos la carta la que determinés les coses. Si no era de Garrett, ho acabaria tot en aquell mateix moment. No utilitzaria l'ordinador per cercar-lo, ni buscaria l'evidència d'altres possibles cartes. I si veia que continuava obsedida, llençaria les dues cartes al foc. La curiositat estava bé sempre que no t'alterés la vida..., i ella no estava disposada que això passés.

Però, d'altra banda, si la carta era realment de Garrett...

Aleshores, encara no sabia què faria. Una part del seu ésser confiava que no ho fos, així no li caldria prendre aquella decisió.

Quan va arribar al seu escriptori, va esperar expressament abans d'anar fins al fax. Va engegar l'ordinador, va telefonar a dos metges amb els quals havia de parlar sobre l'article que estava escrivint, i va prendre un parell de notes sobre altres temes possibles. Es va dir que segurament hi devia haver milers de cartes flotant pels mars. Totes les probabilitats feien pensar que es tractava d'una altra persona.

Per fi, va anar fins al fax, quan ja no se li acudia res més per fer, i va començar a revisar la pila de papers. Encara no havien estat classificats, i n'hi havia una dotzena adreçats a diverses persones. Al mig de la pila, va trobar-hi la carta adreçada a ella, juntament amb dos fulls més, i quan els va observar amb més deteniment, la primera cosa que va advertir —com li havia passat amb les altres cartes— va ser el veler estampat a l'angle superior dret. Aquesta, però, era més curta que les altres, i la va llegir abans de tornar a l'escriptori. El paràgraf final era el que havia llegit a l'article d'Arthur Shendakin.

25 de setembre de 1995
Estimada Catherine,

ha passat un mes des que et vaig escriure, però ha semblat que transcorria molt més lentament. La vida passa a hores d'ara com el paisatge a fora la finestreta d'un cotxe. Respiro i menjo i dormo com sempre ho he fet, però sembla que no existeixi cap gran propòsit en la meva vida que requereixi una participació activa de part meva. Simplement em deixo portar com els missatges que t'escric. No sé on vaig ni quan hi arribaré.

Ni la feina no aconsegueix eliminar el dolor. Puc bussejar per gust o ensenyar als altres a fer-ho, però quan torno a la botiga, em sembla buida sense tu. Reviso les existències i ordeno les coses com sempre feia, però fins i tot ara, a vegades miro per sobre l'espatlla sense pensar-hi i et crido. Mentre escric aquesta nota, em pregunto quan deixaran de passar aquestes coses, si és que ho faran algun dia.

Sense tu als meus braços, sento una buidor a l'ànima. Em trobo cercant la teva cara entre la multitud..., sé que això és un impossible, però no ho puc evitar. Buscar-te és una empresa interminable que està condemnada al fracàs. Tu i jo havíem parlat del que succeiria si les circumstàncies ens obligaven a separar-nos, però no puc complir la promesa que et vaig fer aquella nit. Ho sento, amor meu, però mai no hi haurà ningú que vingui a reemplaçar-te. Les paraules que et vaig dir a cau d'orella eren una bogeria, i ja me n'hauria d'haver adonat aleshores. Tu —i només tu— has estat sempre l'única cosa que desitjava, i ara que no hi ets, no sento cap desig de buscar-ne una altra. Fins que la mort ens separi, vam declarar en veu baixa a l'església, i he arribat a creure que aquells mots continuaran ressonant amb tota la seva veritat fins al dia —que indefectiblement arribarà— en què també seré obligat a abandonar aquest món.

Garrett

—Deanna, ¿tens un moment? Necessito parlar amb tu.

Deanna va alçar la vista de l'ordinador i es va treure les ulleres de llegir.

—És clar que sí. ¿Què passa?

Theresa va deixar les tres cartes sobre l'escriptori de Deanna sense dir res. Deanna les va agafar d'una en una, mentre obria més els ulls per la sorpresa.

—¿D'on les has tret, aquestes altres cartes?

Theresa li va explicar com les havia aconseguit. Quan acabà el relat, Deanna va llegir les cartes en silenci. Theresa va seure a la cadira de davant seu.

—Bé —va fer Deanna en acabar de llegir la darrera carta—, ve't aquí que guardaves un secret, ¿oi?

Theresa es va arronsar d'espatlles, i Deanna va prosseguir:

—Però hi ha alguna cosa més que la troballa de les cartes, ¿oi?

—¿Què vols dir?

—Vull dir —va respondre Deanna amb un somriure maliciós— que no has vingut a veure'm perquè has trobat aquestes cartes. Has vingut perquè estàs interessada en aquest tal Garrett.

Theresa va obrir la boca, i Deanna es posà a riure.

—No facis la sorpresa, Theresa. No sóc tan idiota. Sabia que alguna cosa estava passant aquests darrers dies. Has estat molt distreta..., com si fossis a centenars de quilòmetres de distància. Vaig estar a punt de preguntar-te què et passava, però vaig suposar que en parlaries quan fos el moment oportú.

—I jo que em pensava que mantenia les coses ben controlades.

—Potser de cara als altres. Però fa massa temps que et conec per saber quan et passa alguna cosa. —Va tornar a fer un somriure—. Apa, digues, ¿què et passa?

Theresa va quedar-se pensant un moment.

—Ha estat molt estrany. Vull dir que no puc deixar de pensar en ell, i no sé per què. És com si fos a l'escola secundària de nou i estigués boja per algú que no conec. Només que en aquest cas és pitjor: no només no hem parlat mai, sinó que ni tan sols l'he vist. Per tot el que en sé, podria ser un home de setanta anys.

Deanna es va reclinar contra el respatller i va brandar el cap pensarosament.

—Això és veritat..., però no creus que sigui així, ¿oi?

Theresa va sacsejar lentament el cap.

—No, realment no.

—Jo tampoc —va fer Deanna, mentre tornava a agafar les cartes—. Parla de com es van enamorar quan eren joves, no parla dels fills, ensenya submarinisme i escriu sobre la Catherine com si només haguessin estat casats uns quants anys. Dubto que sigui tan vell.

—Això és el que jo pensava, també.

—¿Vols saber el que penso?

—I tant!

Deanna va pronunciar els mots amb tota cura:

—Crec que hauries d'anar a Wilmington a intentar localitzar en Garrett.

—Però em sembla tan... tan absurd, fins i tot a mi...

—¿Per què?

—Perquè no en sé res, d'ell.

—Theresa, saps molt més sobre en Garrett del que jo sabia sobre Brian abans de coneixe'l. I a més, no he dit que et casis amb ell, sinó solament que vagis a mirar de localitzar-lo. Potser comprovaràs que no t'agrada gens, però almenys ho sabràs, ¿no trobes? Vull dir: ¿quin mal hi ha?

—I si...

Va callar, i Deanna va acabar la frase:

—¿I si no és com tu te l'imagines? Theresa, et puc garantir que no és com tu ja te l'imagines. Ningú no ho és. Però, a la meva manera de veure, això no tindria cap importància a l'hora de prendre una decisió. Si creus que vols esbrinar alguna cosa més, vés-hi. El pitjor que pot passar és que descobreixis que no és la mena d'home que buscaves. ¿I què faries aleshores? Tornar a Boston, però tornaries amb una resposta. ¿Quin mal hi pot haver en tot això? Segurament no serà pitjor que el que estàs passant ara.

—¿No et sembla que tot plegat és una bogeria?

Deanna va sacsejar el cap, meditativament.

—Theresa, fa molt de temps que vull que comencis a buscar un altre home. Com et vaig dir quan estàvem de vacances, mereixes trobar una altra persona amb la qual comparteixis la teva vida. Ara: ignoro com acabarà tota aquesta història amb el tal Garrett. Si hagués d'apostar, diria que segurament no portarà enlloc. Però això no vol dir que no ho hagis d'intentar. Si tothom que pensa que pot fracassar ni tan sols ho intentés, ¿on seríem actualment?

Theresa es va quedar callada un moment.

—Et mostres massa lògica en aquesta qüestió...

Deanna s'arronsà d'espatlles davant aquella objecció.

—Sóc més vella que tu, i n'he passades de verdes i de madures. Una de les coses que he après a la vida és que a vegades t'has d'arriscar. I per a mi, aquest risc no és pas tan gran. Vull dir que no abandones el marit i la família per anar a buscar aquesta persona, no renuncies a la feina ni et trasllades a l'altre cap del país. Et trobes en una magnífica situació. No has de cometre cap bogeria, per tant no exageris les coses. Si et sembla que has d'anar-hi, vés-hi. Si no hi vols anar, no hi vagis. És realment tan senzill com això. A més, en Kevin no és aquí i enguany encara et queden molts dies de vacances.

Theresa va començar a cargolar-se el ble de cabells al voltant del dit.

—¿I la meva columna?

—No t'amoïnis per això. Encara tenim l'article que vas escriure i que no vam publicar perquè el vam substituir per la carta. Després, podem recórrer a alguns articles de l'any passat i repetir-los. Molts diaris encara no han reproduït la teva columna, de manera que segurament no se n'adonaran.

—Ho trobes tot tan fàcil, tu!

—És fàcil. La part més difícil és trobar-lo. Però pensa que en aquestes cartes hi ha certa informació que et podrà ajudar. ¿Què et sembla si fem unes trucades telefòniques i anem una mica a la pesca per l'ordinador?

Totes dues es van quedar callades un moment.

—D'acord —va fer Theresa, per fi—. Però espero no haver-me'n de penedir, de tot això.

—¿Per on comencem, doncs? —va preguntar Theresa a Deanna.

I va traslladar la cadira a l'altre costat de l'escriptori de Deanna.

—Primer de tot —va dir Deanna—, comencem amb allò de què estem segures. Primer, jo crec que podem donar per bo que es diu realment Garrett. Així és com signa totes les cartes, i no crec que s'hagi pres la molèstia d'emprar un altre nom que no sigui el seu. Podria haver-ho fet si només hagués escrit una carta, però amb tres, estic gairebé segura que és el seu nom de pila o potser el segon. Sigui com sigui, segur que és el nom que li diuen.

—I —va afegir Theresa— probablement viu a Wilmington o a Wrightsville Beach, o en alguna altra població propera.

Deanna va assentir amb el cap.

—Totes les seves cartes parlen de l'oceà o de temes relacionats amb el mar, i naturalment és el mar on tira les ampolles. Pel to de les cartes, sembla que les escriu quan se sent sol o quan pensa en la Catherine.

—A mi també m'ho sembla. No sembla fer referència a cap ocasió especial a les cartes. Es refereixen a la seva vida quotidiana i al que li passa interiorment.

—Molt bé —va fer Deanna, assentint amb el cap. Cada vegada semblava més emocionada—. Parlava d'una embarcació...

—La *Happenstance* —va dir Theresa—. La carta diu que van reparar l'embarcació i que la utilitzaven per navegar plegats. Segurament es tracta d'un veler.

—Pren-ne nota —va dir Deanna—. Potser en podrem saber alguna cosa més amb un parell de trucades. Bé hi deu haver un lloc on porten un registre de les embarcacions pel nom. Se m'acudeix que podria trucar al diari d'aquella localitat per saber-ho. ¿Hi havia alguna cosa més a la segona carta?

—No, que jo sàpiga. Però la tercera conté una mica més d'informació. Del que hi diu, se'n destaquen dues coses.

Deanna la va interrompre:

—Una, que la Catherine efectivament és morta.

—I també que aparentment ell té una botiga d'elements per practicar submarinisme, i que la solien portar ell i la Catherine.

—Aquesta és una altra cosa que cal anotar. Crec que també podrem saber-ne alguna cosa a partir d'aquí. ¿Què més?

—Crec que res més.

—Bé, és un bon començament. Potser serà més fàcil que no ens pensàvem. Comencem per les trucades.

El primer lloc on Deanna va telefonar va ser el *Wilmington Journal*, el diari que cobria aquella zona. Es va donar a conèixer i va demanar per algú que estigués al corrent sobre la navegació de vela. Després de passar la comunicació un parell de vegades a altres persones, es va trobar enraonant amb Zack Norton, que dirigia les seccions de pesca esportiva i d'altres esports marins. Després d'explicar-li que volia saber si existia un lloc que portés un registre dels noms de les embarcacions, el seu interlocutor li va dir que no n'existia cap.

—Les embarcacions s'enregistren amb un número d'identificació, gairebé com els cotxes —li va explicar amb un to pausat—, però si sap el nom de la persona, potser podrà trobar el nom de l'embarcació si la tenen a la llista. No cal donar massa informació, però molta gent la fa constar igualment.

Deanna va gargotejar: «Les embarcacions no s'enregistren pel nom», al bloc que tenia al davant i ho va mostrar a Theresa.

—Aquesta és una pista que duu a un punt mort —va fer Theresa en veu baixa.

Deanna va posar la mà sobre el receptor i mussità:

—Potser sí, potser no. No et donis per vençuda tan fàcilment.

Després d'agrair a Zack Norton l'atenció i de penjar, Deanna va tornar a donar una ullada a la llista de pistes. Es va quedar un moment pensativa i tot seguit va decidir trucar a informacions per demanar els números de telèfon de les botigues que es dedicaven al submarinisme a la zona de Wilmington. Theresa observava com Deanna anava apuntant els noms i els telèfons de les onze botigues que figuraven a la llista.

—¿La puc servir en alguna cosa més, senyora? —va preguntar l'operadora.

—No, ha estat molt amable. Gràcies.

Va penjar l'aparell, i Theresa la va mirar encuriosida.

—¿Què els penses preguntar quan els truquis?

—Preguntaré per en Garrett.

A Theresa el cor li va fer un salt.

—¿Així, directament?

—Directament així —va fer Deanna, tot somrient mentre marcava un número.

Va indicar a Theresa amb un gest de la mà que es posés a l'altre aparell, «per si de cas és ell», i totes dues esperaren en silenci que contestés algú de la firma Atlantic Adventures, la primera que li havien donat.

Quan finalment van atendre el telèfon, Deanna va respirar fondo i va preguntar amablement si Garrett estava disponible per donar classes.

—Ho sento, però em sembla que s'ha equivocat de número —va fer una veu prestament.

Deanna va demanar disculpes i penjà.

Van rebre una resposta semblant a les cinc trucades següents. Sense immutar-se, Deanna va buscar el número següent a la llista i el va tornar a marcar. Com que esperava la mateixa resposta, es va quedar sorpresa quan la persona que l'atenia titubejava un moment.

—¿Es refereix a en Garrett Blake?

«Garrett.»

Theresa de poc no cau de la cadira en sentir aquell nom. Deanna va dir que sí, i l'home va continuar:

—Treballa per a Island Diving. ¿Està segura que no podem atendre-la nosaltres? Aviat començarem unes classes.

Deanna es va excusar ràpidament.

—No, ho lamento. En realitat em cal practicar amb en Garrett. L'hi vaig prometre.

Quan va penjar l'aparell, un ampli somriure li il·luminava el rostre.

—Ja ens hi hem acostat una mica més.

—No puc creure que sigui tan fàcil...

—Si ho penses bé, no ha estat tan fàcil, Theresa. Si aquestes persones no haguessin trobat les altres cartes, no hauria estat pas possible.

—¿Et sembla que es tracta del mateix Garrett?

Deanna va decantar el cap i arquejà una cella.

—¿A tu no?

—Encara no ho sé. Potser sí.

Deanna es va arronsar d'espatlles.

—Bé, aviat ho sabrem. Això comença a posar-se divertit.

Aleshores, Deanna va trucar a informacions de nou i va demanar el número del registre d'embarcacions de Wilmington. Després de marcar-lo, es va identificar a la persona que la va atendre i va demanar de parlar amb algú que pogués ajudar-la a verificar una informació.

—El meu marit i jo hi érem de vacances —va explicar a la dona que li va respondre— i el nostre veler va sofrir un desperfecte. Un cavaller molt amable ens va veure i ens va ajudar a tornar a la costa. Es deia Garrett Blake, i em sembla que la seva embarcació es deia *Happenstance*, però en vull estar segura quan escrigui la nota.

Deanna va continuar parlant, sense deixar que la dona hi fiqués cullerada. Li va dir que s'havia esverat molt i com d'alleujada s'havia sentit quan Garrett acudí a rescatar-los. Tot seguit, després d'afalagar la dona remarcant com era de simpàtica, la gent al sud i a Wilmington en particular, i que ella volia escriure un article sobre l'hospitalitat de la gent del sud i l'amabilitat que demostraven amb els forasters, la dona ja no sabia què fer per col·laborar.

—Com que tan sols vol verificar una informació i no demana res que no sàpiga, estic segura que no hi haurà cap problema. Esperi un segon.

Deanna va repicar amb els dits sobre l'escriptori mentre li arribava la veu de Barry Manilow pel telèfon. La dona va tornar a posar-s'hi.

—Ja està. A veure...

Deanna va sentir que teclejava i, tot seguit, un estrany «bip». Al cap d'un moment, la dona va pronunciar les paraules que Deanna i Theresa esperaven sentir.

—Sí, és aquí. Garrett Blake. Hum..., el nom és correcte, almenys d'acord amb la informació que tenim. Aquí consta que l'embarcació es diu *Happenstance.*

Deanna l'hi va agrair profusament i li preguntà com es deia, així podria donar constància d'una altra persona que era una digna expressió de la tan ponderada hospitalitat. Després de repetir-li el nom, va penjar el telèfon, radiant.

—Garrett Blake —va dir, amb un somriure victoriós—. El nostre misteriós autor de les cartes es diu Garrett Blake.

—No puc creure que l'hagis localitzat.

Deanna va assentir amb el cap com si hagués assolit una cosa que ella mateixa dubtava de poder aconseguir.

—T'ho pots ben creure. Aquesta vella encara sap com buscar informació.

—I tant!

—¿Alguna cosa més que vulguis saber sobre l'assumpte?

Theresa va rumiar un moment.

—¿Podries esbrinar alguna cosa sobre la Catherine?

Deanna es va arronsar d'espatlles i es va preparar per a la tasca.

—No ho sé, però ho podem provar. Truquem al diari per veure si hi ha res als arxius. Si la mort va ser accidental, podria ser que hi hagués una nota.

De nou, Deanna va telefonar al diari i va demanar pel departament de notícies. Malauradament, després de parlar amb un parell de persones, li van dir que des de feia uns quants anys els diaris s'arxivaven microfilmats i no s'hi podia tenir accés sense les dades específiques. Deanna va demanar que li donessin el nom d'una persona amb la qual Theresa es pogués posar en contacte quan arribés allí, en cas que volgués buscar la informació ella mateixa.

—Em penso que això és tot el que podem fer des d'aquí. La resta depèn de tu, Theresa. Però almenys ja saps on el pots trobar.

Deanna li allargava el tros de paper amb el nom. Theresa titubejava. Deanna se la va mirar fixament, i després va deixar el paper sobre l'escriptori. Va tornar a agafar el telèfon.

—¿I ara a qui truques?

—A la meva agència de viatges. Has de treure un bitllet d'avió i fer una reserva en un hotel.

—Però encara no he dit que hi aniria.

—És clar que hi aniràs!

—¿Com és que n'estàs tan segura?

—Perquè no et vull veure voltant per la sala de redacció tot l'any preguntant-te què hauria pogut passar. Quan hi ha alguna cosa que et distreu no rendeixes a la feina.

—Deanna...

—Ni Deanna ni res! Ja saps que la curiositat et pot tornar boja. Ja m'hi està tornant a mi i tot.

—Però...

—Però, res! —Va fer una pausa, i va dir més dolçament—: Theresa, recorda que... no tens res a perdre. El pitjor que pot passar és que tornis cap a casa d'aquí a un parell de dies. Ve-t'ho aquí! No vas a prendre part en una expedició en cerca d'una tribu de caníbals. L'única cosa que comprovaràs és si la teva curiositat era justificada.

Es van quedar callades, mirant-se l'una a l'altra. Deanna feia un lleuger somriure de satisfacció, i Theresa sentia que el pols se li accelerava mentre s'adonava que la decisió era irrevocable. «Déu meu, realment ho faré. No puc creure que tiri endavant amb tot això.»

Amb tot, va provar amb desesma de fer una última temptativa de negar-s'hi.

—Si finalment el trobava, ni tan sols sabria què dir-li...

—Estic segura que se t'acudirà alguna cosa. Ara, deixa'm fer aquesta trucada. Vés a buscar la bossa. M'hauràs de donar el número de la targeta de crèdit.

Mentre tornava al seu escriptori, el cap li donava voltes. «Garrett Blake. Wilmington. Island Diving. *Happenstance.*» Els mots continuaven giravoltant-li pel cap, com si s'aprengués de memòria el paper d'una obra teatral.

Va fer girar la clau del calaix on guardava la bossa i es va quedar un instant immòbil abans de tornar. Però alguna cosa s'havia apoderat d'ella i, finalment, va donar a Deanna la targeta de crèdit. L'endemà a la tarda, partiria cap a Wilmington, Carolina del Nord.

Deanna li va dir que es prengués la resta del dia lliure i també l'endemà, i quan sortia de l'oficina, Theresa més aviat se sentia com si l'haguessin arraconat contra la paret de la mateixa manera que ella havia acorralat el vell senyor Shendakin.

Però a diferència del senyor Shendakin, en el fons ella se sentia contenta, i quan, l'endemà, l'avió va aterrar a Wilmington, Theresa Osborne es va enregistrar a l'hotel, sense saber ben bé com acabaria tot allò.

CINC

THERESA ES VA DESPERTAR D'HORA, com tenia per costum, i es va llevar per guaitar per la finestra. El sol de Carolina del Nord projectava uns prismes daurats a través de la boirina de la matinada, i va obrir la porta del balcó per airejar l'habitació.

A la cambra de bany, es va treure el pijama i engegà la dutxa. En posar-s'hi a sota, pensava que fàcil havia estat arribar fins allí. Encara no feia ni quaranta-vuit hores, s'estava amb Deanna, analitzant les cartes, fent trucades telefòniques i cercant Garrett. En arribar a casa, havia parlat amb Ella, que de nou va accedir a cuidar Harvey i recollir la correspondència.

L'endemà havia anat a la biblioteca i havia llegit una estona sobre la pràctica del submarinisme. Li semblava que era lògic. L'experiència com a periodista li havia ensenyat a no donar res per suposat, a fer un pla i estar preparada per a qualsevol cosa.

El pla que finalment va elaborar era molt senzill. Aniria a Island Diving i donaria una ullada a la botiga, amb l'esperança de veure Garrett Blake. Si resultava que era un home de setanta anys o un estudiant de vint, simplement giraria cua i se'n tornaria a casa. Però si no li fallava l'instint i aparentava tenir si fa no fa la seva mateixa edat, va decidir que intentaria parlar amb ell. Per això s'havia pres la molèstia d'informar-se una mica sobre submarinisme: volia fer la impressió que en sabia alguna cosa. I segurament li seria més fàcil saber més coses sobre ell si podia parlar-li d'un tema que li interessés, sense haver de contar-li massa coses sobre ella mateixa. Aleshores, podria dominar més bé la situació.

Però, ¿i després? Aquella era la part de la qual no estava segura. No volia dir a Garrett tota la veritat sobre els motius que l'havien portat allà: hauria estat una cosa de bojos. «Hola, vaig llegir les seves cartes a la Catherine i, sabent com l'estimava, he pensat que vostè podria ser l'home que estava buscant.» No, això ni pensar-hi, i l'altra opció no semblava pas millor: «Hola, jo sóc del *Boston Times* i he trobat les seves cartes. ¿Podríem publicar la seva història?» Tampoc allò no li semblava adequat. Ni cap de les altres idees que se li filtraven en la ment.

Però no havia fet un viatge tan llarg per renunciar a última hora, encara que no sabés què dir. A més, Deanna havia dit que si la cosa no rutllava, l'únic que havia de fer era tornar a Boston.

Va sortir de la dutxa, es va eixugar abans de posar-se una loció als braços i les cames, i es va vestir amb una brusa blanca de màniga curta, uns pantalons curts de fil i unes sandàlies blanques. Volia oferir un aspecte despreocupat, i ho aconseguia. El que no volia era que es fixessin en ella de seguida. Al capdavall, no sabia què podia passar, i s'estimava més tenir l'oportunitat de ponderar la situació d'acord amb les seves pròpies pautes, sense haver de tractar amb ningú més.

Quan per fi va estar a punt per sortir, va agafar la guia de telèfons, la va fullejar fins que va trobar l'adreça de la botiga Island Diving i la va apuntar en un paper. Després de respirar fondo un parell de vegades, travessava el vestíbul de l'hotel. De nou va repetir la lletania de Deanna.

La primera parada la va fer en una llibreria, on va comprar un mapa de Wilmington. El dependent també li va donar algunes indicacions, i va trobar fàcilment el camí, a pesar que Wilmington era més gran que no s'imaginava. Els carrers eren plens de cotxes, sobretot quan passava pels ponts que creuaven des de la ciutat, i que eren els que més trànsit semblaven suportar.

Island Diving estava situat al centre d'esports aquàtics. Un cop va haver travessat la ciutat, el trànsit esdevenia una mica menys congestionat, i després d'arribar al carrer que buscava, va alentir la marxa del cotxe i buscà la botiga.

Des d'on ella havia tombat, no quedava massa lluny. Tal com esperava, uns quants cotxes eren aparcats al costat de l'edifici. Va parar en un espai a curta distància de l'entrada.

Era un vell edifici de fusta, despintat a causa de l'aire salabrós i els vents marins, i un dels costats donava al Canal Interbalneari de l'Atlàntic. El cartell pintat a mà penjava d'unes cadenes rovellades, i els aparadors tenien l'aspecte d'haver suportat milers de tempestes.

Va baixar del cotxe, es va apartar els cabells de la cara i es va encaminar cap a l'entrada. Es va parar abans d'obrir la porta per respirar fondo i ordenar els pensaments; després, va entrar, procurant fer veure que era allí per motius ben corrents.

Va donar una volta per la botiga, entre les prestatgeries, observant els clients que examinaven alguns objectes i els tornaven a deixar al seu lloc. Ella buscava algú que fes l'efecte que hi treballava, a la botiga. Mirava de cua d'ull tots els homes que hi havia a l'establiment, tot preguntant-se: «¿És aquest en Garrett?» La majoria, però, feien l'efecte que eren clients.

Va anar cap al fons de la botiga i es va trobar al davant d'una sèrie d'articles de diaris i revistes, emmarcats i coberts amb cel·lofana, penjats sobre els prestatges. Després d'una ràpida mirada, es va inclinar endavant per mirar de més a prop i, de sobte, va trobar la resposta a la primera pregunta que es formulava sobre el misteriós Garrett Blake.

Finalment, sabia quin aspecte tenia.

El primer article, reproduït al diari, tractava sobre submarinisme, i el peu de la foto deia simplement: «Garrett Blake, d'Island Diving, donant les últimes instruccions per a la primera immersió a l'oceà.»

A la foto, Garrett ajustava les corretges que subjectaven el dipòsit d'aire a l'esquena de l'alumne, i per la foto Theresa podia comprovar que Deanna tenia raó. Semblava tenir uns trenta i tants anys, tenia la cara prima i els cabells castanys curts, que semblaven haver-se descolorit a causa de les hores passades al sol. Era uns cinc centímetres més alt que l'alumne, i la camisa sense mànigues que duia deixava veure els músculs ben definits dels braços.

Com que la foto era de gra una mica gruixut, Theresa no hauria sabut dir de quin color tenia els ulls, si bé podia adonar-se que la cara també la tenia ben colrada. Li va semblar advertir unes arrugues al voltant de les comissures dels ulls, encara que podien ser a causa de tant tancar-los per protegir-los del sol.

Va llegir l'article amb tota atenció, tot prenent nota de quan donava generalment les classes i d'altres detalls sobre com es pot obtenir el certificat. El segon article no anava acompanyat de foto, però tractava de les exploracions submarines en cerca de vaixells enfonsats, activitat que era molt practicada a Carolina del Nord. Segons semblava, davant la costa de Carolina del Nord hi havia hagut cinc-cents naufragis detallats en cartes marines i l'indret era anomenat el Cementiri de l'Atlàntic. A causa dels bancs exteriors i d'altres illes situades directament davant la costa, els vaixells hi havien naufragat al llarg dels segles.

El tercer article, també sense fotografia, es referia al *Monitor*, el primer cuirassat federal de la Guerra Civil. En ruta cap a Carolina del Sud, havia naufragat al Cap Hatteras el 1862, mentre era remolcat per un vapor. Finalment havien descobert la nau enfonsada, i Garrett Blake, juntament amb altres bussos de l'Institut de Marina Duke, havia demanat permís per bussejar fins al fons de l'oceà amb el propòsit d'estudiar la possibilitat de rescatar-lo.

El quart article es referia al *Happenstance*. S'havien tret vuit fotografies de l'embarcació des de diversos angles, des de l'interior i l'exterior, totes en detallaven la restauració. El veler, va poder saber Theresa, era pràcticament una nau única i havia estat construïda, totalment de fusta, a Lisboa, Portugal, el 1927. Dissenyada per Herreschoff, un dels enginyers marítims més destacats d'aquella època, tenia una història llarga i plena d'entrebancs (la qual cosa incloïa haver estat utilitzada durant la Segona Guerra Mundial per observar les guarnicions alemanyes apostades a la costa de França). Finalment, l'embarcació va anar a parar a Nantucket, on la va comprar un home de negocis de la localitat. Després, l'havia comprada Garrett Blaket ara feia quatre anys, s'havia anat deteriorant, i l'article deia que ell i la seva esposa, Catherine, s'havien ocupat de reparar-la.

«La Catherine...»

Theresa va mirar la data de l'article. Abril de 1992. L'article no feia esment que Catherine hagués mort, i segons una de les cartes que ella havia rescatat de tres anys enrere a Norfolk, semblava que Catherine devia haver mort en el curs del 1993.

—¿En què la puc servir?

Theresa es va tombar instintivament cap a la veu que sentí al seu darrere. Un jove li somreia, i ella es va alegrar de sobte d'haver vist una foto de Garrett moments abans. Aquella persona evidentment no era ell.

—¿L'he espantat? —va fer ell, i Theresa va sacsejar prestament el cap.

—No... Simplement estava mirant les fotografies.

Ell va fer un gest amb el cap en direcció als articles.

—És extraordinària, ¿oi?

—¿Qui?

—La *Happenstance*. En Garrett..., l'amo de la botiga..., la va reconstruir. És una magnífica embarcació. Una de les més boniques que hagi vist mai, ara que està acabada.

—¿És aquí, ell? En Garrett, vull dir.

—No; és al moll. No tornarà fins a última hora del matí.

—Ah...

—¿Puc ajudar-la a buscar alguna cosa? Sé que la botiga està bastant desordenada, però tot allò que li faci falta per bussejar ho trobarà aquí.

Ella va sacsejar el cap.

—No, en realitat, simplement donava una ullada.

—D'acord, però si puc ajudar-la en alguna cosa, digui-m'ho.

—Gràcies —va fer ella, i el jove va saludar alegrement amb un cop de cap, es va girar i es va encaminar al taulell del davant.

Abans de poder frenar les paraules, Theresa va adonar-se que preguntava:

—¿Ha dit que en Garrett era al moll?

Ell es va tombar de nou i va seguir caminant endarrere mentre parlava.

—Sí..., un parell de travessies carrer avall. On hi ha els balandres. ¿Ho sabrà trobar?

—Em sembla que hi he passat quan venia cap aquí.

—S'hi estarà ben bé una hora o una cosa així, però com deia, si torna més tard, el trobarà aquí. ¿Vol deixar-li dita alguna cosa?

—No, està bé. No és res important.

Va passar tres minuts més fent veure que examinava diversos objectes dels prestatges i després va sortir tot saludant amb la mà el jove.

Però en comptes d'anar al cotxe, va encaminar-se cap al lloc on hi havia els balandres.

En arribar al lloc, va mirar al seu voltamt, esperant veure el *Happenstance*. Com que la majoria de les embarcacions eren blanques i el *Happenstance* era de color de fusta natural, el va trobar fàcilment i es va encaminar cap a la rampa adequada.

Malgrat que estava nerviosa mentre mirava cap al final de la rampa, els articles de la botiga li havien donat un parell d'idees sobre el tema de què parlaria. Un cop el trobés, li explicaria simplement que després de llegir l'article sobre el *Happenstance*, volia veure l'embarcació de prop. Semblaria creïble i confiava que així podria iniciar una conversa més llarga. A més, naturalment, ja tenia una idea de com era personalment. I després..., bé, això ja ho veuria.

Mentre s'acostava a l'embarcació, però, la primera cosa que va advertir era que aparentment no hi havia ningú als voltants. No hi havia ningú a bord, no hi havia ningú al moll i tot feia pensar que no hi havia hagut ningú en tot el matí. L'embarcació estava tancada i barrada, la vela, plegada, i res no semblava fora de lloc. Després de mirar per si veia rastres de Garrett, va comprovar si el nom del veler era el correcte. En efecte, era el *Happenstance*. Es va apartar del front un ble de cabells que li havia fet moure el vent mentre rumiava. Era curiós, va pensar, que el dependent li hagués dit que Garrett era allà.

En comptes de tornar a la botiga de seguida, es va entretenir un moment admirant l'embarcació. Era magnífica: estava feta amb materials i una qualitat que no tenien les naus que la rodejaven. Tenia molt més caràcter que els altres velers amarrats a banda i banda, i va comprendre per què el diari li havia dedicat un article. En certa manera li recordava, en una versió més petita, els vaixells de pirates que havia vist a les pel·lícules. Es va passejar amunt i avall uns moments, examinant-la des de diversos angles, mentre es demanava com devia estar de deteriorada abans de la restauració. La major part semblava nova, si bé va suposar que no devien haver canviat tota la part de fusta. Segurament l'havien arenat, i en fixar-s'hi més atentament, va veure osques al buc, la qual cosa donava crèdit a la seva teoria.

Per fi, va decidir provar d'anar a Island Diving una mica més tard. Era evident que el dependent estava equivocat. Després de donar una última ullada a l'embarcació, es va tombar per anar-se'n.

A la rampa hi havia un home, a poques passes d'on era ella, que l'observava atentament.

«Garrett...»

Suava, perquè el matí era xafogós, i duia la camisa xopa en certes parts. S'havia arremangat les mànigues, tot deixant al descobert els músculs tensos dels braços i avantbraços. Tenia les mans negres del que semblava greix, i el rellotge de submarinista que duia al canell estava ple de ratllades, com si fes molts anys que l'usava. Duia uns pantalons curts marrons i nàutiques sense mitjons, i tot el seu aspecte era el d'una persona que es passa la major part del temps, si no tot, a la vora del mar.

Es va quedar observant-la, mentre ella feia involuntàriament una passa enrere.

—¿Puc servir-la en alguna cosa? —va preguntar ell.

Va somriure però no se li acostà, com si tingués por de sentir-se atrapada.

Que era exactament com es va sentir quan els seus ulls es trobaren.

Per un instant, l'única cosa que ella va poder fer va ser mirar-lo fit a fit. Tot i haver vist una fotografia seva, va trobar que era més ben plantat que no esperava, si bé no hauria sabut dir per què. Era alt i tenia unes espatlles amples. Tot i que no era extremadament guapo, tenia el rostre colrat i les faccions rudes, com si el sol i el mar s'hi haguessin abonat. Els seus ulls no eren tan hipnòtics com ho havien estat els de David, però hi havia alguna cosa que ella trobava irresistible, una mena d'energia masculina, en la forma en què s'estava allà dret al seu davant.

Tot recordant el seu pla, va respirar fondo. Va fer un gest indicant el *Happenstance*.

—Simplement estava admirant la seva embarcació. És realment magnífica.

Mentre es fregava les mans per eliminar-ne el greix, ell va dir cortesament:

—Gràcies, és molt amable.

La seva mirada escrutadora semblava que hagués d'endevinar la veritat, i de sobte ella ho va veure tot clarament exposat: la troballa de l'ampolla, la seva creixent curiositat, la recerca que havia fet, el viatge a Wilmington i finalment aquell encontre, cara a cara. Aclaparada, va tancar els ulls i es va trobar maldant per conservar el domini sobre si mateixa. En certa manera, no esperava que allò hagués succeït tan de pressa. Per un instant, va sentir un autèntic terror.

Ell es va acostar una mica més.

—¿Que no es troba bé? —va preguntar amb to de preocupació.

Respirant fondo de nou i fent un esforç per asserenar-se, ella va contestar:

—Sí, em penso que sí. Només m'he sentit una mica marejada per un segon.

—¿Segur?

Ella es va passar la mà pels cabells, com avergonyida.

—Sí, ara estic bé. De veritat.

—Perfecte —va fer ell, com si esperés comprovar que deia la veritat. Tot seguit, després d'assegurar-se que la veia, va preguntar amb curiositat—: ¿Ens hem vist abans?

Theresa va negar lentament amb el cap.

—No ho crec pas.

—¿Aleshores com sabia que l'embarcació era meva?

Alleujada, ella va contestar:

—Ah..., he vist una foto seva a la botiga, als articles de la paret, juntament amb les fotos del veler. El dependent m'ha dit que vostè era aquí, i he pensat que ja que hi era, hi vindria directament.

—¿Ell ha dit que jo era aquí?

Theresa no va contestar mentre recordava les paraules exactes.

—De fet, m'ha dit que vostè era al moll. Jo he suposat que volia dir que era aquí.

Ell va assentir amb el cap.

—Era a l'altra embarcació: la que fem servir per bussejar.

Una barqueta de pesca va fer sonar la sirena, i Garrett es va tombar i saludà amb la mà l'home que anava dret a la coberta. Un cop va haver passat, es va tornar a girar de cara a ella i es va quedar sobtat en comprovar com era de bonica. Es veia més bonica de prop que quan l'havia vista des de l'altre cap del moll. Impulsivament, va abaixar els ulls i va treure el mocador vermell que duia a la butxaca. Es va eixugar la suor del front.

—Va fer una feina magnífica en restaurar-la —va remarcar Theresa.

Ell va esbossar un lleu somriure, mentre es guardava el mocador.

—Gràcies, és molt amable.

Theresa va mirar cap al *Happenstance* mentre Garrett parlava, i després va tornar a fixar la vista en ell.

—Ja sé que no és assumpte meu —va dir com amb tota naturalitat—, però ja que és aquí, ¿li faria res que li fes unes preguntes sobre el veler?

Per la seva expressió, Theresa va veure que no era la primera vegada que li feien preguntes sobre l'embarcació.

—¿Què li agradaria saber?

Ella es va esforçar per adoptar un to espontani.

—Bé, si estava en molt males condicions quan vostè el va veure per primera vegada, tal com dóna a entendre l'article.

—En realitat, estava en pitjors condicions. —Va avançar una passa i assenyalà diverses parts de l'embarcació a mesura que les esmentava—. Bona part de la fusta estava podrida a la part de proa, i hi havia una sèrie de filtracions tot al llarg dels costats..., era un miracle que encara flotés. Vam acabar reemplaçant una bona part del buc i la coberta, i el que en quedava va caldre arenar-ho completament i, després, tapar les unions i envernissar-la de nou. I això només pel que fa a la part externa. Vam haver de refer tota la part interna, també, i això ens va costar molt de temps més.

Si bé ella es va fixar que parlava en plural, va decidir no fer-ne cap comentari.

—Devia ser tota una feinada.

Theresa va somriure en dir-ho, i Garrett va sentir que alguna cosa es posava tensa al seu interior. «Recoi, que n'és, de bonica.»

—Així és, però valia la pena. És més divertit navegar amb ella que amb altres embarcacions.

—¿Per què?

—Perquè va ser construïda per gent que la usava per guanyar-se la vida. Van posar molta cura en dissenyar-la, i això fa que sigui més fàcil de governar.

—Entenc que fa molt de temps que navega, vostè, ¿oi?

—Des que era petit.

Ella va assentir amb el cap. Després d'una pausa breu, es va acostar a l'embarcació.

—¿Li fa res...?

Ell va sacsejar el cap.

—No, no, endavant.

Theresa es va apropar al veler i va passar les mans al llarg del costat del buc. Garrett va observar que no duia anell de casament, si bé tant se valia una cosa com una altra. Sense girar-se, Theresa va preguntar:

—¿Quina mena de fusta és?

—És caoba.

—¿Tota l'embarcació?

—La major part. Tret dels pals i d'algunes parts interiors.

Ella va tornar a fer un gest d'assentiment amb el cap, i Garrett observava com caminava resseguint la llargada del *Happenstance*. Mentre Theresa avançava, ell no va poder deixar de fixar-se en la seva figura i en com els cabells llisos i foscos li arribaven fins a les espatlles. Però no va ser solament el seu aspecte el que li va cridar l'atenció, sinó també la seguretat en la forma en què es movia. De cop es va adonar que era com si aquella dona sabés exactament el que els homes pensaven mentre ella era al seu costat. Va sacsejar el cap.

—¿Realment el van fer servir per espiar els alemanys durant la Segona Guerra Mundial? —va preguntar Theresa, mentre es tombava de cara a ell.

Garrett va riure per sota el nas, fent un esforç per desemboirar la ment.

—Això és el que va dir el propietari anterior, però no sé si és veritat o si ho va dir per treure'n més bon preu.

—Bé, sigui com sigui, és una embarcació esplèndida. ¿Quant de temps va tardar a reparar-la?

—Gairebé un any.

Ella va espiar per una de les finestres rodones, però estava massa fosc per poder destriar gran cosa de l'interior.

—¿Amb què navegava mentre reparava el *Happenstance*?

—No navegàvem. No teníem gaire temps, amb la feina de la botiga, les classes i mirar d'enllestir la feina aquesta.

—¿Va haver de renunciar a navegar? —va preguntar ella amb un somriure, i per primera vegada, Garrett es va adonar que gaudia de la conversa.

—Absolutament. Però tan bon punt la vam avarar, es va acabar el sacrifici.

De nou ella es va fixar que parlava en plural.

—N'estic segura.

Després d'admirar l'embarcació alguns segons més, ella va tornar al costat de Garrett. Per un instant, cap dels dos no va dir res. Garrett es preguntava si ella sabia que l'observava de cua d'ull.

—Bé —va fer Theresa per fi mentre es plegava de braços—, segurament ja li he robat prou temps.

—De cap manera —va dir ell, i de nou va sentir la suor al front—. M'encanta parlar sobre navegació.

—A mi també m'agrada. Sempre m'ha cridat l'atenció.

—Parla com si no hagués navegat mai.

Ella es va arronsar d'espatlles.

—I és així. Sempre n'he tingut ganes, però no se me n'ha presentat mai l'oportunitat.

El mirava mentre enraonava, i quan els seus ulls es trobaren, Garrett va tornar a fer servir del mocador per segona vegada en pocs minuts. «Recoi, quina calor que fa!» Es va eixugar el front i va sentir les paraules que li sortien de la boca abans de poder aturar-les.

—Miri, si li fa gràcia, generalment surto a navegar en plegar de la feina. Si vol venir aquest vespre, serà molt benvinguda.

Per què ho havia dit, ell no ho sabia pas. Potser, va pensar, era el desig de tenir companyia femenina al cap de tots aquells anys, encara que fos per una estona. O potser tenia a veure amb la manera com a ella se li il·luminaven els ulls cada cop que parlava. Però fos quina fos la raó, el cas era que l'havia invitat a anar amb ell, i no podia fer res per canviar les coses.

També Theresa s'havia quedat una mica sorpresa, però de seguida va decidir acceptar la invitació. Al capdavall, aquest era el motiu pel qual havia viatjat a Wilmington.

—M'encantaria —va dir—. ¿A quina hora?

Ell es va ficar el mocador a la butxaca de nou, sentint-se una mica inquiet pel que acabava de fer.

—¿Què li sembla a les set? Aleshores el sol comença a pondre's i és l'hora ideal per sortir.

—A les set em va bé. Portaré alguna cosa per menjar.

Davant la sorpresa de Garrett, ella es mostrava complaguda i animada davant aquella sortida.

—No cal que porti res.

—Ja ho sé, però és el mínim que puc fer. Ben mirat, vostè tampoc no tenia per què invitar-me. ¿Li sembla bé uns entrepans?

Garrett va fer una passa enrere, com si de sobte necessités una mica més d'espai per respirar.

—Sí, està bé. No sóc gaire exigent.

—D'acord —va dir ella, i després va quedar-se callada un moment.

Va traslladar el pes del cos d'una cama a l'altra, esperant a veure si ell deia alguna cosa més. En veure que callava, distretament es va penjar la bossa de l'espatlla.

—Doncs ens veurem al vespre. Aquí mateix, ¿oi?

—Sí, aquí mateix —va fer ell, i es va adonar de la tensió que denotava el seu to de veu. Es va escurar el coll i somrigué una mica—. Serà divertit. Li agradarà.

—N'estic segura. A reveure.

Theresa es va girar i s'allunyava pel moll, amb els cabells agitats per la brisa. Mentre ella se n'anava, Garrett es va adonar que s'havia oblidat d'una cosa.

—Ei! —va cridar.

Theresa es va parar i es tombà de cara a ell, tot fent visera amb la mà per protegir-se els ulls del sol.

—¿Sí?

Fins i tot a distància era bonica.

Ell va avançar un parell de passes cap on era ella.

—M'oblidava de preguntar-li una cosa. ¿Com es diu?

—Em dic Theresa. Theresa Osborne.

—I jo em dic Garrett Blake.

—D'acord, Garrett, ens veurem a les set.

Dit això, ella es va girar i s'allunyà a bon pas. Garret es va quedar observant la seva figura, mentre provava de trobar un sentit a les seves emocions conflictives. Si bé una part del seu ésser estava neguitosa pel que acabava de succeir, una altra part tenia la sensació que hi havia alguna cosa que no anava a l'hora en tot plegat. Sabia que no hi havia cap motiu per sentir-se culpable, però la sensació realment existia, i hauria volgut trobar la manera d'evitar sentir-la.

Però no n'hi havia cap, de manera, és clar. Mai no n'hi havia.

SIS

EL RELLOTGE VA PASSAR l'hora de sopar i avançava cap a les set, però per a Garrett Blake, el temps s'havia aturat tres anys enrere quan Catherine havia baixat de la vorera i l'havia matat un ancià que va perdre el control del cotxe i canvià la vida de dues famílies diferents per sempre. Durant les setmanes següents, la seva ira contra el conductor finalment va donar pas a plans de venjança que mai no es van concretar, senzillament perquè la seva pena el tornava incapaç d'efectuar cap acció. A la nit, no podia dormir més de tres hores, plorava cada cop que veia la roba d'ella a l'armari i va perdre quasi deu quilos seguint una dieta que consistia en cafè i biscuits Ritz. El mes següent, va començar a fumar per primera vegada a la seva vida i recorria a l'alcohol les nits en què el dolor era massa insuportable per poder-lo afrontar estant serè. El seu pare es va fer càrrec temporalment de la botiga, mentre Garrett es quedava assegut en silenci al porxo del darrere de la casa, tot provant d'imaginar-se un món sense ella. No tenia ni la voluntat ni el desig de continuar existint, i a vegades mentre s'estava allà assegut, esperava que l'aire salabrós i humit se l'empassés completament per no haver de plantar cara a l'esdevenidor tot sol.

Allò que ho feia tan penós era el fet que semblava com si no pogués recordar una època en què ella no hi fos present. Es coneixien gairebé de tota la vida i havien anat a les mateixes escoles durant els anys de joventut. Al tercer grau, eren grans amics, i ell li va oferir dues targetes el dia de Sant Valentí, però després d'això, es van separar i simplement coexistien mentre anaven passant d'un grau al següent. Catherine era esprimatxada i menuda, sempre la més petita de la classe, i si bé Garrett li havia destinat un lloc especial al seu cor, mai no va advertir que ella s'anava convertint a poc a poc en una noia atractiva. No van anar mai a cap ball d'estudiants plegats, ni tan sols al cinema, però després dels quatre anys a Chapel Hill, on ell cursava l'últim any de biologia marina, es va topar amb ella a Wrightsville Beach i es va adonar de sobte que havia estat un imbècil. Catherine ja no era la noia esprimatxada que ell recordava. En una paraula: era preciosa, amb unes corbes meravelloses que feien que tant els homes com les dones es tombessin per mirar-la quan ella passava. Tenia els cabells rossos i els seus ulls servaven un misteri infinit; i quan ell va tancar la boca, després de quedar-se bocabadat, i li va preguntar què feia últimament, van iniciar una relació que finalment els va menar al matrimoni i a sis meravellosos anys junts.

La nit de noces, sols a la cambra de l'hotel il·luminada només per espelmes, ella li va tornar les dues targetes de Sant Valentí que ell li havia donat en una ocasió i es va posar a riure en veure l'expressió de la seva cara quan ell s'adonà de què es tractava.

—És clar que les vaig conservar —va dir ella en veu baixa mentre l'abraçava—. Va ser la primera vegada que vaig estimar una persona. L'amor és l'amor, tant se val els anys que tinguis, i jo sabia que si et donava una mica de temps, tornaries al meu costat.

Cada vegada que Garrett s'adonava que pensava en ella, recordava l'aspecte que ella tenia aquella nit o com es veia l'última vegada que havien sortit a navegar. Fins i tot ara recordava aquell vespre clarament: els seus cabells rossos agitats violentament pel vent i l'expressió extàtica del seu rostre mentre reia a cor què vols.

—Sento els esquitxos! —va exclamar ella exultant, mentre s'estava a la proa del veler.

Agafada a una corda, s'inclinava enfora, de cara al vent, i el seu cos es perfilava contra el cel resplendent.

—Para compte! —va cridar Garrett, mentre aferrava el timó amb mà ferma.

Ella es va inclinar encara més cap endavant, tot girant-se per mirar Garrett amb un somriure maliciós.

—Ho dic de debò! —va tornar a fer ell, cridant.

Per un moment, va semblar que ella afluixava la força que feia amb la mà. Garrett de seguida va deixar anar el timó i va fer unes passes en direcció a on era ella, però aleshores va sentir que Catherine reia de nou mentre es posava dreta. Amb passa lleugera, va tornar fàcilment cap al timó i va passar els braços al voltant del seu estimat.

Tot besant-li l'orella, li va dir en veu baixa, bromejant:

—¿T'he fet posar nerviós?

—Sempre em poses nerviós quan fas aquestes coses.

—No t'enfadis —va fer ella—. Sobretot ara que et tinc tot per a mi sola.

—Cada nit em tens tot per a tu sola.

—No pas així —va replicar ella, mentre tornava a besar-lo. Després de donar una ullada al seu entorn, va somriure—. ¿Per què no arries les veles i tires l'àncora?

—¿Ara?

Ella va assentir amb el cap.

—A menys, és clar, que vulguis navegar tota la nit.

Amb una mirada subtil que no revelava res, va obrir la porta de la cabina i va desaparèixer de la vista. Al cap de quatre minuts, el veler estava fermament estabilitzat, i ell va obrir la porta per unir-se a ella...

Garrett va exhalar l'aire, tot dissipant el record com si fos fum. Si bé podia recordar els esdeveniments d'aquell vespre, s'adonava que a mesura que passava el temps, li resultava cada vegada més difícil de visualitzar exactament com era ella. De mica en mica, les seves faccions començaven a esvanir-se davant els seus ulls, i per bé que sabia que oblidant contribuïa a matar el dolor, el que més anhelava era tornar-la a veure. En tres anys, només havia mirat l'àlbum de fotos un sol cop, i li havia resultat tan penós, que havia jurat que era l'última vegada que ho feia. Ara només la veia clarament de nit, després de quedar-se adormit. Li encantava quan somiava amb ella, perquè li semblava que encara vivia. Es movia i enraonava, i ell l'abraçava, i per un moment tenia la sensació que, de cop, tot tornava a estar en ordre al món. Tanmateix, els somnis també es cobraven el seu preu, perquè quan es despertava, sempre se sentia exhaust i deprimit. A vegades, anava a la botiga i es tancava al seu despatx durant tot el matí per no haver de parlar amb ningú.

El seu pare mirava d'ajudar-lo tant com podia. També ell havia perdut la seva dona i, per tant, sabia el que estava passant el seu fill. Garrett encara l'anava a veure almenys un cop per setmana i sempre gaudia de la companyia que el seu pare li brindava. Era l'única persona amb la qual Garrett s'entenia realment, sentiment que el vell compartia amb ell. L'any anterior, el seu pare li havia dit que havia de començar a sortir amb alguna dona de nou. «No està bé que estiguis sempre sol —li havia dit—. És com si haguessis renunciat a tot.» Garrett sabia que hi havia una part de veritat en aquelles paraules.

Però el cas era que ell no sentia cap desig de conèixer ningú més. No havia fet l'amor amb cap dona des que Catherine havia mort, i pitjor encara: tampoc no sentia cap desig de fer-ho. Era com si una part del seu ésser s'hagués mort. Quan Garrett va preguntar al seu pare per què havia de seguir el seu consell quan ell mateix no s'havia tornat a casar, el seu pare es limitava a desviar la vista. Però llavors el seu pare deia una altra cosa que els obsessionava a tots dos, una cosa que després es penedia d'haver dit.

—¿Realment creus possible que trobi una dona que sigui prou bona per ocupar el seu lloc?

Amb el temps, Garrett va retornar a la botiga i va començar a treballar de nou, fent tot el que podia per tirar endavant a la vida. Es quedava a la botiga fins tan tard com podia, ordenant els fitxers i arreglant el despatx per enèsima vegada, simplement perquè li resultava menys dolorós que anar-se'n a casa. Quan arribava a casa, a fora ja era bastant fosc, i aleshores encenia tan sols uns quants llums, així no veia tant les seves coses i la seva presència no era tan notable. Es va acostumar a viure sol de nou, a cuinar, a netejar i a fer bugada, i fins i tot treballava al jardí com solia fer Catherine, si bé no en gaudia tant com ella.

Li semblava que estava millor, però quan va arribar el moment de guardar les coses de Catherine, no va tenir cor per fer-ho. Finalment, se'n va fer càrrec el seu pare. Després de passar un cap de setmana practicant submarinisme, Garrett va tornar a casa i ja no hi va trobar les pertinences de Catherine. Sense les seves coses, la casa semblava buida; i ell ja no veia cap raó per quedar-s'hi. La va vendre al cap d'un mes, es va mudar a una casa més petita de Carolina Beach, pensant que en deixar l'altra, finalment aconseguiria tirar endavant. I així ho havia fet, en part, durant tres anys.

El seu pare no ho havia trobat tot, però. En una capseta que tenia en un cantó de la taula, hi conservava algunes coses que no havia tingut el valor de llençar: les targetes de Sant Valentí, l'anell de casament i altres rampoines que la gent no comprendria per què guardava. A la nit, ben tard, li agradava de tenir-les a les mans, i per bé que el seu pare a vegades comentava que li semblava que estava més bé, ell li mentia mentre pensava que no, que no ho estava. Per a ell, res no tornaria a ser mai més com abans.

Garrett Blake va anar al moll alguns minuts abans per tenir temps de preparar el *Happenstance*. Va treure la funda de la vela, va obrir la cabina i va efectuar una revisió general.

El seu pare havia aparegut en el precís moment en què ell sortia per anar al moll, i Garrett ara en recordava la conversa.

—¿Vols venir a sopar amb mi? —havia preguntat el seu pare.

Garrett li havia contestat que no podia.

—Aquest vespre surto a navegar amb una persona.

El seu pare s'havia quedat callat un instant. Després, va fer:

—¿Amb una dona?

Garrett li va explicar breument com s'havien conegut ell i Theresa.

—Trobo que estàs una mica nerviós per aquesta cita —va remarcar el seu pare.

—No, pare, no estic nerviós. I no és una cita. Com et deia, simplement sortirem a navegar una estona. Ella no ha navegat mai.

—¿És bonica?

—¿I això quina importància té?

—Cap. Però amb tot em sembla que es tracta d'una cita.

—No és una cita.

—Si tu ho dius...

Garret la va veure arribar pel moll a les set passades, vestida amb uns pantalons curts i una camisa vermella sense mànigues, carregada amb un cistellet en una mà i un jersei i una jaqueta lleugera a l'altra. No semblava tan nerviosa com ho estava ell, ni la seva expressió tampoc no denotava el que pensava mentre se li acostava. Quan ella el va saludar amb la mà, Garrett va experimentar una punyida familiar de culpa i li va tornar ràpidament la salutació abans d'acabar de deslligar unes cordes. Quan ella arribà a l'embarcació, ell rondinava en veu baixa i s'esforçava per aclarir les idees.

—Hola —va fer ella, amb naturalitat—. Espero no haver-me endarrerit gaire.

Ell es va treure els guants que duia posats mentre contestava:

—Ah, hola! I no..., no fa gaire que he arribat. He vingut una mica abans per preparar el veler.

—¿Ha tingut temps de fer tot el que calia?

Ell va donar una ullada al seu entorn per assegurar-se'n.

—Sí, em sembla que sí. ¿Vol que l'ajudi a pujar?

Va deixar els guants i li va allargar la mà. Theresa li va donar les seves coses, i ell les va col·locar en un dels bancs que s'estenien al llarg de la coberta. Quan li va agafar les mans per ajudar-la a pujar, ella va notar les durícies dels seus palmells. Quan Theresa va ser a bord, ell va indicar el timó, mentre reculava una passa.

—¿Està a punt de marxa?

—Quan vulgui.

—Aleshores, endavant i segui. Jo m'encarregaré de sortir a mar obert. ¿Vol beure alguna cosa abans de sortir? Tinc gasoses a la nevera.

Ella va sacsejar el cap.

—No, gràcies. Estic bé, ara.

Va mirar al seu voltant abans d'elegir un seient en un racó. Va observar com ell accionava una clau, i de seguida es va sentir el soroll d'un motor. Tot seguit, separant-se del timó, Garrett va deixar anar les dues amarres que mantenien l'embarcació atracada. Lentament, el *Happenstance* va començar a sortir de l'embarcador. Una mica sorpresa, Theresa va dir:

—No sabia que tenia motor.

Ell es va tombar i li contestà per sobre l'espatlla, parlant prou fort perquè el sentís:

—És un motor petit, només amb potència suficient per entrar a l'embarcador i sortir-ne. En vam posar un de nou quan el vam reconstruir.

El *Happenstance* va sortir de l'embarcador i del port de balandres. Un cop va arribar a l'aigua oberta del canal, Garrett el va menar cap al vent i va parar el motor. Després de posar-se els guants, va hissar la vela prestament. El *Happenstance* va virar portat per la brisa, i en un moviment ràpid, Garrett es va situar al costat de Theresa, inclinant-se cap a ella.

—Vigili el cap..., la botavara es desplaçarà per sobre seu.

Les properes maniobres es van succeir d'una manera furiosa. Ella va acotar el cap i va observar que tot s'esdevenia tal com Garrett havia dit. La botavara va passar per sobre del seu cap, tot arrossegant la vela perquè li toqués el vent de ple. Un cop va estar en la posició correcta, ell va assegurar-la de nou amb les cordes. En un tancar i obrir d'ulls, Garrett ja tornava a ser al timó, fent modificacions al rumb i vigilant la vela per sobre l'espatlla, com si es volgués assegurar que tot ho havia fet correctament. Tot plegat, no havia trigat ni trenta segons.

—No sabia que calia fer-ho tot tan de pressa. Em pensava que navegar era un esport per descansar.

Garrett va tornar a mirar per sobre l'espatlla. Catherine solia seure al mateix lloc, i amb el sol ponent esberlant les ombres, per un breu instant li va semblar que era ella. Va allunyar aquell pensament i es va escurar el coll.

—Ho és, quan ja ets en ple oceà sense cap embarcació al voltant. Però en aquests moments, som al mig del canal, i cal no badar per seguir el curs que no coincideixi amb el d'algun altre veler.

Mantenia la roda del timó quasi absolutament immòbil, i Theresa va sentir que el *Happenstance* anava agafant gradualment velocitat. Es va aixecar del seient i es va acostar a Garrett, aturant-se només en arribar al seu costat. Bufava el vent, i malgrat que el sentia a la cara, no semblava prou fort per omplir la vela.

—Molt bé, em sembla que ja li tenim el peu al coll —va fer ell, amb un plàcid somriure—. Podrem prosseguir sense necessitat de modificar el rumb. A menys que canviï el vent, és clar.

Avançaven cap a l'entrada de la badia. Com que sabia que estava concentrat en el que feia, Theresa callava mentre era al seu costat. De cua d'ull, l'observava: les mans fortes al timó, les cames llargues suportant el pes de manera alternativa a mesura que l'embarcació es decantava amb l'impuls del vent.

Durant la pausa en la conversa, Theresa mirava al seu voltant. Com la majoria dels velers, aquell tenia dos nivells: la coberta inferior, on es trobaven ells, i la coberta del davant, un metre vint més alta, que s'estenia fins a la proa. Allà estava situada la cabina, i hi havia dues finestretes, amb tota la part exterior coberta per una fina capa de sal que no permetia veure l'interior. Una porta petita menava a la cabina, tan baixa que la gent havia d'acotar el cap per no donar-s'hi un cop.

Girant-se d'esquena a ell, Theresa es va preguntar quants anys devia tenir Garrett. Poc més de trenta, segurament: no podia establir cap xifra més ajustada. Veure'l de prop no servia de res: tenia el rostre una mica agostat, quasi endurit pel vent, que li atorgava una aparença característica i que sens dubte el feia semblar més vell que no era.

Va tornar a dir-se que no era l'home més ben plantat que havia conegut, però hi havia en ell alguna cosa que impressionava, alguna cosa indefinible.

Moments abans, quan havia enraonat amb Deanna per telèfon, havia intentat descriure'l, però com que no s'assemblava a cap dels homes que coneixia a Boston, li havia costat d'allò més. Havia dit a Deanna que era si fa no fa de la seva edat, ben plantat a la seva manera i bastant ferreny, però que tenia un aire natural, com si la seva energia fos simplement el resultat de la vida que havia elegit de portar. Aquestes eren les precisions que havia pogut formular de moment, si bé després de veure'l de més a prop, considerava que no s'havia equivocat de gaire.

Deanna es va mostrar entusiasmada quan Theresa li va dir que aquell vespre sortiria a navegar amb ell, tot i que havia passat per un moment de dubte immediatament després d'acceptar la invitació. Durant una estona es va preocupar pel fet d'haver d'estar sola amb un estrany —sobretot a mar obert—, però va arribar a la conclusió que les seves preocupacions no tenien fonament. «És exactament com una cita qualsevol», s'havia dit a si mateixa la major part de la tarda. «No en facis un drama, de tot això.» Quan va ser l'hora de marxar cap al moll, però, va estar a punt de no anar-hi. Al final, va decidir que era una cosa que havia de fer, principalment per ella mateixa, però també pel disgust que donaria a Deanna si no acudia a la cita.

Mentre s'acostaven a l'entrada de la badia, Garrett Blake va fer girar la roda del timó. El veler va respondre i es va allunyar dels bancs de sorra, cap a les aigües més fondes del canal. Garrett mirava cap a una banda i l'altra, vigilant les altres embarcacions mentre maniobrava el timó. Tot i les ratxes de vent, semblava dominar absolutament el veler, i Theresa hauria pogut jurar que Garrett sabia exactament el que feia.

Les orenetes de mar giravoltaven per sobre l'embarcació que tallava l'aigua, tot lliscant serenament. Les veles espetegaven sota els embats del vent. L'aigua remorejava tot al llarg de l'embarcació. Tot semblava estar en moviment mentre avançaven sota el cel grisenc de Carolina del Nord.

Theresa va plegar els braços i després va agafar el jersei que havia portat. Se'l va posar, contenta d'haver-lo portat. L'aire ja semblava força més fred que quan havien sortit del port. El sol davallava més ràpidament que no esperava, i la llum de la posta es reflectia sobre les veles, tot projectant les ombres a través de la coberta.

Darrere el veler, l'aigua s'arremolinava amb remor sorda, i ella s'hi va acostar per veure-ho millor. Observar les aigües agitades exercia un efecte hipnòtic. Per conservar l'equilibri, es va agafar a la barana en una part que no havia estat arenada. Fixant-s'hi amb atenció, va descobrir una inscripció tallada a la barana. *Construït el 1934 - Restaurat el 1991.*

Les onades provocades per una embarcació més gran que passava a distància els van fer bransolejar, i Theresa va tornar al costat de Garrett. Ell girava de nou la roda del timó, amb més energia aquesta vegada, i ella li va copsar un somriure mentre la portava cap al mar obert. El va observar fins que el veler va haver sortit de la badia.

Per primera vegada del que semblava una eternitat, Theresa havia fet una cosa completament espontània, una cosa que no podia haver imaginat una setmana enrere. I ara que ja ho havia fet, no estava segura de què n'havia d'esperar. ¿I si resultava que Garrett no era gens com ella se l'havia imaginat? Per descomptat que se'n tornaria a Boston amb la seva resposta..., però mentrestant esperava no haver de marxar de pressa i corrent. Ja havien succeït massa coses...

Un cop van haver posat prou distància entre el *Happenstance* i els altres velers, Garrett va demanar a Theresa que agafés el timó.

—Mantingui'l immòbil —li va dir.

Ell va tornar a ajustar les veles, aparentment en menys temps que abans. Fent-se càrrec del timó de nou, va assegurar-se que l'embarcació seguia la direcció del vent, i aleshores va fer una vaga en un cap de corda i la va passar entorn del cabrestant de la roda, tot deixant-la baldera una parell de centímetres.

—Perfecte, així estarà bé —va fer ell, tustant la roda, per assegurar-se que es mantindria en aquella posició—. Ara podem seure una estona, si vol.

—¿No cal que el mantingui agafat?

—Per això és la vaga. A vegades, quan el vent és realment canviant, cal mantenir la roda del timó agafada en tot moment. Però aquesta nit tenim sort amb el temps. Podríem navegar en aquesta direcció durant hores.

Amb el sol davallant lentament pel cel del capvespre al seu darrere, Garrett va anar cap al banc on Theresa s'havia assegut moments abans. Després d'assegurar-se que no hi havia cap estella que pogués malmetre-li la roba, es van asseure al racó: ella al costat, i ell contra la popa, formant un angle, per poder estar de cara. Sentint el vent al rostre, Theresa es va tirar els cabells enrere, mentre mirava cap a l'aigua.

Garrett l'observava. Era més baixeta que ell —un metre setanta, va calcular— amb una cara adorable i una figura que li recordava la de les models que havia vist a les revistes. Però a part de ser atractiva, hi havia alguna cosa en ella que li cridava l'atenció. Era intel·ligent, això ho havia pressentit de seguida, i segura de si mateixa, també, com si fos capaç d'anar per la vida establint les seves pròpies regles. Per a ell, aquestes eren les coses que veritablement importaven. Sense elles, la bellesa no era res.

En certa manera, quan la mirava, li recordava Catherine. En especial, la seva expressió. Semblava com si somiés desperta mentre contemplava l'aigua, i va notar que els seus pensaments reculaven fins a l'última vegada que havien navegat junts. De nou va tenir un sentiment de culpa, si bé es va esforçar per apartar aquella sensació. Va sacsejar el cap i distretament va ajustar la corretja del rellotge, de primer descordant-la, i després tornant-la a cordar tal com estava al principi.

—S'hi està realment bé aquí —va comentar Theresa per fi, mentre es tombava de cara a ell—. Gràcies per haver-me invitat.

Garrett es va alegrar que hagués trencat el silenci.

—De res. Resulta agradable tenir companyia de tant en tant.

Ella va somriure davant aquella resposta, mentre es preguntava si ho devia dir de debò.

—¿Acostuma a navegar tot sol?

Ell es va reclinar contra el respatller mentre parlava, tot estirant les cames al seu davant.

—En general, sí. És una bona manera de relaxar-se després de la feina. Per molt estressant que sigui el dia, un cop sóc aquí, el vent sembla que ho esbandeix tot.

—¿Tan dur és això de bussejar?

—No, no és pas el bussejar. Aquesta és la part divertida. Més o menys, són les altres coses. La part administrativa, tractar amb la gent que cancel·la les lliçons a l'últim moment, procurar que a la botiga no hi falti res... Tot plegat, pot arribar a resultar pesat.

—N'estic segura. Però a vostè li agrada, ¿oi?

—Sí. No canviaria el que faig per res del món. —Va fer una pausa i es va ajustar el rellotge—. ¿I vostè a què es dedica, Theresa?

Aquella era una de les poques preguntes inofensives en què havia pensat durant la tarda.

—Sóc articulista del *Boston Times*.

—¿I ha vingut de vacances?

Ella va titubejar un segon abans de contestar.

—Podríem dir-ho així.

Ell va assentir amb el cap, mentre esperava la resposta.

—¿I sobre què escriu?

Theresa va somriure.

—Escric sobre la funció dels pares.

Li va advertir l'expressió de sorpresa als ulls, la mateixa expressió que descobria cada vegada que sortia amb algú per primera vegada. «Val més que no en parlis més, d'aquest tema», es va dir a si mateixa.

—Tinc un fill —va afegir—, que té dotze anys.

Ell va arquejar les celles.

—¿Dotze anys?

—Sembla que el sorprèn.

—Així és. No sembla que pugui tenir un fill de dotze anys a la seva edat.

—M'ho prendré com un compliment —va fer ella, amb un somriure afectat, sense picar l'esquer. No estava disposada a confessar l'edat que tenia—. Però, sí, té dotze anys. ¿Vol veure'n una foto?

—I tant! —va fer ell.

Ella va buscar la cartera, en va treure la foto i la hi va donar. Garrett la va contemplar un instant, i després la va mirar a ella.

—Té els mateixos ulls que vostè —va dir, tot tornant-li la foto—. És un noi encantador.

—Gràcies. —Mentre guardava la foto, Theresa va preguntar—: ¿I vostè? ¿No en té, de fills?

—No. —Va brandar el cap—. Cap. Almenys, que jo sàpiga.

Ella va fer una rialleta, i Garrett va continuar:

—¿Com es diu el seu fill?

—Kevin.

—¿És aquí amb vostè?

—No; és amb el seu pare a Califòrnia. Ens vam divorciar ja fa uns quants anys.

Garrett va fer un gest d'assentiment sense jutjar, i després va mirar per sobre l'espatlla un altre veler que passava a distància. Theresa també es va quedar mirant-lo una estona, i en el silenci, va advertir la pau que regnava al mig de l'oceà en comparació del canal. Els únics sorolls provenien de la vela agitada pel vent i de l'aigua mentre el *Happenstance* s'obria camí entre les ones. Va pensar que les seves veus sonaven diferents de com ho feien al moll. Aquí gairebé sonaven lliures, com si l'espai obert pogués arrossegar-les cap a l'infinit.

—¿Li agradaria veure la resta de l'embarcació? —va preguntar Garrett.

Ella va assentir amb el cap.

—M'encantaria.

Garrett es va aixecar i va tornar a controlar les veles abans d'anar cap a la cabina, seguit de Theresa. En obrir la porta, es va parar, ja que l'acabava d'assaltar el fragment d'un record, llargament enterrat a la memòria, però de sobte atiat a manifestar-se, potser a causa de la novetat de la presència d'aquella dona.

Catherine seia a la tauleta amb una ampolla de vi destapada. Al seu davant, un gerro amb una sola flor reflectia la claror d'una espelmeta encesa. La flama oscil·lava amb el moviment de l'embarcació, tot projectant llargues ombres en l'interior de la cabina. En la penombra, ell només podia entreveure l'espectre d'un somriure.

—He pensat que seria una grata sorpresa —va dir ella—. Fa temps que no mengem a la llum d'una espelma.

Garret va donar una ullada al fogó. Al costat hi havia dos plats tapats amb paper d'estany.

—¿Quan has portat això a bord?

—Mentre estaves treballant.

Theresa va passar pel seu costat sense dir res, deixant-lo en la intimitat dels seus pensaments. Si havia advertit la seva vacil·lació, no ho va demostrar, i Garrett li ho va agrair.

A l'esquerra de Theresa, hi havia un banc que ocupava tota la llargària del veler: era prou llarg i ample perquè una persona hi pogués dormir còmodament; al davant mateix, el seient de l'altre costat disposava d'una tauleta amb espai suficient per a dues persones. A la vora de la porta hi havia una aigüera i un fogó amb una nevereta a sota, i directament al davant i havia una porta que donava a la cabina dormitori.

Ell es va quedar en un costat amb les mans als malucs com si revisés l'interior de la cabina, sense perdre's cap detall. No se li acostava com haurien fet alguns homes, sinó que li deixava espai per moure's. Amb tot, Theresa sentia els seus ulls que l'observaven, si bé ell ho feia dissimuladament. Al cap d'una estona, ella va dir:

—Des de fora, ningú no diria que és tan gran.

—En efecte. —Garrett es va escurar el coll neguitosament—. És sorprenent, ¿oi?

—Sí, ho és. Sembla que hi ha tot el que un pot necessitar, però.

—Exacte. Si volgués, podria navegar fins a Europa, si bé no ho recomanaria a ningú. Però, per a mi, és extraordinari.

Va passar pel costat d'ella i anà fins a la nevera. Es va ajupir per treure'n una llauna de Coca-Cola.

—¿Encara no vol beure res?

—Podria ser —va contestar ella.

Passava les mans per la superfície de les parets, sentint la textura de la fusta.

—¿Què li vindria de gust? Tinc Seven Up i Coca-Cola.

—Un Seven Up, sisplau —va respondre.

Ell es va incorporar i li donà la llauna. Els seus dits es van tocar breument mentre ella l'agafava.

—No tinc gel a bord, però és freda.

—Miraré de prendre-me-la igualment —va fer en broma, i ell somrigué.

Theresa va obrir la llauna i en va prendre un glop abans de deixar-la sobre la taula.

Mentre ell obria la seva llauna de gasosa, mirava Theresa, tot pensant en el que ella havia dit abans. Tenia un fill de dotze anys..., i era articulista, la qual cosa significava que devia haver anat a la universitat. Si havia esperat a graduar-se abans de casar-se i tenir un fill..., això volia dir que era uns quatre o cinc anys més gran que ell. Tot i que no semblava que fos tan gran, tampoc no es comportava com la majoria de dones de poc més de vint anys que coneixia de la ciutat. Hi havia una maduresa en la seva manera d'actuar, que només posseïen aquells que havien experimentat els alts i baixos de la vida.

Tanmateix, això no tenia cap importància.

Theresa es va fixar en una fotografia emmarcada que era penjada a la paret. A la foto, Garrett Blake era dret al moll amb un peix espasa que havia pescat, si bé es veia més jove que en l'actualitat. Garrett feia un ampli somriure, i la seva expressió exultant li va recordar la de Kevin quan marcava un gol jugant a futbol.

En el silenci sobtat, ella va dir:

—Veig que li agrada pescar.

I va assenyalar la foto. Ell se li va apropar, i en ser al seu costat, ella va sentir la calidesa que irradiava el seu cos. Feia olor de salobre i de vent.

—Sí, m'agrada —va fer ell, en veu baixa—. El meu pare era pescador de llagostins, i jo em vaig criar com qui diu a l'aigua.

—¿Quant de temps fa que la van fer, aquesta foto?

—Aquesta, deu fer uns deu anys..., i me la van fer abans de tornar a la universitat per cursar l'últim any. Feien un concurs de pesca, i el meu pare i jo vam decidir de passar-nos un parell de nits al Corrent del Golf i vam pescar aquest peix espasa a unes seixanta milles de la costa. Vam tardar quasi set hores a treure'l, perquè el pare volia aprendre a fer-ho a la manera antiga.

—¿Què vol dir això?

Ell va riure per sota el nas.

—Bàsicament vol dir que, en acabar, jo tenia les mans desfetes, i l'endemà amb prou feines podia moure les espatlles. La llinya era prou forta per resistir a un peix d'aquesta grandària, de manera que havíem de donar-li fil fins que es parava, llavors calia prendre'n fins que tornava a córrer, i així tot el sant dia fins que va quedar massa exhaust per continuar lluitant.

—Una mica com allò que passa a *El vell i el mar*, de Hemingway, ¿oi?

—Una mica, sí, amb la diferència que no em vaig sentir vell fins l'endemà. El meu pare, d'altra banda, hauria pogut fer el personatge de la pel·lícula.

Ella va tornar a mirar la foto.

—¿És el seu pare el que s'està dret al seu costat?

—Sí, és ell.

—S'assembla a vostè —va remarcar Theresa.

Garrett va fer un lleu somriure, sense saber ben bé si s'ho havia de prendre com un compliment. Va assenyalar la taula, i Theresa va seure al seu davant. Un cop va trobar-s'hi còmoda, va preguntar:

—¿Diu que va anar a la universitat?

Ell li fità els ulls.

—Sí, vaig anar a la Universitat de Carolina del Nord i em vaig llicenciar en biologia marina. Res no m'interessava tant, i des que el meu pare em va dir que no tornés a casa sense un diploma, vaig pensar que estudiaria una cosa que em servís més endavant.

—I va comprar la botiga...

Ell va fer que no amb el cap.

—No pas de seguida. Després de graduar-me, vaig treballar per a l'Institut Marítim Duke com a especialista en submarinisme, però no s'hi guanyaven gaires diners, amb això. Així que vaig treure un certificat de docent i vaig començar a tenir alumnes els caps de setmana. La botiga va venir alguns anys més tard. —Va arquejar una cella—. ¿I vostè?

Theresa va prendre un altre glop de Seven Up abans de contestar.

—La meva vida no és tan emocionant com la seva. Em vaig criar a Omaha, Nebraska, i vaig anar a l'escola a Brown. Després de llicenciar-me, vaig anar a parar a un parell de llocs diferents i vaig intentar diverses coses, fins que em vaig quedar a Boston. Fa nou anys que treballo per al *Times*, però només els últims com a articulista. Abans, feia de periodista.

—¿I li agrada fer d'articulista?

Ella va rumiar uns moments, com si ho considerés per primera vegada.

—És una bona feina —va dir per fi—. Molt millor ara que quan vaig començar. Puc anar a recollir en Kevin quan surt de l'escola, i tinc la llibertat d'escriure el que em sembla, sempre que estigui dins la línia de la meva columna. Ho paguen bastant bé, de manera que no em puc pas queixar, però...

Va tornar a fer una pausa.

—Ja no és tan engrescador. No m'interpreti malament, m'agrada el que faig, però a vegades tinc la impressió que escric la mateixa cosa repetidament. Fins i tot això no seria tan greu, si no tingués moltes altres coses a fer amb en Kevin. Suposo que en aquest moment, deu pensar que sóc la típica mare sola i carregada de feina, si entén el que vull dir.

Ell va assentir amb el cap i va dir en veu baixa:

—La vida no sempre resulta com nosaltres voldríem, ¿oi?

—No, suposo que no —va reconèixer ella, i va tornar a buscar-li la mirada.

L'expressió de Garrett li va fer pensar si no havia dit una cosa que no solia dir a ningú. Theresa va somriure i es va inclinar cap a ell.

—¿Li ve de gust menjar ara? He portat unes quantes coses al cistell.

—Quan vulgui.

—Espero que li agradin els entrepans i les amanides fredes. Eren les úniques coses que m'ha semblat que no es farien malbé.

—Ho trobo molt millor que el que se m'hauria acudit a mi. Si per mi hagués estat, segurament m'hauria aturat a menjar una hamburguesa abans de salpar aquesta nit. ¿Vol menjar aquí o a fora?

—A fora, sense cap dubte.

Van prendre les llaunes de gasosa i van sortir de la cabina. De pas, Garrett va agafar un impermeable d'un penjador del costat de la porta i va indicar a Theresa que prosseguís sense ell.

—Doni'm un minut per tirar l'àncora —va dir ell—, així podrem menjar sense haver de vigilar l'embarcació a cada moment.

Theresa va arribar al seu seient i va obrir el cistell que havia portat. A l'horitzó, el sol es ponia darrere una massa de núvols cúmulus. Va treure un parell d'entrepans embolicats amb cel·lofana, així com uns envasos de plàstic amb amanides de col i de patata.

Va observar com Garrett deixava l'impermeable i arriava les veles, mentre l'embarcació alentia la marxa immediatament. Com que estava d'esquena a ella mentre treballava, Theresa va poder advertir que era un home molt fort. Des d'on seia, els músculs de les espatlles li semblaven més poderosos que en un primer moment, efecte que s'accentuava per la cintura estreta. Theresa no podia creure que estigués navegant amb aquell home quan tan sols dos dies abans era a Boston. Tot plegat li semblava absolutament irreal.

Mentre Garrett treballava sense parar, Theresa va mirar cap al cel. El vent havia amainat ara que la temperatura havia baixat, i el cel s'anava enfosquint lentament.

Un cop l'embarcació va haver parat completament, Garrett va tirar l'àncora. Va esperar un moment, per assegurar-se que l'àncora havia quedat fermada, i quan va quedar satisfet, es va asseure al costat de Theresa.

—Voldria poder fer alguna cosa per ajudar-lo —va fer Theresa amb un somriure.

Es va tirar els cabells cap a l'espatlla de la mateixa manera que solia fer-ho Catherine, i per uns moments ell no va dir res.

—¿Va tot bé? —va preguntar Theresa.

Ell va assentir amb el cap, de sobte incòmode una altra vegada.

—Aquí estem bé. Però pensava que si el vent continua amainant, haurem de canviar de bordada més sovint durant el camí de tornada.

Theresa li va servir amanida de col i de patata juntament amb l'entrepà i li va donar el plat, conscient que ell s'estava assegut més a la vora que abans.

—¿Trigarem més a tornar, doncs?

Garrett va prendre una de les forquilles de plàstic i va picar una mica d'amanida de col. Va trigar un moment a respondre.

—Una mica..., però no hi haurà cap problema a menys que pari el vent completament. Si passa això, ens quedarem parats.

—Entenc que ja li ha passat abans, ¿oi?

Ell va fer un gest d'assentiment.

—Un parell de vegades. És rar, però passa.

Theresa semblava desconcertada.

—¿Per què és tan rar? No sempre deu fer vent, ¿no?

—A l'oceà generalment en fa.

—¿Com és això?

Ell va somriure divertit i va deixar l'entrepà al plat.

—Bé, els vents són provocats per les diferències de temperatura..., quan l'aire calent troba un aire més fred. Perquè el vent pari de bufar quan ets a l'oceà, cal que la temperatura de l'aire sigui exactament igual que la de l'aigua en unes quantes milles a la rodona. Aquí baix, l'aire és generalment calent durant el dia, però tan bon punt el sol es comença a pondre, la temperatura baixa ràpidament. Per això la millor hora per sortir és al vespre. La temperatura canvia constantment i això permet de navegar de meravella.

—¿I què passa si es para el vent?

—Les veles es desinflen i l'embarcació es para. No pots fer absolutament res per fer-la avançar.

—¿I diu que ja li ha passat abans, això?

Ell assentí amb el cap.

—¿I què va fer?

—No res. Simplement seure i gaudir de la tranquil·litat. No corria cap perill, i sabia que amb el temps la temperatura de l'aire baixaria. Així que em vaig limitar a esperar. Al cap d'una hora o una cosa així, es va aixecar una brisa i vaig poder tornar a port.

—Sembla que va acabar sent un dia agradable.

—Ho va ser.

Va apartar la vista dels ulls penetrants de Theresa i la va clavar en la porta de la cabina. Al cap d'un moment va afegir, com si parlés amb ell mateix:

—Un dels millors.

Catherine es va arraulir al seu seient.

—Vine i seu al meu costat.

Garrett va tancar la porta de la cabina i se li va acostar.

—Aquest és el millor dia que hem passat junts en molt de temps —va dir Catherine dolçament—. Es veu que tots dos hem estat massa enfeinats darrerament, i... no sé... —Catherine va deixar la frase penjada—. Volia fer una cosa especial per nosaltres.

Mentre ella parlava, a Garrett li semblava que la seva dona tenia la mateixa expressió de tendresa que havia tingut la nit de noces.

Garrett es va asseure al seu costat i va servir el vi.

—Em sap greu haver estat tan ocupat a la botiga últimament —va fer en veu baixa—. T'estimo, ¿saps?

—Ho sé.

Ella va somriure i li va posar la mà sobre la seva.

—Aviat les coses milloraran, t'ho prometo.

Catherine va assentir amb el cap, mentre prenia la copa de vi.

—No en parlem, d'això, ara. En aquest moment, vull gaudir de nosaltres, del fet que estem nosaltres dos sols. Sense res que ens distregui.

—¿Garrett?

Sobresaltat, Garrett va mirar Theresa.

—Ho sento... —va començar a dir.

—¿Es troba bé?

Theresa el mirava fixament amb una mescla de preocupació i de desconcert.

—Sí... És que acabava de recordar una cosa que he de tenir en compte —va improvisar Garrett—. Ja està —va dir, posant-se més dret i agafant-se un genoll amb les mans enllaçades—. Prou parlar de mi. Si no li fa res, Theresa..., expliqui'm alguna cosa de vostè.

Perplexa i sense saber del cert què volia saber exactament, va començar des del principi, tot referint-se als fets bàsics amb una mica més de detall: l'educació del seu fill, la feina, els passatemps. Sobretot, però, va parlar de Kevin i del fet que era un fill meravellós i que lamentava no poder passar més temps amb ell.

Garrett escoltava mentre ella parlava, sense dir gran cosa. Quan va haver acabat, ell va preguntar:

—¿I diu que va estar casada?

Ella va assentir amb el cap.

—Durant vuit anys. Però en David..., així és com es diu..., aparentment va perdre interès en la nostra relació..., i va acabar tenint una amant. Jo no podia consentir-ho.

—Jo tampoc no hauria pogut —va fer Garrett en veu baixa—, però això no facilita pas les coses.

—No. —Theresa va fer una pausa i va fer un glop de gasosa—. Però mantenim una relació amical, malgrat tot. És un bon pare per a en Kevin i això és l'única cosa que li demano ara.

Una onada grossa va passar per sota el buc, i Garrett va tombar el cap per assegurar-se que l'àncora resistiria a l'envestida. Després, Theresa va dir:

—Molt bé, ara és el seu torn. Parli'm de vostè.

Garrett també va començar pel principi, explicant que s'havia criat a Wilmington com a fill únic. Li va explicar que la seva mare havia mort quan ell tenia dotze anys, i com que el seu pare es passava la major part del dia a la barca, es pot dir que havia crescut a l'aigua. Es va referir a l'època de la universitat —tot ometent alguns dels episodis més dissipats que podien causar una impressió errònia— i va descriure de quina manera havia començat a portar la botiga i com eren ara els dies corrents. Curiosament, no va dir res en absolut de Catherine, sobre la qual Theresa hauria de continuar amb la intriga.

Mentre enraonaven, el cel es va anar tornant negre i la boira va començar a assentar-se al seu voltant. Amb l'embarcació gronxant-se lleugerament a l'impuls de les onades, una mena d'intimitat va establir-se entre ells. L'aire fresc, la brisa a la cara i el suau moviment del veler, tot conspirava per aplacar el nerviosisme del primer moment.

Després, Theresa va provar de recordar l'última vegada que havia tingut una cita com aquella. Ni un sol cop Garrett no va parlar de tornar-se a veure, ni ell semblava esperar res més d'ella aquell vespre. La majoria dels homes que havia conegut a Boston tenien tots una actitud que semblava que insinuava que, si per la seva banda acceptaven de rompre amb la rutina per passar una vetllada agradable, alguna cosa havien de rebre en canvi. Era una actitud d'adolescent —però, això no obstant, molt típica— i trobava que aquell canvi resultava estimulant.

En arribar a un punt en què es va interrompre la conversa, Garrett es va tirar enrere i es va passar la mà pels cabells. Va tancar els ulls i semblava que assaboria el moment de silenci per recloure's en ell mateix. Mentre ell es quedava així, Theresa va ficar en silenci els plats i els tovallons a dins del cistell per no llençar-los al mar. Quan Garrett va estar llest, es va aixecar del banc.

—Em penso que ja és hora de començar a tornar —va dir, gairebé com si li sabés greu que el viatge arribés a la fi.

Al cap d'alguns minuts l'embarcació tornava a fer via, i ella va advertir que el vent era molt més fort que abans. Garrett es va quedar al timó, mantenint el *Happenstance* en el seu curs. Theresa es va situar al seu costat amb la mà a la barana, tot repassant mentalment la conversa una vegada i altra. Cap dels dos no va parlar durant una bona estona, i Garrett Blake es va adonar que no comprenia per què es trobava tan insegur.

L'última vegada que havien sortit a navegar plegats, Catherine i Garrett s'havien passat hores i hores enraonant tranquil·lament, tot assaborint el vi i el sopar. El mar estava en calma, i el suau moviment de les onades resultava reconfortant en la seva familiaritat.

Aquella nit, més tard, després de fer l'amor, Catherine reposava al costat de Garrett, tot acariciant-li el pit amb els dits, sense dir res.

—¿En què penses? —va preguntar ell, per fi.

—Que no em pensava que fos possible estimar una persona tant com t'estimo a tu —va mussitar ella.

Garrett li va acaronar la galta amb el dit. Catherine no apartava en cap moment la vista dels seus ulls.

—Jo tampoc no em pensava que fos possible —va replicar ell dolçament—. No sé què faria sense tu.

—¿Em faràs una promesa?

—La que vulguis.

—Si mai em passés res, m'has de prometre que et buscaràs una altra persona.

—No crec que pogués estimar ningú tret de tu.

—M'ho has de prometre, ¿eh?

Ell va tardar un moment a contestar.

—D'acord..., si això et fa feliç, t'ho prometo.

Ell va somriure tendrament.

Catherine es va arraulir contra el seu cos.

—Sóc feliç, Garrett.

Quan finalment el record es va esvair, Garrett es va escurar el coll i va tocar el braç de Theresa amb la mà per reclamar la seva atenció. Va assenyalar el cel.

—Miri això —va fer finalment, esforçant-se per mantenir la conversa en un to neutre—. Abans que tinguessin sextants i brúixoles, es valien dels estels per navegar pel mar. Allà pot veure l'estrella polar. Sempre marca el nord.

Theresa va alçar la vista al cel.

—¿Com es poden conèixer els estels?

—Cal tenir uns estels de referència. ¿Veu l'Óssa Major?

—Sí, és clar.

—Si traça una línia recta des de les dues estrelles que fan com una punta de cullera, veurà que assenyalen l'estrella polar.

Theresa observava com indicava les estrelles de què parlava, tot reflexionant sobre Garrett i les coses que li interessaven. Navegar, bussejar, pescar, la navegació guiant-se per les estrelles... tot allò que tenia a veure amb l'oceà. O tot allò, aparentment, que li permetia passar-se hores i hores tot sol.

Amb una mà, Garrett va agafar l'impermeable blau de l'armada que havia deixat abans a prop del timó i se'l va posar.

—Els fenicis van ser segurament els més grans exploradors oceànics de la història. El 600 a.C., ja declaraven haver navegat tot resseguint el continent africà, però ningú no se'ls creia perquè juraven que l'estrella polar desapareixia a la meitat del viatge. Però era veritat.

—¿Per què?

—Perquè entraven a l'hemisferi sud. Per això els historiadors saben que realment ho van fer. Abans d'aleshores, ningú no ho havia comprovat, o en tot cas, no n'havien deixat constància. Van haver de passar quasi dos mil anys abans de poder demostrar que tenien raó.

Ella assentia, mentre s'imaginava aquells viatges tan colossals. Es va preguntar per què no les havia sabut mai aquelles coses i se sentí intrigada per l'home que les sabia. I de sobte va comprendre per què Catherine se n'havia enamorat. No era que fos un home especialment atractiu, o ambiciós, o ni tan sols encantador. En part, era totes aquelles coses, però el més important era que semblava viure la vida d'acord amb les seves pròpies regles. Hi havia alguna cosa misteriosa i diferent en la seva manera d'actuar, alguna cosa masculina. I això el feia diferent de tots els homes que havia conegut abans.

Garrett la va mirar en notar que no responia i de nou va advertir que era adorable. En la fosca, la seva pell clara semblava etèria, i de cop es va imaginar la sensació que produiria resseguir la línia de la seva galta. Va sacsejar el cap, tractant d'allunyar aquells pensaments.

Però no podia. El vent li acaronava els cabells, i aquella visió va fer que se li fes un nus a l'estómac. ¿Quant de temps feia que no sentia res de semblant? Molt, massa, sens dubte. Però no hi havia res que ell pogués o volgués fer al voltant d'aquest sentiment. D'això també n'estava segur mentre la contemplava. No era ni el moment ni el lloc adequats..., ni tampoc la persona adient. En el fons, es demanava si mai res tornaria a ser adequat o adient.

—Espero no avorrir-la —va fer, per fi, amb una serenitat forçada—. Sempre m'han interessat aquesta mena d'històries.

Ella es va tombar de cara a ell i somrigué.

—No, no és això. De cap manera. M'ha agradat la història. Simplement m'imaginava el que devien passar aquells homes. No és fàcil endinsar-se totalment en allò que és desconegut.

—No, no ho és —va replicar ell, amb la sensació que ella li havia llegit el pensament.

Els llums dels edificis al llarg de la costa semblaven titil·lar en la boira que s'anava espesseint lentament. En apropar-se a la badia, el *Happenstance* es va balancejar lleugerament sobre les onades altes, i Theresa va mirar per sobre l'espatlla buscant les coses que havia dut. La jaqueta havia volat fins al racó a tocar de la cabina. Va prendre nota de no oblidar-se-la quan arribessin al moll.

Malgrat que Garrett havia dit que solia navegar tot sol, ella hauria volgut saber si no havia portat ningú més a part de Catherine i d'ella. I si no, ¿què volia dir això? Sabia que ell l'havia observat atentament aquell vespre, per bé que mai no ho havia fet descaradament. Però malgrat que sentís curiositat respecte a ella, havia mantingut els seus sentiments ben amagats. No l'havia instigat a parlar de coses que ella no volia dir, ni li havia preguntat si estava embolicada amb alguna altra persona. Aquell vespre, no havia fet res que pogués ser interpretat com alguna cosa més que un interès casual.

Garrett va girar un interruptor, i una sèrie de llums es van encendre en tota l'embarcació. No hi havia llum suficient per veure's bé l'un a l'altre, però sí perquè les altres embarcacions els veiessin arribar. Garrett va assenyalar cap a la ratlla negra de la costa —«L'entrada de la badia és allí, entre els llums»— i va girar la roda del timó en aquella direcció. Les veles s'agitaren i la botavara va oscil·lar un instant, abans de retornar a la seva posició original.

—¿I què? —va preguntar ell per fi—. ¿Ha gaudit de la primera vegada que sortia a navegar?

—Molt. Ha estat meravellós.

—Me n'alegro. No ha estat un viatge a l'hemisferi sud, però era tot el que li podia oferir.

Van restar l'un al costat de l'altre, aparentment cadascun perdut en els seus pensaments. Un altre veler va aparèixer de la fosca a un quart de milla de distància, també en direcció al moll. Descrivint un ampli cercle, Garrett va mirar a banda i banda, per assegurar-se que no apareixeria cap altra embarcació. Theresa va advertir que la boira havia tornat invisible l'horitzó.

Girant-se de cara a ell, va veure que el vent li havia tirat els cabells enrere. L'impermeable que duia li penjava tot desmanegat i amb la cremallera sense tancar. Gastat i malmès, causava la impressió que feia anys que el duia. El feia semblar més alt del que era realment, i seria aquella imatge de Garrett la que ella s'imaginava que recordaria sempre. Aquella i la de la primera vegada que l'havia vist.

Mentre s'acostaven a la costa, Theresa de cop va dubtar que es tornessin a veure mai més. Al cap d'alguns minuts, serien al moll i s'acomiadarien per sempre. Dubtava que ell la tornés a invitar a acompanyar-lo, i ella no pensava pas demanar-li-ho. Per alguna raó no li semblava correcte.

Van entrar a la badia, tot desviant-se cap al moll. De nou Garrett va mantenir l'embarcació al mig del canal, i Theresa va veure una sèrie de senyals triangulars que en marcaven els límits. Va conservar les veles hissades fins aproximadament al mateix punt en què les havia hissat, i tot seguit les va arriar amb la mateixa energia que havia demostrat en governar la nau durant tot el vespre. Es va engegar el motor, i al cap d'uns minuts passaven pel costat dels balandres que havien romàs amarrats tot el vespre. En arribar al moll, ella es va quedar a coberta, mentre Garrett saltava a terra i amarrava el *Happenstance* a l'embarcador.

Es van mirar un instant, com si no sabessin què passaria tot seguit, fins que Garrett finalment va assenyalar el veler.

—He de plegar les veles i tancar-lo per passar la nit i això em portarà una bona estona.

Ella va assentir amb el cap.

—M'ho imaginava.

—¿Vol que l'acompanyi fins al cotxe, primer?

—I tant! —va fer ella, i Garrett va començar a caminar pel moll amb Theresa al costat.

En arribar al cotxe que ella havia llogat, Garrett observà com ella buscava les claus dins el cistell. Quan les va trobar, va obrir la porta del cotxe.

—Com deia abans, he passat una estona meravellosa, aquesta nit —va fer.

—Jo també.

—S'hi hauria de dedicar, a portar gent a navegar. Estic segura que s'ho passarien bé.

Somrient, ell va replicar:

—Hi pensaré.

Les seves mirades es trobaren, i per un instant ell va veure Catherine en la fosca.

—Valdrà més que me'n torni —va dir Garrett prestament, més aviat incòmode—. Demà he de llevar-me d'hora.

Theresa assentí amb el cap, i no sabent què més fer, Garrett li va allargar la mà.

—M'ha agradat molt conèixer-la, Theresa. Espero que gaudeixi de la resta de les vacances.

Estrènyer-li la mà causava una estranya sensació després del vespre que acabaven de passar, però ella s'hauria quedat sobtada si ell hagués fet una altra cosa.

—Gràcies per tot, Garrett. A mi també m'ha agradat molt coneixe'l.

Ella va seure darrere el volant i va girar la clau del contacte. Garrett tancà la porta i va quedar-se esperant que posés la primera. Somrient-li per última vegada, ella va mirar pel retrovisor i va engegar lentament. Garrett la va saludar amb la mà mentre arrencava i es quedà observant com el cotxe abandonava finalment el moll. Quan va veure que s'allunyava sense inconvenients, Garrett va girar cua i va tornar sobre els seus passos, sense saber ben bé per què se sentia tan desassossegat.

Al cap de vint minuts, tot just quan Garrett acabava d'enllestir el *Happenstance*, Theresa obria la porta de la cambra de l'hotel i entrava. Va tirar les coses sobre el llit i es va ficar a la cambra de bany. Es va mullar la cara amb aigua freda i es va raspallar les dents abans de despullar-se. Tot seguit, estirant-se sobre el llit, només amb el llum de la tauleta de nit encès, va tancar els ulls, tot pensant en Garrett.

David ho hauria fet tot d'una manera molt diferent, si hagués estat ell qui l'hagués portat a navegar. Ell hauria adornat el vespre de manera que s'adaptés a la imatge encantadora que volia brindar —«Precisament tinc una ampolla de vi, ¿li vindria de gust una copa?»— i sense cap dubte hauria parlat una mica més sobre ell mateix. Però tot amb molta subtilesa —David sabia actuar amb peus de plom quan la confiança creuava la ratlla de l'arrogància— i s'hauria assegurat de no creuar aquella ratlla de seguida. Fins que un no el coneixia més bé, no sabia que tot era un pla curosament orquestrat destinat a causar la millor impressió. Amb Garrett, en canvi, ella va saber de seguida que no estava actuant —tot en ell feia la impressió de ser sincer— i Theresa es va adonar que estava intrigada pel seu tarannà. Amb tot, ¿havia obrat bé, ella? Encara no n'estava del tot segura. Els seus actes semblaven gairebé manipuladors, i no li agradava veure's a si mateixa sota aquella llum.

Però ja estava fet. Havia pres una decisió i no hi havia manera de fer-se enrere. Va apagar el llum i, un cop els ulls es van adaptar a la foscor, va mirar cap a l'espai entre les cortines parcialment tirades. La lluna en quart creixent havia sortit per fi, i un raig de llum queia sobre el llit. Amb la vista fixa en aquella claror, no va tenir esma de tombar-se cap a l'altre costat, fins que el cos finalment es va anar relaxant i els ulls se li tancaren i es va adormir.

SET

—¿I ALESHORES què va passar?

Jeb Blake s'inclinava sobre la tassa de cafè, parlant amb veu rogallosa. A punt de complir setanta anys, era prim i alt —quasi massa prim— i tenia la cara plena d'arrugues fondes. Els cabells que començaven a escassejar els tenia gairebé blancs, i la nou del coll li sobresortia com una pruna petita. Duia tatuatges als braços i els tenia plens de cicatrius, plens de taques del sol, i els artells de les mans els tenia permanentment inflats de tants anys de dedicar-se a la pesca de llagostins. Si no hagués estat pels seus ulls, un hauria pensat que era dèbil i que estava malalt, però la veritat distava molt d'això. Encara treballava quasi cada dia, si bé actualment només a temps parcial, però sempre sortia de casa abans de trenc d'alba i hi tornava al voltant de migdia.

—No va passar res. Ella va pujar al cotxe i se'n va anar.

Fent-se el primer de la dotzena de cigarrets que es fumava al dia, Jeb Blake va fitar el seu fill. Durant anys el metge li havia dit que, fumant d'aquella manera, s'estava suïcidant, però com que el metge havia mort d'un atac de cor als seixanta anys, el pare de Garrett no tenia massa fe en el consell dels metges. Tal com anava, Garrett suposava que el vell segurament viuria més que no pas ell.

—Bé, que va ser una pèrdua de temps, ¿oi?

Garrett es va sorprendre d'aquella brusquedat.

—No, pare, no va ser una pèrdua de temps. Anit m'ho vaig passar molt bé. Donava bo d'enraonar amb ella i vaig gaudir de la seva companyia.

—Però ja no la tornaràs a veure.

Garrett va prendre un glop de cafè i va sacsejar el cap.

—Ho dubto. Com et deia, és aquí de vacances.

—¿Per quant de temps?

—No ho sé. No l'hi vaig preguntar.

—¿Per què no?

Garrett va prendre un altre pot de crema i en va afegir un raig al cafè.

—¿Com és que t'interessa tant? Vaig sortir a navegar amb una persona i m'ho vaig passar bé. Poca cosa més en puc dir.

—És clar que en pots dir més coses.

—¿Quines?

—Si vas passar-t'ho tan bé que estàs disposat a sortir amb altres dones una altra vegada.

Garrett va remenar el cafè, mentre meditava. Així que era això. Per bé que s'havia acostumat als interrogatoris del seu pare al llarg dels anys, aquell matí no estava d'humor per tornar a insistir sobre aquell vell tema.

—Pare, de tot això ja n'hem parlat infinitat de vegades.

—Ja ho sé, però estic preocupat per tu. Darrerament et passes masses hores sol.

—No és pas veritat.

—Sí —va insistir el seu pare amb una dolcesa sorprenent.

—No vull discutir amb tu, pare.

—Jo tampoc. Ja ho he intentat i no en trec l'aigua clara.

Va somriure. Després d'un moment de silenci, Jeb Blake va mirar d'enfocar-ho des d'un altre angle.

—¿I com era ella?

Garrett es va quedar pensant un moment. A desgrat d'ell mateix, havia pensat en ella molta estona abans de quedar-se adormit.

—¿La Theresa? És atractiva i intel·ligent. Molt encantadora, també, a la seva manera.

—¿És soltera?

—És divorciada, i no crec que hagués accedit a venir amb mi si mantingués una altra relació.

Jeb observà l'expressió del seu fill atentament mentre Garrett contestava la seva pregunta. En acabar, es va tornar a inclinar sobre la tassa de cafè.

—Et va agradar, ¿oi?

Mirant el seu pare als ulls, Garrett sabia que no podia ocultar-li la veritat.

—Sí. Però com et deia, segurament no la tornaré a veure més. No sé on para i, segons sembla, és probable que marxi avui mateix.

El seu pare l'observà en silenci durant un moment abans de formular-li la pregunta amb tota cura:

—Però si encara fos aquí i sabessis on para, ¿creus que la tornaries a veure?

Garrett va desviar la mirada sense contestar, i Jeb va allargar la mà per sobre la taula i va agafar el braç del seu fill. Malgrat que tenia setanta anys, les seves mans eren fortes, i Garrett va sentir que l'aferrava amb prou força perquè li prestés atenció.

—Fill, han passat tres anys. Sé que l'estimaves, però ja és hora que no t'hi encaparris més. Tu ja ho saps, això, ¿oi? Has de poder treure-t'ho del cap.

Ell va tardar uns moments a contestar.

—Ja ho sé, pare, però no és tan fàcil.

—Res que valgui la pena no ho és mai, de fàcil. No ho oblidis.

Uns quants minuts més i van acabar de prendre el cafè. Garrett va deixar un parell de dòlars sobre la taula i va seguir el seu pare, que ja sortia del bar i s'encaminava cap al camió estacionat a l'aparcament. Quan Garrett va arribar a la botiga, una dotzena de coses diferents li passaven pel cap. Incapaç de concentrar-se en la feina administrativa que havia de fer, va decidir tornar al moll per enllestir la reparació d'un motor que havia començat el dia abans. Si bé necessàriament hauria d'estar-se una bona estona a la botiga en algun moment del dia, en aquell instant tenia necessitat d'estar sol.

Garrett va estirar la capsa d'eines de la caixa del camió i se'n va anar cap a l'embarcació que usava quan ensenyava submarinisme. L'antic *Boston Whaler* tenia capacitat suficient per portar vuit alumnes i l'equip necessari per a les immersions submarines.

La reparació del motor requeria temps, però no era una feina difícil, i el dia anterior havia avançat força. Mentre separava la caixa del motor, va recordar la conversa que acabava de mantenir amb el seu pare. Ell tenia raó, és clar. No hi havia cap motiu per continuar sentint el que sentia, però —i posava Déu per testimoni— ell no sabia pas com evitar-ho. Catherine ho havia estat tot per a ell. Només el mirava, i ell tenia la sensació que de sobte al món tot anava com una seda. I quan ella somreia... Déu, allò era una cosa que no havia trobat mai en ningú més. I que tot allò li ho haguessin arrabassat..., no era just.

Més que això: era injust. ¿Per què ella, precisament? ¿I per què ell? Durant mesos s'havia passat les nits despert, preguntant-se «I si». ¿I si ella hagués tardat un segon més a travessar el carrer? ¿I si s'haguessin entretingut uns quants minuts més a l'hora d'esmorzar? ¿I si ell l'hagués acompanyat aquell matí en comptes d'anar-se'n a la botiga? Milers de preguntes, però ell no havia aconseguit arribar a comprendre res més del que havia passat.

Tractant d'allunyar aquells pensaments, es va concentrar en la feina que tenia entre mans. Va treure els cargols que mantenien el carburador al seu lloc i el va separar del motor. Va començar a desmuntar-lo amb tota cura, comprovant que no hi hagués cap peça massa gastada. No creia que aquella fos la causa del problema, si bé volia examinar-lo curosament per estar-ne segur.

El sol va arribar a situar-se bastant alt mentre ell continuava concentrat en la feina, i va entretenir-se un moment eixugant-se la suor del front. El dia abans en aquella hora, va recordar, havia observat Theresa caminant pel moll en direcció al *Happensatance*. Li va cridar l'atenció de seguida, simplement perquè anava sola. Les dones com ella gairebé mai no anaven soles al moll. En general, anaven acompanyades de cavallers rics de més edat, que eren propietaris dels iots amarrats a l'altre costat del moll.

Quan Theresa es va aturar davant la seva embarcació, ell es va quedar sorprès, si bé esperava que s'hi quedés un moment abans de continuar cap a la seva destinació. Això era el que feia la majoria de la gent. Però després d'observar-la una estona, Garrett va comprendre que aquella dona havia anat al moll a veure el *Happenstance*, i per la manera com anava amunt i avall mentre l'examinava feia l'efecte que hi havia anat per alguna cosa més.

Picat per la curiositat, havia anat a parlar amb ella. En aquell moment, no ho va advertir, però quan tancava l'embarcació a la nit, es va adonar que hi havia alguna cosa estranya en la forma que l'havia mirat la primera vegada. Era quasi com si ella hagués reconegut alguna cosa en ell que generalment mantenia ben guardat al fons de la seva ànima. Més que això: era com si sabés més sobre ell del que volia reconèixer.

Va sacsejar el cap, sabent que tot allò no tenia cap sentit. Ella havia dit que havia llegit els articles a la botiga..., i potser per això tenia aquella expressió que ell trobava rara. Hi va pensar i va arribar a la conclusió que allò era el que havia passat. Sabia que no l'havia vista abans —perquè, si no, segur que se n'hauria recordat—, i a més, havia arribat de Boston a passar uns dies de vacances. Era l'única explicació plausible que podia trobar-hi, però fins i tot ara hi havia alguna cosa que no acabava d'encaixar en tot allò.

De fet, però, no tenia cap importància.

Havien sortit a navegar, havien gaudit mútuament de la companyia i s'havien acomiadat. Allà s'acabava tot. Com havia dit al seu pare, no hauria pogut localitzar-la de nou encara que hagués volgut. En aquells moments, ja devia estar de tornada a Boston, o se n'hi aniria al cap d'uns quants dies més, i ell tenia un centenar de coses a fer durant aquella setmana. L'estiu era una temporada de molta activitat per a les classes de submarinisme, i ja tenia alumnes anotats per a cada cap de setmana fins a final d'agost. No tenia temps ni energies per trucar a tots els hotels de Wilmington per preguntar per ella, i si mai ho feia, ¿què li diria? ¿Què li podria dir que no semblés absurd?

Amb aquelles preguntes voltant-li pel cap, va continuar revisant el motor. Després de descobrir i reemplaçar una virolla que perdia, va tornar a instal·lar el carburador, la caixa del motor i el va col·locar a l'embarcació. El motor ara sonava millor; va deixar anar les amarres i va donar una volta amb el *Boston Whaler* durant quaranta minuts. El va fer anar a diverses velocitats, el va engegar i parar més d'un cop, i quan va quedar conforme, va tornar la nau a l'embarcador. Content d'haver tardat menys temps del que es pensava, va recollir les eines, va tornar a carregar la capsa al camió i va recórrer les dues travessies fins a la botiga.

Com de costum, hi havia una pila de papers a la gaveta de l'escriptori i s'hi va entretenir un moment donant-los una ullada. La majoria eren comandes, ja servides, d'articles que calia reposar. També hi havia unes quantes factures, i després d'asseure's a la cadira, va acabar de revisar tota la pila.

Poc abans de les onze, ja havia enllestit tot el que havia de fer i se'n va anar cap a la part del davant de la botiga. Ian, un dels empleats de l'estiu, parlava per telèfon quan Garrett va entrar i li va allargar tres fulls de paper. Els dos primers eren d'uns distribuïdors, i segons els breus missatges escrits a corre-cuita, semblava que hi havia hagut una confusió amb alguna de les comandes que li havien servit darrerament. Una altra cosa de la qual s'hauria d'ocupar, va pensar, mentre tornava al despatx.

Va llegir el tercer missatge tot caminant i es va aturar quan va veure de qui era. Comprovant que no hi havia cap error, va entrar al despatx i tancà la porta al seu darrere. Va marcar el número i demanà per l'extensió que figurava a la nota.

Theresa Osborne llegia el diari quan va sonar el telèfon i va agafar el receptor a la segona trucada.

—Hola, Theresa, sóc en Garrett. He trobat un missatge dient que m'havia telefonat.

Ella semblava complaguda de sentir-lo.

—Ah, hola, Garrett. Gràcies per tornar-me la trucada. ¿Com està?

En sentir-li la veu, ell va evocar els records del vespre passat. Somrient, s'imaginava l'aspecte que devia tenir Theresa asseguda a la cambra de l'hotel.

—Estic bé, gràcies. Estava revisant uns papers i he rebut el seu missatge. ¿En què puc servir-la?

—Miri, ahir a la nit em vaig oblidar la jaqueta al veler i volia saber si l'havia trobat.

—No, però en realitat no m'hi vaig fixar gaire. ¿La va deixar a la cabina?

—No n'estic segura.

Garrett va fer una pausa.

—Bé, faré una correguda fins al moll i m'hi fixaré. Tornaré a telefonar-li per dir-li si l'he trobat.

—¿No és molta molèstia?

—De cap manera. Només tardaré alguns minuts. ¿Es quedarà a l'hotel una estona, encara?

—Sí.

—Molt bé, li trucaré de seguida.

Garrett es va acomiadar i sortí de la botiga, per encaminar-se a bon pas cap al moll. Un cop a bord del *Happenstance*, va obrir la cabina i entrà. Com que no hi trobà la jaqueta, va donar una ullada a coberta i finalment la va veure a prop de la popa, mig amagada sota un dels coixins del banc. La va recollir, va comprovar que no estigués tacada i va tornar a la botiga.

De nou al seu despatx, va marcar el número que tenia apuntat al paper. Aquesta vegada Theresa va atendre a la primera trucada.

—Sóc en Garrett una altra vegada. He trobat la jaqueta.

Ella semblava alleujada.

—Gràcies. Li agraeixo que hagi anat a buscar-la.

—De res.

Ella va restar callada un instant, mentre decidia què fer. Per fi va dir:

—¿Me la pot guardar una estona? Passaré per la botiga d'aquí a vint minuts a buscar-la.

—Amb molt de gust —va contestar ell.

En penjar el telèfon, es va reclinar contra el respatller, tot pensant en el que acabava de succeir. «Encara no se n'ha anat», va pensar, «i tornaré a veure-la.» Si bé no podia comprendre com era que s'hagués oblidat la jaqueta, ja que només havia portat un parell de coses, hi havia un fet que quedava absolutament clar: ell estava realment content que se l'hagués oblidada.

És clar que això no tenia cap importància.

Theresa va arribar al cap de vint minuts, abillada amb uns pantalons curts i una brusa sense mànigues, escotada, que accentuava meravellosament la seva figura. Quan va entrar a la botiga, Ian i Garrett se la van quedar mirant mentre ella donava una ullada al seu entorn. En veure'l finalment, va somriure i el va saludar, des del lloc on es trobava, i Ian va mirar Garrett arquejant la cella, com dient: «¿Com és que no me n'havies dit res?» Garrett no va fer cas de l'expressió del dependent i avançà cap a Theresa amb la jaqueta a la mà. Sabia que Ian escrutaria tots els seus moviments i després li prendria el pèl, per bé que ell s'havia fet el propòsit de no fer cap comentari.

—Com quan era nova —va fer, tot donant la jaqueta a Theresa quan va arribar al seu costat.

Mentre ella anava cap allà, Garrett s'havia rentat les mans greixoses i s'havia posat una samarreta esportiva de les que venia a la botiga. No era gens espectacular, però tenia més bona presència que abans. Almenys ara anava net.

—Gràcies per anar-la a buscar —va dir ella, i hi havia alguna cosa en la seva mirada que va desvetllar de nou en Garrett l'atracció inicial que havia experimentat el dia abans.

Distretament, es va gratar el costat de la cara.

—Ho he fet amb molt de gust. Suposo que el vent la va arrossegar cap a un racó fora de la vista.

—Segurament —va fer ella, amb un lleuger arronsament d'espatlles, i Garrett va observar com s'arreglava la musclera de la brusa amb la mà.

Garrett no sabia si ella tenia pressa i tampoc no estava segur si volia deixar-la marxar encara. Va mormolar les primeres paraules que se li van acudir:

—M'ho vaig passar molt bé ahir a la nit.

—Jo també.

Ella li va mirar els ulls en respondre, i Garrett va somriure dolçament. No sabia què més dir: feia molt de temps que no es trobava en una situació semblant. Si bé sempre sabia tractar amb naturalitat els clients i els forasters en general, allò era totalment diferent. Va començar a deixar descansar el pes del cos ara en una cama, ara en l'altra, sentint-se com quan tenia setze anys. Per fi, va ser ella qui va parlar:

—Tinc la sensació que li dec alguna cosa per haver-se pres tanta molèstia.

—No sigui absurda. No em deu res.

—Potser no sols per haver anat a buscar la jaqueta, sinó per la sortida d'ahir a la nit també.

Ell va sacsejar el cap.

—Per això tampoc. Em va agradar que vingués.

«Em va agradar que vingués.» Els mots li van començar a donar voltes pel cap tan bon punt els va haver pronunciat. Dos dies enrere no s'hauria ni tan sols imaginat que diria a algú una cosa semblant.

Va sonar el telèfon al fons de la botiga, i aquell soroll el va treure dels seus pensaments. Per guanyar temps, va dir:

—¿Ha vingut tan sols a buscar la jaqueta o pensava anar a veure alguna cosa, també?

—No ho tenia pas pensat. És l'hora de dinar, i volia aturar-me a menjar alguna cosa. —El va mirar amb una certa expectació—. ¿Em pot recomanar algun lloc?

Ell va rumiar un moment abans de contestar.

—A mi m'agrada el restaurant de Hank, al capdavall de l'escullera. El menjar és bo, i la vista no és d'aquest món.

—¿On queda, exactament?

Ell va fer un gest assenyalant un lloc imprecís per sobre l'espatlla.

—A Wrightsville Beach. Agafi el pont sobre l'illa i giri a la dreta.

No es pot perdre..., només cal que segueixi els indicadors per anar a l'escullera. El restaurant és allà mateix.

—¿Quina mena de menjar hi serveixen?

—Principalment marisc. Tenen llagostins i ostres, però si s'estima més una altra cosa, també preparen hamburgueses i coses d'aquestes.

Theresa va esperar si afegia res més, i en veure que no, va apartar la vista, mirant cap a la finestra. Amb tot, no es va moure, i per segona vegada en pocs minuts, Garrett es va sentir incòmode en presència d'ella. ¿Què tenia aquella dona que el feia sentir d'aquella manera? Finalment, fent un esforç, va dir:

—Si vol, puc ensenyar-li on queda. També començo a tenir una mica de gana i m'agradaria molt d'acompanyar-la si vostè vol.

Theresa va somriure.

—M'encantaria, Garrett.

Ell va semblar que respirava alleujat.

—Tinc el camió aquí al darrere. ¿Vol que condueixi jo?

—Vostè coneix el camí millor que jo —va contestar ella, i Garrett va indicar-li la porta del darrere, al fons de la botiga.

Mentre caminava al seu darrere, de manera que ell no podia veure-li l'expressió, Theresa no va poder evitar de somriure per sota el nas.

El restaurant de Hank era obert des que van construir l'escullera i el freqüentaven tant els turistes com la gent de la localitat. Amb pocs luxes però molt de caràcter, era similar als restaurants de l'escullera de Cape Cod: terres de fusta, fregats durant anys per sabates plenes de sorra, grans finestrals amb vista a l'oceà Atlàntic i fotografies de peixos guanyadors de trofeus a les parets. En un costat, hi havia una porta que donava a la cuina, i Theresa va veure safates plenes de plats amb marisc fresc, que eren portades per cambrers i cambreres vestits amb pantalons curts i samarretes esportives de color blau amb el nom del restaurant al pit. Les taules i les cadires eren de fusta, d'aspecte rústic, i decorades per les marques que hi havien gravat centenars de visitants. Era un lloc que no exigia més que la vestimenta pròpia de la platja, i Theresa va observar que la majoria dels parroquians feien l'efecte d'haver-se passat bona part del matí al sol.

—Confiï en mi —va dir ell, mentre s'encaminaven cap a una

taula—. El menjar és fabulós, tant se val l'aspecte que tingui el local.

Van ocupar una taula a prop del racó, i Garrett va apartar dues ampolles de cervesa que encara no havien retirat. Els menús estaven col·locats entre una sèrie d'ampolles de plàstic amb condiments, que incloïen *ketchup*, Tabasco, salsa tàrtara i una altra salsa especial, així com una que simplement duia una etiqueta que deia «Hank's». Ficats dins un protector de plàstic barat, els menús feien l'efecte de no haver estat canviats en molts anys. En donar una ullada al voltant, Theresa va veure que gairebé totes les taules eren ocupades.

—És ple —va remarcar, posant-se còmoda.

—Sempre ho és. Fins i tot abans que Wrightsville Beach es fes tan atractiva per al turisme, aquest establiment era com una mena de llegenda. Els divendres i dissabtes a la nit, ni tan sols s'hi pot entrar, a menys que un vulgui aguantar una espera d'un parell d'hores.

—¿Quin és l'atractiu?

—El menjar i els preus. Cada matí, Hank rep una remesa de peix i de llagostins frescos, i en general un surt d'aquí sense haver gastat més de deu dòlars, incloent-hi la propina. I això amb un parell de cerveses.

—¿I com s'ho fa?

—Pel volum, suposo. Com deia, el local és sempre ple de gom a gom.

—Aleshores hem tingut sort de trobar una taula.

—Sí, així és. Però hem arribat abans que els clients habituals, i la gent de la platja mai no s'hi entaulen massa estona. Vénen a fer un mos i se'n tornen al sol de seguida.

Theresa va donar una altra ullada al restaurant abans de mirar el menú.

—Aleshores, ¿què em recomana?

—¿Li agrada el peix?

—M'encanta.

—Llavors triï la tonyina o el dofí. Totes dues coses són delicioses.

—¿Dofí?

Ell va riure per sota el nas.

—No és el Flipper. És un peix que aquí en diem dofí.

—Em sembla que m'estimo més la tonyina —va fer ella picant l'ullet—, per si de cas.

—¿Em creu capaç de fer una cosa així?

Ella li va contestar en to de broma:

—No sé què pensar. Recordi que tot just ens vam conèixer ahir. No el conec prou per estar completament segura del que és capaç de fer.

—Em sento ferit —va replicar ell en el mateix to, i Theresa va riure. Ell també es va posar a riure, i al cap d'un moment ella el va sorprendre quan, allargant la mà per sobre la taula, li va tocar lleugerament el braç. Catherine, va recordar ell de sobte, també solia fer-ho quan volia cridar-li l'atenció.

—Guaiti —va fer ella, assenyalant la finestra amb el cap, i Garret es va tombar.

Per l'escullera passava un vell carregat amb els estris de pescar, amb l'aspecte més normal del món, tret que duia un lloro enfilat sobre l'espatlla.

Garrett va brandar el cap i somrigué, sentint encara el contacte de la seva mà al braç.

—Aquí tenim personatges de tota mena. No és ben bé com a Califòrnia, però esperi només uns quants anys...

Theresa va seguir observant l'home del lloro que s'allunyava per l'escullera.

—Vostè se n'hauria de buscar un perquè li fes companyia quan surt a navegar.

—¿I que se m'acabi la pau i la tranquil·litat? Amb la sort que tinc, segur que seria un lloro xerraire. Es passaria tota l'estona xerrotejant i segurament m'arrencaria un tros d'orella tan bon punt canviés el vent.

—Però semblaria un pirata.

—Semblaria un idiota.

—Vaja, no té sentit de l'humor! —va fer Theresa, fent cara d'enfadada. Després d'una pausa, va mirar al seu voltant—: ¿Tenen gent per servir-nos o bé haurem d'anar a pescar i a coure nosaltres mateixos el peix?

—Maleïts ianquis! —va mussitar ell, tot brandant el cap, i ella va tornar a riure, mentre es preguntava si ell es divertia tant com ella, sabent d'alguna manera que probablement era així.

Al cap d'uns moments, la cambrera va acudir i va prendre nota del que volien. Tots dos van demanar cervesa, i, després de passar la comanda a la cuina, la cambrera va deixar dues ampolles de cervesa a taula.

—¿Sense gots? —va preguntar ella amb la cella arquejada, després que la cambrera s'hagués retirat.

—Sense gots. Aquest establiment no és res si no té el seu estil.

—Ja veig per què a vostè li agrada tant.

—¿És un comentari sobre la meva falta de gust?

—Solament si se'n sent insegur.

—Ara parla com una psiquiatra.

—No en sóc, però sóc mare, i això em converteix en una mena d'experta en el coneixement de la naturalesa humana.

—¿Ah, sí?

—És el que dic a en Kevin.

Garrett va prendre un glop de cervesa.

—¿Ha parlat amb ell avui?

Ella va assentir amb el cap i també va prendre'n un glop.

—Només alguns minuts. Quan li he trucat, estaven a punt de sortir cap a Disneyland. Tenia entrades per a la primera hora del matí, així que no podia entretenir-se. Volia instal·lar-se a primera fila en l'espectacle d'Indiana Jones.

—¿S'ho passa bé amb el seu pare?

—Extraordinàriament bé. En David sempre ha estat molt bondadós amb ell, però ara crec que tracta de compensar el fet de no veure en Kevin tan sovint. Cada vegada que en Kevin el va a visitar, n'espera alguna cosa emocionant i divertida.

Garrett la va mirar amb curiositat.

—Parla com si no ho veiés tan clar.

Ella va titubejar abans de prosseguir.

—Miri, només espero que més endavant no tingui una desil·lusió. En David i la seva nova dona han format una família, i tan bon punt la criatura es faci una mica més gran, em penso que a en David i en Kevin els serà molt difícil estar junts tots dos sols.

Garrett es va inclinar endavant mentre deia:

—És impossible d'evitar als fills les desil·lusions de la vida.

—Ja ho sé, realment ho sé. És només que...

Theresa va emmudir, i Garrett va acabar la frase que ella havia deixat penjada.

—És el seu fill i no el vol veure patir.

—Exactament.

Per condensació s'havia format una capa líquida a la superfície de l'ampolla de cervesa, i Theresa va començar a arrencar-ne l'etiqueta. Una altra cosa que solia fer Catherine, i Garrett va beure un altre glop de cervesa i va fer un esforç per concentrar-se de nou en la conversa que mantenien.

—No sé què dir excepte que si en Kevin és com vostè, estic segur que acabarà sent un home com cal.

—¿Què vol dir?

Ell es va arronsar d'espatlles.

—La vida no és fàcil per a ningú..., ni per a vostè. També vostè ha passat moments difícils. Crec que observant com vostè supera l'adversitat, ell aprendrà a fer-ho de la mateixa manera.

—Ara és vostè qui parla com un psiquiatre.

—No faig més que dir-li el que he après mentre em feia gran. Quan tenia si fa no fa l'edat d'en Kevin, la meva mare va morir de càncer. Observar el meu pare em va ensenyar que havia de tirar endavant amb la meva vida, passés el que passés.

—¿No es va tornar a casar, el seu pare?

—No —va fer ell, sacsejant el cap—. Crec que en algunes ocasions va lamentar no haver-ho fet, però no es va decidir mai.

«Aleshores d'aquí li ve», va pensar ella. «Els testos s'assemblen a les olles.»

—¿Encara viu a ciutat? —va preguntar Theresa.

—Sí. Darrerament el veig sovint. Procurem de veure'ns almenys un cop a la setmana. Li agrada mantenir-me pel bon camí i amb la regna curta.

Ella somrigué.

—Com a la majoria dels pares.

El menjar va arribar uns quants minuts després, i van continuar la conversa tot menjant. Aquesta vegada Garrett va enraonar més que ella, contant-li com era la vida d'un noi al sud, i per què ell no se n'havia anat mai havent-ho pogut fer. També li va contar les aventures que havia passat navegant o practicant submarinisme. Ella l'escoltava fascinada. Comparades amb les anècdotes que explicaven els homes a Boston —que generalment se centraven en els triomfs que aconseguien en els negocis—, tot el que Garrett li explicava era nou per a ella. Li parlava de milers d'éssers marins diferents que havia vist durant les immersions submarines i el que se sentia navegant durant una tempesta que s'havia desencadenat inesperadament i que gairebé va fer sotsobrar l'embarcació. En una ocasió l'havia perseguit un peix martell i es va veure obligat a refugiar-se en el vaixell enfonsat que havia estat explorant.

—Gairebé em vaig quedar sense aire abans de poder sortir a la superfície —va dir, tot brandant el cap en recordar-ho.

Theresa l'observava amb atenció mentre ell enraonava, complaguda en advertir que ja no estava tan tens comparat amb el vespre anterior. Encara continuava fixant-se en les mateixes coses que la nit passada: la cara prima, els ulls de color blau clar i la forma àgil de moure's. També denotava energia en la manera com li parlava ara, i va trobar engrescador el canvi. Ja no semblava mesurar cada paraula que pronunciava.

Van acabar de dinar —ell tenia raó, el menjar era deliciós— i van demanar una segona cervesa, mentre els ventiladors de sostre remorejaven sobre els seus caps. Amb el sol cada cop més alt, ara hi feia calor, al restaurant, però no per això hi havia menys gent. Quan els van portar la factura, Garrett va deixar alguns diners a taula i va fer el gest de marxar.

—¿Ens n'anem?

—Quan vulgui. I gràcies pel dinar. Ha estat formidable.

Mentre avançaven cap a la sortida, ella estava convençuda que Garrett voldria tornar a la botiga de seguida, però ell la va sorprendre en suggerir una cosa ben diferent.

—¿Què li sembla si anem a passejar per la platja? Generalment fa una mica més de fresca a la vora de l'aigua.

Quan ella va acceptar, la va portar cap a un costat de l'escullera i enfilà l'escala, tot baixant al costat de Theresa. Els escalons estaven lleugerament gastats i coberts per una fina capa de sorra, que els obligava a agafar-se de la barana mentre baixaven. Un cop arribaren a la platja, es van tombar de cara a l'aigua, i van començar a caminar per sota l'escullera. A l'ombra s'hi estava fresc a pesar de la calor de migdia, i quan van arribar a la sorra compacta d'on morien les onades, tots dos es van aturar un instant per treure's les sabates. Tot al seu voltant, les famílies prenien el sol estirades damunt les tovalloles o bé xipollejaven a l'aigua.

Van començar a caminar en silenci, l'un al costat de l'altre, mentre Theresa mirava al seu entorn, sense perdre's cap detall del que veia.

—¿S'hi ha estat molt de temps, a la platja, durant la seva estada aquí? —va preguntar Garrett.

Theresa va negar amb el cap.

—No. Tot just vaig arribar abans-d'ahir. Aquesta és la primera vegada que baixo a la platja.

—¿I què li'n sembla?

—És bonica.

—¿És com les platges del nord?

—Com algunes, però l'aigua és molt més calenta, aquí. ¿No ha estat mai a la costa del nord?

—No he sortit mai de Carolina del Nord.

Ella li va fer un somriure.

—Un vertader rodamón, ¿eh?

Ell va riure per sota el nas.

—No, però no tinc pas la sensació d'haver-me perdut gran cosa. M'agrada aquest lloc i no me'n puc imaginar cap altre de més bonic. No hi ha cap indret on m'agradaria més ser que aquí. —Després de fer unes passes, la va mirar i canvià de tema—. Aleshores, ¿quant de temps es quedarà a Wilmington?

—Fins diumenge. Dilluns he de tornar a la feina.

Cinc dies més, va pensar ell.

—¿Coneix algú més, en aquesta ciutat?

—No. He vingut sola.

—¿Per què?

—Simplement volia visitar-la. N'havia sentit a parlar tan bé, que ho volia veure amb els meus propis ulls.

A Garrett el va intrigar la resposta.

—¿Sol sortir de vacances tota sola?

—De fet, aquesta és la primera vegada.

Va aparèixer una noia que feia *jogging* i que avançava ràpidament cap a ells amb un perdiguer negre que corria al seu costat. El gos semblava abatut per la calor i anava amb un pam de llengua a fora. Sense preocupar-se per l'estat de l'animal, la noia continuava corrent, i va passar ben bé a frec de Theresa. Garrett va estar a punt de dir-li alguna cosa en el moment que passava pel seu costat, però va pensar que ell no n'havia de fer res.

Van transcórrer uns moments abans que Garrett tornés a parlar.

—¿Li puc fer una pregunta personal?

—Depèn de quina sigui la pregunta.

Ell es va parar i va collir un parell de petxines que li havien cridat l'atenció. Després d'examinar-les per tots costats un parell de vegades, les va oferir a Theresa.

—¿Surt amb alguna persona a Boston?

Ella va acceptar les petxines alhora que contestava:

—No.

Les onades llepaven la sorra i l'aigua s'arremolinava a l'entorn dels seus peus mentre restaven dins l'aigua soma. Si bé ell ja s'esperava la resposta, no podia comprendre per què una dona com ella es passava els vespres tota sola.

—¿Per què no? Una dona com vostè hauria de tenir un eixam d'homes al voltant.

Ella va somriure, i van tornar a caminar a poc a poc.

—Gràcies, és molt amable. Però no es cregui que és tan fàcil, sobretot quan es té un fill. Són moltes les coses que he de considerar quan conec una persona. —Va fer una pausa—. Però, ¿i què me'n diu, de vostè? ¿No surt amb ningú actualment?

Ell va sacsejar el cap.

—No.

—Aleshores em toca a mi preguntar: ¿per què no?

Garrett es va arronsar d'espatlles.

—Suposo que no he conegut ningú amb qui realment tingués ganes de sortir d'una manera regular.

—¿I això és tot?

Aquell era el moment de la veritat, i Garret ho sabia. L'única cosa que havia de fer era ratificar la seva declaració anterior i allà s'acabaria tot. Però durant unes quantes passes no va dir res.

A mesura que s'allunyaven de l'escullera, la gent de la platja era més esparsa, i l'únic soroll que ara sentien era el de les onades. Garrett va veure un estol d'orenetes de mar aturades arran de l'aigua, i que ja s'apartaven per deixar-los passar. El sol, ara quasi al zenit, es reflectia a la sorra i els obligava a aclucar els ulls. Garrett no la mirava mentre enraonava, i Theresa se li acostà per poder-lo sentir per sobre el rugit de l'oceà.

—No, això no és tot. És més una excusa que cap altra cosa. Sincerament, ni tan sols he intentat de buscar cap altra persona.

Theresa l'observava atentament mentre ell parlava. Tenia la vista fixa al davant, com si reunís els seus pensaments, però ella s'adonava que parlava a contracor.

—Hi ha una cosa que no li vaig dir anit.

Ella va sentir que alguna cosa es posava tensa dintre seu, ja que sabia exactament el que li diria. Adoptant una expressió neutra, es va limitar a fer:

—¿Ah?

—Jo també vaig estar casat —va dir ell per fi—. Durant sis anys. —Es va tombar de cara a ella amb una expressió que la va fer estremir—. Però ella es va morir.

—Ho sento —va fer Theresa prestament.

De nou Garrett es va aturar i collí unes quantes petxines més, si bé aquesta vegada no les va donar a Theresa. Després d'observar-les distretament, les va tirar a les onades que venien. Theresa va veure com desapareixien entre les aigües de l'oceà.

—Va ser ara fa tres anys. D'ençà d'aleshores, no he tingut cap interès a sortir amb ningú ni de buscar ningú.

Va callar un instant, com vacil·lant.

—De vegades es deu sentir sol.

—En efecte, però tracto de no pensar-hi gaire. Em mantinc ocupat a la botiga..., sempre hi ha coses per fer..., i això ajuda a passar el dia. Quan me n'adono, ja és l'hora d'anar a dormir i l'endemà tornem-hi de cap i de nou.

Quan va callar, la va mirar amb un dèbil somriure als llavis. Ja ho havia dit. Durant anys havia sentit la necessitat de dir-ho a alguna persona que no fos el seu pare, i havia acabat dient-ho a una dona de Boston que amb prou feines coneixia. Una dona que, d'alguna manera, havia pogut obrir unes portes que ell mateix havia clavat perquè quedessin ben tancades.

Theresa no va dir res. En veure que ell no afegia res més, va preguntar:

—¿Com era ella?

—¿La Catherine? —Garrett va notar que se li assecava la gorja—. ¿De veritat que ho vol saber?

—Sí —va contestar ella amb veu suau.

Garrett va tirar una altra petxina al mar, mentre s'ordenava els pensaments. ¿Com podia descriure-la amb paraules? Tanmateix, una part del seu ésser volia intentar-ho, volia que precisament Theresa ho comprengués. A pesar d'ell mateix, de nou es va veure arrossegat cap al passat.

—Hola, amor meu —va dir Catherine, del jardí estant—. No t'esperava pas tan d'hora.

—Aquest matí hi ha hagut poca feina a la botiga, i he pensat que vindria a dinar a casa, per veure com estaves.

—Em trobo molt més bé.

—¿Creus que deu ser una grip?

—No ho sé pas. Segurament devia ser alguna cosa que vaig menjar. Al cap d'una hora d'haver-te'n anat tu, ja m'he trobat amb ànim d'arreglar una mica el jardí.

—Prou que ho veig.

—¿Què me'n dius, dels parterres?

Va fer un gest per indicar un tros de terra que acabava de ser remoguda.

Garrett va mirar els pensaments acabats de plantar tot al llarg del porxo. Va somriure.

—Preciosos, ¿però no trobes que hauries hagut de deixar una mica de terra per a les plantes?

Ella es va eixugar el front amb el dors de la mà, mentre el mirava de cua d'ull, per protegir-se del sol.

—¿Tan bruta vaig?

Duia els genolls negres de tant estar-se agenollada a la terra, i tenia la galta tota esquitxada de fang. Els cabells se li escapaven de la cua de cavall en què se'ls havia recollit, i tenia la cara vermella i tota suada a causa de l'esforç que havia fet.

—Estàs perfecta.

Catherine es va treure els guants i els va tirar al porxo.

—No sóc perfecta, Garrett, però gràcies. Vine, que et prepararé una mica de dinar. Sé que has de tornar a la botiga.

Garrett va exhalar un sospir i finalment va tombar el cap. Theresa el mirava fixament, esperant. Ell va dir en veu baixa:

—Era tot el que jo sempre havia desitjat. Era bonica i encantadora, amb un viu sentit de l'humor, i suportava tot el que jo feia. Ens coneixíem pràcticament de tota la vida: havíem anat a l'escola junts. Ens vam casar al cap d'un any de llicenciar-me a la Universitat de Carolina del Nord. Vam viure sis anys casats abans de l'accident, i van ser els millors sis anys de la meva vida. Quan es va morir... —Va emmudir com si no trobés les paraules per prosseguir—. No sé si mai m'acostumaré a viure sense ella.

La manera d'expressar-se respecte a Catherine a Theresa li va resultar més dolorosa del que mai s'hauria imaginat. No era tan sols el to de la veu, sinó l'expressió del seu rostre abans que la descrigués, com si es debatés entre la bellesa dels records i el dolor de rememorar-los. Tot i que les cartes havien resultat commovedores, no havien aconseguit preparar-la per a una emoció semblant. Va pensar que no hauria d'haver tocat aquell tema, perquè ja sabia el que ell sentia per la seva esposa. No hi havia cap motiu per obligar-lo a parlar d'aquella qüestió.

«Però sí que n'hi havia», va exclamar-li de sobte una altra veu dins el cap. «Havies de veure la seva reacció amb els teus propis ulls. Havies de comprovar si ell estava preparat per deixar el passat enrere.»

Al cap d'un instant, Garrett va tirar distretament les petxines restants a l'aigua.

—Em sap greu, tot això —va dir.

—¿Què?

—No hauria d'haver-li parlat de la Catherine. Ni tant sobre mi mateix.

—No passa res, Garrett. Ho volia saber. He estat jo qui li ha preguntat sobre ella, ¿recorda?

—No volia acabar parlant en el to amb què ho he fet. —Parlava com si hagués fet alguna cosa de mal. La reacció de Theresa va ser gairebé instintiva.

Se li va acostar, va allargar la mà. Va agafar la mà d'ell, la va estrènyer amb delicadesa. Quan se'l va mirar, va veure sorpresa als seus ulls, tot i que Garrett no va provar de desfer-se'n.

—Va perdre una esposa... una cosa que la majoria de gent de la nostra edat desconeix totalment. —Ell va abaixar la vista mentre ella maldava per trobar les paraules adients.

—Els seus sentiments diuen molt sobre vostè. És la mena de persona que estima a algú per sempre més... No se n'ha d'avergonyir.

—Ja ho sé. Però és que ja han passat tres anys...

—Algun dia tornarà a trobar algú especial. Gairebé sempre li passa, a la gent que ja ha estimat una vegada. És la seva naturalesa.

Li va tornar a estrényer la mà, i Garrett va notar que el seu contacte l'escalfava. Per alguna raó, no volia deixar-la anar.

—Espero que tingui raó —va dir finalment.

—En tinc. Hi entenc, en aquestes coses. Sóc mare, ¿recorda?

Ell va riure fluix, per provar d'alliberar la tensió que sentia.

—Sí que ho recordo. I probablement sigui una bona mare.

Van fer mitja volta i van tornar cap al moll, parlant en veu baixa d'aquells darrers tres anys, agafats encara de la mà. Quan van arribar a la camioneta i van enfilar cap a la botiga, Garrett estava més confús que mai. Els esdeveniments dels dos últims dies havien estat tan inesperats. Theresa ja no era una desconeguda, ni tampoc era només una amiga. Era indiscutible que se sentia empès cap a ella. Però és clar, ella se n'aniria d'aquí pocs dies, i ell sabia que probablement era millor que fos així.

—¿Què pensa? —va preguntar ella. Garrett va posar una marxa més llarga mentre la camioneta travessava el pont cap a Wilmington i Island Diving. Endavant, va pensar. Digues-li de debò què t'està passant pel cap.

—Estava pensant —va dir finalment, i es va sorprendre a ell mateix—, que si no té plans per aquesta nit, m'agradaria que vingués a sopar.

Theresa va somriure.

—Tenia l'esperança que ho digués.

Ell encara estava sorprès pel fet d'haver-la convidat quan va girar a l'esquerra, per agafar el camí que duia a la seva botiga.

—¿Pot venir a casa meva cap a les vuit? Haig de fer coses a la botiga, i segurament acabaré força tard.

—Molt bé. ¿On viu?

—A Carolina Beach. Li apuntaré com s'hi va quan arribem a la botiga.

Van aparcar al davant i Theresa va seguir Garrett fins al despatx. Ell va escriure les indicacions en un tros de paper. Provant de no semblar tan confús com realment se sentia, va dir:

—No li hauria de costar gens de trobar... hi veurà la meva camioneta aparcada. Però si té algun problema, aquí baix li he apuntat el meu número.

Quan ella se'n va anar, Garrett va adonar-se que estava rumiant en la vetllada imminent. Assegut al seu despatx, dues preguntes sense resposta el perseguien. Primera, ¿per què se sentia tan atret per Theresa? I segona, ¿per què tot d'una tenia la sensació que estava traint Catherine?

VUIT

THERESA VA PASSAR la resta de la tarda explorant, mentre Garrett treballava a la botiga. Com que no coneixia Wilmington prou bé, va preguntar la forma d'arribar al districte històric i va destinar algunes hores a recórrer les botigues. La majoria eren plenes de turistes, i ella va trobar unes quantes coses que a Kevin li haurien encantat, però res, en canvi, que s'adigués amb els seus gustos. Després de comprar un parell de pantalons curts que podria usar quan tornés a Califòrnia, va tornar a l'hotel a fer una becaina. Els dos dies passats havien estat intensos, i es va quedar adormida de seguida.

Garrett, al seu torn, va haver d'afrontar una petita crisi rere l'altra. Quan tornà a la botiga, acabava d'arribar un carregament d'equips nous, i després d'embalar els que no volia, va telefonar a l'empresa per combinar la manera de tornar-los la resta. Més tard, es va trobar que tres persones que s'havien apuntat a les classes de busseig per a aquell cap de setmana serien fora de la ciutat i no tenien més remei que cancel·lar-les. Una ràpida ullada a la llista d'espera va resultar infructuosa.

A dos quarts de set estava cansat i va fer un sospir d'alleujament quan va plegar i va tancar la botiga. Després va anar primer a la botiga de comestibles i va comprar les coses que havia de menester per al sopar. Més tard, es va dutxar, es va posar uns texans nets i una camisa lleugera de fil i tot seguit va anar a la nevera a buscar una cervesa. Després de destapar-la, va sortir al pati del darrere i es va asseure en una de les cadires de ferro forjat. En consultar el rellotge, va pensar que Theresa no trigaria a arribar.

Garrett encara s'estava assegut al porxo del darrere quan va sentir el soroll del motor d'un cotxe que s'acostava a marxa lenta. Va baixar del porxo i va fer la volta pel costat de la casa, mentre observava com Theresa aparcava al carrer, darrere mateix del seu camió.

Va baixar del cotxe: duia uns texans i la mateixa brusa que portava abans, la que destacava meravellosament la seva figura. Tenia un aspecte descansat mentre avançava cap a ell, i quan li va somriure afectuosament, Garrett es va adonar que l'atracció que sentia s'havia accentuat des de l'hora de dinar, i la comprovació d'aquest fet el desassossegava una mica per motius que no es volia confessar.

Li va anar a l'encontre amb tanta naturalitat com va poder, i Theresa es va aturar a mig camí; duia una ampolla de vi blanc. En acostar-se-li, va sentir la flaire del perfum, que no portava en les ocasions anteriors.

—He dut una ampolla de vi —va anunciar, tot donant-la-hi—. He pensat que acompanyaria bé el sopar. —Tot seguit, després d'una pausa breu, va preguntar—: ¿Com ha passat la tarda?

—Molt atrafegat. No han deixat de venir clients fins a l'hora de plegar, i jo tenia una pila de paperassa que havia d'enllestir. De fet, fa un moment que acabo d'arribar. —Es va encaminar cap a la porta del davant, i Theresa se li va posar al costat—. ¿I vostè? ¿Què ha acabat fent durant la resta del dia?

—He acabat fent una becaina —va contestar, com si es fumés d'ell, i Garrett va fer una riallada.

—Abans m'he oblidat de preguntar-li si volia alguna cosa especial per sopar —va dir.

—¿Què tenia pensat?

—Pensava fer uns bistecs a la graella, però després m'he dit que potser no menjava aquestes coses.

—¿Ho diu de broma? S'oblida que em vaig criar a Nebraska. M'encanta un bon bistec.

—Aleshores, prepari's per a una sorpresa.

—¿Quina?

—Es dóna el cas que preparo els millors bistecs del món.

—¿Ah, sí, eh?

—L'hi demostraré —va dir ell, i ella es va posar a riure, un so d'allò més melodiós.

Mentre s'acostaven a la porta, Theresa va fixar-se en la casa per primera vegada. Era relativament petita —una planta de forma rectangular—, de fusta pintada que s'anava pelant greument en més d'un lloc. A diferència de les cases de Wrightsville Beach, aquella estava construïda directament sobre la sorra. Quan ella li va preguntar per què no era elevada com les altres, ell li va explicar que l'havien construïda abans d'entrar en vigència la nova reglamentació sobre construccions antihuracans.

—Ara les cases han de ser elevades perquè quan puja la marea amb tota la seva força pugui passar per sota l'esctructura principal. El pròxim gran huracà que es desencadeni segurament arrossegarà aquesta casa vella cap al mar, però fins ara he tingut sort.

—¿I no el preocupa això?

—En realitat, no. No hi tinc gran cosa, i aquest és l'únic motiu pel qual ho puc resistir. Crec que el propietari anterior finalment es va cansar de la tensió a què es trobava sotmès cada vegada que es produïa un gran temporal a l'Atlàntic.

Van pujar els esquerdats graons del davant i entraren. La primera cosa que Theresa va advertir en entrar va ser la vista des de la sala principal. Els finestrals arribaven de terra al sostre i ocupaven tot el pany de paret del fons de la casa, des d'on es dominava el pati del darrere i Carolina Beach.

—Aquesta vista és increïble! —va exclamar, sorpresa.

—¿Oi que sí? Ja fa uns quants anys que hi visc, i encara em crida l'atenció.

En un costat hi havia una llar de foc, rodejada per una dotzena de fotografies subaquàtiques. Theresa s'hi va acostar.

—¿Li fa res si miro?

—No, faci, faci. De tota manera, he d'anar a netejar la graella, que bona falta li fa.

Garrett va sortir per la porta vidrada corredissa.

Llavors, Theresa es va entretenir una estona contemplant les fotos i tot seguit va recórrer la resta de la casa. Com moltes cases de platja que ella havia vist, només tenia espai per viure-hi un parell de persones. Només hi havia un dormitori, al qual s'entrava per una porta de la sala d'estar. Com la sala principal, també tenia un finestral de terra al sostre que donava a la platja. A la part anterior de la casa —la de més a prop del carrer— hi havia una cuina, un petit espai per menjarhi (que no arribava a ser un menjador) i la cambra de bany. Per bé que tot era molt net i endreçat, la casa tenia l'aspecte de no haver estat pintada i arreglada des de feia anys.

Retornant a la sala d'estar, es va parar a la porta del dormitori i hi va donar una ullada. De nou hi va veure fotos subaquàtiques que decoraven les parets. A més, hi havia un mapa enorme de la costa de Carolina del Nord penjat directament sobre el capçal del llit, que documentava la situació de gairebé cinc-cents vaixells enfonsats. Quan va mirar cap a la tauleta de nit, va veure el retrat emmarcat d'una dona. Havent comprovat que Garrett encara era fora netejant la graella, va entrar per veure-la de més a prop.

Catherine devia tenir uns vint-i-cinc anys quan havien fet la fotografia. Com les altres de les parets, feia l'efecte que l'havia fet Garrett mateix, i es va preguntar si la devia haver emmarcada abans o després de l'accident. En agafar-la, va veure que Catherine era atractiva —una mica més menuda que ella—, de cabells rossos que li arribaven una mica més avall de l'espatlla. Tot i que la foto semblava haver estat ampliada d'una de més petita, va poder observar els ulls de Catherine. D'un verd profund i felí, li atorgaven una expressió exòtica i quasi semblava que la miraven a ella. Va deixar de nou la foto suaument sobre la tauleta de nit, procurant que quedés en la mateixa posició que abans. En girar-se, va continuar tenint la sensació que Catherine observava cadascun dels seus moviments.

Sense fer cas d'aquella sensació, va mirar el mirall de sobre la calaixera. Sorprenentment, hi havia una altra foto en la qual també apareixia Catherine. Era una foto de Garrett i Catherine somrient àmpliament, drets a la coberta del *Happenstance*. Com que l'embarcació semblava acabada de restaurar, va suposar que la foto la devien haver feta tan sols uns quants mesos abans de morir ella.

Sabent que Garrett podia entrar en qualsevol moment, va sortir del dormitori, amb un lleuger sentiment de culpa, sobretot, per haver tafanejat. Va sortir al porxo i va anar cap a un dels extrems, on ell estava enfeinat, i es va estintolar en una de les baranes.

—¿Les va fer vostè totes les fotos de les parets? —va preguntar.

Ell es va apartar els cabells de la cara amb el dors de la mà.

—Sí. Durant un temps, m'enduia la càmera en gairebé totes les exploracions submarines. La majoria les penjava a la botiga, però n'hi havia tantes, que se'm va acudir de posar-ne algunes aquí, també.

—Semblen fetes per un professional.

—Gràcies. Però em penso que la qualitat té més a veure amb la gran quantitat que en vaig fer. Hauria d'haver vist totes les que no van sortir bé.

Mentre parlava, Garrett va examinar la part de dalt de la graella.

Si bé en certes parts estava socarrimada, semblava a punt, i ell la va deixar en un costat. Va agafar una bossa de carbó i en va abocar una bona quantitat a la graella, que devia tenir més de trenta anys, valent-se de les mans per escampar-lo uniformement. Tot seguit hi va afegir una mica de benzina, deixant que en caigués unes quantes gotes sobre cada tros de carbó.

Amb el mateix to mofeta d'abans, Theresa va dir:

—¿Ja sap que actualment hi ha graelles de gas propà?

—Ja ho sé, però a mi m'agrada fer-ho com ho fèiem quan jo era petit. A més, d'aquesta manera té més bon gust, la carn. Cuinar amb propà és com cuinar a dins.

Ella va somriure.

—I vostè m'ha promès el millor bistec que hagi menjat mai.

—I se'l menjarà. Confiï en mi.

Va acabar de tirar-hi la benzina i va deixar l'ampolla al costat de la bossa de carbó.

—Deixaré que s'embegui bé durant un parell de minuts. ¿Vol prendre alguna cosa?

Theresa va preguntar:

—¿Què té?

Garrett es va escurar el coll.

—Cervesa, gasosa o el vi que ha portat vostè.

—Una cervesa em va bé.

Garrett va agafar el carbó i la benzina i ho va ficar dins un antic cofre de mariner que hi havia en un costat de la casa. Després de fer saltar la sorra de les soles de les sabates, va entrar a la casa, tot deixant la porta corredissa oberta.

Mentrestant, Theresa es va tombar i contemplà la platja d'un cap a l'altre. Ara que el sol ja es ponia, la majoria de la gent ja se n'havia anat, i els pocs que quedaven corrien o caminaven per la sorra. Tot i que la platja no era plena, durant aquella breu estona, van passar per davant de la casa més d'una dotzena de persones.

—¿No es cansa de tenir tota aquesta gent voltant per aquí? —li va preguntar quan ell tornà.

Garrett li va donar la cervesa.

—Realment no. De qualsevol manera, no hi són gairebé mai, aquí. En general, quan arribo a casa, la platja ja és quasi deserta. I a l'hivern, no hi ha mai ni una ànima.

Per un moment, se'l va imaginar assegut al porxo, contemplant el mar, tot sol com sempre. Garrett es va ficar la mà a la butxaca i en va treure una capsa de llumins. Va encendre el carbó, reculant una passa quan les flames s'arboraren. La brisa lleugera feia dansar les flames en cercles.

—Ara que el carbó ja està en marxa, vaig a preparar el sopar.

—¿Puc donar-li un cop de mà en alguna cosa?

—No hi ha gran cosa a fer —va contestar ell—. Però, si té sort, potser compartiré amb vostè la meva recepta secreta.

Ella va decantar el cap i se'l va mirar maliciosament.

—¿Ja sap que està creant grans expectatives respecte a aquests bistecs?

—Ja ho sé. Però em tinc fe.

Li va fer l'ullet, i ella es va posar a riure abans de seguir-lo cap a la cuina. Garrett va obrir un dels armaris i en va treure un parell de patates. A la pica, es va rentar primer les mans i, tot seguit, les patates. Després d'encendre el forn, va embolicar les patates amb paper de plata i les va deixar sobre els fogons.

—¿I jo què puc fer?

—Com deia, no gran cosa. Em sembla que ho tinc tot bastant controlat. He comprat una amanida preparada i ja no hi ha res més al menú.

Theresa es va apartar cap a un costat mentre Garrett ficava les patates al forn i treia l'amanida de la nevera. De cua d'ull, ell l'observava mentre buidava el paquet de l'amanida en un bol. ¿Què tenia aquella dona que de sobte li despertava el desig de voler estar tan a prop d'ella com fos possible? Intrigat, va obrir la nevera i en va treure els bistecs que havia demanat a la carnisseria que li preparessin per a aquella nit. Va obrir l'armari del costat de la nevera i va cercar-hi la resta dels elements que necessitava. Després d'aplegar-los, ho va col·locar tot a prop de Theresa.

Ella li va fer un somriure desafiador.

—¿I què tenen d'especial aquests bistecs?

Aclarint-se la ment, va abocar un raig de conyac en un bol pla.

—Unes quantes coses. Primera: cal aconseguir un parell de filets ben gruixuts, com aquests. A la carnisseria en general no els tallen tan gruixuts, de manera que cal demanar-ho especialment. Després s'hi posa sal, pebre i all en pols, i es deixa que es vagin xopant de conyac mentre el carbó es torna brasa.

I ho anava fent a mesura que parlava, i per primera vegada des que el coneixia, Garrett aparentava l'edat que tenia. Basant-se en el que ell li havia contat, era almenys quatre anys més jove que ella.

—¿Aquest és el seu secret?

—Només és el començament —va fer ell, conscient de cop i volta de com era de bonica, aquella dona—. Un moment abans de posar-los a la graella, hi afegiré una mica d'aquest producte que serveix per tornar més tendra la carn. La resta depèn de com els cogui i no pas dels elements amb què han estat condimentats.

—Parla com si fos tot un cuiner.

—En realitat no ho sóc. Faig bé unes quantes coses, però actualment no em preparo gaires plats. A l'hora que arribo a casa, no estic d'humor per posar-me a cuinar coses que requereixen un gran esforç.

—Això mateix em passa a mi. Si no fos per en Kevin, no crec que cuinés gaire, per no dir gens.

Com que ja havia acabat de preparar els bistecs, Garrett va anar a buscar un ganivet a l'armari i va tornar al costat de Theresa. Va agafar un parell de tomàquets de damunt el taulell i va començar a tallar-los.

—Sembla que té una bona relació amb en Kevin, ¿oi?

—I tant! Només espero que continuï. Ara ja és gairebé un adolescent, i m'amoïna pensar que quan sigui més gran no voldrà passar tant de temps amb mi.

—Jo no m'hi amoïnaria gaire, per això. Per la manera que en parla, diria que sempre estaran molt units.

—Així ho espero. En aquest moment, és l'única cosa que tinc... No sé pas què faria si ell comencés a deixar-me al marge de la seva vida. Tinc amics amb fills una mica més grans que ell, i em diuen que això és inevitable.

—Segur que canviarà una mica. A tothom li passa, però això no vol pas dir que no li hagi d'adreçar la paraula.

Ella el va mirar.

—¿Ho diu per experiència o simplement perquè és el que jo vull sentir?

Ell es va arronsar d'espatlles, notant de nou el seu perfum.

—L'únic que faig és recordar com va ser la meva relació amb el meu pare. Sempre vam estar molt units mentre jo creixia, i les coses no van pas canviar quan vaig anar a l'escola secundària. Vaig començar a fer coses diferents i a sortir més amb els meus amics, però encara xerràvem molt sempre.

—Espero que a mi em passi igual —va fer ella.

Amb la preparació en marxa, un plàcid silenci va planar sobre ells. El simple acte de tallar els tomàquets amb Theresa al seu costat havia alleujat part de l'ansietat que havia experimentat fins en aquell moment. Theresa era la primera dona que havia invitat en aquella casa, i Garrett s'adonà que la seva presència li causava una sensació de benestar.

En acabar, Garrett va posar els tomàquets tallats al bol de l'amanida i es va eixugar les mans amb una tovallola de paper. Després es va inclinar per treure la segona cervesa de la nevera.

—¿Li'n ve de gust una altra?

Ella va escurar el cul que quedava a la seva ampolla, sorpresa d'haver-se-la acabada tan de pressa. Va assentir amb el cap, tot deixant l'ampolla buida sobre el taulell. Garret va fer girar el tap i li'n va donar una altra, i tot seguit en va obrir una per a ell. Theresa s'estava recolzada al taulell, i quan va agafar l'ampolla, alguna cosa en la seva actitud li va resultar familiar: el somriure que flotava en els seus llavis, potser, o la manera de mirar-lo mig de costat mentre observava com ell s'acostava l'ampolla als llavis. Li va recordar també aquella tarda indolent d'estiu amb Catherine, en què ell havia tornat a casa per sorpresa a l'hora de dinar: un dia que, vist retrospectivament, semblava prenyat d'averanys... Tanmateix, ¿com podia haver previst el que s'esdevindria? Tots dos s'estaven a la cuina, tal com ell i Theresa s'hi estaven ara.

—Se m'acudeix que tu ja has menjat —va dir Garrett, mentre Catherine es trobava davant la nevera oberta.

Catherine el va mirar.

—No tinc gaire gana —va remarcar ella—. Però tinc set. ¿Vols te fred?

—El te em va bé. ¿Saps si ja ha passat el carter?

Catherine va assentir amb el cap mentre treia la gerra de te del prestatge de dalt de la nevera.

—La correspondència és a sobre la taula.

Va obrir l'armari i en va treure dos gots. Després de deixar el primer got sobre el taulell, quan va agafar el segon, se li va esllavissar de les mans.

—¿Estàs bé?

Garrett va deixar la correspondència, preocupat.

Catherine es va passar la mà pels cabells, tota incòmoda, i de seguida es va ajupir per collir els vidres trencats.

—M'he sentit una mica marejada un segon. No és res.

Garrett se li va acostar i es va posar a recollir els trossos de vidre.

—¿Encara et sents marejada?

—No, però potser és que m'he estat massa temps a fora aquest matí.

Ell va quedar-se callat un moment, mentre recollia els vidres.

—¿Segur que puc tornar a la botiga? Aquesta última setmana ha estat molt carregosa per a tu.

—Estaré bé. A més, sé que tens molta feina a fer.

Si bé Catherine tenia raó, quan finalment se'n va anar a la botiga, tenia la sensació que potser no li hauria hagut de fer cas.

Va empassar-se la cervesa fent un esforç, conscient de sobte del silenci que regnava a la cuina.

—Vaig a veure com està el carbó —va dir, ja que li calia fer alguna cosa, el que fos—. Espero que ja estigui a punt.

—¿Vol que pari taula mentre mira el carbó?

—Sí. Aquí trobarà tot el que li faci falta.

Després d'ensenyar-li on trobaria les coses, Garrett va sortir al pati, fent un esforç per asserenar-se i foragitar aquells records espectrals del seu cervell. En arribar a la graella, va mirar com estaven les brases i es va concentrar en el que havia de fer. Li va semblar que encara faltava una mica perquè el carbó estigués a punt. Va tornar al lloc on hi havia el cofre de mariner i aquesta vegada en va treure una manxa petita. La va deixar al costat de la graella i va respirar fondo. L'aire del mar era fresc, quasi embriagador, i per primera vegada, es va adonar de sobte que a desgrat de la visió que havia tingut de Catherine uns moments abans, encara estava content que Theresa fos allà. Es preguntava si era perquè, en molts aspectes, s'assemblava tant a Catherine o si bé era que el seu pare tenia raó sobre el fet que necessitava passar una estona amb una altra persona.

Mentre ell era a fora, Theresa va parar taula. Va col·locar una copa de vi al costat de cada plat i va buscar els coberts al trinxant. Al costat dels utensilis hi havia dues espelmes amb un petit canelobre cadascuna. Després de dubtar si no seria excessiu, va decidir de posar-les a taula també. Deixaria que ell resolgués si les encendria o no. Garrett va entrar en el precís moment en què enllestia.

—Falten un parell de minuts. ¿Vol seure a fora mentre esperem?

Theresa va prendre la seva cervesa i el va seguir. Com la nit abans, bufava una brisa fresca, però no era tan forta. Va seure en una de les cadires, i Garrett al seu costat, amb les cames encreuades pels turmells. La camisa clara li feia ressaltar la morenor de la pell, i Theresa es va quedar observant-lo mentre ell tenia la vista perduda en l'aigua. Un instant, va tancar els ulls, sentint-se viva com feia molt de temps que no se sentia.

—M'hi jugo el que vulgui que no té una vista com aquesta allà on viu a Boston —va fer ell, trencant de sobte el silenci.

—Té raó —va dir ella—. Jo visc en un apartament. Els meus pares diuen que estic boja perquè visc al centre. Ells creuen que hauria d'anar-me'n a viure a un barri residencial.

—¿I per què no ho fa?

—Hi vivia, abans de divorciar-me. Però ara, em resulta molt més còmode el centre. Puc arribar a la feina en uns quants minuts, l'escola d'en Kevin és a una travessia i no he d'agafar mai l'autopista a menys que surti de la ciutat. A més, quan es va acabar el matrimoni volia canviar una mica. No podia suportar les mirades dels veïns quan es van assabentar que en David se n'havia anat.

—¿Què vol dir?

Ella es va arronsar d'espatlles i va abaixar una mica la veu.

—No vaig dir mai a ningú per què en David i jo ens havíem separat. Em va semblar que no n'havien de fer res.

—I així és.

Theresa va callar, mentre rememorava el passat.

—Ja ho sé, però per a ells, en David era un marit meravellós. Era ben plantat i triomfador, i no volien creure que hagués comès cap falta. Fins i tot quan estàvem junts, ell actuava com si tot fos perfecte. No tenia idea que mantenia relacions amb una altra fins al final.

Es va tombar de cara a Garrett, amb una expressió dolorida al rostre.

—Com diuen, la dona sempre és l'última de saber-ho.

—¿Com se'n va assabentar?

Ella va sacsejar el cap.

—Sé que sona com un tòpic, però ho vaig descobrir, precisament, a la tintoreria. Quan vaig anar a retirar la seva roba, em van donar unes factures que hi havia a la butxaca de l'americana. Una era d'un hotel del centre. I per la data jo sabia que aquell dia havia passat la nit a casa, de manera que devia haver-hi estat a la tarda. Quan l'hi vaig dir, ell ho va negar, però per la manera de mirar-me, vaig comprendre que mentia. Finalment, es va destapar l'olla, i vaig iniciar el judici de divorci.

Garrett escoltava en silenci, esperant que acabés, mentre es preguntava com s'havia pogut enamorar d'un home capaç de fer-li una cosa així. Com si li hagués llegit el pensament, Theresa va prosseguir:

—En David, ¿sap?, era un d'aquells homes que poden dir qualsevol cosa i t'ho fan creure. Penso que fins i tot ell es creia la majoria de les coses que em contava. Ens vam conèixer a la universitat, i jo estava fascinada per la forma com li anaven de bé les coses. Era intel·ligent i encantador, i a mi m'afalagava que s'interessés per una persona com jo. Jo només era una noia arribada de Nebraska, i ell era totalment diferent dels nois que havia conegut abans. I quan ens vam casar, em pensava que viuria una vida de novel·la. Però suposo que res no distava més del que pensava ell. Més tard, vaig saber que la seva primera aventura amorosa la va tenir tan sols cinc mesos després de casar-nos.

Va callar un moment, i Garrett va fixar la vista en l'ampolla de cervesa.

—No sé què dir.

—No hi ha res a dir —va fer ella amb fermesa—. S'ha acabat, i com deia ahir, l'única cosa que li demano és que sigui un bon pare per a en Kevin.

—Ho diu com si fos molt fàcil.

—No és la meva intenció. En David em va fer molt de mal, i vaig tardar un parell d'anys i més d'unes quantes sessions amb una bona analista per poder arribar al lloc on sóc ara. Vaig aprendre molt de la meva analista, i vaig aprendre molt sobre mi mateixa durant el procés. En una ocasió, quan em queixava dient que era un ésser menyspreable, ella em va fer veure que si continuava aferrant-me a la meva ira, ell continuaria dominant-me, i jo això no ho havia de consentir. Per tant, no m'hi vaig aferrar més.

Va prendre un altre glop de cervesa. Garrett va preguntar:

—¿Va dir alguna altra cosa la seva analista que vostè recordi?

Ella va rumiar un instant i tot seguit va somriure lleument.

—En realitat, sí. Va dir que si mai coneixia algú que em recordés en David, girés cua i fugís corrent cap a les muntanyes.

—¿Li recordo en David, jo?

—Gens ni mica. És tan diferent d'en David que no podria ser-ho més.

—Quina sort! —va fer ell amb simulada seriositat—. Perquè no hi ha gaires muntanyes en aquesta part de l'estat, ¿sap? Hauria de córrer molts quilòmetres.

Theresa va fer una rialleta, i Garrett va donar una ullada a la graella. En veure que el carbó estava a punt, va preguntar:

—¿Està preparada per començar a coure els bistecs?

—¿M'ensenyarà la resta de la seva recepta secreta?

—Amb molt de gust —va contestar ell, mentre s'aixecaven de les cadires.

Va anar a buscar a la cuina el producte per fer més tendra la carn i en va tirar un raig sobre els bistecs. Tot seguit, tot traient els filets del conyac, els va ruixar per l'altre costat. Va obrir la nevera i en va treure una petita bossa de plàstic.

—¿Què és això? —va voler saber Theresa.

—És sèu..., el greix de la carn que se'n sol treure. Vaig demanar al carnisser que me'n reservés uns bocins quan vaig encarregar-li els bistecs.

—¿I per a què és?

—Ja ho veurà —va respondre ell.

En retornar al costat de la graella amb els bistecs i uns molls, ho va deixar tot al costat de la manxa. Aleshores, agafant la manxa, va començar a manxar per treure la cendra de les brases, mentre explicava a Theresa el que feia.

—Una part de la cocció d'un bistec gros depèn de fet que les brases estiguin a foc viu. Amb la manxa es treu la cendra. D'aquesta manera, no hi ha res que aïlli l'escalfor.

Va col·locar la graella sobre les brases, va deixar que s'escalfés uns instants i després va servir-se dels molls per posar-hi els bistecs a sobre.

—¿Com li agrada la carn?

—Mig feta.

—Amb bistecs d'aquest gruix, això vol dir uns onze minuts per cada banda.

Ella va alçar les celles.

—És extremadament precís en tot això, ¿oi?

—Li he promès un bon bistec, i tinc intenció de complir la meva paraula.

Durant la breu estona que van tardar a fer-se els bistecs, Garrett observava Theresa de cua d'ull. Hi havia un aire sensual en la seva figura, que es perfilava contra el sol ponent. El cel s'havia tornat de color taronja, i la claror càlida li atorgava una bellesa especial, tot enfosquint-li els ulls castanys. La brisa nocturna li agitava els cabells d'una manera temptadora.

—¿En què pensa?

Ell es va posar tens en sentir-li el so de la veu, adonant-se de sobte que no havia obert la boca des que havia començat a coure la carn.

—Pensava en la mena de persona indesitjable que era el seu exmarit —va contestar ell, girant-se de cara a ella, i va veure que Theresa somreia.

Ella li va tustar suaument l'espatlla.

—Però si encara fos casada, no seria pas aquí amb vostè.

—I això —va fer ell, sentint-li encara el contacte—, seria una pena.

—Sí que ho seria —va concedir ella, sense desviar els ulls.

Per fi, Garrett es va apartar i va agafar el sèu. Escurant-se el coll, va dir:

—Em penso que ja és hora de fer servir això.

Va agafar uns trossos de sèu, que havien estat tallats molt petits, i els va col·locar sobre les brases, a sota mateix dels bistecs. Aleshores, es va inclinar i va bufar fins que es van encendre fent flama.

—¿Què fa?

—Les flames del sèu concentraran el suc de la carn i es mantindrà tendra. Per això mateix cal fer servir els molls en comptes d'una forquilla.

Va tirar uns bocins més de sèu a les brases i repetí el procés. Mirant a l'entorn, Theresa va comentar:

—Quina tranquil·litat! Ara comprenc per què va comprar aquesta casa.

Ell va acabar de fer el que feia i va prendre un altre glop de cervesa, per remullar-se la gola.

—L'oceà fa aquest efecte en les persones. Per això crec que hi ha tanta gent que ve aquí a descansar.

Ella es va tombar de cara a ell.

—Digui'm una cosa, Garrett: ¿en què pensa quan és aquí tot sol?

—En moltes coses.

—¿En alguna en particular?

«Penso en la Catherine», volia dir ell, però no ho va fer.

Va exhalar un sospir.

—No, en realitat no. De vegades penso en la feina, de vegades penso en els nous llocs que voldria explorar en les meves immersions submarines. En altres ocasions, somio que salpo i ho abandono tot.

Theresa el va observar atentament mentre ell deia les darreres paraules.

—¿Ho podria fer realment? ¿Salpar i no tornar mai més?

—No n'estic segur, però m'agrada pensar que ho podria fer. A diferència de vostè, jo no tinc família tret del meu pare, i en certa manera, em penso que ell em comprendria. Ell i jo som molt semblants, i crec que si no fos per mi, ell ja faria molt de temps que se n'hauria anat.

—Però això seria com fugir.

—Ja ho sé.

—¿Per què voldria fugir? —va insistir ella, tot i que d'alguna manera ja coneixia la resposta.

En veure que ell no contestava, se li va acostar una mica i li va dir en veu baixa:

—Garrett, sé que no és cosa meva, però no pot fugir de vostè mateix i del que està passant. —Li va fer un somriure reconfortant—. I a més, té molt per oferir a la persona que sigui.

Garrett es va quedar callat, pensant en el que ella havia dit, mentre es demanava com era que semblava saber exactament què dir-li per fer-lo sentir millor.

Durant uns moments, l'únic soroll al seu voltant procedia d'alguna altra banda. Garrett va girar els bistecs, que van crepitar sobre la graella. La brisa suau feia dringar un joc de campanetes a la distància. Les onades morien a la sorra, amb un braol constant i tranquil·litzador.

La ment de Garrett repassava els esdeveniments dels dos darrers dies. Pensava en el moment en què la va veure per primera vegada, les hores que havien passat al *Happenstance* i la passejada per la platja a primera hora del dia en què li havia parlat per primer cop de Catherine. La tensió que havia experimentat llavors ja gairebé havia desaparegut, i mentre eren l'un al costat de l'atre a la claror del crepuscle, sentia que hi havia alguna cosa més en aquell vespre del que cap dels dos volia reconèixer.

Poc abans que els bistecs estiguessin a punt, Theresa va tornar a entrar per acabar de parar taula. Va treure les patates del forn, va desembolicar el paper de plata i en va col·locar una a cada plat. Després va posar l'amanida al mig de la taula, juntament amb un parell de condiments diferents que havia trobat a la porta de la nevera. Per fi, hi va posar la sal, el pebre, la mantega i un parell de tovallons. Com que a dins la casa començava a ser fosc, va encendre el llum de la cuina, però li va semblar massa potent. El va apagar de nou. Seguint un impuls, va encendre les espelmes, apartant-se una mica de la taula per veure si resultava excessiu. Pensant que quedava bé, va agafar l'ampolla de vi i la va col·locar al mig de la taula en el precís moment en què entrava Garrett.

Després de tancar la porta corredissa de vidre, Garrett va veure el que Theresa havia fet. La cuina era a les fosques amb excepció de les petites flames tremoloses, la resplendor de les quals atorgava una bellesa especial a Theresa. Els seus cabells foscos assolien una qualitat misteriosa a la llum de les espelmes, i els seus ulls semblaven absorbir la claror de les flames inquietes. Incapaç de parlar durant uns moments, l'única cosa que Garrett va poder fer va ser quedar-se contemplant-la, i va ser en aquell moment quan va saber exactament allò que havia estat provant de negar-se a si mateix fins aleshores.

—M'ha semblat que li donaria un toc agradable —va fer ella en veu baixa.

—Trobo que ho ha encertat.

Van continuar mirant-se a través de l'estança, tots dos immobilitzats per l'ombra de les possibilitats distants. Després, Theresa va apartar la vista.

—No he pogut trobar el tirabuixó —va fer, per dir alguna cosa.

—Ja el buscaré jo —va dir ell prestament—. No el faig servir gaire sovint, així que segurament deu estar enterrat en algun calaix.

Va deixar el plat de la carn a taula i després va anar a regirar el calaix. Remenant els objectes del fons, va trobar el tirabuixó i el va dur a taula. Amb un parell de moviments deseixits, va destapar l'ampolla i va abocar la quantitat exacta de vi a cada copa. Tot seguit, abans d'asseure's, amb els molls va posar un bistec a cada plat.

—Aquest és el moment de la veritat —va remarcar ella abans de tastar la carn.

Garrett va somriure mentre observava com ella es posava el primer tros a la boca. Theresa es va quedar agradablement sorpresa en comprovar que ell tenia tota la raó.

—Garrett, és deliciosa —va dir, seriosament.

—Gràcies.

Les espelmes es van anar consumint a mesura que transcorria el vespre, i Garrett va dir-li dues vegades com s'alegrava que ella hagués acceptat la invitació aquell vespre. Totes dues vegades, Theresa va sentir una mena de pessigolleig al clatell i va haver de prendre un altre glop de vi per fer desaparèixer aquella sensació.

A fora, el mar anava pujant lentament fins a arribar a la plenamar, acompanyat per la lluna en quart creixent que semblava haver aparegut de sobte del no-res.

Havent sopat, Garrett va suggerir d'anar a passejar de nou per la platja.

—És veritablement meravellós, a la nit —va remarcar.

Quan ella va haver acceptat, Garrett va agafar els plats i els coberts de la taula i ho va ficar tot a l'aigüera.

Van abandonar la cuina i van sortir al pati, i Garrett va tancar la porta al seu darrere. La nit era càlida. Van baixar del porxo i, travessant una duna de sorra, van desembocar a la platja.

En arribar a la vora de l'aigua, van repetir els mateixos actes del matí: es van treure les sabates i les van deixar a la platja, ja que no hi passava ningú. Van posar-se a caminar a poc a poc, molt junts l'un de l'altre. Sorprenentment, Garrett li va agafar la mà. En sentir l'escalfor, Theresa es va preguntar per un moment quina sensació sentiria si li tocava el cos i li anava acaronant la pell. Només de pensar-hi, va sentir que alguna cosa vibrava dintre seu, i quan el va mirar, es va demanar si ell sabia allò en què pensava.

Van continuar caminant, gaudint del vespre.

—Feia temps que no passava una vetllada com aquesta —va dir Garrett per fi, amb una veu que sonava gairebé com un record.

—Jo tinc la mateixa sensació —va fer ella.

La sorra era fresca sota els peus.

—Garrett, ¿recorda l'altre dia quan em va invitar a navegar? —va preguntar Theresa.

—Sí.

—¿Per què ho va fer?

Ell la va mirar encuriosit.

—¿Què vol dir?

—Vull dir que semblava que quasi li sabia greu en el moment en què m'ho va dir.

Ell es va arronsar d'espatlles.

—No sé si ho expressaria d'aquesta manera. Crec que em va sorprendre a mi mateix haver-l'hi proposat, però no és que em sabés greu.

Ella va somriure.

—¿N'està segur?

—Sí, n'estic segur. Ha de pensar que no he invitat mai ningú en aquests tres anys. Quan va dir que no havia navegat mai..., em penso que em vaig adonar que ja n'estava cansat, d'estar sempre sol.

—¿Vol dir que vaig ser al lloc adequat en el moment adient?

Ell va negar amb el cap.

—No volia que causés aquest efecte. Volia emportar-me-la amb mi..., no sé si li hauria fet la invitació a una altra persona. A més, tot plegat ha resultat millor que no em pensava. Aquest parell de dies han estat els millors que he passat en molt de temps.

Theresa va sentir que les seves paraules li causaven una escalfor dins el pit. Mentre caminaven, sentia que ell li acariciava la mà amb el polze, tot dibuixant petits cercles sobre la pell. Garrett va prosseguir:

—¿No es pensava que serien així aquestes vacances?

Ella va titubejar, però va decidir que encara no era el moment de dir-li la veritat.

—No.

Van continuar caminant en silenci. Hi havia algunes persones més a la platja, però eren tan lluny, que Theresa només podia veure'n les formes.

—¿Li sembla que tornarà algun altre dia? ¿Vull dir en unes altres vacances?

—No ho sé. ¿Per què?

—Perquè tenia l'esperança que tornés.

A la distància, Theresa va veure els llums d'una escullera llunyana. Va tornar a sentir la carícia del seu dit a la mà.

—¿Tornaria a preparar un sopar per a mi si venia un altra vegada?

—Li prepararia el que volgués, sempre que fos un bistec.

Ella va riure per sota el nas.

—Aleshores, hi pensaré. Ho prometo.

—¿I què li sembla si també m'oferís a donar-li unes lliçons de busseig?

—Penso que a en Kevin li faria més il·lusió que a mi.

—Aleshores, porti'l.

Ella se'l va mirar.

—¿No li faria res?

—En absolut. M'encantaria coneixe'l.

—Estic segura que li agradaria.

—Això no ho dubto.

Van caminar callats uns moments, fins que Theresa va exclamar:

—Garrett..., ¿li puc preguntar una cosa?

—És clar.

—Sé que li semblarà estrany, però...

Va callar un instant, i ell se la va mirar intrigat.

—¿Què?

—¿Quina és la pitjor cosa que hagi fet mai?

Ell va fer una riallada.

—¿A què treu cap ara això?

—Simplement ho vull saber. Sempre la faig, aquesta pregunta. Em permet saber com és realment la gent.

—¿La cosa pitjor?

—La més execrable.

Ell va rumiar un moment.

—Suposo que la cosa pitjor que hagi fet mai va ser quan vaig sortir amb una colla d'amics, una nit del mes de desembre... Anàvem dins el cotxe bevent i armant un escàndol quan vam arribar a un carrer que estava tot decorat amb llums de Nadal. Doncs bé, vam aparcar i tot d'una vam començar a descargolar i a robar totes les bombetes que vam poder.

—Què diu ara!

—I tant, que ho vam fer! Érem cinc i vam omplir la caixa del camió amb totes les bombetes de Nadal robades. I hi vam deixar els ornaments..., aquesta va ser la pitjor part. Semblava que hi hagués passat un huracà, per aquell carrer. Ens hi vam passar ben bé un parell d'hores, morint-nos de riure pel que estàvem fent. El diari havia anunciat que aquell era el carrer més ben decorat de la ciutat, i quan nosaltres vam acabar... No em puc imaginar el que aquella gent devien pensar. Es devien posar furiosos.

—Que terrible!

Garrett es va posar a riure de nou.

—Prou que ho sé. Ara que hi penso, sé que va ser terrible, però en aquells moments, va ser divertidíssim.

—I aquí em té a mi, que el tenia per un bon minyó...

—Sóc un bon minyó.

—Vostè era un dimoni. —Amb curiositat, va insistir—. ¿I què més van fer vostè i els seus amics?

—¿De debò que ho vol saber?

—Sí, de debò.

Llavors ell va començar a contar-li altres malifetes de quan era adolescent: des d'ensabonar els vidres dels cotxes fins a anar a fer la guitza a les cases d'antigues xicotes. En una ocasió, va explicar, va veure un dels seus amics que passava amb el cotxe pel costat del seu mentre anava amb una noia. Quan el seu amic li va indicar que abaixés el vidre de la finestreta, ell ho va fer..., i aleshores el seu amic li va tirar un petard dins el cotxe que va explotar als seus peus.

Al cap de vint minuts, Garrett encara anava explicant anècdotes, que ella li celebrava alegrement. Quan per fi va acabar, ell li va fer la mateixa pregunta que havia originat aquella conversa.

—Ep, jo no he fet mai res de semblant —va fer ella quasi amb coqueteria—. Sempre he estat una bona noia.

Ell es va posar a riure de nou, sentint-se com si ella l'hagués fet caure en una trampa —cosa que no li importava—, però sabent del cert que Theresa no deia la veritat.

Van arribar al capdavall de la platja, mentre s'anaven explicant més anècdotes de la infància. Mentre ell parlava, Theresa tractava d'imaginar-se'l quan era jove, tot preguntant-se què n'hauria pensat si l'hagués conegut quan anava a la universitat. ¿L'hauria trobat tan atractiu com ara o bé s'hauria enamorat de David de nou? Volia creure que hauria sabut apreciar les diferències entre tots dos, ¿però n'hauria estat capaç? David semblava tan perfecte en aquells temps...

Van aturar-se un moment per contemplar el mar. Ell era molt a prop d'ella, i les espatlles gairebé es tocaven.

—¿En què penses? —va preguntar Garrett.

—Pensava que resulta molt agradable el silenci estant amb tu.

Ell va somriure.

—I jo pensava que t'he explicat una colla de coses que no conto mai a ningú.

—¿Això és perquè saps que me'n torno a Boston i que no ho explicaré a ningú?

Ell va riure per sota el nas.

—No, no és això.

—¿Aleshores què és?

Ell la va mirar amb curiositat.

—¿No ho saps?

—No.

Ella va somriure en contestar, quasi desafiant-lo a continuar. Ell es demanava com podia explicar una cosa que li havia costat tant de comprendre a ell mateix. Després, al cap d'un llarg moment en què va mirar d'ordenar les idees, va dir en veu baixa:

—Suposo que és perquè volia que sabessis qui sóc realment. Perquè si em coneguessis de debò, i encara volguessis passar una estona amb mi...

Theresa no va dir res, però sabia exactament el que Garrett provava de dir. Ell va desviar la mirada.

—Em sap greu. No volia fer-te sentir incòmoda.

—No m'has fet sentir incòmoda —va començar a dir Theresa—. Estic contenta que ho hagis dit...

Va callar. Al cap d'un instant, van començar a caminar de nou.

—Però tu no sents el que sento jo.

Ella el va mirar de fit a fit.

—Garrett..., jo...

I va deixar la frase penjada.

—No, no cal que diguis res...

Però ella no el va deixar acabar.

—Sí. Et mereixes una resposta, i jo te la vull donar. —Va callar, mentre rumiava la millor manera d'expressar-ho. I respirant fondo, va afegir—: Després que en David i jo ens separéssim, vaig passar una temporada terrible. I quan em pensava que ja ho havia superat, vaig començar a sortir amb algú. Però els homes que coneixia..., no sé, em semblava que el món havia canviat mentre jo era casada. Tots volien alguna cosa, però cap no volia donar res. Suposo que me'n vaig cansar, dels homes en general.

—No sé què dir...

—Garrett, no et dic tot això perquè cregui que tu també ets així. Jo crec que tu ets tot el contrari d'això. I em fa una mica de por. Perquè si et dic l'afecte que sento per tu..., en certa manera, m'ho estic dient a mi mateixa. I si ho feia, suposo que correria el risc de tornar a patir.

—Jo mai no et faria mal —va fer ell dolçament.

Ella es va aturar i el va obligar a mirar-la. Li va dir en veu molt baixa:

—Sé que tu ho creus així, Garrett. Però has batallat amb els teus propis dimonis durant els últims tres anys. Jo no sé si estàs preparat per continuar endavant, i si no ho estàs, aleshores seré jo la que en sortirà ferida.

Eren paraules contundents, i ell va tardar un instant a respondre. Garret volia que ella li mirés els ulls.

—Theresa..., des que ens coneixem..., no sé...

Va emmudir, en adonar-se que no sabia expressar amb paraules el que sentia.

En canvi, va alçar la mà i li va acariciar la galta amb el dit, amb tanta suavitat que ella va tenir la sensació que li passava una ploma per la pell. A l'instant que la va tocar, ella va tancar els ulls i tot i la incertesa va deixar que el pessigolleig li recorrés tot el cos, causant-li una sensació d'escalfor al coll i als pits.

Amb aquell contacte, va sentir que tot començava a desaparèixer i, de sobte, va comprendre que tot estava bé. El sopar que havien compartit, la passejada per la platja, la manera com ell la mirava ara... No podia imaginar-se res de millor que allò que li passava en aquell moment.

Les onades lliscaven per la platja, tot mullant-los els peus. La brisa càlida d'estiu es filtrava pels seus cabells, accentuant la sensació del seu contacte. La claror de la lluna atorgava una lluïssor etèria a l'aigua, mentre els núvols projectaven ombres tot al llarg de la platja, de manera que el paisatge adquiria un aspecte quasi irreal.

Aleshores, es van deixar anar a tot allò que havien bastit des del moment que es van conèixer. Ella se li va lliurar, sentint l'escalfor del seu cos, i ell li va deixar anar la mà. Després, la va encerclar lentament amb els seus braços, la va atraure cap a ell i la va besar dolçament als llavis. Després de separar-se un instant per mirar-la, la va tornar a besar. Ella li va tornar la besada, sentint com la seva mà li recorria l'esquena i se li ficava entre els cabells, tot enfonsant-hi els dits.

Van romandre abraçats, besant-se a la llum de la lluna durant una llarga estona, sense que cap dels dos pensés que algú els podia veure. Tots dos havien esperat molt que arribés aquell moment, i quan per fi es van separar, es van quedar mirant-se fixament l'un a l'altre. Aleshores, prenent-li la mà de nou, Theresa el va menar pausadament cap a la casa.

Hi entraren com en un somni. Garrett la va tornar a besar tan bon punt va tancar la porta, aquesta vegada més apassionadament, i Theresa va sentir que el seu cos tremolava amb expectació. Va anar a la cuina, va agafar les dues espelmes i va guiar Garret cap al dormitori. Va col·locar les espelmes sobre la calaixera, i ell va treure els llumins de la butxaca per encendre-les, mentre Theresa s'acostava a les finestres i en tancava les cortines.

Garrett s'estava al costat de la calaixera, quan ella va tornar a apropar-se-li. Li va passar les mans pel pit, tot sentint els músculs tensos sota la camisa, la qual cosa va atiar la seva sensualitat. Mirant-lo als ulls, va treure-li la camisa de dins els pantalons i va començar a aixecar-la-hi pel tors. Alçant ell els braços, va deixar que la hi tragués per sobre el cap i que s'estrenyés contra ell, mentre sentia com la camisa queia a terra. Ella li va besar el pit, després el coll, estremint-se mentre les mans d'ell avançaven cap la seva brusa. Deixant-li espai, es va decantar enrere mentre ell li anava descordant un botó rere l'altre amb molta cura.

Un cop se li va obrir la brusa, ell hi va ficar les mans per atreure-la contra el seu cos, tot sentint-li l'escalfor de la pell a frec de la seva. Li va besar el coll i li mossegà dèbilment el lòbul de l'orella, mentre les seves mans li recorrien de dalt a baix l'espinada. Ella va badar els llavis, sota la tendresa del seu contacte. Els dits de Garrett es van aturar en tocar els sostenidors, i els va descordar amb un gest hàbil, que a ella li va tallar la respiració. Després, sense deixar de besar-la, li va fer lliscar les tiretes per sobre les espatlles, i va alliberar-li els pits. Es va inclinar i els hi va besar tendrament, un després de l'altre, i ella va tirar el cap enrere, sentint l'escalfor del seu alè i la humitat de la seva boca en cada part on la besava.

Quan ella va buscar el botó dels texans de Garrett, li fallava la respiració. Buscant-li els ulls de nou, va descordar el botó i tot seguit va fer lliscar la cremallera molt lentament cap avall. Sense apartar els ulls dels seus, va recórrer-li la cintura amb el dit, tot gratant-li suaument el melic amb l'ungla abans de ficar la mà sota la cintura dels pantalons, que es van afluixar lleugerament i ell va fer una passa enrere, per poder-se'ls treure. Tot seguit, inclinant-se per besar-la de nou, la va alçar a coll i la va portar a través de l'habitació fins a deixar-la sobre el llit.

Estirada al costat d'ell, Theresa va tornar a acariciar-li el pit, ara amarat de suor, i va sentir que les mans d'ell buscaven el botó dels seus texans. Els hi va descordar, i ella, aixecant lleugerament el cul, se'ls va treure, ara una cama, ara l'altra, mentre les mans de Garrett continuaven explorant tot el seu cos. Ella li acariciava l'esquena i li mossegava delicadament el coll, mentre sentia com se li accelerava la respiració. Ell va començar a treure's els calçotets mentre ella es treia les calces, i quan van estar finalment nus de pèl a pèl, els seus cossos es van unir estretament.

Ella estava bellíssima a la claror de les espelmes. Garrett li va passar la llengua entre els pits, pel ventre avall, fins a sota el melic, i després va tornar a fer el mateix recorregut de pujada. Els cabells de Theresa reflectien la llum, i assolien una resplendor, que es transmetia a la pell, que es tornava suau i invitadora mentre restaven abraçats. Ell va sentir les seves mans a l'esquena, que l'estrenyien amb força.

En canvi, ell va continuar besant-li el cos, sense precipitacions. Va posar la galta sobre el ventre d'ella i l'hi va fregar suaument. La barba del seu mentó causava un efecte eròtic en la pell de Theresa, que es va estirar de cara enlaire, acariciant-li els cabells amb totes dues mans. Ell va continuar fins que ella ja no ho podia resistir més, i llavors ell es va moure més amunt i li va fer les mateixes carícies amb el mentó als pits.

Ella el va atreure, tot arquejant l'esquena, mentre ell es col·locava lentament a sobre d'ella. Garrett li va besar les puntes dels dits d'un a un, i quan tots dos es van unir fins a convertir-se en un sol ésser, ella va tancar els ulls amb un sospir. Besant-se dolçament, van fer l'amor amb una passió que havia romàs sufocada durant els últims tres anys.

Els seus cossos es movien a l'unísón, cadascun amatent a les necessitats de l'altre, cadascun tractant de donar plaer a l'altre. Garrett no deixava de besar-la ni un moment, i la humitat dels seus llavis es perpetuava a cada punt que tocaven, i ella va sentir que el seu cos començava a estremir-se amb l'anhel creixent de l'instant meravellós. Quan finalment va arribar, ella li va clavar els dits a l'esquena, però tan bon punt acabava en començava un altre, i així va començar a experimentar un orgasme que durava llargament, i que s'anaven seguint l'un a l'altre. Quan van acabar de fer l'amor, Theresa estava exhausta, i li va passar els braços al voltant del cos, estrenyent-lo fortament. Es va anar relaxant al costat d'ell, mentre les mans de Garrett encara li acariciaven la pell, i ella va observar com les espelmes s'anaven consumint fins a la base, mentre revivia el moment que acabaven de compartir tots dos.

Van restar junts la major part de la nit, fent l'amor una vegada i una altra, fins a acabar estretament abraçats. Theresa es va quedar adormida entre els seus braços, sentint-se meravellosament, i Garrett la contemplà mentre dormia al seu costat. Abans d'adormir-se ell també, li va apartar els cabells de la cara amb molta suavitat, mentre intentava rememorar-ho tot.

Poc abans de l'alba, Theresa va obrir els ulls i es va adonar instintivament que ell no hi era. Es va girar al llit, buscant-lo. Com que no el veia, es va llevar i va anar a l'armari, on va trobar una barnús. Se'l va posar, va sortir de l'habitació i mirà cap a la foscor de la cuina. Tampoc no era allí. Va donar una ullada a la sala d'estar, però no el va veure, i de sobte va saber exactament on seria.

En sortir al pati, el va trobar assegut a la cadira, només duia calçotets i una samarreta esportiva grisa. Tot girant el cap, ell la va veure i somrigué.

—Ei, com va!

Ella se li va acostar, i amb un gest Garrett li va indicar que se li assegués a la falda. La va besar mentre l'abraçava, i ella li va passar els braços a l'entorn del coll. Aleshores, separant-se en advertir que alguna cosa no anava a l'hora, Theresa li va acaronar la galta.

—¿Estàs bé?

Ell va tardar un moment a respondre.

—Sí —va fer, en veu baixa, sense mirar-la.

—¿Segur?

Ell va assentir amb el cap, sense mirar-li els ulls, tampoc, i ella li va fer tombar la cara cap a ella amb el dit, mentre deia dolçament:

—Sembles més aviat... trist.

Ell va fer un dèbil somriure sense contestar.

—¿Estàs trist pel que ha passat?

—No —va dir ell—. De cap manera. No em penedeixo de res.

—¿Aleshores què és?

Ell no va respondre, i de nou li va esquivar la mirada.

Ella va dir molt dolçament:

—¿Has sortit aquí fora per la Catherine?

Ell va estar un moment sense contestar i després li va agafar la mà entre les seves. Per fi, les seves mirades es trobaren.

—No. No sóc aquí fora per la Catherine —va dir, quasi en un murmuri—. Sóc aquí fora per tu.

Llavors, amb una tendresa que a ella li va fer recordar la d'una criatura, la va abraçar i la va tenir abraçada sense dir res més, i no la va deixar anar fins que el cel va començar a aclarir-se i la primera persona va aparèixer a la platja.

NOU

—¿QUÈ VOLS DIR amb això que avui no pots dinar amb mi? Fa anys que dinem plegats..., ¿com te n'has pogut oblidar?

—No me n'he oblidat, pare, sinó que simplement avui no puc. Tornarem a començar de nou la setmana que ve, ¿d'acord?

Jeb Blake va restar callat un instant a l'altre cap de la línia, repicant amb els dits sobre l'escriptori.

—¿Per què tinc la impressió que m'amagues alguna cosa?

—No t'amago res.

—¿Segur?

—Sí, segur.

Theresa va cridar Garrett des de la dutxa, demanant-li que li portés una tovallola. Garrett va tapar l'aparell amb la mà i li va dir que de seguida la hi portaria. Quan va tornar a posar-se el telèfon a l'orella, va sentir que el seu pare inspirava sorollosament.

—¿Què ha estat això?

—Res.

Tot seguit, el seu pare, amb un to que denotava que de sobte havia entès què passava, va fer:

—Aquella mossa, Theresa, és aquí, ¿oi?

Sabent que no podria ocultar-li la veritat, Garrett va contestar:

—Sí, és aquí.

Jeb va fer un xiulet, evidentment complagut.

—Ja era hora, punyeta!

Garrett, cansat d'aquell joc, va fer:

—Pare, ara no en facis un castell, de tot això...

—No ho faré..., t'ho prometo.

—Gràcies.

—¿Però et puc fer una pregunta?

—És clar —va contestar Garrett, amb un sospir.

—¿Et fa feliç?

Garrett va tardar un instant a contestar.

—Sí, molt —va fer, per fi.

—Ja era hora, punyeta! —va repetir el seu pare amb una riallada abans de penjar.

Garrett va fitar l'aparell abans de penjar.

—Realment em fa feliç —va mussitar entre dents amb un lleu somriure—. Realment me'n fa.

Theresa va sortir de l'habitació al cap d'alguns minuts, fresca com una rosa. En sentir la flaire del cafè acabat de fer, va anar a la cuina a servir-se'n una tassa. Després de posar una llesca de pa a la torradora, Garrett se li va atansar.

—Bon dia una altra vegada —va dir, fent-li un petó al clatell.

—Bon dia una altra vegada, també.

—Em sap greu haver-me'n anat de l'habitació.

—No hi ha cap problema... Ho comprenc.

—¿De debò?

—És clar que sí. —Es va tombar de cara a ell amb un somriure als llavis—. He passat una nit meravellosa.

—Jo també —va fer ell. Mentre treia una tassa de cafè de l'armari per a Theresa, va preguntar per sobre l'espatlla—: ¿Què t'agradaria fer avui? He trucat a la botiga i els he dit que no hi aniria.

—¿Què tens pensat?

—¿Què et sembla si t'acompanyo a conèixer Wilmington?

—Potser sí.

Però no semblava gaire convençuda.

—¿Hi ha alguna altra cosa que t'agradaria fer, si no?

—¿I si ens quedem aquí tot el dia tranquil·lament?

—¿I fent què?

—Tinc pensades un parell de coses —va fer ella, mentre l'abraçava—. És a dir, sempre que tu no hi tinguis cap problema.

—No —va contestar ell amb un somriure—. Cap problema en absolut.

Durant els següents quatre dies, Theresa i Garrett foren inseparables. Garrett va deixar la botiga a càrrec de Ian, i fins i tot li va permetre de donar les classes de submarinisme el dissabte, una cosa que no havia fet mai abans. En dues oportunitats, Garrett i Theresa van sortir a navegar: la segona vegada, es van quedar tota la nit al mig de l'oceà, dormint junts a la cabina, bressolats per les ones suaus de l'Atlàntic. Aquell vespre, ella li va demanar que li expliqués més aventures viscudes pels primers mariners, i li acariciava els cabells mentre la veu d'ell ressonava a l'interior del buc.

El que ella no sabia era que, quan es va quedar adormida, Garrett s'havia aixecat com la primera nit que passaren junts i havia sortit a passejar per la coberta. Pensava en Theresa dormint a dins i en el fet que aviat se n'aniria, i aquest pensament va evocar un altre record d'anys passats.

—Realment crec que no hi hauries d'anar —va dir Garrett, mentre mirava Catherine amb expressió preocupada.

Ella era al costat de la porta d'entrada, amb la maleta als seus peus, disgustada pel seu comentari.

—Va, Garrett, ja ho hem discutit, això. Només hi vaig per uns quants dies.

—Però darrerament no has estat gaire catòlica.

Catherine tenia ganes de tirar el barret al foc.

—¿Quantes vegades t'he de dir que estic bé? La meva germana em necessita realment..., ja saps com és, ella. Està amoïnada per la boda, i amb la mare no hi pot comptar gaire.

—Però jo també et necessito.

—Garrett: simplement perquè tu t'hagis de passar tot el dia a la botiga, no vol dir que jo també m'hagi de quedar aquí. No som germans siamesos.

Garrett va recular una passa, com si ella li hagués clavat una bufetada.

—No he dit pas que ho fóssim. Simplement no em sembla bé que hi vagis trobant-te d'aquesta manera.

—Tu no vols que vagi mai enlloc.

—¿Com ho podria fer per no trobar-te a faltar quan te'n vas?

A Catherine la cara se li va endolcir una mica.

—Puc anar-me'n, Garrett, però tu saps que sempre tornaré.

Quan el record s'esvaní, Garrett va tornar a entrar a la cabina i va veure Theresa ajaguda sota el llençol. Sense fer soroll es va esmunyir al seu costat i la va abraçar fortament contra seu.

L'endemà al matí el van passar a la platja, a prop de l'escullera on havien dinat la primera vegada. Quan Theresa va notar que els rajos del sol de primera hora la cremaven, Garrett va anar a una de les moltes botigues que hi havia arran de platja i li va comprar una loció. La hi va aplicar a l'esquena, procurant que penetrés a la pell, amb tanta suavitat com si Theresa fos una criatura. Hi havia moments en què, malgrat que ella no s'ho volia creure, en el fons s'adonava que Garrett tenia el cap en un altre lloc. Però, de cop, aquells moments passaven i Theresa pensava que potser estava equivocada.

Van tornar a dinar al restaurant de Hank, agafats per la mà i mirant-se fit a fit per sobre la taula. Enraonaven en veu baixa, sense ni adonar-se del brogit que els rodejava, i cap dels dos tampoc no es va adonar de quan els van deixar la nota a taula i els comensals abandonaren l'establiment.

Theresa l'observava atentament, mentre es preguntava si Garrett havia estat tan intuïtiu amb Catherine com semblava ser-ho amb ella. Era com si fos capaç de llegir-li el pensament cada vegada que estaven junts: si ella desitjava que li agafés la mà, ell allargava el braç abans que ella digués res. Si desitjava enraonar una estona sense parar, ell l'escoltava en silenci. Si volia saber què sentia ell respecte a ella en un moment determinat, la manera en què la mirava ho deia clarament. Ningú —ni tan sols David— l'havia comprès tan bé com Garrett semblava comprendre-la, i tanmateix, ¿quant temps feia que el coneixia? ¿Uns quants dies? Com podia ser, doncs, es preguntava ella. Avançada la nit, pensava en la resposta mentre ell dormia al seu costat, i la resposta sempre anava a parar a les ampolles que ella havia descobert anteriorment. Com més coneixia Garrett, més es convencia que estava predestinada a ser la receptora dels seus missatges a Catherine, com si una força descomunal les hagués adreçat a ella, amb la intenció d'unir-los.

Dissabte al vespre, Garrett va preparar un altre sopar en honor d'ella, que van menjar al porxo del darrere, sota les estrelles. Després de fer l'amor, es van quedar abraçats al llit. Tots dos sabien que ella havia de tornar a Boston l'endemà mateix. Aquell era un tema que tots dos havien evitat de tocar fins aquell moment.

—¿Et tornaré a veure? —va preguntar ella.

Garrett va restar callat, quasi massa callat.

—Espero que sí —va dir, per fi.

—¿Tu ho vols?

—És clar que ho vull —va replicar ell, incorporant-se, alhora que se separava lleugerament d'ella.

Al cap d'un moment, Theresa també es va incorporar i encengué el llum de la tauleta de nit.

—¿Què passa, Garrett?

—Simplement que no vull que s'acabi —va contestar ell, amb els ulls abaixats—. No vull que acabem, no vull que s'acabi aquesta setmana. Vull dir que apareixes en la meva vida i ho capgires tot, i ara te'n vas.

Ella li va agafar la mà i li va dir en veu baixa:

—Garrett..., jo tampoc no vull que s'acabi. Aquesta ha estat una de les millors setmanes que he viscut mai. Tinc la sensació que et conec de sempre. Si ho intentem, podem aconseguir que no s'acabi aquí. Jo podria venir aquí o podries venir tu a Boston. D'una manera o altra, ho podem intentar, ¿oi?

—¿Com sovint et veuria? ¿Un cop al mes? ¿Menys encara?

—No ho sé. Crec que tot depèn de nosaltres i del que vulguem fer. Crec que si tots dos estem disposats a cedir una mica, podem aconseguir que duri.

Ell va restar callat una llarga estona.

—¿Realment creus que és possible si no ens veiem gaire? ¿Quan et podria abraçar? ¿Quan podria veure't la cara? Si només ens veiem de tant en tant, no podrem fer les coses que hem de fer per..., per continuar sentint-nos com ens sentim. Cada vegada que ens veurem, sabrem que únicament és per un parell de dies. No hi haurà temps perquè madurin els nostres sentiments.

Els seus mots ferien, en part perquè eren veritat i en part perquè semblava que simplement ell volia que la cosa acabés ara i aquí. Quan finalment es va tombar de cara a ella, amb un somriure pesarós, ella no va saber què dir. Li va deixar anar la mà, desconcertada.

—Aleshores, ¿no vols intentar-ho? ¿És això el que vols dir? Simplement vols oblidar tot el que ha passat...

Ell va sacsejar el cap.

—No..., jo no vull oblidar-ho. No ho puc oblidar. No ho sé... Només vull veure't més sovint del que sembla que ens podrem veure.

—I jo també. Però no podem, per tant aprofitem al màxim el que tenim. ¿D'acord?

Ell va sacsejar el cap quasi d'una manera definitòria.

—No ho sé...

Theresa el va observar atentament mentre parlava, sentint la presència d'una altra cosa.

—Garrett, ¿què passa?

Ell no va contestar, i Theresa va continuar:

—¿Hi ha algun motiu pel qual no ho vulguis intentar?

Amb tot, Garrett va mantenir-se callat. Sumit en el seu silenci, es va tombar cap al retrat de Catherine de sobre la tauleta de nit.

—¿Com ha anat el viatge?

Garret va agafar la bossa de Catherine del seient del darrere mentre ella baixava del cotxe. Catherine va somriure, però ell es va adonar que estava cansada.

—Bé, però la meva germana encara és un sac de nervis. Ho vol tot perfecte, i ens hem trobat que Nancy està embarassada i el vestit de dama d'honor li queda petit.

—¿I què? Que se'l faci arreglar.

—Això és el que li vaig dir, però ja saps com és ella. De tot en fa una muntanya.

Catherine es va posar les mans a la cintura i va estirar l'esquena vinclant-se cap enrere, mentre feia una lleugera ganyota.

—¿Et trobes bé?

—Una mica encarcarada, ve-t'ho aquí. Tot el temps que he passat allà m'he sentit una mica cansada, i durant un parell de dies m'ha fet una mica de mal l'esquena.

Es va encaminar cap a la porta d'entrada, seguida de Garrett.

—Catherine, et volia dir que lamento haver-me comportat tan malament el dia que te'n vas anar. M'agrada que hi vagis, però encara m'agrada més que hagis tornat.

—Garrett, digues alguna cosa.

Ella el va mirar fixament, amoïnada. Per fi, ell va dir:

—Theresa..., resulta molt difícil en aquest moment. Les coses que he passat....

Va deixar la frase penjada, i Theresa de sobte va saber en què pensava. Va sentir que se li feia un nus a l'estómac.

—És per la Catherine, ¿oi? ¿És això?

—No, és només que...

Va callar, i ella va comprendre amb una certesa absoluta que l'havia encertat.

—Ho és, ¿oi? Ni tan sols ho vols intentar..., per la Catherine.

—És que no ho comprens.

A desgrat d'ella mateixa, va sentir una rauxa d'ira.

—I tant que ho comprenc! Aquesta setmana has pogut passar unes estones amb mi, simplement perquè sabies que me n'aniria. I aleshores, quan me n'hagués anat, podries tornar a la situació que tenies abans. Jo he estat tan sols un passatemps, ¿oi?

Garrett va sacsejar el cap.

—No, no! No has estat un passatemps. Realment t'estimo...

Ella li va clavar una dura mirada.

—Però no prou per intentar que això perduri.

Ell la va mirar, amb ulls adolorits.

—No siguis així...

—¿Com vols que sigui? ¿Comprensiva? Vols que simplement digui: «Oh, està bé, Garrett, acabem-ho aquí, perquè és difícil i no ens podrem veure gaire sovint. Ho comprenc. He tingut molt de gust de coneixe't.» És això el que vols que digui?

—No, no és això el que vull que diguis.

—¿Aleshores què és el que vols? Ja he dit que estic disposada a intentar-ho... Ja he dit que m'agradaria intentar-ho...

Ell brandava el cap, incapaç de mirar-li els ulls. Theresa va sentir que començaven a formar-se-li unes llàgrimes.

—Mira, Garrett, sé que vas perdre la teva dona. Sé que has patit terriblement per això. Però ara et comportes com un màrtir. Tens tota la vida davant teu. No la tiris per la borda per viure en el passat.

—Jo no visc en el passat —va replicar ell, a la defensiva.

Theresa va contenir les llàgrimes amb esforç. La veu se li va endolcir.

—Garrett..., jo potser no he hagut de viure una mort, però vaig perdre una persona que realment m'interessava, també. Conec el que és el dolor i la pena. Però per ser sincera, estic cansada d'estar sola en tot moment. Fa tres anys que dura..., com et passa a tu..., i n'estic cansada. Ara estic disposada a mirar de trobar una persona especial amb la qual pugui conviure. I tu hauries de fer això mateix.

—Ja ho sé. ¿Et penses que no ho sé?

—En aquest precís moment, no n'estic segura. Entre nosaltres ha passat una cosa meravellosa, i no vull que ho perdem de vista.

Ell va estar callat durant una llarga estona.

—Tens raó —va començar, debatent-se amb les paraules—. Quan hi penso, sé que tens raó. Però al fons del cor..., simplement no ho sé.

—¿Però i què me'n dius, del meu, de cor? ¿Que no t'importa gens ni mica?

I el va mirar d'una manera, que ell va sentir que se li feia un nus a la gola.

—És clar que m'importa. M'importa més del que et penses.

Quan Garrett va voler agafar-li la mà, ella la va apartar, i aleshores ell va comprendre fins a quin punt l'havia ferida. Llavors va parlar amb dolcesa, provant de dominar les seves emocions.

—Theresa, em sap greu d'haver-te portat..., d'haver-nos portat... a aquesta situació l'última nit que estem junts. No volia que passés una cosa així. Creu-me, tu no has estat un passatemps. Per Déu..., tu ho has estat tot menys això. Et vaig dir que t'estimava de debò, i t'ho vaig dir seriosament.

Va obrir els braços, mentre li implorava amb l'esguard que se li acostés. Ella va titubejar un instant, però per fi es va inclinar cap a ell, mentre una miríada de sentiments en conflicte s'agitaven dintre seu. Va enfonsar la cara en el seu pit, perquè no volia veure l'expressió que ell tenia. Garrett li va besar els cabells, mentre li parlava dolçament amb llavis estremits.

—T'estimo. T'estimo tant, que m'espanta. Fa tant de temps que no experimentava una cosa semblant, que quasi m'havia oblidat de com d'important pot arribar a ser una persona per a mi. No crec que pogués deixar-te anar i oblidar-te, ni ho vull. I definitivament no vull que això nostre s'acabi ara i aquí. —Per un moment, només es va sentir el so pausat i sord del seu respirar. Finalment, va mussitar—: Et prometo que faré tot el que pugui per veure't. I intentarem que això nostre perduri.

La tendresa de la seva veu va fer-li caure les primeres llàgrimes. Ell va prosseguir, en un to quasi massa baix perquè ella el sentís.

—Theresa, em penso que m'he enamorat de tu.

«Em penso que m'he enamorat de tu», va sentir ella de nou. «Em penso...

Em penso...»

Com que no volia respondre, ella simplement va mormolar:

—Abraça'm, ¿vols? No parlem més.

A primera hora del matí van fer l'amor i es van quedar abraçats fins que el sol era prou alt per fer-los saber que ja era hora que Theresa es preparés per marxar. Si bé havia passat molt poc temps a l'hotel i havia portat la maleta a casa de Garrett, no havia deixat la cambra, per si de cas trucaven Kevin o Deanna.

Es van dutxar junts, i després de vestir-se, Garrett va preparar-li l'esmorzar, a Theresa, mentre ella acabava de fer la maleta. Quan tancava la cremallera de la maleta, Theresa va sentir espetarregar la cansalada a la paella mentre la flaire s'escampava per tota la casa. Després d'eixugar-se els cabells i de maquillar-se una mica, va entrar a la cuina.

Garrett s'estava assegut a taula, prenent cafè. Quan Theresa va entrar, ell li va fer l'ullet. Sobre el taulell havia deixat una tassa al costat de la cafetera, i ella se'n va servir. L'esmorzar ja era a taula: ous remenats, cansalada i torrades. Theresa es va asseure a la cadira del costat d'ell.

—No sabia què et vindria de gust per esmorzar —va fer ell, indicant la taula.

—Si no et fa res, Garrett, no tinc gens de gana.

Ell somrigué.

—D'acord. Jo tampoc no en tinc.

Ella es va alçar i se li va acostar, per seure a la seva falda. Li va passar els braços al voltant del coll i hi va enfonsar la cara. Ell la va estrènyer ben fort, tot acariciant-li els cabells.

Finalment, es va tirar enrere. El temps que havien passat al sol havia deixat un to bronzejat al seu rostre. Amb els pantalons curts texans i una camisa blanca, semblava una adolescent despreocupada. Per un instant, es va quedar mirant-se les floretes pintades a les seves sandàlies. La maleta i la cartera esperaven a tocar de la porta de l'habitació.

—El meu avió no trigarà a sortir, i encara he de passar per l'hotel a pagar i a retornar el cotxe de lloguer —va dir.

—¿Segur que no vols que t'acompanyi?

Ella va assentir, amb els llavis botits.

—No; hauré de córrer per poder agafar l'avió i, a més, m'hauries de seguir amb el camió. Valdrà més que ens acomiadem aquí.

—Et trucaré aquesta nit.

Ella va somriure.

—Esperava que ho diguessis.

Els ulls se li van començar a omplir de llàgrimes, i ell la va abraçar més fort.

—Et trobaré a faltar —va fer ell, mentre ella es posava a plorar a llàgrima viva.

Ell li va eixugar les llàgrimes amb els dits, tocant-li suaument la pell.

—I jo trobaré a faltar que cuinis per a mi —va mussitar, sentint-se com una ximpleta.

Ell va riure, trencant la tensió.

—No estiguis tan trista. Ens tornarem a veure d'aquí a un parell de setmanes, ¿oi?

—A menys que canviïs d'idea.

Ell somrigué.

—Comptaré els dies. I aquesta vegada portaràs en Kevin amb tu, ¿entesos?

Ella va assentir amb el cap.

—Bé, m'agradarà coneixe'l. Si se t'assembla, estic segur que ens avindrem molt.

—Jo també n'estic segura.

—I fins aleshores, pensaré en tu en tot moment.

—¿De debò?

—Absolutament. Ja estic pensant en tu.

—Això és perquè em tens a la falda.

Ell va tornar a riure, i Theresa va fer un somriure passat per aigua. Després es va posar dreta i es va eixugar les llàgrimes de les galtes. Garrett va anar a agafar la maleta, i tots dos van sortir de la casa. A fora, el sol ja era bastant alt i picava de debò. Theresa va treure les ulleres de sol que duia a la butxaca del costat de la bossa i les portava a la mà mentre s'encaminava cap al cotxe de lloguer.

Va obrir el maleter, i ell hi va ficar les seves coses. Tot seguit, estrenyent-la entre els seus braços, la va besar una vegada suaument i la va deixar anar. Després d'obrir la porta del cotxe, la va ajudar a pujar, i ella va ficar la clau al contacte.

Amb la porta oberta, es van quedar mirant fins que ella va engegar.

—Me n'he d'anar, si no vull perdre l'avió.

—Ja ho sé.

Garrett va recular una passa i va tancar la porta. Ella va abaixar el vidre i va treure la mà. Ell la hi va agafar durant un instant. Aleshores, ella va arrencar en marxa enrere.

—¿Em trucaràs aquest nit?

—T'ho prometo.

Theresa va enretirar la mà, i va arrencar lentament endavant. Garrett es va quedar contemplant-la mentre ella agitava per última vegada la mà abans de desaparèixer a la distància, i preguntant-se com dimonis s'ho faria per passar les dues setmanes següents.

Tot i el trànsit, Theresa va arribar a l'hotel de seguida i va pagar la factura. Hi havia tres missatges de Deanna, cadascun més desesperat que l'anterior. «¿Què passa aquí? ¿Com et va anar la cita?», deia el primer; «¿Per què no m'has trucat? Estic impacient per saber-ho tot», deia el segon; i el tercer, simplement feia: «Em vols matar! Truca'm per donar-me'n detalls..., per favor!» També hi havia un missatge de Kevin —ella li havia telefonat un parell de vegades des de casa de Garrett— i semblava que era de dos dies enrere.

Va retornar el cotxe llogat i arribà a l'aeroport quan tot just li quedava mitja hora de temps. Per sort la cua per facturar l'equipatge era curta, i va arribar a la porta quan ja començaven a embarcar. Després de donar el bitllet a l'assistenta, va pujar a l'avió i va ocupar el seu seient. El vol a Charlotte no anava gaire ple, i el seient del seu costat era buit.

Theresa va tancar els ulls, tot rememorant els esdeveniments sorprenents d'aquella setmana que havia passat. No sols havia conegut Garrett, sinó que l'havia arribat a conèixer millor del que s'hauria imaginat mai. Garrett havia remogut antics sentiments en ella, sentiments que es pensava que ja eren ben colgats en l'oblit.

Però, ¿l'estimava?

Va enfocar la qüestió amb cautela, conscient del que un reconeixement semblant podria significar.

Inútilment, va repassar la conversa de la nit anterior. Els temors que ell tenia de deslligar-se del passat, els seus sentiments respecte a no veure-la tant com ell voldria... Aquestes coses les comprenia perfectament. Però...

«Em penso que m'he enamorat de tu.»

Va arrufar les celles. ¿Per què havia dit «em penso»? O estava enamorat o no n'estava..., ¿no? ¿Ho havia dit per tranquil·litzar-la? ¿O bé ho havia dit per un altre motiu?

«Em penso que m'he enamorat de tu.»

Dins el cap, sentia com ell ho deia una vegada i altra, amb un cert to de... ¿què? ¿Ambivalència? Pensant-hi ara, gairebé s'hauria estimat més que no hagués dit res. Almenys aleshores no estaria tractant d'imaginar què era el que exactament havia volgut dir.

Però, ¿i ella? ¿Estimava Garrett?

Va tancar els ulls fatigada, de sobte sense gens de ganes d'encarar-se amb les seves pròpies emocions. Una cosa era segura, però: que no li diria mai que l'estimava fins que no estigués segura que ell havia deixat Catherine en el passat.

Aquella nit, als somnis de Garrett, es desencadenava una violenta tempesta. La pluja petava amb força contra el costat de la casa, i Garrett corria frenèticament d'una estança a l'altra. Era la casa on vivia actualment, i sabia exactament per on anava; la pluja que entrava pels finestrals l'encegava i no li permetia veure-s'hi bé. Sabent que havia de tancar les finestres, es va precipitar al dormitori i es va trobar enredat en les cortines que s'inflaven cap endins pel vent. Quan se'n va alliberar, va arribar a la finestra en el precís moment en què s'apagaven els llums.

L'habitació va quedar a les fosques. Per sobre la tempesta, podia sentir una sirena a la distància, que advertia de l'huracà que s'acostava. Els llampecs il·luminaven el cel mentre ell bregava amb la finestra, que no volia cedir. La pluja continuava entrant a raig fet, tot mullant-li les mans i impedint-li de fer la força que calia.

A sobre seu, el sostre va començar a cruixir amb la fúria del temporal.

Ell continuava debatent-se amb la finestra, però estava travada i no volia cedir. Finalment, ho va deixar córrer i va intentar tancar la finestra del costat. Com la primera, també estava travada.

Sentia com les bigues s'arrencaven del sostre, i tot seguit l'espetec de vidres trencats.

Es va girar i entrà a la sala d'estar. La finestra havia esclatat cap a l'interior, deixant un escampall de vidres trencats. La pluja entrava de gairell a la sala, i el vent era horrorós. El marc de la porta d'entrada trontollava.

Va sentir que Theresa el cridava des de fora de la finestra.

—Garrett, has de sortir d'aquí!

En aquell moment, les finestres del dormitori també van trencar-se amb estrèpit cap a l'interior. El vent, bufant a través de tota la casa, va començar a obrir un esvoranc al sostre. La casa no podria resistir gaire temps més.

«Catherine.»

Ell tenia el seu retrat i les altres coses que guardava a la taula de l'altre cantó de la casa.

—Garrett! Se t'acaba el temps! —cridava Theresa de nou.

A despit de la pluja i de la foscor, Garrett la veia a fora, mentre ella li feia senyals perquè la seguís.

«El retrat. L'anell. Les targetes del dia de Sant Valentí.»

—Va! —continuava cridant ella, tot agitant els braços frenèticament.

Amb un braol, el sostre es va separar de l'estructura de la casa, i el vent va començar a arrencar-ne algunes parts. Instintivament, ell va aixecar els braços per sobre el cap justament quan un tros de sostre s'esfondrava sobre ell.

Al cap d'un moment, tot estaria perdut.

Sense importar-li el perill, va fer una passa cap al dormitori. No se'n podia anar sense aquelles coses.

—Encara hi ets a temps!

Alguna cosa en el to de veu de Theresa el va fer aturar. Va mirar cap on era ella i després cap al dormitori, i es va quedar paralitzat.

Més trossos de sostre anaven caient al seu voltant. Amb cruixits aguts, el sostre continuava esberlant-se.

Va fer una altra passa cap al dormitori, i aleshores va veure que Theresa deixava d'agitar els braços. Ell va tenir la impressió que de sobte havia renunciat.

El vent travessava l'estança amb un rugit sobrenatural que semblava que el traspassava de part a part. Els mobles rodolaven per l'habitació, tot barrant-li el pas.

—Garrett! T'ho suplico! —cridava Theresa.

De nou el so de la seva veu el va fer aturar, i llavors es va adonar que si tractava de salvar aquelles coses del seu passat, potser no podria sortir d'allí.

«¿Però valia la pena?»

La resposta era òbvia.

Va deixar-ho córrer i es va precipitar cap a l'obertura que havia quedat a la finestra. Amb els punys, va fer caure els vidres estellats i va sortir al porxo, en el precís moment en què el sostre s'esfondrava totalment. Les parets van començar a oscil·lar i, mentre ell saltava del porxo al pati, van caure amb un estrèpit eixordador.

Garrett va buscar Theresa per veure si estava bé, però estranyament, no la va poder veure més.

DEU

A PRIMERA HORA DEL MATÍ, Theresa dormia profundament quan la va despertar el timbre del telèfon. A les palpentes va trobar l'aparell i de seguida va conèixer la veu de Garrett.

—¿Vas arribar a casa sana i estàlvia?

—Sí —va contestar ella, mig atordida—. ¿Quina hora és?

—Una mica més de les sis. ¿T'he despertat?

—Sí. Ahir em vaig quedar desperta fins tard esperant que em truquessis. Vaig començar a pensar si no t'hauries oblidat que m'ho havies promès.

—No me'n vaig oblidar. El que passa és que em vaig imaginar que necessitaves una mica de temps per instal·lar-te.

—Però confiaves que estaria llevada a trenc d'alba, ¿oi?

Garrett va riure.

—Em sap greu haver-te despertat. ¿Com va anar el vol? ¿Com estàs?

—Bé. Cansada, però bé.

—Entenc que el ritme de la gran ciutat ja t'ha deixat de nou aclaparada.

Ara va riure ella, i el to de Garrett es va tornar seriós.

—Escolta, vull que sàpigues una cosa.

—¿Quina?

—Et trobo a faltar.

—¿De debò?

—Sí..., ahir vaig anar a treballar, tot i que la botiga era tancada, amb l'esperança d'ordenar alguns papers, però no vaig poder fer gairebé res perquè només pensava en tu.

—M'alegro de saber-ho.

—És veritat. No sé pas com me les apanyaré per fer feina els propers quinze dies.

—Ja te'n sortiràs.

—Tampoc no podré dormir.

Ella va riure, sabent que ell feia broma.

—A veure, no en facis un gra massa. Jo no sóc d'aquestes que volen que els homes sempre estiguin pendents d'elles, ¿saps? M'agrada que els meus homes siguin homes.

—Miraré de controlar-me, doncs.

Ella va restar callada un moment.

—¿I ara on ets?

—M'estic assegut al porxo del darrere, contemplant la sortida del sol. ¿Per què?

Theresa va pensar en la vista que es perdia.

—¿És bonica?

—Sempre ho és, però aquest matí, no en gaudeixo tant com solia fer-ho abans.

—¿Per què no?

—Perquè tu no ets aquí per admirar-la amb mi.

Ella es va deixar caure enrere, posant-se còmoda.

—Doncs... jo també et trobo a faltar a tu.

—Així ho espero. Detestaria pensar que sóc l'únic que ho sento d'aquesta manera.

Ella va somriure, mantenint el telèfon a l'orella amb una mà, mentre distretament començava a cargolar-se un ble de cabells al dit, fins que al cap de vint minuts de xerrar, es van acomiadar de mala gana i van penjar.

En arribar a l'oficina més tard que de costum, Theresa sentia que els efectes de la seva borrascosa aventura finalment es manifestaven en ella. No havia dormit gaire, i quan s'havia mirat al mirall després de parlar amb Garret per telèfon, estava segura que semblava almenys deu anys més vella que no era. Com sempre, el primer lloc on va anar en arribar a la feina va ser la cambra on feien un descans per prendre cafè, i aquell matí va afegir un segon sobret de sucre per tenir una mica d'energia addicional.

—Vaja, hola, Theresa! —va fer Deanna alegrement, entrant al seu darrere—. Em pensava que no vindries mai. Em moria de ganes de saber tot el que ha passat.

—Bon dia —va mussitar Theresa, tot remenant el cafè—. Em sap greu haver arribat tard.

—Jo m'alegro que hagis pogut arribar. Anit vaig estar a punt de fer una escapada fins al teu apartament per parlar amb tu, però no sabia a quina hora arribaries.

—Em sap greu no haver trucat, però estava una mica cansada de tota la setmana —va dir.

Deanna es va estintolar contra el taulell.

—Bé, no em sorprèn pas. Ja he lligat caps.

—¿Què vols dir?

A Deanna els ulls li brillaven.

—Ja veig que encara no has vist el teu escriptori.

—No, acabo d'arribar. ¿Per què?

—Dona —va fer, arquejant les celles—, m'imagino que deus haver causat una bona impressió.

—¿Què dimonis t'empatolles, Deanna?

—Vine amb mi —va dir Deanna amb un somriure de conspiradora mentre la portava a la sala de redacció.

Quan Theresa va veure el seu escriptori, se li va tallar la respiració. Al costat de la correspondència que se li havia acumulat mentre era fora hi havia una dotzena de roses, molt ben arranjades en un gran gerro de color clar.

—Han arribar a primera hora d'aquest matí. Crec que el repartidor s'ha quedat una mica decebut en veure que no eres aquí per rebreles, però jo m'hi he acostat i li he dit que era tu. Aleshores sí que s'ha quedat ben escandalitzat.

Escoltant amb prou feines el que deia Deanna, Theresa va agafar la targeta col·locada contra el gerro i va obrir el sobre de seguida. Deanna, al seu darrere, espiava per sobre l'espatlla. La targeta deia:

A la dona més bella que conec...
Ara que torno a estar sol, ja res no és com abans.
El cel és més gris, l'oceà és més amenaçador.
Voldràs posar-hi solució?
L'única manera és tornant-te a veure.

Et trobo a faltar
Garrett

Theresa va somriure i va tornar a guardar la targeta dins el sobre, mentre s'inclinava per olorar les roses.

—Deus haver passat una setmana memorable —va remarcar Deanna.

—Sí, efectivament —va contestar Theresa simplement.

—Em moro de ganes de conèixer tots i cadascun dels detalls més picants.

—Penso —va replicar Theresa, mentre donava una ullada a l'entorn de la sala de redacció, davant la discreta observació del personal— que més valdrà que en parlem després, quan estiguem soles. No vull que tota l'oficina en vagi plena.

—Ja fa estona que xafardegen, Theresa. Feia molt de temps que no portaven flors a ningú d'aquí. Però, d'acord, ja en parlarem després.

—¿Els has dit qui les enviava?

—És clar que no. Si he de ser sincera, més aviat m'ha encantat deixar-los amb la intriga.

Va fer-li l'ullet, després de deixar córrer la mirada per la sala de redacció.

—Escolta, Theresa, tinc una mica de feina. ¿Et sembla que podrem dinar juntes, avui? Aleshores en podrem parlar.

—Perfecte. ¿On?

—¿Què et sembla al Mikuni's? M'hi jugo qualsevol cosa que no has trobat *sushi* a Wilmington.

—Ho trobo formidable. Deanna..., gràcies per conservar el secret.

—De res.

Deanna li va tustar suaument l'espatlla i se'n va anar cap al seu despatx. Theresa es va inclinar sobre l'escriptori i va olorar les roses una altra vegada abans d'apartar el gerro cap a un cantó de la taula. Va començar a revisar la correspondència durant alguns minuts, fent veure que no es fixava en les flors, fins que la sala de redacció va tornar a convertir-se en el caos de sempre. Quan va estar segura que ningú no li prestava atenció, va agafar el telèfon i va trucar a Garrett a la botiga.

Ian va contestar el telèfon:

—Un moment, em penso que és al seu despatx. ¿Qui el demana, sisplau?

—Digui-li que és una persona que vol rebre unes lliçons de submarinisme d'aquí a quinze dies.

Va mirar d'adoptar un to neutre, ja que no sabia si Ian estava al corrent de la seva relació.

Ian la va fer esperar un moment, i la línia va restar silenciosa. Després es va sentir un sorollet i la veu de Garrett va fer, en un to una mica apagat:

—¿En què puc servir-la?

Ella va dir simplement:

—No havies de fer-ho, però m'alegro que ho hagis fet.

Ell li va reconèixer la veu i el seu to es va fer més animat.

—Hola, ets tu. Celebro que t'arribessin. ¿Són boniques?

—Són precioses. ¿Com sabies que adoro les roses?

—No ho sabia, però no he conegut mai cap dona a qui no li agradessin, de manera que he corregut el risc.

Ella somrigué.

—¿Així que envies roses a moltes dones?

—A milions. Tinc una colla d'admiradores. Els instructors de submarinisme som quasi com els actors de cinema, ¿saps?

—¿Ah, sí?

—¿Vols dir que no ho sabies? I jo que em pensava que eres una altra admiradora de la colla!

Theresa va riure.

—Moltes gràcies.

—I ara! ¿Ningú no ha preguntat qui les enviava?

Ella va somriure.

—Naturalment.

—Espero que m'hagis fet quedar bé.

—I tant! Els he dit que tenies seixanta-vuit anys i que eres gras, que quequejaves horrorosament i era impossible d'entendre el que deies. Però com que em feies tanta pena, vaig acceptar d'anar a dinar amb tu. I ara, malauradament, em vas al darrere de mala manera.

—Home, això és molt dur! —va fer ell, i va callar—. Bé..., espero que les roses et recordaran que penso en tu.

—Podria ser —va dir ella, amb coqueteria.

—Doncs penso molt en tu i no vull que ho oblidis.

Theresa va contemplar les roses.

—Entesos —va fer, en veu baixa.

Després de penjar, Theresa es va quedar pensarosa un instant, mentre agafava la targeta de nou. La va tornar a llegir, i aquesta vegada, en comptes de deixar-la al costat del gerro, la va guardar a la bossa per seguretat. Coneixent el personal, estava segura que algú la llegiria quan ella no ho veiés.

—¿I com és?

Deanna seia al davant de Theresa a la taula del restaurant. Theresa va donar a Deanna les fotos de les vacances.

—No sé per on començar.

Mentre mirava una foto de Garret i Theresa a la platja, Deanna va dir sense alçar la vista:

—Comença pel principi. No em vull perdre res.

Com que Theresa ja li havia explicat de quina manera havia conegut Garrett al moll, va reprendre el relat des del vespre que van sortir a navegar. Va explicar a Deanna que s'havia deixat expressament la jaqueta a bord com a excusa per tornar-lo a veure —davant la qual cosa Deanna va exclamar: «Meravellós!»—, i va passar a contar-li el dinar de l'endemà i, per fi, el sopar a casa seva. Resumint els últims quatre dies que havien passat plegats, va deixar molt poca cosa al tinter mentre Deanna l'escoltava amb una atenció fascinada.

—Sembla que t'ho vas passar meravellosament bé —va dir Deanna, somrient com una mare orgullosa.

—Així és. Va ser una de les millors setmanes que he viscut mai. És només que...

—¿Què?

Theresa va tardar un moment a contestar.

—Doncs que Garrett va dir una cosa cap al final que em va fer dubtar i no sé ben bé on anirà a parar tot això.

—¿I què va dir?

—No és només el que va dir, sinó com ho va dir. Semblava com si no estigués segur de si ens tornaríem a veure de nou.

—Em pensava que havies dit que tornaries a anar a Wilmington d'aquí a quinze dies.

—I hi aniré.

—¿Aleshores quin és el problema?

Theresa es va bellugar inquieta, mirant d'ordenar les idees.

—El que passa és que ell encara està lluitant amb la Catherine i... i jo no acabo de veure si mai aconseguirà de superar-ho.

Deanna va fer una riallada sobtada.

—¿Què és el que et sembla tan graciós? —va preguntar Theresa, estranyada.

—Tu, Theresa. ¿Què esperaves? Tu ja sabies que estava debatent-se amb la Catherine abans d'anar-hi. Recorda que era el seu amor «immortal» el que tu trobaves tan atractiu al principi. ¿Et penses que superaria la crisi provocada per la mort de la Catherine en un parell de dies, simplement perquè tots dos heu sintonitzat tan bé?

Theresa va semblar com avergonyida, i Deanna es va posar a riure de nou.

—T'ho pensaves, ¿oi? Això és exactament el que et pensaves.

—Deanna, tu no hi eres... Tu no saps que bé anava tot entre nosaltres, fins a l'última nit.

A Deanna se li va endolcir la veu.

—Theresa, sé que hi ha una part en tu que creu que pots canviar la gent, però la realitat és que no pots. Pots canviar tu sola, i Garrett pot canviar ell sol, però el que no pots és fer-lo canviar tu.

—Això ja ho sé...

—No que ho saps! —la va interrompre Deanna—. O si ho saps, no ho vols veure d'aquesta manera. La visió, com diuen, se t'ha ennuvolat.

Theresa va meditar un moment el que li acabava de dir la seva amiga.

—Donem una mirada objectiva al que ha passat amb en Garrett, ¿vols? —li va preguntar Deanna.

Theresa va assentir amb el cap.

—Mentre que tu sabies algunes coses sobre en Garrett, ell no sabia absolutament res sobre tu. Amb tot, va ser ell qui et va invitar a navegar. Per tant, alguna cosa devia passar entre vosaltres dos a primera vista. Després, el tornes a veure quan vas a buscar la jaqueta, i ell t'invita a dinar. Et parla de la Catherine i aleshores et pregunta si vols anar a sopar a casa seva. A partir d'aquí, passeu quatre dies meravellosos junts coneixent-vos i estimant-vos. Si tu m'haguessis dit abans de marxar que passaria tot això, jo no ho hauria cregut possible. Però va passar..., aquesta és la cosa. I ara, vosaltres dos feu plans per tornar-vos a veure. A mi, tot plegat em sembla un èxit impressionant.

—Aleshores, ¿vols dir que no m'hauria d'amoïnar pensant si mai arribarà a superar la pèrdua de la Catherine?

Deanna va sacsejar el cap.

—No és exactament això. Però mira: has d'anar a pams. El cas és que només heu passat uns quants dies junts fins ara..., i això no és temps suficient per prendre una decisió sobre una cosa com aquesta. Jo, al teu lloc, miraria a veure com us sentiu durant els propers quinze dies, i quan el vegis la pròxima vegada, estaràs en condicions de saber molt més que no saps ara.

—¿Tu creus?

Theresa es mirava la seva amiga amb expressió de preocupació.

—¿No tenia raó quan et vaig obligar a anar a Wilmington?

Mentre Theresa i Deanna dinaven, Garrett estava treballant al seu despatx darrere un munt impressionant de papers, i de sobte es va obrir la porta. Jeb Blake va entrar, després d'assegurar-se que el seu fill estava sol, i va tancar la porta al seu darrere. Després de seure en una cadira davant de l'escriptori de Garrett, Jeb va treure una bossa de tabac i paper de fumar de la butxaca, i va començar a cargolar un cigarret.

—Entra i seu. Com pots veure, no tinc gaire feina a fer —va dir Garrett, assenyalant el munt de papers.

Jeb va somriure i continuà fent el cigarret.

—Vaig trucar a la botiga un parell de vegades i em van dir que no havies vingut en tota la setmana. ¿Què has fet?

Reclinant-se contra el respatller, Garrett va mirar el seu pare.

—Estic segur que ja coneixes la resposta a la teva pregunta, i aquesta és segurament la raó per la qual ets aquí.

—¿Vas estar amb la Theresa tot el temps?

—Sí, en efecte.

Sense deixar de fer el cigarret, Jeb va preguntar com aquell qui no vol:

—¿I què vau fer vosaltres dos?

—Vam anar a navegar, vam passejar per la platja, vam xerrar... Simplement, ens vam conèixer una mica més, ve-t'ho aquí.

Jeb va acabar de cargolar el cigarret i se'l va posar als llavis. Va treure un Zippo de la butxaca de la camisa, el va encendre i va aspirar el fum fondament. Tot exhalant-lo, va fer a Garrett un somriure picardiós.

—¿Vas fer aquells bistecs com et vaig ensenyar jo?

Garrett va somriure amb satisfacció.

—És clar.

—¿Va quedar impressionada?

—Va quedar molt impressionada.

Jeb va assentir amb el cap i va clavar una altra xuclada al cigarret. Garrett va notar que l'aire del despatx començava a fer pudor.

—Bé, doncs, almenys té una bona qualitat, ¿oi?

—En té moltes més, pare.

—Et va fer el pes, ¿oi?

—Molt.

—Tot i que no la coneixes gaire.

—Tinc la sensació que ho sé tot sobre ella.

Jeb va assentir amb el cap i per un moment no va dir res. Finalment, va preguntar:

—¿La tornaràs a veure?

—De fet, vindrà d'aquí a un parell de setmanes amb el seu fill.

Jeb va observar l'expressió de Garrett amb atenció. Després, posant-se dret, es va encaminar cap a la porta. Abans d'obrir, es va tombar de cara al seu fill.

—Garrett, ¿et puc donar un consell?

Sorprès per la brusca partida del seu pare, va contestar:

—És clar que sí.

—Si t'agrada, si et fa feliç, i si et sembla que la coneixes... aleshores no te la deixis perdre.

—¿Per què m'ho dius això?

Jeb va mirar fixament Garrett i va tornar a fer una pipada al cigarret.

—Perquè, com que et conec, sé que tu seràs qui posarà fi a aquesta relació, i jo sóc aquí per provar d'evitar-ho si puc.

—¿Què t'empatolles?

—Saps perfectament de què parlo —va contestar en veu baixa.

Fent mitja volta, Jeb va obrir la porta i va sortir del despatx de Garrett sense dir ni una sola paraula més.

Més tard, al vespre, amb els comentaris del seu pare voltant-li pel cap, Garrett no es podia adormir. Es va aixecar del llit i va anar a la cuina, sabent què era el que li calia fer. Al calaix de la taula, hi va trobar el paper de carta que sempre usava quan la seva ment entrava en conflicte, i es va asseure amb l'esperança d'expressar els seus pensaments amb paraules.

Estimada Catherine,

no sé pas el que em passa, ni sé si ho sabré mai. Han passat tantes coses, últimament, que no acabo de comprendre el que estic vivint.

Garrett es va quedar assegut a taula durant una hora després d'escriure aquestes dues ratlles, i per molt que s'hi esforçava, no se li acudia què més podia dir. Però quan es va despertar l'endemà al matí, a diferència d'altres dies, el seu primer pensament no va ser per a Catherine.

Va ser per a Theresa.

Durant les dues setmanes següents, Garrett i Theresa es parlaven per telèfon cada nit, de vegades durant hores. Garrett també li va trametre un parell de cartes —notes breus, en realitat— per fer-li saber que la trobava a faltar, i la setmana següent li va enviar una altra dotzena de roses, aquest cop amb una capsa de caramels.

Theresa no volia enviar-li flors ni caramels, de manera que li va enviar una camisa d'esport blau cel, que li va semblar que li faria joc amb els texans, juntament amb un parell de targetes.

Kevin va arribar a casa al cap d'un parell de dies, i això va fer que la setmana següent transcorregués més de pressa per a Theresa que no pas per a Garrett. La primera nit que va passar a casa, Kevin va sopar amb Theresa, tot explicant-li com havia passat les vacances amb tots els ets i uts, abans de caure en un son profund durant gairebé quinze hores. Quan es va despertar, hi havia una llarga llista de coses que calia fer. Necessitava roba nova per anar a l'escola —ja havia crescut tant que no es podia posar la major part de la de l'any anterior— i s'havia d'inscriure per a la lliga de futbol de la tardor, la qual cosa va resultar que gairebé els va fer perdre tot el dissabte. A més, havia tornat a casa amb una maleta plena de roba bruta que calia rentar, volia revelar les fotos que havia fet durant les vacances i tenia hora el dimarts a la tarda amb l'especialista en ortodòncia, que havia de determinar si necessitava correctors dentals.

En altres paraules, la vida havia tornat a la normalitat a casa dels Osborne.

La segona nit després de la tornada de Kevin a la llar, Theresa li va explicar les vacances que havia passat a Cape Cod, i després el viatge a Wilmington. Va anomenar Garrett, mirant de donar a entendre el que sentia per ell sense alarmar Kevin. De primer, quan li va dir que l'anirien a visitar la setmana entrant, Kevin no es va mostrar gaire entusiasmat. Però quan ella li va dir com es guanyava la vida Garrett, Kevin va començar a donar senyals d'interès.

—¿Vols dir que em podrà ensenyar a capbussar-me? —va preguntar mentre ella passava l'aspiradora per la casa.

—Va dir que ho faria, si volies.

—Formidable! —va exclamar ell, tornant a concentrar-se en el que feia abans.

Un vespre, el va portar al quiosc perquè comprés uncs quantcs re vistes sobre submarinisme. Quan va arribar el dia de marxar, Kevin ja coneixia el nom de totes i cadascuna de les peces de l'equip que es necessitava, i evidentment somiava l'aventura futura.

Garrett, mentrestant, continuava amb feina fins al coll. Es quedava treballant fins tard, pensant en Theresa, comportant-se de manera semblant a com ho havia fet després de la mort de Catherine. Quan va comentar al seu pare fins a quin punt trobava a faltar Theresa, l'home es va limitar a assentir amb el cap i somriure. Alguna cosa en la mirada judiciosa del seu pare va fer que Garret es preguntés què devia passar exactament pel cap del vell.

De mutu acord, Theresa i Garrett van decidir que valdria més que ella i Kevin no s'estiguessin a casa de Garrett, però com que ja era gairebé estiu, totes les cambres disponibles de la ciutat ja eren llogades. Per sort, Garrett coneixia el propietari d'un petit motel a un quilòmetre i mig de la casa de Garrett, platja amunt, i ell li havia pogut solucionar el problema.

Quan finalment va arribar el dia de la visita de Theresa i Kevin, Garrett va comprar unes provisions, va rentar el camió per dins i per fora i es va dutxar abans d'anar cap a l'aeroport.

Amb uns pantalons caqui, nàutiques i la camisa que Theresa li havia regalat, esperava nerviosament a la sortida de passatgers.

Al llarg de les dues últimes setmanes havien anat creixent els seus sentiments per Theresa. Ara sabia que passés el que passés entre ell i

Theresa no es basaria simplement en l'atracció física: el seu anhel apuntava a alguna cosa més profunda, més duradora. Mentre estirava el coll per provar de veure-la entre els passatgers, va sentir una punyida d'ansietat. Feia molt de temps que no experimentava una cosa semblant per ningú..., ¿i com acabaria tot allò?

Quan Theresa va baixar de l'avió amb Kevin al costat, a Garrett li va desaparèixer de cop tot el nerviosisme. Theresa era una bellesa, era més bonica del que ell la recordava. I Kevin... era exactament igual que a la foto i molt semblant a la seva mare. Devia fer una mica més d'un metre i mig, tenia els cabells i els ulls foscos com els de Theresa, i era tot esprimatxat: els braços i les cames semblaven haver-li crescut més de pressa que la resta del cos. Duia unes bermudes, sabatilles Nike i una samarreta d'un concert de «Hootie and the Blowfish». L'elecció de la roba era evidentment inspirada per la MTV, i Garrett no va poder evitar de somriure per sota el nas. Boston, Wilmington..., tant se valia, ¿oi? Els adolescents eren iguals a tot arreu.

En veure'l, Theresa va agitar la mà, i Garrett va avançar cap a ells, per agafar les bosses que duien. No sabent si besar-la davant de Kevin, va titubejar fins que Theresa li va fer alegrement un petó a la galta.

—Garrett, et presento el meu fill Kevin —va dir, tota orgullosa.

—¿Com anem, Kevin?

—¿Com està, senyor Blake? —va dir el noi una mica encarcarat, com si Garrett fos el seu mestre.

—Em pots tutejar —va dir Garrett, allargant-li la mà.

Kevin la hi va estrènyer amb certa vacil·lació. Fins aquell moment, cap persona adulta llevat d'Annette no li havia dit que podia tutejar-la.

—¿Com ha anat el viatge? —va preguntar Garrett.

—Bé —va contestar Theresa.

—¿Heu menjat alguna cosa?

—Encara no.

—Bé, ¿què us sembla si fem una queixalada abans que us porti a l'hotel?

—Molt bé.

—¿Vols anar a algun lloc en especial? —va preguntar Garrett a Kevin.

—A mi m'agraden els McDonald's.

—Oh, no, nen —va fer Theresa de seguida, però Garrett la va interrompre amb un gest del cap.

—A mi em va bé, un McDonald's.

—¿Vols dir? —va preguntar Theresa.

—I tant. Hi vaig a menjar sempre.

Kevin va semblar encantat amb la resposta, i tots tres es van encaminar cap a la zona on havien de retirar l'equipatge. En arribar-hi, Garrett va preguntar:

—¿Ets bon nedador, Kevin?

—Bastant.

—¿Estàs preparat per rebre unes lliçons de submarinisme aquest cap de setmana?

—Em sembla que sí... He llegit molt sobre aquest esport —va explicar, provant de semblar més gran del que era.

—Molt bé, doncs. Això és el que volia que diguessis. Si tenim sort, potser podrem obtenir el teu certificat abans que te'n vagis.

—¿Què vol dir això?

—Es tracta d'una llicència per practicar submarinisme sempre que vulguis..., una mena de carnet de conduir.

—¿I es pot obtenir en tan pocs dies?

—Efectivament. Hauràs de fer una prova escrita i passar unes quantes hores a l'aigua amb un instructor. Però com que aquest cap de setmana seràs el meu únic alumne..., a menys que la teva mare també vulgui aprendre'n, tindrem temps de sobres.

—Formidable! —va exclamar Kevin. Es va adreçar a la seva mare—: N'aprendràs, mare.

—No ho sé. Potser sí.

—N'hauries d'aprendre —va fer Kevin—. Seria divertit.

—En Kevin té raó: tu també n'hauries d'aprendre —va afegir Garrett amb un somriure maliciós, sabent que se sentiria acorralada per tots dos i segurament cediria.

—D'acord —va dir ella, girant els ulls en blanc—. També vindré. Però si veig cap tauró, renuncio.

—¿Vols dir que n'hi haurà, de taurons? —va preguntar Kevin, prestament.

—Sí, probablement en veurem algun. Però són petits i no molesten a la gent.

—¿Com de petits? —va preguntar Theresa, tot recordant l'anècdota que ell li havia explicat sobre el peix martell que l'havia atacat.

—Tan petits que no t'hauràs de preocupar per res.

—¿N'estàs segur?

—Absolutament.

—Formidable! —va repetir Kevin, i Theresa va mirar Garrett, no massa convençuda que digués la veritat.

Després de recollir l'equipatge i d'aturar-se a fer un mos, Garrett va portar Theresa i Kevin al motel. Un cop van haver entrat l'equipatge, Garrett va anar fins al camió i en va tornar amb un llibre i uns papers sota el braç.

—Kevin: això és per a tu.

—¿Què és?

—És el llibre i les proves que has de llegir per obtenir el certificat. No t'amoïnis: sembla més complicat del que és. Però si vols començar demà, has d'haver-te llegit les dues primeres seccions i completat la primera prova.

—¿És difícil?

—No, és molt fàcil, però no te'n pots escapar. I pots consultar el llibre quan no estiguis segur d'alguna resposta.

—¿Vols dir que puc buscar les respostes mentre faig la prova?

Garrett va assentir amb el cap.

—Sí. Quan dono això als meus alumnes, s'entén que ho han de fer a casa, i estic segur que tots recorren al llibre. L'important és que miris d'aprendre el que has de saber. El submarinisme és molt divertit, però pot ser perillós si no saps el que cal fer.

Garrett va donar el llibre a Kevin mentre prosseguia:

—Si ho pots acabar demà..., són una vintena de pàgines per llegir, a més de la prova..., anirem a la piscina per complir amb la primera part del curs. Aprendràs a posar-te l'equip i després practicarem una estona.

—¿No anirem al mar?

—No pas demà: primer, has de passar un temps acostumant-te a l'equip. Després d'unes hores de pràctica, estarem a punt per anar al mar. Segurament podrem ficar-nos a l'oceà dilluns o dimarts, perquè realitzis les primeres capbussades a mar obert. I si passes les hores necessàries a l'aigua, obtindràs el certificat provisional quan agafis l'avió per tornar a casa. Després, l'única cosa que hauràs de fer serà enviar la sol·licitud per correu, i rebràs el certificat definitiu pel mateix conducte al cap d'un parell de setmanes.

Kevin va començar a fullejar el llibre.

—¿La mare també haurà de fer tot això?

—Si vol obtenir el certificat, sí.

Theresa es va acostar, espiant el llibre per sobre l'espatlla de Kevin. La informació no semblava pas tan complicada.

—Kevin —va dir—, si estàs massa cansat per fer-ho ara, ho podem deixar per a demà al matí.

—No estic massa cansat —va contestar ell, ràpidament.

—Aleshores, ¿no et fa res que en Garrett i jo sortim a enraonar al pati una estona?

—No, aneu —va fer ell, distretament, buscant la primera pàgina.

Al pati, Garrett i Theresa van seure l'un al davant de l'altre. Girant-se per mirar el seu fill, Theresa va veure que Kevin ja estava llegint.

—No fas pas cap excepció per aconseguir li el certificat, ¿oi?

Garrett va fer que no amb el cap.

—De cap manera. Per obtenir un certificat d'aquests..., per als submarinistes esportius..., cal aprovar els exàmens i passar un cert temps a l'aigua amb un instructor, res més. En general, ho dividim en tres o quatre caps de setmana, però això perquè la majoria de la gent no tenen temps per fer-ho durant la setmana. Ell hi dedicarà el mateix nombre d'hores..., només que d'una manera més condensada.

—T'agraeixo que li dediquis el teu temps.

—Ep, t'oblides que m'hi guanyo la vida, d'aquesta manera. —Després de comprovar que Kevin encara estava entretingut en la lectura, Garrett va acostar la cadira una mica més—. T'he trobat a faltar aquests quinze dies —va dir en veu baixa, mentre li agafava la mà.

—Jo també t'he trobat a faltar.

—Estàs preciosa —va afegir ell—. Eres sense cap dubte la dona més bonica que ha baixat de l'avió.

Theresa es va ruboritzar, sense poder-ho evitar.

—Gràcies... Tu també estàs molt bé..., sobretot amb aquesta camisa.

—He pensat que t'agradaria.

—¿Et sap greu que no ens estiguem a casa teva?

—De cap manera. Comprenc els motius... En Kevin no em coneix prou, i m'estimo més que es vagi acostumant a mi de mica en mica, que no pas imposant-me a la força.

—Ja saps que això vol dir que aquest cap de setmana no podrem passar gaire temps junts, ¿oi?

—Em conformaré amb el que sigui —va fer ell.

Theresa va tornar a clavar una llambregada a dins, i en veure que Kevin estava concentrat en el llibre, es va inclinar endavant i va besar Garrett. Malgrat que no passaria la nit amb ell, se sentia sorprenentment feliç. Asseguda al seu costat i veient com ell la mirava, el cor se li va accelerar.

—Tant de bo no visquéssim tan lluny l'un de l'altre —va fer—. Tu em crees una mena d'addicció.

—M'ho prendré com un compliment.

Tres hores després, quan ja feia estona que Kevin dormia, Theresa va acompanyar silenciosament Garrett a la porta. Després de sortir al passadís i de tancar la porta al seu darrere, es van besar llargament, sense que cap dels dos volgués separar-se. Als braços de Garrett, Theresa es tornava a sentir com una adolescent, com si robés un petó al porxo de casa dels pares, i d'alguna manera notava que augmentava l'emoció del moment.

—Tant de bo et poguessis quedar aquí aquesta nit —va fer ella en veu baixa.

—Tant de bo!

—¿Et costa tant acomiadar-te com a mi?

—M'hi jugaria qualsevol cosa que em costa molt més que a tu. Jo me n'he d'anar a una casa buida.

—No ho diguis, això. Em faràs sentir culpable.

—Potser és bo que sentis una mica de culpa. Així sé que m'estimes.

—Si no t'estimés, no seria aquí.

Es van tornar a besar, amb passió.

Tot apartant-se, ell va mussitar:

—Realment me n'he d'anar.

Però el to de la seva veu deia que no ho volia.

—Ja ho sé.

—Però no ho vull —va afegir ell, amb un somriure entremaliat.

—Ja sé el que vols dir —va fer ella—. Però te n'has d'anar. Demà ens has d'ensenyar submarinisme.

—M'estimaria més ensenyar-te un parell de coses que sé fer.

—Em sembla que ja me les vas ensenyar l'última vegada que vaig ser aquí —va replicar ella, amb vergonya.

—Prou que ho sé. Però amb la pràctica s'arriba a la perfecció.

—Aleshores, haurem de buscar el moment de practicar mentre sigui aquí.

—¿Et sembla que podrem?

—Jo crec —va replicar ella, amb tota franquesa— que, tractant-se de nosaltres, tot és possible.

—Espero que tinguis raó.

—Tinc raó —va dir ella abans de besar-lo per última vegada—. Generalment en tinc.

Ella es va separar suaument d'ell i va recular cap a la porta.

—Això és el que m'agrada de tu, Theresa: la teva seguretat. Sempre saps com s'ha d'actuar.

—Vés-te'n, Garrett —va dir ella, amb coqueteria . I fes-me un favor.

—El que vulguis.

—Somia amb mi, ¿d'acord?

L'endemà al matí, Kevin es va despertar d'hora i va descórrer les cortines, deixant que el sol inundés l'habitació. Theresa va fer una ganyota i es va tombar de costat, provant de descansar uns quants minuts més, però Kevin es va mostrar insistent.

—Mare, que has de fer la prova abans de marxar —va dir, la mar de neguitós.

Theresa va rondinar. Girant-se, va consultar el rellotge. Les sis passades. Encara no feia ni cinc hores que s'havia ficat al llit.

—És massa d'hora —va dir, tancant els ulls de nou—. ¿No em pots deixar estar alguns minuts més, maco?

—No tenim temps —va replicar ell, mentre s'asseia a l'espona del llit i la sacsejava suaument per l'espatlla—. Tu encara no t'has llegit ni la primera secció.

—¿Ho vas acabar tot ahir a la nit?

—Sí —va contestar ell—. La meva prova és allà, però no te la copiïs, ¿eh? No vull tenir problemes.

—No crec que tinguis problemes —va dir ella, mig atordida—. El mestre és conegut nostre, ¿saps?

—Però, això no estaria bé. I a més, tot això t'ho has de saber, com va dir el senyor Blake..., vull dir en Garrett..., perquè, si no, ho pots arribar a passar malament.

—Està bé, està bé —va fer ella, tot incorporant-se a poc a poc, mentre es fregava els ulls—. ¿Has vist si hi ha cafè instantani a la cambra de bany?

—No n'he vist, però, si vols, aniré al vestíbul a buscar-te una Coca-Cola.

—A la bossa hi tinc monedes...

Kevin es va posar dret d'un bot i va començar a regirar-li la bossa. Quan va trobar unes quantes monedes de vint-i-cinc, va anar corrents a la porta, amb els cabells tots esbullats de dormir. Theresa va sentir retrunyir els seus passos mentre corria pel passadís. Després de llevar-se i d'estirar els braços per sobre el cap, va acostar-se a la tauleta. Va agafar el llibre i va començar a mirar-se el primer capítol, just quan Kevin tornava amb les Coca-Coles.

—Té —va fer el noi, tot deixant-ne una sobre la taula—. Vaig a dutxar-me i a vestir-me. ¿On has guardat el meu banyador?

«Ah, la inesgotable energia de la infància!», va pensar.

—És al calaix de dalt, al costat dels mitjons.

—Entesos —va fer ell, tot obrint el calaix—, ja el tinc.

Va anar a la cambra de bany, i Theresa va sentir que obria la dutxa. Destapant la Coca-Cola, va tornar a concentrar-se en el llibre.

Per sort, Garrett tenia raó quan havia dit que la descripció dels equips no era difícil. Resultava de fàcil lectura gràcies a les fotografies que il·lustraven el text, i quan Kevin es va acabar de vestir, ella ja havia arribat al final del capítol. Va buscar la seva prova i se la va col·locar al davant. Kevin se li va acostar i es va plantar al seu darrere mentre ella llegia la primera pregunta. En recordar on havia llegit una cosa sobre aquell tema, va començar a fullejar el llibre per buscar la pàgina del cas.

—Mare, aquesta és fàcil. No cal que consultis el llibre.

—A les sis del matí, necessito tota l'ajuda que pugui trobar —va rondinar ella, sense sentir gens de culpa.

Garrett havia dit que podia consultar el llibre, ¿no?

Kevin va continuar mirant per sobre la seva espatlla, mentre ella contestava el primer parell de preguntes, i anava comentant: «No; busques a la pàgina que no és» o bé: «¿Estàs segura que has llegit el capítol?», fins que ella li va dir que se n'anés a mirar la televisió.

—Però no hi fan res —va protestar ell, sentint-se rebutjat.

—Aleshores, llegeix alguna cosa.

—No he portat res per llegir.

—Doncs seu i calla.

—Ja ho estic.

—No, no ho estàs. Estàs dret al meu darrere.

—Només mirava d'ajudar-te.

—Doncs vés a seure al llit, ¿entesos? I no parlis.

—Si no dic res.

—Ara bé que parles.

—Perquè tu em parles a mi.

—¿No pots deixar-me acabar la prova en pau?

—Està bé! No diré ni una paraula més. M'estaré callat com un ratolí.

I s'hi va estar..., durant dos minuts. Aleshores, es va posar a xiular. Ella va deixar la ploma i se li va encarar.

—¿Per què xiules, ara?

—Perquè estic avorrit.

—Aleshores engega la tele.

—No hi fan res...

I així va continuar la cosa fins que Theresa va acabar la prova. Havia tardat ben bé una hora quan al seu despatx ho hauria fet en la meitat de temps. Es va estar una bona estona sota la dutxa calenta i es va vestir, posant-se el vestit de bany sota la roba. Kevin, que ara estava mort de gana, volia anar al McDonald's una altra vegada, però ella li va parar els peus i va suggerir d'anar a esmorzar a la Waffle House a l'altra banda del carrer.

—Però no m'agrada el menjar que hi donen.

—Si no hi has menjat mai.

—Ja ho sé.

—¿Aleshores com saps que no t'agrada?

—Perquè ho sé.

—¿Que potser ets omniscient?

—¿Què vol dir això?

—Vol dir, minyó, que aquesta vegada anirem a menjar on jo vulgui.

—¿Ah, sí?

—Sí —va replicar ella, que feia temps que no es moria tant de ganes de prendre una tassa de cafè.

Garrett va trucar a la porta de la cambra del motel a les nou en punt, i Kevin va acudir corrent.

—¿Ja esteu a punt? —va preguntar Garrett.

—A punt estem —va contestar Kevin de seguida—. La meva prova és allà. La vaig a buscar.

Va anar corrent a la taula, mentre Theresa s'aixecava del llit on s'estava asseguda i va fer un petó a Garrett per saludar-lo.

—¿Com et prova el matí? —va preguntar ell.

—Per a mi és com si ja fos migdia. En Kevin m'ha fet llevar a trenc d'alba per fer la prova.

Garrett va somriure mentre Kevin tornava al seu costat amb la prova.

—Aquí la té, senyor Blake. Vull dir, Garrett.

Garrett la va agafar i va començar a repassar les respostes.

—La meva mare ha tingut dificultats en un parell de preguntes, però jo l'he ajudat —va prosseguir Kevin, i Theresa va girar els ulls en blanc—. ¿Estàs a punt, mare?

—Quan vulguis —va fer ella, mentre agafava la clau de la cambra i la bossa.

—Aleshores, anem —va dir Kevin, obrint la marxa pel passadís, en direcció al camió de Garrett.

Durant tot el matí i primera hora de la tarda, Garrett els va ensenyar els coneixements bàsics del submarinisme. Van aprendre com funcionava l'equip, a col·locar-se'l i a provar-lo, i finalment a respirar pel tub respirador, primer al costat de la piscina i després sota l'aigua.

—El més important que heu de recordar —va explicar Garret— és a respirar normalment. No aguanteu la respiració, no respireu ni massa de pressa ni massa lentament. Deixeu que l'aire surti naturalment.

És clar que a Theresa res no li semblava natural, i va acabar tenint més inconvenients que no pas Kevin. El nen, sempre amb esperit aventurer, es pensava que al cap de deu minuts d'estar-se sota l'aigua ja sabia tot el que calia saber.

—És molt fàcil —va dir a Garrett—. Crec que a la tarda ja podré ficar-me al mar.

—Estic segur que podries, però encara hem de donar les lliçons en l'ordre apropiat.

—¿Com va la mare?

—Bé.

—¿Tan bé com jo?

—Tots dos ho feu de meravella —va contestar Garrett, i Kevin es va tornar a posar l'embocadura a la boca.

Es va submergir en el precís moment en què Theresa sortia i es treia el tub de la boca.

—Sento una sensació rara quan respiro —va comentar.

—Ho fas molt bé. Assossega't i respira normalment.

—Això és el que has dit abans, quan he sortit perquè m'ofegava.

—Les regles no han canviat en els darrers minuts, Theresa.

—Això ja ho sé. Només pensava que hi podia haver algun problema amb el meu dipòsit.

—El dipòsit està en perfectes condicions. Ho he verificat dues vegades aquest matí.

—Però no ets tu qui el fa servir, ¿oi?

—¿Vols que el provi, potser?

—No —va remugar ella, mirant-lo de reüll, amb frustració—. Ja me les apanyaré.

I es va submergir.

Kevin va sortir i es va treure l'embocadura de nou.

—¿Està bé la mare? He vist que sortia.

—Està perfectament. Simplement s'hi està acostumant, com tu.

—Bé. Em sentiria molt malament si jo obtenia el certificat i ella no.

—No et preocupis per això. Continua practicant.

—D'acord.

I així va continuar l'entrenament.

Al cap d'unes quantes hores a l'aigua, tant Kevin com Theresa ja estaven cansats. Van dinar i de nou Garret va explicar anècdotes de les seves exploracions submarines, aquesta vegada de cara a Kevin, que feia un centenar de preguntes mentre escoltava extasiat. Garrett les anava contestant d'una a una amb molta paciència, i Theresa estava contenta de veure que s'entenien tan bé.

Després de passar pel motel a buscar el llibre i la lliçó de l'endemà, Garrett els va portar tots dos a casa seva. Si bé Kevin havia planejat començar a llegir els següents capítols tot seguit, el fet que Garrett visqués a la platja va canviar-ho tot. Des de la sala d'estar i contemplant l'oceà, va preguntar:

—¿Puc anar a l'aigua, mare?

—No ho crec —va fer ella, amb dolcesa—. Hem passat tot el dia a la piscina.

—Bah, mare..., per favor! No cal que vinguis..., em pots vigilar des del porxo.

Theresa va titubejar, i Kevin sabia que la tenia conquistada.

—Per favor! —va fer de nou, dedicant-li el més dolç dels somriures.

—D'acord, vés-hi. Però no et fiquis gaire endins, a la part fonda, ¿entesos?

—No m'hi ficaré, t'ho prometo —va contestar ell amb entusiasme. Després d'acceptar la tovallola que li donava Garrett, va anar corrent cap a l'aigua. Garret i Theresa van seure al porxo i l'observaren mentre començava a xipollejar entre les onades.

—És tot un homenet —va remarcar Garrett, en veu baixa.

—Sí, ho és —va concedir ella—. I em penso que et té simpatia. A l'hora de dinar, quan has anat al lavabo, m'ha dit que eres *formidable*.

Garrett va somriure.

—Me n'alegro. A mi també em cau bé. És un dels millors alumnes que he tingut.

—Això ho dius per afalagar-me.

—No, de debò. Realment ho és. Mira que he conegut una colla de nens a les meves classes, i t'asseguro que és molt madur i que se sap expressar bé per l'edat que té. I és simpàtic, també. Avui dia la majoria dels nois són uns mal educats, però ell no em fa aquesta impressió.

—Gràcies.

—Ho dic de debò, Theresa. Després d'escoltar les teves preocupacions, no sabia ben bé amb què em trobaria. Però realment és un bon minyó. Has fet una bona feina en educar-lo.

Ella li va prendre la mà entre les seves i la hi va besar dolçament. Va dir en veu baixa:

—Significa molt per a mi que ho diguis. No he conegut gaires homes que vulguin enraonar amb ell i molt menys passar-hi l'estona.

—Doncs ells s'ho perden.

Theresa va somriure.

—¿Com és que sempre saps dir exactament allò que em fa sentir bé?

—Potser és perquè tu fas que es manifesti la part millor que hi ha en mi.

—Potser és això.

Aquell vespre, Garrett va dur Kevin a la botiga de lloguer de vídeos per triar un parell de pel·lícules que volia veure i demanar una pizza per a tots tres. Van mirar la primera pel·lícula junts, mentre menjaven a la sala d'estar. Després de sopar, Kevin va començar a ensopir-se a poc a poc. A les nou, ja s'havia adormit al davant del televisor. Theresa el va sacsejar suaument, dient-li que era hora de marxar.

—¿No ens podem quedar a dormir aquí aquesta nit? —va mormolar, mig adormit.

—Em sembla que ens n'hauríem d'anar —va contestar ella en veu baixa.

—Si voleu, podeu dormir tots dos al meu llit —va proposar Garrett—. Jo em quedaré aquí i dormiré al sofà.

—Quedem-nos, mare. Estic molt cansat.

—¿Segur? —va preguntar ella, però Kevin ja se n'anava fent tentines cap a l'habitació.

Van sentir grinyolar el somier quan Kevin es va deixar caure com un sac sobre el llit de Garrett. Van acostar-se a la porta i van espiar. A l'instant, ja s'havia tornat a quedar adormit.

—No crec que t'hagi donat massa opcions —va mussitar Garrett.

—Encara no sé si és una bona idea.

—Em comportaré com un perfecte cavaller..., ho prometo.

—No estic preocupada per tu... Simplement no vull que en Kevin es formi una mala impressió.

—¿Vols dir que no vols que sàpiga que ens estimem? Jo diria que ja ho sap.

—Ja saps el que vull dir.

—Sí, ja ho sé. —Es va arronsar d'espatlles—. Mira, si vols que t'ajudi a portar-lo al camió, ho faré amb molt de gust.

Theresa es va quedar contemplant Kevin un moment, mentre escoltava la seva respiració fonda i regular. Semblava mort per al món.

—Bé, potser per una nit no passarà res —va afluixar ella, i Garrett li va fer l'ullet.

—Esperava que diguessis això.

—Però no t'oblidis que has promès portar-te com un perfecte cavaller.

—No ho oblidaré.

—Sembles molt segur.

—Home..., una promesa és una promesa.

Ella va tancar suaument la porta i va passar els braços al voltant del coll de Garrett. El va besar, tot mossegant-li el llavi juganerament.

—Això està bé, perquè si de mi depengués, no crec que em pogués dominar.

Ell va fer una ganyota.

—Realment saps posar-li les coses difícils, a un pobre desgraciat com jo, ¿oi?

—¿Això vol dir que penses que sóc una emprenyadora?

—No —va contestar ell—. Vol dir que penso que ets perfecta.

En comptes de mirar la segona pel·lícula, Garrett i Theresa es van asseure al sofà, mentre prenien una copa de vi i xerraven. Theresa va anar a veure què feia Kevin un parell de vegades, per assegurar-se que dormís. Semblava que no s'havia mogut ni una sola vegada.

A mitjanit, Theresa badallava sense parar, i Garrett va suggerir que se n'anés a dormir.

—Però jo he vingut per veure't a tu —va protestar ella, endormiscada.

—Però si no dorms, em veuràs tot borrós.

—Estic bé, de debò —va insistir ella, abans de tornar a fer un badall.

Garrett es va aixecar i va anar fins a l'armari. En va treure un llençol, una flassada i un coixí, i ho va portar tot al sofà.

—Insisteixo. Mira de dormir una mica. Ens queden uns quants dies per veure'ns.

—¿Ho dius de debò?

—Absolutament.

Theresa va ajudar Garrett a preparar el sofà i se'n va anar a l'habitació.

—Si no vols dormir vestida, hi ha samarretes al segon calaix —va dir ell.

Theresa va tornar a besar-lo.

—He passat un dia meravellós —va dir.

—I jo també.

—Em sap greu estar tan cansada.

—Has fet moltes coses, avui. És molt comprensible.

Agafats de bracet, ella li va dir a cau d'orella:

—¿Sempre ets tan fàcil de conformar?

—Ho intento.

—Bé, doncs ja tindràs feina.

Al cap d'algunes hores Garrett es va despertar amb la sensació que algú li burxava les costelles. En obrir els ulls, va veure Theresa asseguda al seu costat. Duia una de les samarretes a què ell s'havia referit abans.

—¿Et trobes bé? —li va preguntar ell, mentre s'incorporava.

—Molt bé —va contestar Theresa en veu baixa, acariciant-li el braç.

—¿Quina hora és?

—Les tres passades.

—¿Encara dorm, en Kevin?

—Com un tronc.

—¿Es pot saber per què t'has aixecat del llit?

—He tingut un somni i no he pogut tornar-me a adormir.

Garrett es va fregar els ulls.

—¿Què somiaves?

—Et somiava a tu —va fer ella molt baixet.

—¿Era un somni bonic? —va preguntar ell.

—Oh, sí... —i va deixar penjada la frase.

Es va inclinar sobre ell i li va besar el pit, mentre Garrett l'atreia cap a ell. Va donar una ullada a la porta del dormitori. Ella l'havia tancat al seu darrere.

—¿No et preocupa que es pugui despertar en Kevin?

—Una mica, però confio que tu seràs tan discret com puguis.

Theresa va ficar la mà sota el llençol i va fer lliscar els dits per sobre el seu ventre. El seu contacte li va causar un efecte elèctric.

—¿N'estàs segura?

—Ahà! —va fer ella.

Van fer l'amor amb tendresa, calladament, i després es van quedar ajaçats l'un al costat de l'altre. Durant una llarga estona, cap dels dos no va dir res. Quan una lleugera franja de llum va començar a perfilar l'horitzó, es van fer un petó i ella va tornar al dormitori. Al cap d'uns minuts estava profundament adormida, i Garrett es va quedar contemplant-la des de la porta estant.

Per alguna raó, li va ser impossible tornar-se a adormir.

L'endemà al matí, Theresa i Kevin van fer els deures plegats, mentre Garrett sortia a buscar alguna cosa per esmorzar. Després, se'n van anar una altra vegada cap a la piscina. Aquesta vegada les lliçons van ser una mica més complicades, provant una sèrie d'habilitats diferents. Theresa i Kevin van practicar la «respiració compartida», per si de cas un dels dos es quedava sense aire sota l'aigua i havia de compartir el dipòsit amb el seu company, i Garrett els va advertir del perill de caure en el pànic mentre es bussejava i sortir a la superfície massa ràpidament.

—Si ho feu, us agafarà el que se'n diu «embriaguesa del nitrogen». No tan sols és dolorós..., sinó que hi pot perillar la vida.

També van passar un temps a la part més fonda de la piscina, tot nedant sota l'aigua durant llargues estones, per acostumar-se a l'equip i a practicar la manera de desembussar les orelles. Cap al final de la lliçó, Garret els va ensenyar a saltar des de la vora de la piscina sense que els sortís la màscara de la cara. Com era de preveure, al cap d'algunes hores, tots dos estaven cansats i disposats a donar per acabada la jornada.

—¿Demà anirem al mar? —va preguntar Kevin mentre tornaven al camió.

—Si vols, sí. Crec que ja estàs preparat, però si t'estimes més passar un altre dia a la piscina, també ho podem fer.

—No; ja estic preparat.

—¿N'estàs segur? Mira que no et vull forçar.

—N'estic segur —va contestar ell de seguida.

—¿I tu, Theresa? ¿Estàs preparada per anar al mar?

—Si en Kevin ho està, jo també.

—¿Encara obtindré el certificat dimarts que ve? —va preguntar Kevin.

—Si van bé les capbussades al mar, l'obtindreu tots dos.

—Fantàstic!

—¿Què podem fer durant la resta del dia? —va demanar Theresa.

Garrett va començar a carregar els dipòsits d'oxigen al darrere del camió.

—He pensat que podríem anar a navegar. Sembla que farà un temps esplèndid.

—¿Jo també en puc aprendre, de navegar? —va preguntar Kevin ansiosament.

—És clar. Et nomenaré segon de bord.

—¿També necessito un certificat, per això?

—No; això queda a criteri del capità, i com que jo sóc el capità, ho puc fer ara mateix.

—¿Sense més ni més?

—Sense més ni més.

Kevin va mirar la seva mare amb els ulls esbatanats, i ella quasi podia llegir-li el pensament. «Primer aprenc submarinisme i després em converteixo en el segon de bord. ¿T'imagines quan ho expliqui als meus amics?»

Garrett va estar encertat en preveure que faria un dia ideal, i tots tres van passar-s'ho meravellosament bé navegant per alta mar. Garrett va ensenyar a Kevin els rudiments de la navegació, a partir de com i quan calia preveure la direcció del vent basant-se en la conformació dels núvols. Com el dia de la primera sortida amb Theresa, van menjar entrepans i amanides, però aquesta vegada van estar acompanyats d'una família de marsuins que jugaven esbojarradament al voltant de l'embarcació mentre ells menjaven.

Quan van tornar al moll, era tard, i després que Garrett va haver ensenyat a Kevin a amarrar bé el veler per protegir-lo de tempestes inesperades, els va acompanyar al motel. Com que tots tres estaven esgotats, Theresa i Garrett es van acomiadar a corre-cuita, i quan Garrett va arribar a casa seva, Theresa i Kevin ja eren al llit.

L'endemà, Garrett els va portar a practicar la primera immersió al mar. Després dels nervis del primer moment, van començar a divertir-se i van acabar per consumir dos dipòsits d'oxigen cadascun al llarg de la tarda. Gràcies a la calma, al clima de la costa, l'aigua era clara, amb una visibilitat excel·lent. Garrett els va fer unes fotos mentre exploraven un dels vaixells enfonsats en les aigües poc fondes de la costa de Carolina del Nord. Va prometre fer-les revelar aquella mateixa setmana i enviar-los les còpies tan bon punt estiguessin llestes.

Van tornar a passar el vespre a casa de Garrett. Un cop Kevin es va adormir, Garrett i Theresa van seure l'un al costat de l'altre al porxo, acaronats per l'aire càlid i humit.

Després de comentar les incidències de la primera immersió al mar, Theresa es va quedar callada un instant.

—No puc creure que ens n'anirem demà a la nit —va comentar per fi, amb una nota de tristesa a la veu—. Aquest parell de dies han passat volant.

—Això és perquè hem estat molt ocupats.

Ella va somriure.

—Ara ja tens un tast de com és la meva vida a Boston.

—¿Sempre corrent d'una banda a l'altra?

Ella va assentir amb el cap.

—Exactament. En Kevin és una benedicció per a mi, però de vegades em cansa. Sempre ha d'estar fent una cosa o altra.

—Però, no el canviaries per un altre, ¿oi? Vull dir que no voldries pas criar un addicte a la TV o un noi que es passés tot el sant dia escoltant música a la seva habitació, ¿oi?

—No.

—Aleshores, busca la part bona. En Kevin és un noi magnífic..., jo m'ho he passat molt bé amb ell.

—Me n'alegro. Sé que ell sent això mateix per tu —va fer una pausa—. ¿Saps que malgrat que no hem pogut estar gaire temps tots dos sols durant aquest viatge, tinc la sensació que et conec molt més bé ara que quan vaig venir l'altra vegada pel meu compte?

—¿A què et refereixes? Jo encara sóc el mateix de sempre.

Theresa va somriure.

—Ho ets i no ho ets. L'última vegada que vaig ser aquí, em vas tenir tota sencera per a tu sol, i tots dos sabem que és molt més fàcil embolicar-se amb algú quan pots passar molt de temps exclusivament sol amb aquesta persona. Aquesta vegada, en canvi, has pogut comprovar com és tenir sempre en Kevin donant voltes al teu voltant..., i malgrat tot ho has portat millor del que jo em podia imaginar.

—Home, gràcies, però no ha estat tan difícil. Mentre et tingui a tu a prop, no importa el que fem. Simplement m'encanta passar l'estona al teu costat.

Garrett la va abraçar i la va estrènyer contra ell. Ella li va posar el cap sobre l'espatlla. En silenci, escoltaven la remor de les onades a la platja.

—¿Et tornaràs a quedar aquesta nit? —va preguntar ell.

—Ho he considerat seriosament.

—¿Voldràs que em torni a comportar com un perfecte cavaller?

—Potser sí. Potser no.

Ell va arquejar les celles.

—¿Estàs flirtejant amb mi?

—Ho intento —va confessar ella, i Garrett va riure—. ¿Saps una cosa? Em sento realment molt còmoda al teu costat.

—¿Còmoda? Em fas sentir com si fos un sofà.

—No ho dic en aquest sentit. Vull dir que em sento bé amb mi mateixa quan estem junts.

—Així ha de ser. Jo em sento molt bé al teu costat.

—¿Molt bé? ¿Només això?

Ell va sacsejar el cap.

—No, això no és tot. —Durant un segon va semblar que el dominava una certa timidesa—. Després que te'n vas anar l'última vegada, va venir el meu pare i em va fer un sermó.

—¿Què va dir?

—Va dir que si em feies feliç, no havia de deixar-te marxar.

—¿I com ho penses fer això?

—Suposo que hauré de fascinar-te amb el meu carisma.

—Això ja ho has fet.

Ell la va mirar i després va desviar la vista cap al mar. Al cap d'un moment va dir en veu baixa:

—Aleshores suposo que hauré de dir-te que t'estimo.

«T'estimo.»

Al cel, els estels brillaven en tota la seva intensitat. Uns núvols llunyans lliscaven sobre l'horitzó, tot reflectint la llum de la lluna en quart creixent. Theresa escoltava de nou aquelles paraules que li ressonaven dins el cap.

«T'estimo.»

Aquesta vegada, sense ambivalències, sense dubtes.

—¿De debò? —va mussitar per fi.

—Sí —va contestar Garrett, girant-se de cara a ella—. De debò.

Quan ell contestà, Theresa va descobrir una cosa als seus ulls que no havia vist mai abans.

—Oh, Garrett... —va començar a dir, vagament, abans que Garrett l'interrompés amb un moviment del cap.

—Theresa, no espero que tu sentis el que sento jo. Només volia que ho sabessis. —Va meditar un instant i va recordar el somni que havia tingut—. Durant els últims quinze dies, han passat moltes coses...

Va callar. Ella va començar a dir alguna cosa, però Garrett va sacsejar el cap. Ell va tardar una mica a continuar.

—I no estic segur d'entendre-ho tot, però sé el que sento per tu.

I amb el dit li va acariciar la galta i els llavis.

—T'estimo, Theresa.

—Jo també t'estimo —va fer ella dolçament, tot remarcant les paraules i esperant que fossin veritat.

Es van estar abraçats una llarga estona, després van entrar i van fer l'amor, dient-se coses amoroses en veu baixa fins a les primeres hores del matí. Però aquesta vegada, després que Theresa se'n va haver anat a l'habitació, Garrett es va quedar profundament adormit, mentre que Theresa va romandre desperta, pensant en el miracle que els havia unit.

El dia següent va transcórrer esplèndidament. Cada vegada que en tenien l'oportunitat, Garrett i Theresa s'agafaven per la mà, o es feien alguna besada furtiva, quan Kevin no mirava.

Van passar el dia practicant com havien fet anteriorment, i un cop van acabar la lliçó final, Garrett els va donar el certificat provisional a bord de l'embarcació mateix.

—Ara ja pots fer submarinisme quan vulguis i on vulguis —va dir a Kevin, que es mirava el certificat com si fos d'or—. Només has d'enviar aquest formulari i al cap d'un parell de setmanes rebràs el certificat definitiu. Però recorda que no és mai segur de submergir-te tot sol. Sempre fes que t'acompanyi algú.

Com que era l'últim dia que passaven a Wilmington, Theresa va deixar la cambra de l'hotel, i se'n van anar tots tres a casa de Garrett. Kevin volia passar les últimes hores a la platja, i Theresa i Garrett s'estigueren asseguts a la vora de l'aigua. Durant una estona, Garrett i Kevin van jugar amb el *frisbee*, i quan es va adonar que es feia tard, Theresa va entrar a buscar alguna cosa per menjar.

Van fer un sopar ràpid al porxo —salsitxes de Viena a la graella—, abans que Garrett els portés a l'aeroport. Un cop Theresa i Kevin van haver pujat a l'avió, Garrett es va quedar uns quants minuts més, observant com l'avió finalment començava a retirar-se de la mànega. Quan es va perdre de vista, ell va tornar al camió i tornà a casa, tot consultant ja el rellotge per saber quanta estona faltava fins a l'hora que podria trucar-li aquell vespre.

Instal·lats als seus seients, Theresa i Kevin fullejaven unes revistes. A mig camí, Kevin es va adreçar de sobte a la seva mare i li va preguntar:

—Mare, ¿t'agrada en Garrett?

—Sí. Però hi ha una cosa encara més important: ¿t'agrada a tu?

—Jo el trobo formidable. Tractant-se d'un adult, vull dir.

Theresa va somriure.

—Sembla que us aveniu força, ¿oi? ¿Estàs content d'haver vingut?

El noi va assentir amb el cap.

—Sí, estic content. —Va callar, enrotllant nerviosament la revista—. Mare, ¿et puc preguntar una cosa?

—El que vulguis.

—¿Et casaràs amb en Garrett?

—No ho sé. ¿Per què?

—¿Tu vols casar-t'hi?

Ella va tardar alguns segons a contestar.

—No n'estic segura. Sé que no m'hi vull casar en aquests moments. De mica en mica ens anem coneixent una mica més bé l'un a l'altre.

—¿Però t'hi voldries casar més endavant?

—Potser sí.

Kevin va semblar que es quedava més alleujat.

—Me n'alegro. Semblaves realment feliç quan estaves amb ell.

—¿Com te n'has adonat?

—Mare, ja tinc dotze anys. Sé més coses de les que et penses.

Ella li va acariciar la mà.

—I bé, ¿què hauries dit si t'hagués contestat que volia casar-me de seguida?

Ell va restar callat un moment.

—Suposo que m'hauria preguntat on hauríem anat a viure.

Ni que l'haguessin matat, Theresa no hauria trobat una bona resposta. ¿On, en efecte?

ONZE

QUATRE DIES DESPRÉS que Theresa hagués marxat de Wilmington, Garrett va tenir un altre somni, però aquesta vegada va ser sobre Catherine. En el somni es trobaven en un camp d'herba al caire d'un penya-segat sobre l'oceà. Mentre caminaven junts, agafats per la mà i anaven xerrant, Garrett va dir alguna cosa que la va fer riure. Tot de cop es va separar d'ell. Mirant per sobre l'espatlla i rient, Catherine li va dir que l'atrapés. Ell la va empaitar, tot rient també, sentint-se ben bé com s'havia sentit el dia que es van casar.

Contemplant-la mentre corria, ell no va poder deixar de fixar-se en com era de bonica. Els cabells al vent reflectien la llum del sol alt, les seves cames eren esveltes i es movien rítmicament, sense cap esforç. El seu somriure, tot i el fet de córrer, semblava distès, com si estigués quieta.

—Empaita'm, Garrett. ¿Em pots atrapar? —cridava ella.

El so de la seva rialla després d'haver dit això va quedar flotant en l'aire, com una música.

Ell li anava guanyant terreny i de cop es va adonar que Catherine es dirigia cap al penya-segat. En el seu entusiasme i alegria, no semblava adonar-se de cap a on corria.

«Però això és absurd», va pensar ell. «Se n'ha d'adonar.»

Garrett li va cridar que s'aturés, però en comptes de parar-se va continuar corrent més de pressa.

S'acostava al caire del penya-segat.

Amb una sensació certa de la desgràcia, veia que estava encara massa lluny d'ella per agafar-la.

Ell corria tan de pressa com podia, tot cridant-li que fes mitja volta. Però ella no semblava sentir-lo. Va notar que l'adrenalina se li escampava per tot el cos, alimentada per una por paralitzadora.

—Atura't, Catherine! —cridava ell, sense aire als pulmons—. El penya-segat..., no veus cap a on vas!

Com més cridava, més baixa sonava la seva veu, fins que no va ser més que un murmuri.

Catherine continuava corrent, ignorant el perill que corria. El penya-segat era tan sols a unes quantes passes.

Ell anava guanyant terreny.

Però encara estava massa enrere.

—Atura't! —va cridar de nou, tot i que aquesta vegada sabia que ella no el podria sentir.

La seva veu s'havia reduït a no-res. El pànic que va sentir aleshores era més gran que el que hauria conegut mai. Amb tota la força de voluntat que tenia, volia que les cames es moguessin més de pressa, però començaven a cansar-se, tornant-se més feixugues a cada passa que feia.

«No podré», pensava, dominat pel pànic.

Aleshores, de la mateixa manera sobtada que havia arrencat a córrer, Catherine es va parar. En tombar-se de cara a ell, semblava no haver-se adonat del perill que havia corregut.

Es trobava tan sols a quatre dits del caire.

—No et moguis! —va cridar ell, però de nou la seva veu era com un murmuri.

Ell es va aturar a poques passes d'ella i li va allargar la mà, respirant feixugament.

—Vine cap a mi —li va demanar—. Ets al caire mateix.

Ella va somriure i mirà cap al seu darrere. En advertir que havia estat tan a punt de caure, es va girar de cara a ell.

—¿Et pensaves que em perdries?

—Sí —va contestar ell, en veu baixa—, i et prometo que no tornarà a passar mai més.

Garrett es va despertar i es va incorporar al llit; després es va quedar despert unes quantes hores. Quan per fi es va tornar a adormir, ho va fer d'una manera irregular, i eren gairebé les deu de l'endemà al matí quan es va poder llevar. Esgotat i molt deprimit, no trobava la manera de pensar en res més que en el somni. No sabent què fer, va trucar al seu pare, que es va anar a trobar amb ell per esmorzar al lloc de costum.

—No sé per què em sento d'aquesta manera —va dir al seu pare al cap d'alguns minuts de parlar de qualsevol cosa—. No ho acabo d'entendre.

El seu pare no va contestar. En canvi, observava el seu fill per sobre la tassa de cafè, restant callat mentre Garrett continuava parlant.

—No és que ella hagi fet res que em pugui tenir trasbalsat —va prosseguir—: Només vam passar un llarg cap de setmana junts, i realment m'agrada. Vaig conèixer el seu fill, també, i és molt bon noi. És només que..., no ho sé... No sé si podré continuar endavant amb això.

Garrett va callar. L'únic soroll provenia de les altres taules.

—¿Continuar endavant amb què? —va preguntar per fi Jeb Blake.

Garrett remenava el cafè distretament.

—No sé si podré tornar-la a veure.

El seu pare va arrufar les celles, però no va dir res. Garret va continuar:

—Potser és que no ha de ser. El que vull dir és que ni tan sols no viu aquí. És a milers de quilòmetres de distància, té la seva pròpia vida, els seus propis interessos. I jo sóc aquí, visc aquí i porto una vida completament diferent. Potser estaria millor amb un altre, algú amb qui es pogués veure d'una manera més regular.

Va rumiar el que havia dit, sabent que ni ell mateix no creia del tot el que deia. Amb tot, no volia explicar-li al seu pare el somni que havia tingut.

—Vull dir que, ¿com podem bastir una relació si no podem ni tan sols veure'ns sovint?

Tampoc aquesta vegada el seu pare no va dir res. Garrett va prosseguir, com si parlés amb si mateix.

—Si visqués aquí i la pogués veure cada dia, crec que em sentiria diferent. Però sent ella tan lluny...

Va deixar la frase penjada, mentre provava d'ordenar els seus pensaments. Al cap d'una estona va fer:

—Simplement no sé pas com podem fer-ho. Hi he pensat molt, i no veig com podria ser possible. Jo no vull anar-me'n a viure a Boston, i estic segur que ella tampoc no vol venir a viure aquí, per tant ¿en quina situació ens trobem?

Garrett va callar i esperà que el seu pare digués alguna cosa —el que fos—, en resposta al que ell havia dit fins aquell moment. Però durant una estona, el seu pare no va obrir la boca. Per fi, va fer un sospir i desvià la vista.

—A mi em sembla que només fas que buscar excuses —va fer Jeb en veu baixa—. Tractes de convence't a tu mateix i et vals de mi per escoltar-te dir les coses que dius.

—No, pare, no és això. Simplement intento treure'n l'aigua clara, de tot plegat.

—¿Amb qui et penses que parles, Garrett? —Jeb Blake va brandar el cap—. De vegades, et juro que sembla que et pensis que vaig néixer a sota d'una col i que he anat a tomballons per la vida sense aprendre res pel camí. Però sé exactament el que estàs passant. Estàs tan acostumat a viure sol, que ara tens por del que pugui passar si arribes a trobar algú que et pugui treure de la teva soledat.

—Jo no tinc por —va protestar Garrett.

El seu pare el va tallar en sec.

—Ni tan sols no ho pots admetre davant de tu mateix, ¿oi?

La decepció que denotava el seu to era inconfusible.

—¿Saps una cosa, Garrett? Quan va morir la teva mare, jo també em vaig inventar tot d'excuses. Durant tots aquests anys, em vaig dir a mi mateix tota mena de coses. ¿I vols saber on em van portar?

Va mirar el seu fill fixament.

—Sóc vell i estic cansat, i sobretot, estic sol. Si pogués tornar el rellotge enrere, canviaria moltes coses de la meva manera de pensar, i que em pengin si et penses que estic disposat a consentir que tu facis les mateixes ximpleries que vaig fer jo.

Jeb va fer una pausa abans de prosseguir, en un to més suau:

—Estava equivocat, Garrett. Em vaig equivocar en no mirar de trobar una altra dona. Em vaig equivocar en sentir-me culpable per la teva mare. Em vaig equivocar en entestar-me a viure de la manera que vivia, sempre patint interiorment i preguntant-me què hauria pensat ella. Perquè, ¿saps una cosa? Estic segur que la teva mare hauria volgut que jo fos feliç. ¿I saps per què?

Garrett no va contestar.

—Perquè m'estimava. I si tu et penses que demostres el teu amor a la Catherine patint de la manera que pateixes, aleshores vol dir que en algun moment em dec haver equivocat quan et criava.

—Tu no t'has equivocat...

—Em dec haver equivocat, perquè quan et miro, em veig a mi mateix, i per ser sincer, m'estimaria més veure una persona diferent. M'agradaria veure una persona que sabés que està bé tirar endavant, que està bé buscar una dona que pugui fer-te feliç. Però en aquest moment, és com si em mirés al mirall i em veiés a mi mateix vint anys enrere.

Garrett va passar la resta de la tarda tot sol, caminant per la platja, pensant en el que li havia dit el seu pare. En recordar-ho, sabia que no havia estat sincer des del començament de la conversa i no el sorprenia que el seu pare s'hagués imaginat el que li passava. ¿Per què, doncs, havia volgut parlar amb ell? ¿Potser volia que el seu pare s'enfrontés amb ell com ho havia fet?

A mesura que transcorria la tarda, la depressió va deixar pas a la confusió i, després, a una mena d'obnubilació. Quan va telefonar a Theresa cap al vespre, la sensació d'haver comès una traïció com a resultat del somni s'havia atenuat força per poder parlar amb ella. Encara persistia, però no amb tanta intensitat, i quan ella va contestar al telèfon, va notar que encara s'atenuava més. El so de la veu de Theresa li va recordar com se sentia quan estava amb ella.

—Estic contenta que m'hagis trucat —va fer ella, alegrement—. He pensat molt en tu, avui.

—Jo també he pesat en tu —va dir ell—. Voldria que fossis aquí en aquest moment.

—¿Et trobes bé? Et trobo una mica decaigut.

—Estic bé... Em sento sol, ve-t'ho aquí. ¿Com has passat el dia?

—Com sempre. Massa feina al diari, massa feina a casa. Però ara que et sento em trobo millor.

Garrett va somriure.

—¿I en Kevin, volta per aquí?

—És a la seva habitació llegint un llibre sobre submarinisme. Diu que quan sigui gran vol ser instructor de submarinisme.

—¿D'on la deu haver tret, aquesta idea?

—No ho sé pas —va contestar ella, en to divertit—. ¿I tu què? ¿Què has fet avui?

—En realitat, no gran cosa. No he anat a la botiga..., es pot dir que m'he agafat el dia lliure i me n'he anat a passejar per la platja.

—¿Somiant amb mi, espero?

La ironia del seu comentari no se li va escapar, a Garrett. No va contestar directament.

—Realment t'he trobat a faltar molt, avui.

—Només fa quatre dies que me'n vaig anar —va fer ella amb dolcesa.

—Ja ho sé. I ara que parlem d'això, ¿quan ens tornarem a veure?

Theresa era a la taula del menjador i va donar una ullada al calendari.

—Hum! ¿Què et sembla d'aquí a tres setmanes? Pensava que potser podries venir tu aquí aquesta vegada. En Kevin ha d'anar de campaments per jugar a futbol aquell cap de setmana, i podrem passar molt de temps junts.

—¿No preferiries venir tu aquí?

—Seria millor que vinguessis tu, si et sembla bé. Em queden pocs dies de vacances, i crec que podríem aprofitar més el temps. A més, em sembla que ja és hora que surtis de Carolina del Nord, perquè vegis les coses que ofereix la resta del país.

Mentre ella parlava, Garrett contemplava el retrat de Catherine de sobre la tauleta de nit. Va tardar alguns segons a contestar.

—Sí, és clar... Suposo que podria fer això.

—No sembles massa convençut.

—Ho estic.

—¿Hi ha alguna altra cosa, doncs?

—No.

Theresa va callar, sense saber a què atenir-se.

—¿De debò que estàs bé, Garrett?

Només al cap d'uns quants dies i de diverses trucades telefòniques a Theresa, Garrett va tornar a sentir-se més o menys normal. Més d'una vegada, sense adonar-se'n, li trucava a altes hores de la nit, tan sols per sentir la seva veu.

—Hola, sóc jo una altra vegada —deia.

—Hola, Garrett, ¿què passa? —preguntava ella, mig adormida.

—No res. Simplement volia desitjar-te bona nit abans que et fiquessis al llit.

—Ja hi sóc, al llit.

—¿Quina hora és?

Ella consultava el rellotge.

—Quasi mitjanit.

—¿Com és que estàs desperta, doncs? Ja hauries d'estar dormint —bromejava ell, i després deixava que pengés perquè continués dormint.

De vegades, si no podia dormir, pensava en la setmana que havia passat amb Theresa, tot recordant la suavitat de la seva pell quan l'acariciava, dominat pel desig de tornar-la a abraçar.

Aleshores, entrant al dormitori, veia el retrat de Catherine al costat del llit. I en aquell moment el somni se li presentava amb la claredat d'un cristall.

S'adonava que encara estava trasbalsat per aquell somni. En el passat, hauria escrit una carta a Catherine per provar de distanciar-se'n. Després, seguint amb el *Happenstance* la mateixa ruta que ell i Catherine havien emprès la primera vegada que sortiren a navegar un cop va estar reparat, ell la ficava en una ampolla, la tapava i la tirava al mar.

Curiosament, aquesta vegada no ho va poder fer. Quan s'asseia a escriure, simplement no li sortien les paraules. Per fi, cada vegada més frustrat, es dedicava a rememorar el passat.

—Això sí que és una sorpresa —va fer Garrett mentre indicava el plat de Catherine, en el qual anava posant una amanida d'espinacs del buffet que tenien al davant.

Catherine es va arronsar d'espatlles, com no donant-hi cap importància.

—¿Què té de dolent que vulgui menjar verdura?

—No té res de dolent —va contestar ell de seguida—. Només és que aquesta és la tercera vegada que en menges aquesta setmana.

—Ja ho sé. És com un desig. No sé pas per què.

—Si continues menjant-ne d'aquesta manera, et convertiràs en un conill.

Ella va riure i va posar oli i sal a l'amanida.

—Si això fos així —va dir, sense apartar la vista del plat—, si tu continues menjant peix, et convertiràs en un tauró.

—Ja ho sóc, un tauró —va replicar ell, aixecant les celles.

—Pots ser un tauró, però si continues prenent-me el pèl, no tindràs mai l'oportunitat de demostrar-ho amb mi.

Garrett va somriure.

—¿Per què no em deixes que t'ho demostri aquest cap de setmana?

—¿Quan? Aquest cap de setmana has de treballar.

—No pas aquest. Tant si t'ho creus com si no, m'he organitzat les coses

per poder passar més temps junts. No hem passat un cap de setmana sencer tots dos sols no sé pas des de quan.

—¿Què tens pensat fer?

—No ho sé. Potser anar a navegar, potser alguna altra cosa. El que tu vulguis fer.

Ella va riure.

—Home, jo tinc grans plans: fer un viatge a París per comprar unes cosetes, un parell de safaris..., però, em penso que podré arreglar-ho.

—Aleshores, és una cita.

A mesura que passaven els dies, s'anava esborrant la imatge del somni. Cada cop que Garrett parlava amb Theresa, descobria que se sentia una mica més renovat. També va parlar amb Kevin un parell de vegades, i el seu entusiasme per la presència de Garrett a la vida de la seva mare i de la seva també l'ajudava a recuperar la tranquil·litat. Si bé la calor i la humitat del mes d'agost semblava que feien transcórrer el temps més lentament que de costum, ell es mantenia tan enfeinat com podia, esforçant-se per no pensar en les complexitats de la seva nova situació.

Dues setmanes després —uns quants dies abans d'anar cap a Boston—, mentre Garrett es preparava alguna cosa per menjar a la cuina va sonar el telèfon.

—Hola, desconegut —va fer Theresa—. ¿Tens alguns minuts?

—Sempre tinc alguns minuts per parlar amb tu.

—Simplement et trucava per saber en quin vol arribaràs. L'última vegada que vam parlar no ho sabies del cert.

—Espera un moment —va dir ell, mentre regirava un calaix de la cuina per buscar l'itinerari—. És aquí: arribaré a Boston a la una i uns quants minuts.

—Perfecte. Jo he d'acompanyar en Kevin algunes hores abans, i així tindré temps d'arreglar una mica l'apartament.

—¿El netejaràs per a mi?

—A fons. Fins i tot trauré la pols.

—Quin honor!

—Pots estar-ne content. Només els meus pares i tu rebeu aquesta atenció.

—¿Cal que porti uns guants blancs per comprovar si has fet bona feina?

—Si ho fas, no viuràs fins al vespre.

Garrett va riure i va canviar de tema.

—Estic ansiós per tornar-te a veure —va dir, amb to greu—. Aquestes tres últimes setmanes han estat molt més difícils de passar que les dues primeres.

—Ho sé. T'ho notava a la veu. Vas estar molt deprimit un parell de dies, i..., bé, començava a preocupar-me per tu.

Ell es va preguntar si devia sospitar el motiu de la seva malenconia. Traient-se aquelles idees del cap, va continuar:

—Ho estava, però ara ja ha passat. Ja tinc la maleta preparada.

—Espero que no l'hagis omplert de coses innecessàries.

—¿Com per exemple?

—Com..., no sé..., pijames.

Ell va riure.

—No en tinc, de pijames.

—Que bé. Perquè encara que en tinguessis, no et farien cap falta.

Al cap de tres dies, Garrett Blake arribava a Boston.

Després d'esperar-lo a l'aeroport, Theresa el va portar a recórrer la ciutat. Van dinar a Faneuil Hall, van contemplar les canoes de rem per a dos remers al riu Charles i van donar una ullada ràpida al campus de la Universitat de Harvard. Com de costum, es van passar la major part del dia agafats per la mà, delectant-se en la companyia de l'altre.

Més d'una vegada, Garrett es va trobar preguntant-se per què les tres darreres setmanes se li havien fet tan costa amunt. Sabia que part de la seva ansietat era provocada pel somni, però en companyia de Theresa el trasbals causat pel somni semblava distant i sense sentit. Cada vegada que Theresa reia o li premia la mà, li reafirmava els sentiments que havia experimentat l'última vegada que ella havia estat a Wilmington, tot dissipant els obscurs pensaments que l'assetjaven durant la seva absència.

Quan el dia va començar a fresquejar i el sol es va amagar darrere els arbres, Theresa i Garrett van aturar-se a comprar menjar mexicà per endur-se'l a l'apartament. Assegut a terra, a la sala d'estar i a la llum de les espelmes, Garrett va mirar al seu entorn.

—Tens un apartament molt bonic —va dir, mentre enforquillava unes mongetes amb un bocí de «tortilla»—. No sé per què, em pensava que seria més petit. Però és més gran que casa meva.

—Només una mica, però gràcies. Per a nosaltres està bé. Queda molt a prop de tot.

—¿Com ara els restaurants?

—Exactament. No feia broma quan et vaig dir que no m'agradava cuinar. No sóc precisament una Martha Stewart.

—¿Qui?

—No en facis cas —va dir ella.

A fora, el brogit del trànsit era clarament audible. Un cotxe va frenar amb un grinyol dels pneumàtics a baix al carrer, va ressonar un clàxon i de cop tot van ser tocs de botzina dels altres cotxes que s'unien al cor.

—¿Sempre és tan tranquil? —va preguntar ell.

Theresa va fer un gest amb el cap cap a les finestres.

—Les nits dels divendres i els dissabtes són les pitjors, però generalment no és tan sorollós. Si visquessis aquí una temporada, t'hi acostumaries.

Els sorolls de la ciutat vivent van continuar. Una sirena va sonar a la distància, i el so es va anar fent més fort a mesura que s'acostava.

—¿No vols posar una mica de música? —va preguntar Garrett.

—I tant! ¿Quina mena de música t'agrada?

—M'agraden dues menes de música —va contestar, fent una pausa per causar més efecte—. *Country* i *western*.

Ella es va posar a riure.

—No en tinc ni de l'una ni de l'altra.

Ell brandava el cap, gaudint del seu propi acudit.

—Només feia broma. És un acudit molt vell. No té gaire gràcia, però fa anys que esperava tenir l'oportunitat de dir-lo.

—Devies mirar sempre el programa de *Hee-Haw*, quan eres petit.

Ara va ser ell qui es va posar a riure.

—Tornant a la meva pregunta d'abans: ¿quina mena de música t'agrada? —va insistir ella.

—La que tinguis.

—¿Què et sembla alguna cosa de jazz?

—Em sembla bé.

Theresa es va aixecar, va triar un disc que suposava que li podria agradar i el va ficar a l'equip de CD. Al cap d'alguns segons començava a sonar la música, mentre al carrer semblava que minvava el trànsit.

—¿I què t'ha semblat Boston fins ara? —va preguntar ella, retornant al seu seient.

—M'agrada. Per ser una ciutat gran, no està tan malament. No sembla tan impersonal com em pensava que seria, i és més neta, també. És evident que me la imaginava diferent. Ja saps: multituds, asfalt, edificis alts, sense cap arbre enlloc, i pispes a cada cantonada. Però no és així en absolut.

Theresa va somriure.

—¿És bonica, oi? Vull dir que no és com una ciutat de la costa, però té els seus encants. Sobretot si consideres el que la ciutat et pot oferir. Podries anar a sentir l'orquestra simfònica, o als museus, o simplement a passejar pels Commons. Aquí hi ha coses per a tots els gustos..., fins i tot hi ha un club de navegació a vela.

—Ja comprenc per què t'agrada viure aquí —va fer ell, mentre es preguntava per què tenia la impressió que li feia propaganda de la ciutat.

—Sí, m'agrada. I a en Kevin també.

Garrett va canviar de tema:

—¿Dius que és a un campament per jugar a futbol?

Ella va assentir amb el cap.

—Sí. L'han de provar per integrar un equip format per nois de dotze anys cap avall. No sé si l'escolliran, però ell es pensa que és un bon jugador. L'any passat, va arribar a la final en un equip d'onze anys.

—Sembla que és bo, doncs.

—Ho és —va fer ella, assentint amb el cap. Va apartar els plats buits i se li va acostar una mica més—. Però prou parlar d'en Kevin —va dir dolçament—. No sempre hem d'estar parlant d'ell. Podem parlar d'altres coses, ¿saps?

—¿Per exemple?

Ella el va besar al coll.

—Com per exemple sobre el que vull fer amb tu ara que et tinc tot per a mi sola.

—¿Estàs segura que vols parlar sobre això?

—Tens raó —va mussitar—. ¿Qui vol parlar en un moment com aquest?

L'endemà, Theresa va tornar a portar Garrett a fer un tomb per la ciutat, passant la major part del matí al barri italià del North End, tot passejant pels carrerons estrets i sinuosos, i aturant-se de tant en tant a fer un cafè amb *cannoli*. Per bé que Garrett sabia que ella escrivia articles al diari, no sabia exactament quines altres coses comportava la seva feina. Mentre anaven passejant tranquil·lament per la ciutat, li ho va preguntar.

—¿No pots escriure els articles a casa teva?

—Amb el temps, suposo que podré. Però en aquest moment, és impossible.

—¿Per què?

—Mira, per començar, no figura al contracte. A més, he de fer moltes més coses que seure davant l'ordinador i escriure. Sovint he d'entrevistar gent, per tant això també comporta temps..., de vegades fins i tot he de viatjar una mica. A més, cal fer recerques, especialment quan escric sobre temes mèdics o psicològics, i quan sóc al despatx, tinc accés a moltes més fonts. I després hi ha el fet que he de tenir un lloc on em puguin localitzar. Moltes de les coses que escric són d'interès humà, i tot el dia rebo trucades de gent. Si treballés a casa meva, sé que la gent em telefonaria al vespre quan estic amb en Kevin, i jo no estic disposada a renunciar al temps que passo amb ell.

—¿Ara també en reps a casa, de trucades?

—Molt de tant en tant. Però el meu telèfon no figura a la guia, per tant no passa gaire sovint.

—¿I reps moltes trucades de gent guillada?

Ella va assentir amb el cap.

—Em penso que tots els articulistes en rebem. Molta gent truca al diari amb històries que volen veure en lletra d'impremta. Rebo trucades sobre persones que són a la presó i que no hi haurien de ser. Rebo trucades sobre problemes municipals o queixant-se que no recullen les escombraries a l'hora adient. Rebo trucades sobre la criminalitat al carrer. Rebo trucades sobre les coses més insòlites.

—Em pensava que havies dit que escrivies sobre els problemes de la paternitat.

—I és així.

—Aleshores, ¿per què et truquen a tu? ¿Per què no telefonen a altres persones?

Theresa es va arronsar d'espatlles.

—Segur que ja ho fan, però es veu que no per això deixen de trucar-me a mi, també. Molta gent comença dient: «Ningú no em vol escoltar i vostè és la meva última esperança». —Va mirar-se Garrett abans de continuar—. Suposo que es pensen que jo podré fer alguna cosa per resoldre el seu problema.

—¿Per què?

—Home, els articulistes són diferents dels altres redactors d'un diari. La majoria de les coses que es publiquen als diaris són impersonals: informacions directes, fets i xifres, i tot això. Però si la gent llegeixen la meva columna cada dia, suposo que arriba un moment en què tenen la sensació que em coneixen. Comencen a veure'm com una mena d'amiga. I la gent recorre als seus amics quan necessita ajuda.

—De vegades, et deus trobar en una posició incòmoda, ¿oi?

Ella es va arronsar d'espatlles.

—Sí, però miro de no pensar-hi. D'altra banda, la meva feina també té parts bones: proporcionar informació que pot ser útil a la gent, posant-los al dia sobre els últims avenços en medicina i explicant-ho en termes corrents, i fins i tot compartir amb ells històries que tenen un caràcter optimista perquè la jornada els resulti més suportable.

Garrett es va aturar en una parada de fruita fresca instal·lada a la vorera del carrer. Va triar un parell de pomes i en va donar una a Theresa.

—¿Quin és l'article que ha tingut més repercussió dels que has escrit a la teva columna? —va preguntar ell.

Theresa va sentir que se li tallava la respiració. «¿El de més repercussió? Molt senzill: en una ocasió vaig trobar un missatge dins una ampolla, i vaig rebre un parell de centenars de cartes.»

Va fer un esforç per pensar en una altra cosa.

—Ah..., vaig rebre moltes cartes una vegada que vaig escriure sobre l'ensenyament a nens incapacitats —va contestar per fi.

—Això deu donar molta satisfacció —va fer ell, mentre pagava al venedor.

—En dóna.

Abans de clavar mossegada a la poma, Garrett va preguntar:

—¿Podries escriure la teva columna si passessis a un altre diari?

Ella va sospesar la pregunta.

—Seria difícil, sobretot si volgués continuar amb les agències. Com que sóc poc coneguda, encara, tenir el suport del *Boston Times* realment és una gran cosa. ¿Per què?

—Simplement per curiositat —va contestar ell, en veu baixa.

L'endemà al matí, Theresa va anar a treballar unes quantes hores, però una mica abans de l'hora de dinar ja era a casa. Van passar la tarda als Boston Commons, on van menjar a l'aire lliure. Els van interrompre un parell de vegades unes persones que van reconèixer Theresa per la foto que apareixia al diari, i Garrett va comprendre que era molt més famosa que no es pensava.

—No sabia que eres una celebritat! —va fer ell mig en broma, un cop es va allunyar la segona persona que l'havia reconeguda.

—En realitat no sóc una celebritat. El que passa és que la meva foto apareix a sobre de la columna i per això la gent saben com sóc.

—¿I et passa sovint, això?

—No gaire. Potser un parell de vegades a la setmana.

—Doncs trobo que és molt —va fer ell, sorprès.

Ella va sacsejar el cap.

—No pas quan ho compares amb les celebritats de debò, que no poden anar ni a ca l'adroguer sense que algú els faci una foto. Jo més aviat faig una vida normal.

—Però amb tot deu resultar estrany que persones totalment desconegudes se t'acostin pel carrer.

—De fet, resulta bastant afalagador. La majoria de les persones que ho fan són molt simpàtiques.

—Sigui com sigui, m'alegro de no haver sabut que eres tan famosa quan et vaig conèixer.

—¿Per què?

—Perquè m'hauria sentit massa intimidat per invitar-te a navegar.

Ella li va agafar la mà.

—No et puc imaginar intimidat per res ni per ningú.

—Aleshores, vol dir que no em coneixes gaire.

Theresa va restar callada un moment.

—¿De debò t'hauries sentit intimidat? —va preguntar, com avergonyida.

—Segurament.

—¿Per què?

—Suposo que hauria pensat què hi podia veure una persona com tu, en un home com jo.

Theresa es va inclinar endavant i el va besar.

—Jo et diré el que veig. Veig l'home que estimo, l'home que em fa feliç..., una persona a la qual vull continuar veient durant molt de temps.

—¿Com és que sempre saps dir el que cal?

—Perquè —va contestar ella en veu baixa—, sé més sobre tu del que et puguis imaginar.

—¿Com ara?

Un somriure mandrós se li va dibuixar als llavis.

—Per exemple, sé que em vols tornar a fer un petó.

—¿Jo?

—Efectivament.

I Theresa tenia raó.

Més tard, aquell vespre mateix, Garrett va fer:

—¿Saps, Theresa, que no puc trobar-te cap defecte?

Eren tots dos a dins la banyera, rodejats per muntanyes de bombolles, i Theresa es reclinava contra el seu pit. Ell li passava una esponja pel cos mentre enraonava.

—¿Què vol dir això? —va preguntar ella amb curiositat, tot girant el cap per mirar-lo.

—Simplement el que dic. No puc trobar-te cap defecte. Vull dir, doncs, que ets perfecta.

—No sóc perfecta, Garrett —va replicar ella, complaguda, però.

—Sí que ho ets. Ets preciosa, ets bona persona, em fas riure, ets intel·ligent i també ets una mare extraordinària. Afegim-hi el fet que ets famosa, i no crec pas que hi hagi ningú que se't pugui comparar.

Theresa li va acariciar el braç, mentre es relaxava contra ell.

—Em sembla que em mires amb uns vidres de color de rosa. Però m'agrada...

—¿Vols dir que exagero?

—No, però fins ara només has vist el meu costat bo.

—No sabia que en tenies un altre —va fer ell, mentre li premia els dos braços alhora—. En aquest moment, tots dos costats els trobo deliciosos.

Ella va riure.

—Ja saps el que vull dir. Encara no has vist el meu costat obscur.

—Tu no en tens cap, de costat obscur.

—És clar que en tinc. Tothom en té. El que passa és que quan tu ets a la vora, procura mantenir-se amagat.

—Aleshores, ¿com el descriuries el teu costat obscur?

Ella va quedar-se pensant.

—Bé, per començar, sóc obstinada, i puc ser terrible quan m'enfado. Tinc tendència a agredir i a dir la primera cosa que em passa pel cap, i t'asseguro que no són agradables. També tendeixo a dir als altres el que penso, fins i tot quan sé que valdria més que girés cua i desaparegués.

—Això no ho trobo tan malament.

—Mira..., diguem-ho d'aquesta manera: quan vaig enfrontar-me amb en David per primera vegada a causa de la seva aventura amorosa, li vaig engegar els pitjors insults de la llengua anglesa.

—S'ho mereixia.

—Però no estic tan segura que es mereixés que li tirés un gerro pel cap.

—¿Això vas fer?

Theresa va assentir amb el cap.

—Hauries hagut de veure la cara que va fer. Jo no l'havia vist mai d'aquella manera.

—¿I ell què va fer?

—Res. Crec que es devia quedar massa parat per reaccionar. Sobretot quan vaig començar amb els plats. Aquella nit gairebé vaig buidar l'armari.

Garrett va somriure amb admiració.

—No m'imaginava que fossis tan ferotge.

—És perquè m'he criat a l'oest mitjà. No em fotis, ¿eh, amic?

—De cap manera.

—Això està bé. Actualment tinc més punteria.

—Ho tindré en compte.

Es van enfonsar una mica més en l'aigua calenta. Garrett continuava passant-li l'esponja pel cos.

—Amb tot, encara crec que ets perfecta —va dir, dolçament.

Ella va tancar els ulls.

—¿Fins i tot amb el costat obscur? —va demanar.

—Especialment amb el costat obscur. Això afegeix un element que resulta excitant.

—Me n'alegro, perquè crec que tu també ets força perfecte.

La resta de les vacances van passar volant. Als matins, Theresa anava a treballar unes quantes hores, després tornava a casa i passava les tardes i els vespres amb Garrett. Als vespres, demanaven alguna cosa per sopar a casa o bé anaven a algun dels molts restaurants petits que hi havia a prop del seu apartament. De vegades, llogaven una pel·lícula per mirar-la després, però en general s'estimaven més passar l'estona sense altres distraccions.

Divendres al vespre, Kevin va trucar des del campament. Tot entusiasmat, va explicar que havia ingressat a l'equip dels bons. Si bé allò significava que caldria jugar més partits fora de Boston i que haurien de viatjar molts caps de setmana, Theresa se n'alegrava per ell. Després, per a sorpresa d'ella, Kevin va demanar de parlar amb Garrett. Aquest el va escoltar mentre el noi li explicava el que havia passat aquella setmana i el felicitava. Després de penjar, Theresa va destapar una ampolla de vi i tots dos van celebrar la bona sort de Kevin fins a les primeres hores del matí.

Diumenge al matí —el dia que ell se n'havia d'anar—, van dinar amb Deanna i Brian. Garrett de seguida es va adonar què era el que Theresa apreciava de Deanna. Era una dona encantadora i divertida, i Garrett es va passar tot el dinar rient. Deanna li va fer algunes preguntes sobre el submarinisme i la navegació de vela, mentre Brian remarcava que si hagués treballat pel seu compte, mai no hauria fet res de bo perquè el golf senzillament constituïa tota la seva vida.

Theresa estava complaguda de veure que semblaven entendre's tan bé. Excusant-se després de dinar, Deanna i Theresa se'n van anar a la cambra de bany per xerrar.

—I bé, ¿què et sembla? —va preguntar Theresa, amb expectació.

—És un gran home —va reconèixer Deanna—. Encara és més ben plantat que no semblava a les fotos que vas portar.

—Ja ho sé. El cor em fa un salt cada vegada que el veig.

Deanna es va passar els dits pels cabells, mirant de donar-los una mica més de volum.

—¿La setmana ha resultat tan bé com esperaves?

—Encara més bé.

A Deanna se li va il·luminar la cara.

—Per la forma de mirar-te, podria assegurar que ell també està boig per tu. Us comporteu d'una manera que em recorda com actuàvem en Brian i jo. Sembla que sou l'un per l'altre.

—¿De debò t'ho sembla?

—Si no fos així no t'ho diria.

Deanna va treure el pintallavis de la bossa i va començar a pintar-se'ls.

—¿I què li ha semblat Boston? —va preguntar, de sobte.

Theresa també va treure el seu pintallavis.

—No és com l'indret al qual està acostumat, però semblava que s'ho passava bé. Hem anat a una colla de llocs molt divertits.

—¿Ha fet algun comentari en particular?

—No..., ¿per què?

Theresa va mirar Deanna amb interès.

—Perquè —va contestar Deanna tot seguit— em preguntava si ha dit res que et pugui fer pensar que estaria disposat a venir a viure aquí si tu l'hi demanaves.

El comentari de la seva amiga va fer pensar Theresa en una cosa que fins al moment havia evitat.

—Encara no n'hem parlat —va dir, per fi.

—¿Ho pensaves fer?

«La distància que ens separa és un problema, però hi ha una altra cosa, ¿oi?», va sentir que feia una veu dintre seu.

Com que no volia pensar-hi, va sacsejar el cap.

—No crec que sigui el moment oportú..., almenys no encara. —Va fer una pausa, per ordenar les idees—. Vull dir que... sé que n'haurem de parlar en algun moment o altre, però crec que no ens coneixem prou per començar a prendre decisions de cara al futur. Encara ens hem de tractar una mica més.

Deanna la va mirar amb la desconfiança pròpia d'una mare.

—Però bé el coneixes prou per haver-te'n enamorat, ¿oi?

—Sí —va concedir Theresa.

—Aleshores, ja saps que és una decisió que caldrà prendre, tant si ho vols reconèixer com si no.

Theresa va tardar un instant a respondre.

—Ja ho sé.

Deanna va posar-li la mà a l'espatlla.

—¿I si se't planteja l'alternativa de perdre'l o de marxar de Boston?

Theresa va meditar la pregunta i la seva transcendència.

—No n'estic segura —va contestar en veu baixa, tot mirant Deanna amb expressió desconcertada.

—¿Puc donar-te un consell? —va preguntar Deanna.

Theresa va assentir amb el cap. Deanna la va treure de la cambra de bany agafant-la pel braç, mentre s'inclinava cap a l'orella de la seva amiga perquè ningú no la sentís.

—Sigui quina sigui la decisió que prenguis, recorda que has de poder tirar endavant a la vida sense mirar enrere. Si estàs segura que en Garrett et pot brindar l'amor que tu necessites i que seràs feliç, aleshores has de fer el que sigui per conservar-lo al teu costat. L'amor vertader és una cosa rara, i és l'única que dóna a la vida un sentit autèntic.

—¿Però això no és vàlid també per a ell? ¿No hauria d'estar disposat a fer un sacrifici, ell també?

—És clar que sí.

—Aleshores, ¿en quina posició quedo jo?

—Tu et quedes amb el mateix problema que tenies abans, Theresa: un problema que has de considerar tant si vols com si no.

Durant els dos mesos següents, la seva relació a llarga distància va començar a evolucionar d'una manera que ni Theresa ni Garrett no esperaven, per bé que tots dos l'haurien d'haver previst.

Tot prenent les mesures adients per adaptar-se als respectius horaris de feina, van poder reunir-se tres vegades més, durant un cap de setmana en cada ocasió. Un cop, Theresa va viatjar a Wilmington per poder estar sols, i es van passar totes les hores encauats a casa de Garrett, tret d'una tarda en què van sortir a navegar. Garrett va anar a Boston en dues oportunitats, en les quals es va passar la major part del temps a la carretera per assistir als partits de futbol de Kevin, si bé no li va importar gens ni mica. Eren els primers partits de futbol a què assistia, i es va trobar més entusiasmat pel joc que no es pensava.

—¿Com és que no t'entusiasmes tant com jo? —havia preguntat a Theresa durant un dels moments particularment emocionants del partit.

—¿Per què no esperes fins a haver vist un centenar de partits?; aleshores estic segura que podràs trobar tot sol la resposta a la teva pregunta —havia replicat ella, tot bromejant.

Quan estaven junts durant aquells caps de setmana, tenien la sensació que no hi havia res més al món que tingués importància. En general, Kevin passava les nits a casa d'un amic, de manera que ells es quedaven sols, si més no durant una estona. Es passaven les hores xerrant i rient, ben abraçats, i fent l'amor, provant de recuperar les setmanes que havien estat separats. Amb tot, cap dels dos no abordava el tema del que passaria en la seva relació en el futur. Vivien el moment, sense que cap dels dos sabés exactament què en podia esperar, de l'altre. I això no vol pas dir que no estiguessin enamorats. D'això, almenys, n'estaven segurs.

Però com que no es veien gaire sovint, la seva relació tenia més alts i baixos del que cap dels dos havia experimentat abans. Com que tot ho trobaven bé quan eren junts, tot els semblava malament quan no ho estaven. Garrett, sobretot, mantenia una lluita amb la distància que els separava. En general, els bons sentiments que havia covat mentre eren junts li duraven uns quants dies, però després notava que s'anava deprimint cada vegada més a mesura que pensava en les setmanes que faltaven abans no la tornaria a veure.

Com és natural, ell desitjava passar més temps junts del que realment era possible. Ara que s'havia acabat l'estiu, li era més fàcil deixar la botiga que no pas a ella abandonar la feina. Malgrat que hi havia menys empleats, a la botiga no hi havia gaire moviment. En canvi, per a Theresa la situació era completament diferent, encara que només fos a causa de Kevin. Tornava a anar a l'escola, tenia partit cada cap de setmana i a Theresa li costava deixar la feina, per bé que fos per uns quants dies. Malgrat que Garrett estava disposat a visitar Boston per veure-la més sovint, Theresa simplement no disposava de temps. Més d'una vegada ell havia suggerit de fer un altre viatge per veure-la, però per un motiu o altre, no s'havia pogut concretar.

Evidentment que ell sabia que altres parelles havien d'afrontar situacions més complicades que la seva. El seu pare li explicava que, en una ocasió, ell i la mare de Garrett no s'havien pogut parlar durant mesos. Ell havia partit cap a Corea i s'havia passat dos anys a la infanteria de marina, i quan va arribar una època difícil en la comercialització dels llagostins, solia embarcar-se en algun vaixell de càrrega que passava en ruta cap a Amèrica del Sud. De vegades, aquells viatges duraven mesos. L'única cosa que els seus pares podien fer per comunicar-se durant aquelles temporades era escriure's cartes, en el millor dels casos, molt de tant en tant. Garrett i Theresa ho tenien una mica menys difícil, però no per això els resultava més fàcil suportar la separació.

Garrett comprenia que la distància entre ells dos era un problema, però no semblava que la situació hagués de canviar en un futur pròxim. Tal com ell ho veia, només hi havia dues solucions: mudar-se ell o mudar-se ella. Tant se valia com s'ho mirés —i tant se valia el que sentien l'un per l'altre—, sempre arribava a una d'aquestes dues opcions.

En el fons, sospitava que Theresa tenia les mateixes idees que ell, motiu pel qual cap dels dos no volia parlar d'aquell tema. Semblava més fàcil no tocar-lo, ja que això significaria enfilar un camí que cap dels dos no estava segur de voler seguir.

Un dels dos hauria de modificar la seva vida d'una manera radical.

¿Però qui?

Ell tenia el seu negoci a Wilmington, hi feia la mena de vida que volia, l'única vida que sabia com viure. Boston era una ciutat digna de ser visitada, però no era casa seva. Ell ni tan sols no havia considerat mai la possibilitat de viure en un altre lloc. I a més hi havia el seu pare: l'home anava posant anys i, tot i la seva fortalesa externa, l'edat avançava i Garrett era l'única cosa que tenia a la vida.

D'altra banda, Theresa mantenia uns lligams molt forts amb Boston. Si bé els seus pares vivien en un altre lloc, Kevin anava a una escola que era del seu gust, i ella feia una carrera brillant en un diari de primera línia, i a més tenia una colla d'amistats a les quals hauria de deixar. Havia bregat de valent per arribar al lloc on era, i si se n'anava de Boston, segurament hauria de renunciar a la feina. ¿Seria capaç de prendre aquella decisió sense guardar-li rancor pel que ell l'havia obligat a fer?

Garrett no volia pensar-hi. En canvi, es concentrava en el fet que estimava Theresa, tot aferrant-se al convenciment que si havien de ser l'un de l'altre, ja trobarien la manera d'aconseguir-ho.

En el fons, però, sabia que no seria fàcil, i no només a causa de la distància que els separava. En tornar del segon viatge a Boston, va fer ampliar i emmarcar una fotografia de Theresa. La va col·locar a la tauleta de nit de l'altre costat d'on tenia la de Catherine, però malgrat el que sentia per Theresa, li semblava que el dormitori no era el lloc adequat per a la seva foto. Al cap d'un parell de dies, la va traslladar a l'altre cap de l'habitació, però tampoc no es va quedar conforme. Tant se valia on la posés, li semblava que els ulls de Catherine la seguien. «Això és absurd», es va dir després de col·locar-la en un altre lloc. Això no obstant, per fi va ficar la fotografia de Theresa en un calaix i va agafar el retrat de Catherine. Amb un sospir, es va asseure a l'espona del llit i va contemplar la foto.

—Nosaltres no teníem aquests problemes —va fer en veu baixa mentre passava el dit per sobre la imatge—. Amb nosaltres, tot semblava sempre molt fàcil, ¿oi?

Quan va comprendre que la foto no li contestaria, va maleir la seva estupidesa i va tornar a treure la foto de Theresa del calaix.

Mentre les contemplava, fins i tot ell va comprendre per què tot plegat li resultava tan penós. Estimava Theresa més del que mai s'ho hauria imaginat..., però encara estimava Catherine...

¿Era possible estimar-les totes dues alhora?

—No puc esperar el moment de tornar-te a veure —va dir Garrett.

Eren a mitjan novembre, un parell de setmanes abans del dia d'Acció de Gràcies. Theresa i Kevin anaven a veure els pares d'ella aprofitant les festes, i Theresa havia buscat la manera d'anar a passar el cap de setmana anterior amb Garrett. Ja feia un mes que no es veien.

—Jo també tinc moltes ganes de veure't —va fer ella—. I em vas prometre que finalment coneixeria el teu pare, ¿oi?

—Té pensat preparar un sopar a casa seva per celebrar anticipadament el dia d'Acció de Gràcies. No para de preguntar-me què t'agradaria menjar. Em penso que vol causar una bona impressió.

—Digues-li que no s'amoïni. Segur que m'agradarà el que faci.

—Això és el que li dic jo. Però m'adono que està tot neguitós.

—¿Per què?

—Perquè tu seràs la primera invitada que tindrem en molt de temps. Fa anys que només som nosaltres dos.

—¿Que potser interrompo una tradició familiar?

—No..., a mi m'agradaria pensar que en comencem una de nova. A més, va ser ell qui es va oferir voluntàriament a cuinar, ¿recordes?

—¿Et sembla que li cauré bé?

—N'estic segur.

Quan Jeb Blake va saber que arribaria Theresa, va fer algunes coses que no havia fet mai abans. Primer, va buscar una senyora perquè anés a netejar la caseta on vivia, una feina que va durar ben bé un parell de dies, perquè volia que la casa quedés neta com una patena. Així mateix, es va comprar una camisa i una corbata. En sortir de la seva habitació tot mudat, no va deixar d'advertir l'expressió de sorpresa als ulls de Garrett.

—¿Quina fila faig? —va demanar.

—Estàs molt elegant, però ¿com és que t'has posat corbata?

—No ho he fet pas per a tu: és per al sopar del cap de setmana.

Garrett es va quedar mirant fixament el seu pare, amb un somriure irònic al rostre.

—Em sembla que no t'havia vist mai amb corbata.

—Doncs n'he portat abans. El que passa és que no t'hi has fixat.

—No cal que te la posis pel sol fet que ve la Theresa.

—Ja ho sé —va replicar el seu pare, secament—. Simplement, aquest any tinc ganes de portar corbata per sopar.

—Estàs neguitós perquè ve la Theresa, ¿oi?

—No.

—Pare..., no has de comportar-te com si fossis una altra persona. Estic segur que la Theresa t'acceptarà tal com ets, tant si vas vestit d'una manera com d'una altra.

—Això no vol pas dir que no pugui anar mudat per rebre la teva amiga, ¿no?

—No.

—Aleshores, no cal que en parlem més, ¿no? No he vingut a demanar-te el teu parer, sinó per veure si feia bona fila.

—Trobo que estàs molt bé.

—Entesos.

Jeb va girar cua i se'n va anar a la seva habitació, mentre es treia la camisa i la corbata. Garrett es va quedar mirant la porta per on havia entrat el seu pare i, al cap d'un moment, va sentir que el cridava.

—¿I ara què passa? —va fer Garrett.

El seu pare va treure el nas.

—Tu també et posaràs corbata, ¿oi?

—No pensava pas fer-ho.

—Doncs hauràs de canviar de pensament. No vull que la Theresa vegi que he criat un fill que no sap com ha de vestir-se per rebre invitats.

El dia abans de l'arribada de Theresa, Garrett va ajudar el seu pare a enllestir els preparatius. Garrett va tallar la gespa mentre Jeb treia la vaixella de quan s'havia casat, que gairebé mai no usava, i va començar a rentar els plats a mà. Després de buscar uns coberts que hi fessin joc —cosa més fàcil de dir que de fer—, Jeb va anar a buscar unes estovalles a l'armari, tot considerant que seria un detall bonic. Les va ficar a la rentadora al precís moment en què Garrett entrava després d'acabar d'arreglar el jardí. Garrett va acostar-se a l'armari i va agafar un got.

—¿A quina hora arribarà, demà? —va preguntar Jeb.

Garrett va omplir el got d'aigua i contestà per sobre l'espatlla:

—L'avió arriba pels volts de les deu. Serem aquí cap allà a les onze o una cosa així.

—¿A quina hora et sembla que voldrà menjar?

—No ho sé.

Jeb va entrar a la cuina.

—¿No l'hi has preguntat?

—No.

—Aleshores, ¿com vols que sàpiga quan he de posar el gall dindi al forn?

Garrett va beure un glop d'aigua.

—Calcula que podrem sopar a primera hora del vespre. Estic segur que no vindrà d'una hora.

—¿No creus que valdria més que li truquessis i l'hi preguntessis?

—Realment no crec que sigui necessari. No és tan important com tot això.

—Potser no ho és per a tu. Però és la primera vegada que la veuré, i si us arribeu a casar, no vull ser objecte de cap crítica burleta posteriorment.

Garrett va arquejar les celles.

—¿Qui ho diu, que ens casarem?

—Ningú.

—Aleshores, ¿per què treus aquest tema?

—Perquè —va respondre Jeb prestament— suposava que un de nosaltres ho havia de fer, i no estava gens segur que tu estiguessis mai disposat a fer-ho.

Garrett es va quedar mirant el seu pare fixament.

—¿Així que tu creus que m'hauria de casar amb ella?

Jeb li va fer l'ullet mentre li contestava:

—Tant se val el que jo cregui: el que importa és el que creguis tu, ¿no trobes?

Aquell vespre, Garrett obria la porta de casa al precís moment en què sonava el telèfon. D'una correguda, va acudir a contestar i va sentir la veu que esperava.

—¿Garrett? —va fer Theresa—. Sembla que et falta l'alè.

Ell va somriure.

—Ah, hola, Theresa! Acabo d'arribar. El meu pare m'ha tingut tot el dia a casa seva endreçant-ho tot: està veritablement entusiasmat davant la perspectiva de coneixe't.

Va seguir un silenci tens.

—Quant a demà... —va dir ella, finalment.

Garrett va sentir que se li feia un nus a la gola.

—¿Què passa?

Ella va tardar una estona a contestar.

—Em sap molt de greu, Garrett... No sé com dir-t'ho, però de fet no podré venir a Wilmington.

—¿Ha passat alguna cosa greu?

—No, tot està bé. El que passa és que ha sorgit una cosa al darrer moment: un congrés molt important al qual no puc faltar.

—¿Quin congrés?

—Està relacionat amb la meva feina. —Va tornar a callar—. Sé que és terrible, però no hi aniria si no fos realment important.

Ell va tancar els ulls.

—¿De què es tracta?

—És per als editors de primera línia i la gent dels mitjans de comunicació: el congrés se celebra a Dallas aquest cap de setmana. Deanna creu que seria una bona idea que en conegués alguns.

—¿Ho acabes de saber ara mateix?

—No..., vull dir, sí. Bé..., sabia que es realitzaria aquest congrés, però no pensava pas anar-hi. En general, els columnistes no hi estan invitats, però Deanna ha mogut certs fils i ha aconseguit que pugui acompanyar-la. —Va titubejar—. Em sap greu de debò, Garrett, però com et deia, serà una ocasió ideal perquè em coneguin, i es tracta de l'oportunitat de la meva vida.

Ell va restar callat un moment. Després, va dir simplement:

—Ja ho entenc.

—Estàs enfadat amb mi, ¿oi?

—No.

—¿Segur?

—Segur.

Pel to ella va comprendre que no li deia la veritat, però li semblava que no podia dir res més que el fes sentir millor.

—¿Diràs al teu pare que em sap molt de greu?

—Sí, ja l'hi diré.

—¿Et puc trucar aquest cap de setmana?

—Si vols...

L'endemà, Garrett va sopar amb el seu pare, que s'esforçà per treure importància a l'assumpte.

—Si és com ella diu —va remarcar el seu pare—, tenia una bona raó. No és qüestió d'engegar la feina a dida. Ha de mantenir un fill, i ha de fer tot el que pugui per educar-lo. A més, és tan sols un cap de setmana: una futilesa en l'ordre general de les coses.

Garrett va assentir amb el cap, escoltant el seu pare, però encara estava trasbalsat per tot plegat. Jeb va prosseguir.

—Estic segur que aconseguireu superar-ho. De fet, segurament ella farà alguna cosa realment especial la propera vegada que estigueu junts.

Garrett no va dir res. Jeb va fer un parell de bocades abans de tornar a parlar.

—Ho has de comprendre, Garrett: ella té responsabilitats, com en tens tu, i de vegades aquestes responsabilitats esdevenen prioritàries. Estic segur que si sorgís algun problema a la botiga que no pogués esperar, tu faries exactament el mateix que fa ella.

Garrett es va reclinar contra el respatller, i va apartar el plat cap a un costat.

—Això ja ho comprenc, pare. El que passa és que fa un mes que no la veig, i esperava amb ànsia la seva visita.

—¿No creus que ella també tenia ganes de veure't?

—Així ho va dir.

Jeb es va inclinar per sobre la taula i va empènyer el plat de Garrett cap al seu davant.

—Menja —va fer—. M'he passat tot el sant dia cuinant, i no consentiré que ho llencis a les escombraries.

Garrett va fitar el plat. Malgrat que ja no tenia gana, va agafar la forquilla i es va mirar un petit bocí de gall dindi a la boca.

—¿Saps una cosa? —va dir el seu pare mentre continuava menjant—. Aquesta no és l'última vegada que passarà això, per tant no hauries de prendre-t'ho tan a la valenta.

—¿Què vols dir?

—Vull dir que mentre vosaltres dos continueu vivint a dos mil quilòmetres de distància, sorgiran coses com aquesta i no us podreu veure tant com voldríeu.

—¿Et penses que no ho sé, això?

—Estic segur que ho saps. Però no sé si cap dels dos té el valor per posar-hi remei.

Garrett mirava el seu pare, pensant: «Dimonis, pare, digue'm el que sents realment. No t'ho callis.»

—Quan jo era jove —va prosseguir Jeb, sense fer cas de l'expressió agra del seu fill—, les coses eren molt més senzilles. Si un home estimava una dona, li demanava que es casés amb ell, i després vivien junts. Era així de senzill. Però vosaltres dos..., sembla que no sabeu què fer.

—Ja t'ho he dit abans: no és tan fàcil...

—És clar que ho és..., si l'estimes, aleshores busca la manera d'estar amb ella. És així de senzill. D'aquesta manera, si sorgeix algun inconvenient i no us podeu veure un cap de setmana, no acabaràs sentint-te com si t'hi anés la vida.

Jeb va fer una pausa abans de continuar.

—No és natural el que tracteu de fer, i a la llarga, no funcionarà. I tu ho saps, ¿oi?

—Ho sé —va respondre Garrett, secament, desitjant que el seu pare deixés de parlar d'aquella manera.

Jeb va arquejar una cella, tot esperant. En veure que Garrett no deia res més, va prosseguir:

—¿«Ho sé»? ¿Això és tot el que has de dir?

Ell es va arronsar d'espatlles.

—¿Què més vols que digui?

—Pots dir que la pròxima vegada que la vegis, ho resoldreu entre tots dos. Això és el que pots dir.

—D'acord..., intentarem resoldre-ho.

Jeb va deixar la forquilla i va mirar el seu fill amb els ulls encesos.

—Jo no he dit que ho intenteu, Garrett, he dit que ho heu de resoldre.

—¿Per què et mostres tan inflexible en aquesta qüestió?

—Perquè, si no ho resoleu, tu i jo ens passarem els pròxims vint anys menjant tots dos sols.

L'endemà, Garrett va sortir amb el *Happenstance* a primera hora del matí i va estar navegant fins que es va pondre el sol. Si bé Theresa li havia deixat un missatge amb les dades de l'hotel de Dallas, ell no li havia trucat la nit passada, dient-se que era massa tard i que ella ja devia estar dormint. Era una excusa i ell ho sabia, però el cas era que no tenia ganes de parlar amb ella.

De fet, no tenia ganes de parlar amb ningú. Encara estava enfadat pel que ella havia fet, i el millor lloc per meditar sobre la situació era a alta mar, on ningú no podia molestar-lo. La major part del matí la va passar preguntant-se si ella s'adonava fins a quin punt aquell fet el disgustava. Era més que probable que no —segons va arribar a convèncer-se'n ell mateix—, si no, ella no ho hauria fet.

És a dir, si realment sentia alguna cosa per ell.

Tanmateix, quan el sol era més alt al cel, el seu enuig va començar a esvanir-se. Mentre pensava més clarament en la seva situació, va arribar a la conclusió que el seu pare tenia raó, com de costum. El motiu que ella havia tingut per no anar-lo a veure no l'afectava tant a ell com posava en relleu les diferències de la vida de tots dos. Ella tenia responsabilitats que no podia ignorar, i mentre continuessin vivint separats, aquelles coses no deixarien de succeir.

Si bé allò no el consolava, es demanava si en totes les relacions no s'esdevenien moments com aquells. Per ser sincer, ell no ho sabia pas. L'única relació autèntica que mai havia mantingut havia estat amb Catherine, i no era fàcil fer comparacions. Per començar, ell i Catherine estaven casats i vivien sota el mateix sostre. Més encara: es coneixien gairebé de tota la vida, i com que eren més joves, no tenien les mateixes responsabilitats que ells assumien ara. Acabaven de sortir de la universitat, no tenien una llar pròpia i tampoc no tenien fills per criar. No; el que tenien ells era completament diferent del que ell i

Theresa tenien ara, i no resultava fàcil provar de fer comparacions entre les dues relacions.

Amb tot, hi havia una cosa que no podia deixar de tenir en compte, una cosa que el va turmentar tota la tarda. Sí, sabia que hi havia diferències; sí, sabia que no era just comparar les dues dones, però a la fi, allò que comptava per a ell era el fet que mai no havia posat en qüestió si ell i Catherine formaven una parella. Ni una sola vegada va dubtar que el futur era de tots dos, ni una sola vegada li va passar pel cap que no serien capaços de sacrificar-se l'un per l'altre. Fins i tot quan discutien —sobre el lloc on viurien, si havien d'obrir la botiga o fins i tot què farien les nits del dissabte—, no hi havia cap dubte respecte a quina era la relació que mantenien. En la forma en què interactuaven hi havia la noció del llarg termini, la noció que li recordava que sempre estarien junts.

Theresa i ell, en canvi, encara no compartien aquest sentiment.

Quan el sol es va pondre, Garrett va comprendre que no era just pensar d'aquella manera. Ell i Theresa feia molt poc temps que es coneixien: no era realista esperar una cosa semblant tan aviat. Amb el temps —i les circumstàncies adients— ells també esdevindrien una parella.

¿Ho arribarien a ser?

Tot sacsejant el cap, va comprendre que no n'estava gaire segur.

No estava segur de moltíssimes coses.

Però n'hi havia una, de cosa, que era certa: ell mai no havia analitzat la seva relació amb Catherine de la manera com feia amb Theresa, i això tampoc no era just. A més, l'anàlisi no li serviria de res, en aquella situació. Ni totes les anàlisis del món no podrien canviar el fet que no es podien veure tant com volien o com en tenien necessitat.

No: el que ara necessitaven era acció.

Aquell vespre, Garrett va telefonar a Theresa tan bon punt arribà a casa.

—¿Digui? —va fer ella, endormiscada.

Ell li va dir amb dolcesa:

—Hola, sóc jo.

—¿Garrett?

—Em sap greu haver-te despertat, però m'havies deixat un parell de missatges al contestador.

—M'alegro que hagis trucat. No estava gaire segura que ho fessis.

—Durant una estona, m'he resistit a fer-ho.

—¿Encara estàs enfadat amb mi?

—No —va contestar ell, en veu baixa—. Trist, potser sí, però no pas enfadat.

—¿Perquè no sóc al teu costat aquest cap de setmana?

—No. Perquè no ets al meu costat la majoria de caps de setmana.

Aquella nit, Garrett va tornar a somiar.

En el somni, Theresa i ell eren a Boston, passejant per un dels carrers més concorreguts de la ciutat, ple de les multituds habituals: homes i dones, vells i joves, alguns de vestits formalment, d'altres, amb la roba típica de la joventut d'avui dia. Durant una estona, van mirar aparadors tal com havien fet en una de les seves visites. El dia era clar i lluminós, sense ni un núvol al cel, i Garrett gaudia passant el dia amb ella.

Theresa es va aturar davant l'aparador d'una botigueta i va preguntar a Garrett si volia entrar-hi. Tot sacsejant el cap, ell va contestar:

—Entra tu. T'esperaré aquí.

Theresa es va assegurar que ho deia de debò, i després va entrar a la botiga. Garrett es va quedar al costat de la porta, relaxant-se a l'ombra dels edificis alts, quan de sobte va veure de cua d'ull alguna cosa que li resultava familiar.

Era una dona, que caminava per la vorera a certa distància, amb la cabellera rossa fregant-li les espatlles.

Garrett va parpellejar, apartà la vista un instant i es va girar de nou prestament. Alguna cosa en la forma de moure's li va cridar l'atenció, i ell es va quedar contemplant-la mentre s'allunyava a poc a poc. Per fi, la dona es va aturar i va tombar el cap, com si recordés alguna cosa. Garrett va sentir que se li tallava l'alè.

«Catherine.»

No podia ser.

Va sacsejar el cap. En aquella distància, no podia dir si estava equivocat o no.

Ella va posar-se a caminar de nou en el precís moment en què Garrett la cridava.

—Catherine..., ¿ets tu?

Ella no semblava que l'hagués sentit entre el brogit del carrer.

Garrett va mirar per sobre l'espatlla i va veure Theresa dins la botiga, regirant articles. Quan va tornar a mirar carrer enllà, Catherine —o qui fos— tombava a la cantonada.

Va avançar cap a ella, caminant de pressa, i després va començar a tenir dificultats. La vorera cada vegada estava més plena de gent, com si de sobte s'haguessin obert les portes d'un metro, i ell havia d'obrir-se pas entre la gernació per arribar a la cantonada.

Va tombar on ho havia fet ella.

En tombar a la cantonada, el carrer es va anar tornant cada vegada més i més fosc, amenaçadorament. Ell va reprendre el ritme d'abans. Tot i que no havia plogut, va sentir que els seus peus clapotejaven dins uns tolls d'aigua. Es va parar un instant per recobrar l'alè, amb el cor bategant-li fortament dins el pit. Mentrestant, la boira va començar a embolcallar-lo, gairebé com una onada, i ben aviat ja no podia veure res més enllà d'un parell de passes de distància.

—Catherine..., ¿ets aquí? —va cridar—. ¿On ets?

Va sentir una rialla al lluny, si bé no hauria pogut dir exactament d'on venia.

Es va posar a caminar de nou, a poc a poc. Una altra vegada va sentir la rialla..., una rialla pueril, alegre. Es va aturar.

—¿On ets?

Silenci.

Va mirar d'una banda a l'altra.

Res.

La boira s'anava tornant més densa mentre començava a caure una pluja lleugera. Va tornar a caminar, sense saber cap on anava.

Alguna cosa es va bellugar entre la boira, i ell avançà prestament en aquella direcció.

Ella tornava a caminar, tan sols a unes quantes passes al seu davant.

La pluja ara es va fer més intensa, i de sobte tot va semblar que es movia a un ritme lent. Ell va començar a córrer..., lentament..., lentament..., la podia veure al seu davant mateix..., la boira es feia més espessa a cada segon que passava..., la pluja ara queia a bots i barrals..., una llampada dels seus cabells...

I aleshores va esvanir-se. Ell es va aturar de nou. La pluja i la boira no li deixaven veure res en absolut.

—¿On ets? —va tornar a cridar.

Res.

—¿On ets? —cridava ell, aquesta vegada més fort.

—Sóc aquí —va fer una veu que venia de la pluja i la boira.

Ell es va eixugar la pluja que li amarava la cara.

—¿Catherine?... ¿Ets tu realment?

—Sóc jo, Garrett.

Però no era la seva veu.

Theresa va aparèixer entre la boira.

—Sóc aquí.

Garrett es va despertar i es va incorporar, suant copiosament. Eixugant-se la cara amb el llençol, es va quedar una llarga estona assegut al llit.

Aquell dia, més tard, Garrett es va reunir amb el seu pare.

—Penso que vull casar-me amb ella, pare.

Pescaven plegats al cap del moll, juntament amb una dotzena d'altres pescadors, la majoria dels quals semblaven abstrets en els seus pensaments. Jeb el va mirar, sorprès.

—Fa un parell de dies, semblava que no volies tornar-la a veure mai més.

—Des d'aleshores, he pensat molt.

—Ja m'ho imagino —va fer Jeb, en veu baixa.

Va cobrar la llinya, va examinar l'esquer i va tornar a tirar. Si bé dubtava que pesqués res, volia insistir perquè la pesca constituïa, per a ell, un dels més grans plaers de la vida.

—¿Tu l'estimes? —va preguntar Jeb de sobte.

Garrett el va mirar, sorprès.

—És clar que l'estimo. Ja t'ho he dit no sé quantes vegades.

Jeb Blake va sacsejar el cap.

—No..., no m'ho has dit —va replicar, sincerament—. Hem parlat d'ella sovint..., m'has dit que et fa feliç, que tens la sensació que la coneixes bé i que no la vols perdre..., però no m'has dit mai que l'estimaves.

—És la mateixa cosa.

—¿Ho és?

Després de tornar a casa, la conversa que havia mantingut amb el seu pare l'anava repetint mentalment.

—¿Ho és?

—És clar que sí —havia replicat prestament—. I fins i tot si no ho és, jo l'estimo.

Jeb va fitar un moment el seu fill abans de tombar finalment el cap.

—¿Et vols casar amb ella?

—Sí.

—¿Per què?

—Perquè l'estimo, ve-t'ho aquí. ¿No és un motiu suficient?

—Potser sí.

Garrett va cobrar la llinya, amb una sensació de frustració.

—¿No eres tu qui creia que primer de tot ens havíem de casar?

—Sí.

—¿Aleshores com és que ara ho poses en dubte?

—Perquè vull estar segur que ho fas per les raons adients. Fa un parell de dies, no estaves segur de si volies tornar-la a veure mai més. Ara, estàs disposat a casar-t'hi. Trobo que és un canvi massa sobtat, i vull estar segur que ho dius pel que sents per Theresa... i que no té res a veure amb la Catherine.

En sentir pronunciar el seu nom, Garrett va experimentar una fiblada.

—La Catherine no hi té res a veure, en tot això —va replicar Garrett, prestament, mentre brandava el cap i exhalava un profund sospir—. De vegades no t'entenc, ¿saps, pare? En tot moment m'has atiat a fer aquest pas. No paraves de dir-me que havia de deixar el passat enrere, que havia de buscar una altra dona. I ara que l'he trobada, sembla que em vulguis convèncer de deixar-ho córrer.

Jeb va posar la mà que tenia lliure sobre l'espatlla del seu fill.

—No et vull convèncer de res, Garrett. Estic content que hagis conegut la Theresa, estic content que l'estimis, i sí, espero que acabis casant-te amb ella. Només deia que si t'has de casar, val més que ho facis per les raons adients. El matrimoni és entre dues persones, no entre tres. I no seria just per a ella si hi entraves amb un altre esperit.

Garrett va tardar uns instants a contestar.

—Pare, em vull casar amb ella perquè l'estimo. Vull passar la resta de la meva vida al seu costat.

El seu pare va romandre callat durant una llarga estona, observant la llinya. Després va dir una cosa que va obligar Garrett a desviar la vista.

—O sigui que, en altres paraules, ¿em dius que has superat completament el trauma per la pèrdua de la Catherine?

Si bé sentia el pes expectant de l'esguard del seu pare, Garrett no sabia què contestar.

—¿Estàs cansada? —va preguntar Garrett.

S'estava estirat al llit mentre enraonava per telèfon amb Theresa, només amb el llum de la tauleta de nit encès.

—Sí, acabo d'arribar. Ha estat un llarg cap de setmana.

—¿Ha resultat tan bé com esperaves?

—Així ho espero. Encara no hi ha manera de saber-ho, però he conegut una colla de gent que, eventualment, em podria donar un cop de mà per difondre'm els articles.

—Aleshores, ha estat positiu que hi anessis.

—Positiu i negatiu. La major part del temps, m'hauria estimat més haver-te vingut a veure a tu.

Ell va somriure.

—¿Quan te'n vas a visitar els teus pares?

—Dimecres al matí. M'hi quedaré fins diumenge.

—¿Tenen moltes ganes de veure't?

—Sí. Fa gairebé un any que no veuen en Kevin, i sé que es moren de ganes de tenir-lo uns quants dies a casa seva.

—Que bé!

Hi va haver un breu silenci.

—¿Garrett?

—Sí.

Ella va dir amb dolcesa:

—Vull que sàpigues que encara em dol no haver vingut aquest cap de setmana.

—Ja ho sé.

—¿Com t'ho podria compensar?

—¿Què se t'acudeix?

—Bé..., ¿podries venir a passar el cap de setmana després del dia d'Acció de Gràcies?

—Suposo que sí.

—Magnífic, perquè he pensat planejar un cap de setmana especial per a nosaltres dos sols.

Aquell va ser un cap de setmana que cap dels dos no oblidaria mai.

Theresa li havia telefonat més que de costum durant les dues setmanes precedents. En general, era Garrett qui li trucava, però semblava que cada cop que volia enraonar amb ella, Theresa se li anticipava. En dues ocasions, quan ell es disposava a agafar el telèfon per trucar-li, va començar a trucar abans que ell aixequés l'aparell, i la segona vegada, simplement va contestar dient:

—Hola, Theresa.

Ella es va quedar sorpresa, i van fer broma durant una estona sobre els seus dots extrasensorials abans d'encetar una conversa seriosa.

Quan, al cap de dues setmanes, Garrett va arribar a Boston, Theresa l'esperava a l'aeroport. Li havia demanat que es posés una roba més formal, i ell va baixar de l'avió abillat amb una americana esportiva, una peça que ella no li havia vist portar mai abans.

—Caram! —va exclamar Theresa, simplement.

Ell es va cordar la jaqueta una mica cohibit.

—¿Com em veus?

—Molt elegant.

De l'aeroport van anar directament a sopar. Theresa havia reservat una taula al restaurant més luxós de la ciutat. Van menjar sense pressa, assaborint els plats suculents, i després Theresa va portar Garrett a veure *Les Misérables*, que feia temps que figurava a la cartellera de Boston. S'havien esgotat les localitats, però com que Theresa coneixia el gerent del teatre, van poder ocupar unes butaques al millor sector de la platea.

Era tard quan tornaven a casa, i a Garrett, l'endemà va ser un dia que li va passar volant. Theresa el va portar a l'oficina i li va mostrar les instal·lacions —tot presentant-li un parell de persones— i després, van visitar el Museu d'Art de Boston durant la resta de la tarda. Aquell vespre van reunir-se amb Deanna i Brian per sopar a Anthony's, un restaurant situat a l'últim pis del Pridential Building que oferia una vista meravellosa de tota la ciutat.

Garrett no havia vist mai res de semblant.

La seva taula era a prop de la finestra. Deanna i Brian es van alçar per saludar-los quan arribaren.

—Te'n recordes, d'en Garrett, ¿oi? —va preguntar Theresa, tractant de no semblar massa absurda.

—És clar, que me'n recordo. M'alegro de tornar-te a veure, Garrett —va contestar Deanna, inclinant-se per abraçar-lo lleugerament i fer-li un petó a la galta—. Em sap greu haver obligat la Theresa a acompanyar-me ara fa quinze dies. Espero que no hagis estat massa sever amb ella.

—Està bé —va fer ell, brandant el cap tot tibat.

—Me n'alegro. Perquè, comptat i debatut, penso que va valer la pena.

Garrett la va mirar encuriosit. Theresa es va inclinar endavant i va preguntar:

—¿Què vols dir, Deanna?

A Deanna els ulls li guspirejaven.

—Ahir, després que te n'anessis, vaig rebre una bona notícia.

—¿De què es tracta? —va preguntar Theresa.

—Mira —va contestar Deanna, com aquell qui no vol—, vaig parlar amb en Dan Mandel, el cap de Media Information Inc., durant uns vint minuts o una cosa així, i resulta que va quedar molt impressionat de tu. Li va agradar la teva manera fer i li va semblar que eres una autèntica professional. I el millor de tot...

Deanna va callar com per causar un efecte teatral, mentre s'esforçava per fer un somriure.

—¿Sí?

—Està disposat a reproduir la teva columna a tots els seus diaris, a partir del mes de gener.

Theresa es va posar la mà sobre els llavis per ofegar una exclamació, però amb tot va ser prou forta perquè la gent de les taules del voltant giressin el cap. Ella es va encongir, acostant-se a Deanna i enraonant apressadament. Garrett va fer una passa enrere.

—Ho dius de broma! —va exclamar Theresa, com si no s'ho pogués creure.

Deanna va negar amb el cap, tot fent un ampli somriure.

—No. Et dic el que ell em va dir. Vol tornar a parlar amb tu dijous vinent. He preparat una reunió per a les deu del matí.

—¿N'estàs segura? ¿Vol la meva columna?

—En efecte. Li he enviat per fax el teu currículum amb una sèrie d'articles teus, i m'ha telefonat de seguida. Et vol..., sense cap dubte. És una cosa que ja té decidida.

—No m'ho puc creure.

—Creu-t'ho. I he sentit a dir que hi ha un parell d'interessats més, també.

—Oh..., Deanna...!

Theresa va abraçar impulsivament Deanna, amb la cara il·luminada per l'emoció. Brian va clavar un cop de colze a Garrett.

—Grans notícies, ¿eh?

Garrett va tardar un moment a contestar:

—Sí..., realment.

Després d'encarregar el sopar, Deanna va demanar una ampolla de xampany i va fer un brindis, tot felicitant Theresa pel seu brillant futur. Les dues amigues no van parar de xerrar durant tota la resta de la vetllada. Garrett restà callat, sense saber ben bé què més dir. Pressentint la seva incomoditat, Brian li va dir en veu baixa:

—Són com unes col·legiales, ¿oi? Deanna s'ha passat tot el dia anant amunt i avall de la casa, esperant el moment de poder-li donar la notícia.

—Només voldria comprendre-ho tot una mica millor. Realment, no sé què dir.

Brian va beure un glop de xampany, tot sacsejant el cap. Les paraules li sortiren lleugerament embarbussades:

—No t'amoïnis per això..., encara que ho comprenguessis, segurament no podries ficar-hi cullerada. Sempre parlen d'aquesta manera. Si no les conegués, juraria que eren bessones en una altra vida.

Garrett va observar Theresa i Deanna per sobre la taula.

—Potser tens raó.

—A més —va afegir Brian—, ho comprendràs millor quan ho visquis d'una manera permanent. Al cap d'un temps, ho comprendràs gairebé tan bé com elles. T'ho dic per experiència.

A Garrett, el comentari no li va passar inadvertit. «¿Quan ho visquis d'una manera permanent?»

En veure que Garrett no contestava, Brian va canviar de tema.

—¿Així, fins quan et quedes?

—Fins demà a la nit.

Brian assentí amb el cap.

—Resulta dolorós això de no poder-vos veure sovint, ¿oi?

—De vegades.

—M'ho imagino. Sé que la Theresa també es deprimeix de tant en tant.

Des de l'altre costat de la taula, Theresa va somriure a Garrett.

—¿De què parleu, vosaltres dos? —va preguntar, alegrement.

—D'això i d'allò altre —va contestar Brian—, però sobretot de la teva bona sort.

Garrett va assentir amb un lleuger cop de cap, sense respondre, i Theresa el va observar mentre ell es bellugava inquiet a la cadira. Era evident que estava neguitós —si bé ella no hauria sabut dir per què—, i Theresa es va quedar amoïnada.

—Has estat molt callat, aquest vespre —va remarcar Theresa.

Havien tornat a l'apartament i seien al sofà, amb la ràdio engegada, que tocava música molt baixet.

—Suposo que no tenia gaires coses a dir.

Ella li va agafar la mà i li va dir en veu baixa:

—M'alegro que estiguessis amb mi quan la Deanna m'ha donat la bona notícia.

—Ho celebro per tu, Theresa. Sé que és molt important per a tu.

Ella va somriure, amb certa indecisió. Canviant de tema, va preguntar:

—¿T'ho has passat bé conversant amb en Brian?

—Sí..., és una persona simpàtica. —Va fer una pausa—. Però jo no serveixo per estar en grup, sobretot quan no sóc de la colla. Jo...

Va emmudir, sense saber si afegir alguna cosa més, i va decidir que no ho diria.

—¿Què?

Ell va sacsejar el cap.

—Res.

—No..., ¿què anaves a dir?

Al cap d'un moment, Garrett va contestar, tot triant curosament les paraules:

—Només anava a dir que tot aquest cap de setmana m'ha resultat molt estrany. L'obra de teatre, els sopars cars, la sortida amb els teus amics... —Es va arronsar d'espatlles—. No és el que jo esperava.

—¿No t'ho passes bé?

Ell es va allisar els cabells amb la mà, de nou aparentment neguitós.

—No és que no m'ho hagi passat bé. És que... —Es va arronsar d'espatlles—. No sóc jo. Normalment jo no en faig cap, d'aquestes coses.

—Per això he planejat el cap de setmana d'aquesta manera. Volia que coneguessis coses noves.

—¿Per què?

—Pel mateix motiu que tu em vas voler ensenyar a practicar submarinisme..., perquè és una cosa emocionant, una cosa diferent.

—Jo no he vingut aquí per fer coses diferents. He vingut per passar unes hores tranquil·les amb tu. No t'he vist durant molt de temps, i des que som aquí, sembla que no hem fet res més que anar d'un lloc a l'altre. Ni tan sols hem tingut ocasió d'enraonar i demà ja me'n vaig.

—Això no és veritat. Ahir a la nit vam estar sopant tots dos sols i avui ho hem tornat a estar al museu. Hem tingut molt de temps per parlar.

—Ja saps el que vull dir.

—No, no ho sé. Tu què volies..., ¿que ens estiguéssim tot el sant dia tancats a l'apartament?

Garrett no va contestar. Va romandre callat uns moments. Després, es va alçar del sofà, va travessar l'estança i va apagar la ràdio.

—Hi ha una cosa important que et vull dir des que vaig arribar —va fer, sense girar-se.

—¿Què és?

Ell va abaixar el cap. «És ara o mai», va mussitar. Per fi, es va tombar i armant-se de coratge, va respirar fondo.

—Suposo que ha estat molt penós per a mi el fet de no veure't en tot el mes passat, i ara, no estic segur si vull continuar d'aquesta manera.

A Theresa se li va tallar la respiració durant un segon.

En veure la seva expressió, Garrett se li va acostar, tot sentint una estranya opressió al pit a causa del que estava a punt de dir.

—No és el que penses —va fer, prestament—. Ho has entès malament. No és que no et vulgui veure més, sinó que et vull veure constantment.

En arribar a prop del sofà, es va agenollar al davant d'ella. Theresa el va mirar, sorpresa. Ell li va agafar la mà entre les seves.

—Vull que vinguis a viure a Wilmington.

Si bé ella ja sabia que allò passaria un moment o altre, no esperava que fos aleshores, i encara menys d'aquella manera. Garrett va prosseguir:

—Sé que és un gran pas, però si véns a viure allí, ja no haurem de passar aquestes llargues temporades separats. Ens podríem veure cada dia. —Va allargar la mà i li va acaronar la galta—. Vull passejar per la platja amb tu, vull sortir a navegar amb tu. Vull trobar-te a casa quan torni de la botiga. Vull tenir la sensació que ens coneixem de tota la vida...

Les paraules fluïen a raig, i Theresa provava de comprendre'n el sentit. Garrett continuava parlant.

—Quan no estem junts, et trobo molt a faltar. Comprenc que tens la feina aquí, però el diari local et contractaria...

Com més xerrava ell, a Theresa més li voltava el cap. A ella, quasi li feia l'efecte que Garrett intentava recrear la seva relació amb Catherine.

Espera un moment va dir, per fi, interrompent lo . No puc agafar i marxar d'aquí així com així. Vull dir que... en Kevin és a l'escola...

—No cal que vinguis de seguida —va replicar ell—. Pots esperar fins al final de les classes si et sembla millor així. Si ho hem pogut fer durant tot aquest temps, uns quants mesos més no tindran cap importància.

—Però, ell és feliç aquí..., aquesta és la seva llar. Hi té els amics, l'equip de futbol...

—Tot això també ho podrà tenir a Wilmington.

—Tu no ho saps, això. Per a tu és molt fàcil de dir, però no ho saps segur.

—¿No vas veure que bé que ens enteníem?

Ella es va deixar anar de les seves mans, cada vegada més frustrada.

—Això no hi té res a veure, ¿que no ho comprens? Ja sé que us enteníeu molt bé, però tu no li demanaves que canviés de vida. I jo tampoc no li demanava que canviés de vida. —Va fer una pausa—. I a més, no tot té a veure amb ell. ¿I jo què, Garrett? Tu hi eres present, aquest vespre: ja saps el que ha passat. Acabo de rebre una bona notícia sobre la meva columna ¿i ara tu vols que renunciï a això, també?

—Jo no vull que renunciïs a res. Hi ha una gran diferència.

—Aleshores, ¿per què no pots venir tu a Boston?

—¿Per fer què?

—El mateix que fas a Wilmington. Ensenyar submarinisme, a navegar, el que sigui. És molt més fàcil per a tu canviar de lloc que no ho seria per a mi.

—Jo no ho puc fer. Com et deia, això... —va fer un gest que comprenia la sala i també va assenyalar la finestra—, no és per a mi. M'hi trobaria perdut, aquí.

Theresa es va alçar i va travessar la sala, tota agitada. Es va passar els dits pels cabells.

—Això no és just.

—¿Què no és just?

Ella se li va encarar.

—Tot plegat. Demanar-me que em traslladi a una altra ciutat, demanar-me que canviï de vida. És com si em posessis una condició: «Podem estar junts, però ha de ser a la meva manera.» Bé, ¿i els meus sentiments? ¿No són importants, també?

—És clar que són importants. Tu ets important..., nosaltres som importants.

—Doncs, tal com ho planteges, no ho sembla pas. És com si només pensessis en tu. Vols que renunciï a tot allò que tant m'ha costat de guanyar, però en canvi tu no estàs disposat a renunciar a res.

En tot moment, Theresa mantenia la mirada clavada en els seus ulls.

Garrett es va aixecar i se li va acostar. Quan arribà al seu costat, ella va recular, tot alçant els braços com una barrera.

—Mira, Garrett: en aquest moment, no vull que em toquis, ¿entesos?

Ell va deixar caure les mans als costats del cos. Durant una llarga estona cap dels dos no va dir res. Theresa va plegar els braços i desvià la mirada.

—Aleshores he de creure que la teva resposta és que no vindràs —va dir ell per fi, amb un to que denotava enuig.

Theresa va contestar sospesant les paraules.

—No. La meva resposta és que n'haurem de parlar, de tot això.

—¿Per poder intentar convence'm que estic equivocat?

El comentari de Garrett no mereixia cap resposta. Tot sacsejant el cap, Theresa va anar fins a la taula del menjador, va agafar la seva bossa i es va encaminar cap a la porta.

—¿On vas?

—Vaig a buscar una ampolla de vi. Em fa falta una copa.

—Però és tard.

—Hi ha una botiga oberta a la cantonada. Tornaré de seguida.

—¿Per què no en podem parlar ara?

—Perquè —va contestar ella, prestament— he d'estar un moment sola per poder pensar.

—¿Fuges d'estudi?

La frase va sonar com una acusació. Theresa va obrir la porta i la va mantenir oberta mentre contestava:

—No, Garrett, no fujo d'estudi. Tornaré de seguida. I no m'agrada que em parlis d'aquesta manera. No és just que em facis sentir culpable per això. Acabes de demanar-me que canviï tota la meva vida, i jo m'agafo alguns minuts per pensar-hi.

Theresa va sortir de l'apartament. Garrett es va quedar fitant la porta durant uns quants segons, esperant que ella tornés. En veure que no tornava, es va maleir en silenci. Res no havia resultat com ell pensava. En un moment, ell li demanava que anés a viure a Wilmington, i tot seguit, ella sortia per aquella porta perquè necessitava estar sola. ¿Com era que tot allò se li havia escapat de les mans?

No sabent què fer, va començar a recórrer l'apartament. Va donar una ullada a la cuina, després a la cambra de Kevin i va continuar. En arribar al dormitori de Theresa, es va aturar un moment abans d'entrar-hi. Després d'acostar-se al llit, s'hi va asseure, tot posant el cap entre les mans.

¿Era just en demanar-li que anés a viure amb ell? Sens dubte, ella tenia la seva vida allà —una bona vida—, però ell estava segur que també podria tenir-la a Wilmington. S'ho mirés com s'ho mirés, segurament seria molt millor que si iniciaven una vida junts a Boston. Tot mirant al seu entorn, va comprendre que de cap manera no podria viure en un apartament. Però fins i tot si es mudaven a una casa, ¿tindria una bona vista? ¿O bé viurien en un barri, rodejats de dotzenes de cases totes exactament iguals?

Era complicat. I, d'alguna manera, tot el que ell havia dit havia estat mal interpretat. Ell no volia que Theresa considerés que li donava un ultimàtum, però, en rememorar-ho, s'adonava que això era precisament el que havia fet.

Amb un sospir, es va demanar què faria ara. No se li acudia res que pogués dir quan ella tornés que no menés a una altra discussió. Això era l'última cosa que volia. Les discussions rares vegades portaven a una solució, i això era el que ells necessitaven ara.

Però si no podia dir res, ¿quina altra cosa podia fer? Va rumiar un moment abans de decidir, finalment, d'escriure-li una carta, exposant-li les seves idees. Quan escrivia, sempre pensava amb més claredat —sobretot els darrers anys— i potser ella podria comprendre des d'on partia ell.

Va mirar cap a la tauleta de nit. Hi tenia el telèfon —segurament, de tant en tant, prenia nota dels missatges—, però no hi va veure cap ploma ni cap bloc de notes. Va obrir el calaix, va regirar les coses que hi havia i va trobar un bolígraf a la part del davant.

Buscant un paper, va continuar regirant —unes revistes, un parell de llibres de butxaca, uns estoigs de joies buits—, i aleshores li va cridar l'atenció una cosa que li resultava familiar.

Un veler.

Era un full de paper, ficat entre una agenda allargada i un vell exemplar del *Ladies'Home Journal*. Va prendre el full, suposant que es tractava d'una de les cartes que ell li havia escrit els dos darrers mesos, i llavors es va quedar glaçat.

«¿Com podia ser?»

Aquell paper de carta havia estat un present de Catherine, i ell l'usava tan sols quan li escrivia. Les cartes a Theresa les havia escrites en un paper diferent, que havia tret de la botiga.

Es va quedar sense alè. Va apartar les coses del calaix, tot separant la revista i, amb tota cura, en va treure no un, sinó cinc —cinc!— fulls d'aquell paper de carta. Desconcertat, va parpellejar abans de fixar l'esguard en el primer full, i allí, en lletra seva, hi figuraven les paraules:

Estimada Catherine...

«Oh, Déu meu!» Va passar al segon full, una fotocòpia.

Estimada Catherine...

La carta següent:

Estimada Catherine...

—¿Què és això? —va mussitar, sense poder creure el que veien els seus ulls—. No pot ser...

Va tornar a mirar els fulls per estar segur del que veia.

Però era veritat. Una era autèntica, les altres dues eren fotocòpies, però eren les seves cartes, les cartes que havia escrit a Catherine. Les cartes que havia escrit després dels somnis, les cartes que havia tirat al mar des del *Happenstance* i que no esperava tornar a veure mai més.

Va sentir l'impuls de llegir-les, i amb cada paraula, cada frase, sentia que l'emoció l'ennuegava. Els somnis, els records, la pèrdua, l'angoixa. Va deixar de llegir.

Sentia la boca seca mentre premia els llavis. En comptes de continuar llegint, es va quedar mirant les cartes fixament tot commocionat. Amb prou feines va sentir com s'obria la porta de l'apartament i com es tancava després. Theresa va anunciar:

—Garrett, ja he tornat.

Va callar, i ell sentí que caminava per l'apartament. I després, feia:

—¿On t'has ficat?

Garrett no va contestar. No podia fer res més que provar de comprendre com havia succeït allò. ¿Com podia ser que aquelles cartes estiguessin en poder de Theresa? Eren les seves cartes..., les seves cartes personals!

Les cartes adreçades a la seva dona.

Cartes que no havia de llegir ningú més.

Theresa va entrar a l'habitació i se'l va quedar mirant. Si bé ell no ho sabia, estava pàl·lid i tenia els artells blancs de tan fort com premia els fulls de paper.

—¿Et trobes bé? —va preguntar ella, sense fixar-se en el que tenia a les mans.

Per un moment, va semblar que ell no l'havia sentit. Després, alçant lentament la vista, la va mirar amb els ulls encesos.

Sobtada, Theresa anava a repetir la pregunta, però no ho va fer. De cop, tot se li va fer patent com si l'hagués envaït una onada —el calaix obert, els fulls que ell tenia a la mà, l'expressió del seu rostre—, i immediatament va comprendre el que havia ocorregut.

—Garrett..., t'ho puc explicar —va fer, prestament, en veu baixa.

Ell no semblava sentir-la.

—Les meves cartes... —va mormolar.

L'esguardava amb una barreja de confusió i de ràbia.

—Jo...

—¿Com les has obtingut, les meves cartes? —va preguntar ell, i el so de la seva veu la va fer recular.

—En vaig trobar una a la platja i...

Ell la va tallar:

—¿La vas trobar?

Theresa va assentir amb el cap, mentre intentava donar-li una explicació.

—Quan era a Cape Cod. Corria per la platja i vaig trobar l'ampolla...

Garrett va mirar el primer full, l'única carta original. Era la que havia escrit a començament d'any. Però les altres...

—¿I aquestes? —va demanar, agitant les fotocòpies—. ¿D'on han sortit?

Theresa va contestar en veu baixa:

—Me les van enviar.

—¿Qui?

Desconcertat, Garrett es va alçar del llit. Ella va fer una passa cap a ell, allargant-li la mà.

—Les persones que les havien trobades. Una d'elles va llegir el meu article...

—¿Vas publicar la meva carta? —va exclamar ell, com si li haguessin clavat un cop de puny a l'estómac.

Per un moment, ella no va contestar.

—No sabia... —va començar a dir.

—¿No sabies què? —va fer ell, aixecant la veu, en un to que denotava que estava dolgut—. ¿Que no estava bé? ¿Que no es tractava d'una cosa que volgués que el món veiés?

—El mar la va portar a la platja..., havies de saber que algú la trobaria —va argüir ella ràpidament—. No vaig posar els vostres noms.

—Però la vas publicar al diari...

I va deixar la frase penjada, com si no s'ho pogués creure.

—Garrett..., jo...

—No —la va interrompre ell, irat. Va tornar a mirar les cartes, després va mirar de nou Theresa, com si la veiés per primera vegada—. Em vas mentir! —va fer, quasi com si es tractés d'una revelació.

—No et vaig mentir...

Ell no l'escoltava.

—Em vas mentir —va repetir, com si parlés amb ell mateix—. I vas venir a buscar-me. ¿Per què? Per poder escriure un altre article. ¿Aquesta és l'explicació de tot plegat?

—No..., de cap manera, no és això...

—Aleshores, ¿què és?

—Després de llegir les cartes, jo... et volia conèixer...

Ell no entenia el que li deia. El seu esguard continuava saltant de les cartes a ella i viceversa. La seva expressió era adolorida.

—Em vas mentir —va dir ell per tercera vegada—. Em vas utilitzar!

—No...

—Sí, em vas utilitzar! —va cridar ell, i la veu va ressonar dins l'habitació.

En recordar Catherine, li va agitar les cartes davant la cara, com si Theresa no les hagués vistes mai.

—Aquestes cartes eren meves: els meus sentiments, els meus pensaments, la meva manera d'assumir la pèrdua de la meva dona. Meves..., no teves.

—No tenia la intenció de ferir-te.

Ell li va clavar una dura mirada, sense dir res. Se li van posar tensos els músculs de les barres.

—Tot això és un engany, ¿oi? —va fer ell, per fi, sense esperar que ella contestés—. Et vas apoderar dels meus sentiments per la Catherine i vas intentar manipular-los fins a convertir-los en allò que volies. Et pensaves que perquè estimava la Catherine, t'estimaria a tu també, ¿oi?

Theresa va empal·lidir. De sobte no podia parlar.

—Ho vas planejar des del principi, ¿oi? —Garrett va callar de nou, allisant-se els cabells amb la mà lliure. Quan va parlar, se li va esquerdar la veu—. Tot estava preparat...

Va semblar que es marejava, i ella va allargar la mà cap a ell.

—Garrett..., sí, reconec que et volia conèixer. Les cartes eren tan belles... Volia veure quina mena de persona era la que escrivia d'aquella manera. Però no sabia on em portaria tot allò, no tenia res pensat per a després. —Va agafar-li la mà—. T'estimo, Garrett. M'has de creure.

Quan Theresa va callar, Garrett va enretirar la mà i es va apartar d'ella.

—¿Quina mena de persona ets?

La pregunta era punyent, i ella va respondre a la defensiva.

—No és el que et penses...

Garrett va insistir, sense fer cas de la seva resposta.

—Et vas trobar atrapada en una fantasia extravagant...

Allò ja era massa.

—Calla, Garrett! —va cridar, irada, ferida per les seves paraules—. No has escoltat res del que et deia!

Mentre cridava, va sentir que se li omplien els ulls de llàgrimes.

—¿Per què t'hauria d'escoltar? Des que et conec, no has fet més que mentir-me.

—No t'he mentit! Simplement no t'he parlat mai de les cartes!

—Perquè sabies que era una porcada!

—No..., perquè sabia que no ho entendries —va replicar ella, mirant de recobrar la calma.

—Ho entenc perfectament. Entenc la mena de persona que ets!

Theresa va aclucar els ulls.

—No et posis així.

—¿Així, com? ¿Enfadat? ¿Dolgut? Acabo de descobrir que tot plegat no era més que un engany, ¿i ara vols que em calmi?

—Calla! —va cridar ella al seu torn, sentint que es desbordava tota la seva ira.

Garrett va semblar que es quedava atuït i la va mirar fixament sense parlar. Per fi, agitant les cartes de nou, va fer amb veu trencada:

—Et penses que comprens el que la Catherine i jo compartíem, però no és així. Per moltes cartes que llegeixis..., per molt que m'arribis a conèixer..., mai no ho comprendràs. El que ella i jo teníem era autèntic, i ella era autèntica...

Va callar, ordenant els seus pensaments, mentre l'observava com si fos una desconeguda. Tot seguit, encarcarant-se, va dir una cosa que la va ferir més que res del que havia dit fins aleshores.

—Nosaltres ni tan sols no hem arribat a acostar-nos al que la Catherine i jo teníem.

Sense esperar que ella respongués, va passar pel seu costat per arribar al lloc on tenia la maleta. Després de tirar-hi totes les seves coses a dins, va tancar la cremallera ràpidament. Per un instant, ella va pensar aturar-lo, però el seu darrer comentari l'havia deixat glaçada.

Ell es va incorporar i va agafar la maleta.

—Aquestes cartes —va dir, agitant els fulls— són meves, i me les emporto.

De sobte, en comprendre el que Garrett es disposava a fer, Theresa va preguntar:

—¿Per què te'n vas?

Ell la va mirar fixament.

—Ni tan sols sé qui ets.

Sense dir ni una sola paraula més, va fer mitja volta, va travessar la sala d'estar i va abandonar l'apartament.

DOTZE

NO SABENT ON ANAR, després d'abandonar l'apartament de Theresa, Garrett va agafar un taxi fins a l'aeroport. Malauradament no hi havia cap vol immediat, i va acabar passant la resta de la nit a la terminal, encara enutjat i sense poder dormir. Es va passar hores recorrent l'aeroport, desfilant per davant les botigues que ja feia estona que eren tancades, aturant-se de tant en tant a donar una ullada a través de les barreres que privaven el pas als viatgers nocturns.

L'endemà al matí, va agafar el primer vol que va poder i va arribar a casa a les onze passades, i aleshores se'n va anar directament a la seva habitació. Mentre s'estava estirat al llit, però, els esdeveniments del vespre li venien constantment al cap, i el mantenien despert. Intentant de dormir sense aconseguir-ho, finalment va desistir. Es va dutxar i vestir, i després va tornar a asseure's al llit. Fitant la foto de Catherine, va acabar per agafar-la i la va portar a la sala d'estar. Damunt la tauleta de cafè hi va trobar les cartes tal com les hi havia deixades. A l'apartament de Theresa estava massa corprès per treure'n l'entrellat, però ara, amb la foto de Catherine al seu davant, va llegir les cartes a poc a poc, quasi amb una actitud reverent, sentint que la presència de Catherine omplia l'estança.

—Hola, em pensava que t'havies oblidat de la nostra cita —va fer ell, mentre contemplava Catherine que avançava pel moll amb la bossa de la compra.

Somrient, Catherine li va agafar la mà mentre pujava a bord.

—No me n'havia oblidat, sinó que simplement m'he entretingut una mica pel camí.

—¿On?

—De fet, he anat a veure el metge.

Ell li va agafar la bossa de les mans i la va deixar en un costat.

—¿I estàs bé? Sé que no estaves massa catòlica...

—Estic molt bé —va respondre ella, interrompent-lo dolçament—. Però no crec que sigui convenient que surti a navegar aquesta nit.

—Hi ha alguna cosa que no rutlla, ¿oi?

Catherine va somriure de nou mentre treia un paquetet de la bossa. Garrett l'observava mentre ella començava a obrir-lo.

—Tanca els ulls —va fer Catherine— i t'ho explicaré tot.

Encara sense saber ben bé què fer, Garrett va obeir i sentí el soroll del paper fi.

—Ja està, ara ja els pots obrir.

Catherine li ensenyava unes peces de roba per a nen petit.

—¿Què és això? —va preguntar ell, intrigat.

Catherine tenia una expressió exultant.

—Estic embarassada —va anunciar, emocionada.

—¿Embarassada?

—Ahà! Oficialment, ho estic de vuit setmanes.

—¿Vuit setmanes?

Ella va assentir amb el cap.

—Em penso que m'hi devia quedar l'última vegada que vam sortir a navegar.

Titubejant sota l'efecte de la sorpresa, Garrett va prendre la robeta delicadament entre les seves mans i tot seguit va abraçar Catherine.

—No m'ho puc creure.

—És veritat.

Un ampli somriure va distendre els llavis de Garrett mentre anava prenent consciència del fet.

—Estàs embarassada.

Catherine va tancar els ulls i li va dir a cau d'orella:

—I tu seràs pare.

El grinyol de la porta va interrompre els pensaments de Garrett. El seu pare va treure el cap per l'obertura.

—He vist la camioneta aquí davant. Volia comprovar si tot estava en ordre —va dir a manera d'explicació—. No t'esperava fins al vespre.

En veure que Garrett no contestava, el seu pare va entrar i de seguida es va fixar en la foto de Catherine a sobre la taula.

—¿Estàs bé, fill? —va preguntar, amb cautela.

Van seure a la sala d'estar mentre Garrett li explicava la situació des del començament: els somnis que havia tingut al llarg dels anys, els missatges que havia enviat dins les ampolles, fins a arribar a la discussió que havia mantingut amb Theresa la nit passada. No es va deixar res al tinter. Quan ell va acabar, el seu pare va prendre les cartes de les mans de Garrett.

—Et devies quedar aclaparat —va remarcar, tot mirant els fulls, sorprès perquè Garrett no li havia parlat mai d'aquelles cartes. Va fer una pausa—. ¿Però no et sembla que vas ser una mica rude amb ella?

Garrett va sacsejar el cap, amb desesma.

—Ella ho sabia tot sobre mi, pare, i no em va dir mai res. Ho va preparar tot.

—No, no és així —va replicar Jeb—. Pot ser que vingués per coneixe't, però no et va pas obligar a enamorar-te'n. Això ho vas fer tot sol.

Garrett va desviar la vista abans de tornar a clavar-la en la foto de sobre la taula.

—¿Però no creus que va fer mal fet en ocultar-m'ho tot?

Jeb va exhalar un sospir, ja que no volia contestar la pregunta, perquè sabia que la seva resposta portaria Garrett a tirar enrere. Per això va intentar d'imaginar una altra manera d'abordar el seu fill.

—Fa uns quinze dies, quan parlàvem al moll, em vas dir que et volies casar amb la Theresa perquè l'estimaves. ¿Te'n recordes?

Garrett va assentir, distretament.

—¿Per què has canviat d'idea?

Garrett va mirar el seu pare, desconcertat.

—Ja t'he dit que...

Jeb el va interrompre suaument abans que acabés la frase.

—Sí, ja m'has explicat els teus motius, però no has estat sincer. No ho has estat amb mi, ni amb la Theresa, ni tan sols amb tu mateix. És possible que ella no t'hagi dit res de les cartes, i reconec que potser ho hauria hagut de fer. Però això no és la raó per la qual encara estàs enutjat. Estàs enutjat perquè ella t'ha fet comprendre una cosa que tu no volies reconèixer.

Garrett va mirar el seu pare sense contestar. Tot seguit, aixecant-se del sofà, va anar a la cuina, tot experimentant de sobte la necessitat d'eludir la conversa. A la nevera, hi havia una gerra de te amb sucre i se'n va servir un got. Mantenint la porta del refrigerador oberta, va treure'n la cubeta metàl·lica per fer-ne caure un parell de glaçons. A causa d'un sobtat esclat de frustració, va accionar la palanca amb tanta força, que els glaçons van saltar per sobre el taulell i van caure a terra.

Mentre Garrett remugava i renegava a la cuina, Jeb contemplava la fotografia de Catherine, tot recordant la seva dona traspassada feia molt de temps. Va deixar-hi les cartes al costat i es va apropar a la porta corredissa de vidre. Bo i obrint-la, es va quedar observant com els vents freds del mes de desembre, provinents de l'Atlàntic, feien petar violentament les onades contra la platja, i el soroll ressonava per tota la casa. Jeb va contemplar l'oceà, observant les aigües agitades fins que va sentir que trucaven a la porta.

Es va tombar, tot preguntant-se qui podia ser. Curiosament, va pensar que, amb tantes vegades com havia anat a veure el seu fill, mai no havia arribat ningú de visita.

Aparentment, Garrett, a la cuina, no havia sentit trucar. Jeb va anar a obrir la porta. Al seu darrere, les campanetes penjades al porxo dringaven sorollosament.

—Ja vinc! —va cridar ell.

En obrir la porta de l'entrada, una ràfega de vent va esbarriar per terra les cartes a la sala d'estar. Jeb, però, no se'n va adonar. Tota la seva atenció se centrava en la persona que havia trucat. No podia evitar mirar-la fixament.

Dreta al porxo hi havia una dona jove i bruna que ell no coneixia. Es va quedar al pas de la porta, sense saber exactament qui era, però també sense saber què dir. Es va apartar per deixar-la entrar.

—Passi —va fer, en veu baixa.

Després que la dona entrés, en tancar ell la porta al seu darrere, el vent va parar bruscament. Ella va mirar Jeb, notablement incòmoda. Durant uns moments, cap dels dos no va dir res.

—Vostè deu ser la Theresa —va fer Jeb, per fi. Sordament, sentia com Garrett rondinava a la cuina mentre recollia els glaçons—. He sentit a parlar molt de vostè.

Ella va plegar els braços, titubejant.

—Sé que no m'esperaven...

—No hi ha cap problema —va fer Jeb, per encoratjar-la.

—¿És aquí?

Jeb va fer un gest afirmatiu amb el cap en direcció a la cuina.

—Sí, és aquí. Ha anat a buscar una beguda.

—¿Com està?

Jeb es va arronsar d'espatlles i li va fer un somriure lent i forçat.

—Haurà de parlar amb ell...

Theresa va assentir, mentre de cop dubtava si havia fet bé de venir. Va donar una ullada al seu voltant i de seguida va advertir les cartes escampades per terra. També va veure la maleta de Garrett al costat de la porta de la seva habitació, intacta des de la seva visita. A part d'això, la casa feia el mateix efecte de sempre.

Tret, és clar, de la fotografia.

La va veure per sobre l'espatlla de Jeb. Normalment, la foto era a l'habitació de Garrett, i per alguna raó, ara que estava exposada tan a la vista, Theresa no podia apartar-ne la mirada. Quan Garrett va tornar a la sala d'estar, ella encara tenia els ulls clavats en la foto.

—Pare, ¿què ha passat aquí...?

Garrett es va quedar glaçat. Theresa el va mirar d'una manera indecisa. Durant una llarga estona, cap dels dos no va dir res. Després, Theresa va respirar fondo i va fer:

—Hola, Garrett.

Ell no va contestar. Jeb va prendre les claus de sobre la taula, sabent que era hora de marxar.

—Vosaltres dos teniu moltes coses de què parlar, per tant tocaré el dos.

Va anar fins a la porta, mentre mirava Theresa de cua d'ull.

—Molt de gust de conèixer-la —va mormolar.

Però mentre parlava, va alçar les celles i s'arronsà lleugerament d'espatlles, com si volgués desitjar-li sort. Al cap d'un segon ja havia sortit i s'allunyava per la vorera.

—¿Què hi fas, aquí? —va preguntar Garrett, secament, en quedar-se sols.

—Volia venir —va respondre ella en veu baixa—. Volia tornar-te a veure.

—¿Per què?

Theresa no va contestar. En canvi, després d'un instant de vacil·lació, va avançar cap a ell, sense apartar la vista dels seus ulls. En arribar al seu davant, li va posar un dit sobre els llavis i va sacsejar el cap per indicar-li que no parlés.

—Txit! —va fer—. Sense preguntes..., de moment. T'ho prego...

Va intentar de somriure, però ara que ell podia veure-la millor, va adonar-se que havia plorat.

No hi havia res que ella pogués dir. No hi havia paraules per descriure els moments que havia passat.

Sense dir res, el va rodejar amb els braços. A contracor, ell també la va abraçar mentre ella deixava reposar el cap sobre el seu pit. Li va besar el coll i el va estrènyer amb més força. Acariciant-li els cabells amb la mà, va buscar-li la galta amb la boca i, tot seguit, els llavis. De primer els hi va besar lleument, tot fregant-los amb prou feines, després hi va tornar, més apassionadament. Sense tenir massa consciència del que feia, ell va començar a respondre a les carícies. Les seves mans van desplaçar-se lentament cap a l'esquena de Theresa, per estrènyer-la contra seu.

A la sala d'estar, amb el rugit de l'oceà ressonant per tota la casa, es van abraçar fortament, cedint tots dos al desig creixent que experimentaven. Per fi, Theresa es va separar, mentre li buscava la mà. Agafant-la-hi amb la seva, el va portar cap al dormitori.

Aleshores, el va deixar estar i va anar fins a l'altre cap de peça, mentre ell es quedava a prop de la porta, per on entrava la claror de la sala d'estar, tot projectant ombres a través de l'habitació. Titubejant tan sols un segon abans de tornar a situar-se de cara a Garrett, ella va començar a despullar-se. Garrett va fer un gest per tancar la porta del dormitori, però Theresa va sacsejar el cap. Aquesta vegada el volia veure, i volia que ell la veiés també a ella. Volia que Garrett sabés que estava amb ella i no amb una altra persona.

Lentament, molt lentament, es va anar traient les peces de roba. La brusa..., els texans..., els sostenidors..., les calcetes. Es va anar despullant deliberadament, amb els llavis lleugerament separats, sense apartar en cap moment la vista dels seus ulls. Quan va quedar tota nua, va romandre davant d'ell, deixant que el seu esguard llisqués per tot el seu cos.

Finalment, ella se li va acostar. Quan estigué molt a prop, li va passar les mans pel pit, per les espatlles, pels braços, tocant-lo suaument, com si volgués recordar eternament la sensació que li causava. Reculant una passa, per deixar que es despullés, el va observar, sense perdre's cap detall a mesura que la roba anava caient a terra. Situant-se al seu costat, Theresa li va besar l'espatlla, després va anar recorrent a poc a poc tot el seu cos, amb la boca enganxada a la pell, mentre la humitat del seu cos anava deixant una marca a cada lloc on tocava. Tot seguit, portant-lo al llit, Theresa s'hi va deixar caure, mentre l'estirava cap a ella.

Van fer l'amor furiosament, aferrant-se desesperadament l'un a l'altre. La passió que els arborava era diferent de les altres vegades que havien fet l'amor: cada un era dolorosament conscient del plaer de l'altre, i cada contacte era més elèctric que l'anterior. Com si temessin el que l'esdevenidor els podia portar, s'adoraven mútuament els cossos amb una intensitat primària que deixaria marcades per sempre més les sensacions a la memòria de cadascun. Quan assoliren el clímax plegats, Theresa va tirar el cap enrere i va cridar amb tota la força dels pulmons, sense preocupar-se d'ofegar el crit.

Després, es va asseure al llit, bressant el cap de Garrett sobre la seva falda. Li acariciava els cabells amb les mans, rítmicament, constantment, sentint com el so de la seva respiració s'anava tornant gradualment més profund.

Aquella tarda, més tard, Garrett es va despertar i estava sol. En veure que la roba de Theresa també havia desaparegut, va agafar els texans i la camisa d'una revolada. Va sortir de l'habitació tot cordant-se la camisa i va cercar ràpidament Theresa per tota la casa.

La casa era freda.

La va trobar a la cuina. Estava asseguda a taula, amb la jaqueta posada. Damunt la taula, al seu davant, hi va veure una tassa de cafè, quasi buida, com si ja fes una estona que era allà asseguda. La cafetera ja era a l'aigüera. Consultant el rellotge, va comprovar que havia dormit gairebé dues hores.

—Hola —va fer, indecís.

Theresa el va mirar per sobre l'espatlla. La seva veu va sonar opaca:

—Oh, hola... No t'he sentit quan et llevaves.

—¿Estàs bé?

Ella no va contestar directament.

—Vine, seu aquí amb mi —va dir—. He d'explicar-te moltes coses.

Garrett va seure a taula. Li va fer un somriure amb certa vacil·lació. Theresa va toquejar la tassa de cafè durant uns moments, amb els ulls acalats. Ell va allargar la mà per apartar-li un ble de cabells del costat de la cara. En veure que ella no responia, va enretirar la mà.

Per fi, sense mirar-lo, Theresa va prendre les cartes que tenia a la falda i les va deixar sobre la taula. Aparentment, les havia collit de terra mentre ell dormia.

—Vaig trobar l'ampolla mentre corria per la platja l'estiu passat —va començar a dir, amb veu ferma però distant, com si recordés alguna cosa dolorosa—. No tenia idea del que diria la carta que hi havia a dins, però després de llegir-la, em vaig posar a plorar. Era tan bonica..., vaig comprendre que t'havia sortit del cor, i la manera en què estava escrita... Suposo que em vaig identificar amb les coses que hi deies perquè també jo em sentia sola.

Theresa el va mirar.

—Aquell matí, la vaig mostrar a la Deanna. Publicar-la va ser idea d'ella. De primer, jo no ho volia... Em semblava que era massa personal, però ella no hi veia cap mal. Creia que a la gent li agradaria llegirla. Així que vaig accedir, i vaig considerar que allà s'acabaria tot. Però no va ser així.

Va fer un sospir.

—Després de tornar a Boston, vaig rebre una trucada d'una persona que havia llegit el meu article. Em va enviar la segona carta, una carta que ella també havia trobat ja feia uns quants anys. Després de llegir-la, em vaig quedar intrigada, però tampoc aquesta vegada no vaig pensar que tingués cap més transcendència.

Va fer una pausa.

—¿Has sentit a parlar mai de la revista *Yankee*?

—No.

—És una revista regional. No és gaire coneguda fora de Nova Anglaterra, però hi publiquen algunes històries interessants. Per aquesta revista vaig tenir notícia de la tercera carta.

Garrett la va mirar amb sorpresa.

—¿En parlaven a la revista?

—Sí. Vaig esbrinar qui era l'autor de l'article, i ell em va enviar la tercera carta, i..., bé, la curiositat es va apoderar de mi. Tenia tres cartes, Garrett, no solament una sinó tres, i totes em semblaven tan commovedores com la primera. De manera que, amb l'ajut de la Deanna, vaig poder saber qui eres i vaig venir aquí per coneixe't.

Theresa va somriure tristament.

—Sé que sona com tu ho vas dir..., que era una mena de fantasia..., però no va ser així. Jo no vaig venir aquí per enamorar-me de tu. No vaig venir per escriure un article. Vaig venir per veure qui eres, i res més. Volia conèixer la persona que escrivia aquelles cartes tan boniques. Vaig anar al moll i et vaig trobar. Vam parlar, i llavors, si te'n recordes, em vas invitar a navegar. Si no ho haguessis fet, segurament me n'hauria tornat a casa aquell mateix dia.

Garrett no sabia què dir. Theresa va allargar el braç i va col·locar suaument la mà sobre la d'ell.

—Però, ¿saps una cosa? Aquella nit ens ho vam passar bé, i jo vaig adonar-me que volia tornar-te a veure. No a causa de les cartes, sinó per la forma com m'havies tractat. I a partir d'allí tot es va anar produint naturalment. Després d'aquella primera trobada, res del que s'ha esdevingut entre nosaltres no formava part de cap pla. Simplement ha succeït.

Ell restà callat uns moments, tot contemplant les cartes.

—¿Per què no me'n vas parlar, de les cartes? —va demanar.

Ella es va prendre el seu temps abans de contestar.

—Hi havia vegades que volia fer-ho, però..., no ho sé..., suposo que em convencia a mi mateixa que la forma en què ens havíem conegut no tenia cap importància. L'única cosa que importava era que ens enteníem bé. —Va fer una pausa, sabent que hi havia alguna cosa més—. D'altra banda, no creia que m'entenguessis. I no et volia perdre.

—Si m'ho haguessis explicat abans, ho hauria entès.

Ella l'observava atentament mentre ell parlava.

—¿Segur, Garrett? ¿Realment ho hauries entès?

Garrett va comprendre que aquell era el moment de la veritat. En veure que ell no responia, Theresa va sacsejar el cap i apartà la mirada.

—Ahir a la nit, quan em vas demanar que vingués a viure aquí, no vaig accedir de seguida perquè temia el motiu pel qual m'ho demanaves. —Va titubejar—. Necessitava estar segura que em volies a mi, Garrett. Necessitava tenir la seguretat que m'ho demanaves per nosaltres, i no perquè fugies d'alguna cosa. Suposo que volia que em convencessis quan vaig tornar de comprar el vi. Però, en comptes d'això, vas descobrir les cartes...

Theresa es va arronsar d'espatlles, i va afegir amb veu més dolça:

—En el fons, suposo que ja ho sabia, però volia creure que tot es resoldria.

—¿A què et refereixes?

Ella no va contestar directament.

—Garrett..., no és que no cregui que m'estimes, perquè sé que realment m'estimes. I això és el que fa que tot resulti tan difícil. Sé que m'estimes, i jo també t'estimo a tu... i si les circumstàncies fossin unes altres, potser ho podríem superar, tot això. Però en aquests moments, no crec que puguem. No crec que estiguis preparat.

Garrett va sentir com si li haguessin clavat un cop de puny a l'estómac. Ella el va mirar directament als ulls.

—No sóc cega, Garrett. Sé per què et quedaves callat de vegades quan estàvem junts. I sé per què volies que vingués a viure aquí.

—Era perquè et trobava a faltar —va exclamar ell.

—Això en part..., però no ho és tot —va replicar Theresa, tot fent una pausa per contenir les llàgrimes, i la veu se li va trencar—: També és a causa de la Catherine.

Es va passar la mà per la comissura dels ulls, per eixugar una llàgrima, disposada a no deixar-se abatre.

—Quan me'n vas parlar per primera vegada, vaig veure la cara que feies..., era evident que encara l'estimaves. I anit, a desgrat de l'enuig, vaig tornar a veure que tenies la mateixa expressió. A pesar de tot el temps que hem passat junts, tu encara no has superat la seva pèrdua. I després..., les coses que vas dir... —Va respirar fondo, amb un sanglot—. Estaves enfadat no solament perquè havia trobat les cartes, sinó perquè senties que jo era com una amenaça per a tot allò que tu i la Catherine havíeu compartit... i que encara perdura.

Garrett va desviar la mirada, sentint l'eco de l'acusació del seu pare. Ella va tornar a acariciar-li la mà.

—Tu ets com ets, Garrett. Ets un home que estima profundament, però també ets un home que estima per sempre. Per molt que m'estimis a mi, no crec que arribis a oblidar la Catherine, i jo no puc passar-me la vida preguntant-me si estic a la seva altura.

—Això ho podem resoldre —va començar a dir ell amb veu ronca—. Vull dir que... jo ho puc resoldre. Sé que pot ser diferent...

Theresa el va interrompre estrenyent-li breument la mà.

—Sé que tu ho creus així, i una part de mi mateixa també ho vol creure. Si en aquest moment m'abracessis i em preguessis que em quedés, estic segura que accediria, perquè has aportat a la meva vida una cosa que feia molt de temps que em faltava. I continuaríem de nou com fins ara, creient que tot estava bé... Però no seria així, ¿comprens? Perquè la pròxima vegada que tinguéssim una discussió... —Va callar—. Jo no puc competir amb ella. I per molt que jo vulgui que la nostra relació perduri, no puc fer-hi res, perquè tu no pots.

—Però jo t'estimo.

Ella va somriure dolçament. Deixant-li anar la mà, li va acariciar la galta.

—Jo també t'estimo, Garrett. Però de vegades no n'hi ha prou d'estimar.

Garrett va romandre callat, pàl·lid com un mort. En el perllongat silenci que es va establir entre ells dos, Theresa es va posar a plorar.

Inclinant-se sobre ella, Garrett la va rodejar amb els braços, sense força. Va deixar reposar la galta contra els seus cabells, mentre ella enfonsava la cara en el seu pit, amb el cos sacsejat pels sanglots. Va passar una llarga estona abans que Theresa s'eixugués les llàgrimes i s'apartés d'ell. Es van mirar, i l'esguard de Garrett va reflectir una imploració muda. Ella va sacsejar el cap.

—No em puc quedar, Garrett. Per molt que ho desitgem, no puc.

Els mots el van colpir durament. De sobte, Garrett va sentir que li rodava el cap.

—No... —va balbotejar.

Theresa va restar immòbil, sabent que se n'havia d'anar abans no perdés la fermesa. A fora, va retrunyir un tro. Al cap d'alguns segons, començaren a caure gotes, un lleuger ruixim.

—Me n'he d'anar.

Es va penjar la bossa a l'espatlla i es va encaminar cap a la porta. Per un moment, Garrett es va quedar massa atuït per poder-se moure.

Per fi, mig atordit, es va aixecar i la va seguir fins a la porta. Ara ja plovia intensament. El cotxe de lloguer era aparcat al camí d'entrada. Garrett va observar com ella obria la porta, sense saber què dir.

Asseguda dins el cotxe, Theresa va forfollejar amb la clau un moment, fins que la va introduir al contacte. Va fer un lleu somriure forçat mentre tancava la porta. A desgrat de la pluja, va abaixar el vidre per veure'l més clarament. Tot girant la clau, va sentir que s'engegava el motor. Es van mirar fixament mentre el cotxe roncava al camí d'entrada.

L'expressió de Garrett mentre la mirava va abatre totes les defenses de Theresa, la seva fràgil resolució. Durant un breu instant, es va penedir de tot. Hauria volgut explicar-li que no sentia el que havia dit abans, que encara l'estimava, que la seva relació no podia acabar d'aquella manera. Seria fàcil de fer, tot s'arreglaria...

Però per molt que ho desitjava, no trobava les forces per expressar-ho amb paraules.

Garrett va avançar una passa cap al cotxe. Theresa va fer un gest amb el cap per aturar-lo. Allò ja era prou dolorós.

—Et trobaré a faltar, Garrett —va mussitar, sense saber si ell podia sentir-la.

Va posar la marxa enrere.

La pluja va començar a ser més forta: queien unes gotes grosses i fredes d'una tempesta d'hivern.

Garrett estava immòbil.

—T'ho prego —va dir, embarbussadament—, no te'n vagis.

Parlava en veu baixa, quasi ofegada pel soroll de la pluja.

Ella no va contestar.

Sabent que es tornaria a posar a plorar si es quedava més temps, va apujar el vidre de la finestreta. Mirant per sobre l'espatlla, va començar a sortir del camí d'entrada en marxa enrere. Garrett va posar la mà sobre la capota quan el cotxe es posava en marxa, i els seus dits van lliscar per la superfície molla mentre el vehicle reculava lentament. Al cap d'un instant, el cotxe ja era a la calçada, a punt d'arrencar, amb els netejaparabrises oscil·lant d'un costat a l'altre.

Amb sobtada ànsia, Garrett va sentir que l'última oportunitat se li escapava de les mans.

—Theresa —va cridar—, espera!

Amb la pluja caient insistentment, ella no el va sentir. El cotxe ja havia superat la fi de la casa. Garrett va córrer fins al capdavall del camí d'entrada, tot agitant els braços per cridar-li l'atenció. Aparentment, ella no se'n va adonar.

—Theresa! —va cridar ell de nou.

Ara es trobava al bell mig del carrer, corrent darrere el cotxe, xipollejant en els tolls que ja s'havien començat a formar. Els llums de fre van titil·lar un segon i tot seguit van quedar encesos mentre el vehicle s'aturava. La pluja i la boira s'arremolinaven, tot causant l'efecte d'un miratge. Garrett sabia que ella l'observava pel mirall retrovisor, i veia com ell anava guanyant distància. «Encara hi ha una possibilitat...»

De cop els llums de fre es van apagar, i el cotxe va tornar a arrencar, agafant velocitat, accelerant més de pressa aquesta vegada. Garrett va continuar corrent darrere el cotxe, provant d'atrapar-lo mentre s'allunyava carrer enllà. Va veure que el vehicle s'allunyava cada vegada més, i s'anava fent més petit. Va sentir que els pulmons li cremaven, però va continuar corrent, amb una creixent sensació de futilitat. Ara la pluja era com una cortina d'aigua, amb gotes enormes, que li amaraven la camisa i li dificultaven la visió.

Per fi va disminuir el pas fins a convertir-lo en un trot i després es va aturar. L'aire era dens a causa de la pluja, i ell panteixava feixugament. Tenia la camisa enganxada a la pell i els cabells caiguts sobre els ulls. Mentre la pluja queia al seu voltant, ell s'estava al mig del carrer, observant com el cotxe tombava a la cantonada i es perdia de vista.

Amb tot, no es va moure. Va romandre al mig del carrer una llarga estona, provant de recobrar l'alè, amb l'esperança que Theresa fes mitja volta i tornés al seu costat, lamentant haver-la deixat marxar. Desitjant tenir una nova oportunitat.

«Theresa se n'ha anat.»

Al cap d'uns moments, un cotxe va tocar el clàxon al seu darrere, i Garrett va sentir que el cor li feia un salt. Es va tombar ràpidament i es va eixugar la pluja dels ulls, gairebé esperant veure el rostre de Theresa darrere el parabrisa, però de seguida va comprendre que s'equivocava. Garrett es va apartar cap a la vorera per deixar passar el cotxe, i mentre sentia la mirada intrigada del conductor clavada en ell, va adonar-se de sobte que mai no s'havia sentit tan sol.

A l'avió, Theresa es va asseure amb la bossa damunt la falda. Havia estat un dels últims passatgers a embarcar, ja que havia arribat tan sols uns quants minuts abans de partir.

Guaitant per la finestreta, contemplava la pluja que queia a bots i barrals. A sota seu, a la pista, carregaven les darreres maletes, i els mossos s'afanyaven per evitar que es mullessin excessivament. Van acabar a l'instant en què es tancava la porta de la cabina principal, i al cap d'uns moments, es retirava la rampa d'embarcament.

Era fosc, i la claror grisa només persistiria alguns minuts més. Les hostesses van fer l'últim recorregut per la cabina, per assegurar-se que l'equipatge de mà estigués col·locat adequadament al seu lloc, i després van ocupar els seus seients. Els llums de la cabina van parpellejar, i l'avió va començar a recular lentament, per girar en direcció a la pista.

La nau es va parar, esperant l'ordre de partida, en posició paral·lela a la terminal. De cua d'ull, va veure una figura solitària dreta a tocar dels finestrals de la terminal, amb les mans premudes contra el vidre.

Theresa va mirar amb més atenció. «¿Podria ser?»

No ho hauria pogut assegurar. Els vidres polaritzats de la terminal juntament amb la cortina d'aigua li dificultaven la visió. Si no hagués estat tan a prop del vidre, no hauria pogut saber que era allí.

Theresa va continuar amb els ulls clavats en la figura, amb un nus a la gola.

Fos qui fos, l'home no es movia.

Els motors rugiren i tot seguit va minvar el soroll mentre l'aparell començava a moure's lentament. Theresa sabia que només era una qüestió de minuts. La porta d'embarcament anava quedant enrere a mesura que l'avió agafava gradualment més velocitat.

«Endavant... cap a la pista... lluny de Wilmington...»

Theresa va tombar el cap, fent un esforç per donar una última ullada, però li va ser impossible de dir si aquella persona encara continuava allà.

Mentre l'avió es dirigia a la posició final, ella va continuar mirant per la finestreta, sense saber si la visió havia estat real o si havia estat fruit de la seva imaginació. L'aparell va virar bruscament, situant-se en posició, i Theresa va sentir el batzac dels motors mentre l'avió rodava per la pista, els pneumàtics brunzint fortament fins que es van separar de terra. A través de les llàgrimes, mentre l'avió s'envolava, Theresa va contemplar tot Wilmington a sota seu. Va poder destriar les platges desertes mentre hi volaven per sobre..., així com els molls..., el port esportiu...

L'avió va començar a fer el tomb, tot decantant-se lleugerament, per situar-se en direcció al nord i cap a Boston. Des de la finestreta, l'única cosa que podia veure ara era l'oceà, el mateix oceà que els havia unit.

Darrere els núvols feixucs, el sol es ponia, davallant cap a l'horitzó.

Poc abans d'endinsar-se en els núvols que velarien tot el que hi havia a sota, Theresa va posar la mà sobre el vidre i el va acariciar lleument, tot imaginant una vegada més que sentia la mà de Garrett.

—Adéu —va mussitar.

I va començar a plorar en silenci.

TRETZE

L'ANY SEGÜENT, l'hivern va arribar molt aviat. Asseguda a la platja a prop del lloc on va descobrir l'ampolla, Theresa va notar que els freds vents oceànics s'havien fet més forts des que havia arribat aquell matí. Uns ominosos núvols grisos s'anaven arraïmant al cel, i les onades començaven a encabritar-se i a petar contra la platja amb més freqüència. Theresa va comprendre que finalment s'acostava el temporal.

S'havia estat allí la major part del dia, tot revivint la relació amb Garrett fins al dia en què s'havien acomiadat, tamisant els records com si cerqués el gra de la comprensió que abans se li hagués pogut escapar. Durant l'any anterior, havia estat obsessionada per l'expressió de Garrett mentre s'estava al camí d'entrada, la seva imatge reflectida al mirall retrovisor quan perseguia el cotxe mentre ella s'allunyava de pressa. Deixar-lo al mig del carrer havia estat una de les coses més penoses que havia fet mai. Sovint somiava que feia recular el rellotge i revivia aquell dia de cap i de nou.

Per fi, es va aixecar. En silenci, va començar a caminar al llarg de la platja, desitjant que Garrett hagués estat amb ella. A ell li hauria encantat un dia tranquil i núvol com aquell, i se l'imaginava caminant al seu costat mentre ella contemplava l'horitzó. Es va aturar, hipnotitzada per l'anar i venir de les onades, i quan finalment va tombar el cap, s'adonà que també l'havia abandonada la seva imatge. Va romandre una llarga estona allà plantada, tractant de fer-lo tornar, però en veure que la seva imatge no retornava, va considerar que era hora d'anar-se'n. Va començar a caminar de nou, però aquesta vegada més a poc a poc, tot preguntant-se si ell hauria endevinat el motiu que l'havia portat fins allà.

Sense voler, va advertir que els seus pensaments retornaven als dies que van seguir immediatament al del seu comiat. «Vam passar molt de temps imaginant les coses que no havíem sabut expressar», es va dir. «Si almenys», va començar a pensar per enèsima vegada, mentre les imatges d'aquells dies anaven passant darrere els seus ulls com una projecció de diapositives que ella no podia parar.

«Si almenys...»

En arribar de tornada a Boston, Theresa havia passat a buscar Kevin abans d'anar a casa des de l'aeroport. Kevin, que havia passat el dia a casa d'un amic, li va explicar la pel·lícula que havia vist, sense tenir en compte que la seva mare amb prou feines l'escoltava. Quan arribaren a casa, Theresa va demanar una pizza, i van menjar a la sala d'estar amb el televisor engegat. En acabar, va sorprendre Kevin demanant-li que es quedés una estona amb ella en comptes d'anar a fer els deures. Mentre el noi es quedava callat recolzat contra ella al sofà, de tant en tant li clavava una mirada ansiosa, però la seva mare es limitava a acariciar-li els cabells i a somriure-li distretament, com si estigués molt distant.

Després, quan Kevin ja se n'havia anat al llit i ella va suposar que ja s'havia adormit, Theresa es va posar el pijama i es va servir una copa de vi. Quan s'encaminava cap al dormitori, va desconnectar el contestador del telèfon.

Dilluns va anar a dinar amb Deanna i li va contar tot el que havia passat. Va mirar de fer el cor fort. Això no obstant, Deanna li va tenir la mà agafada tota l'estona, mentre l'escoltava atentament i amb prou feines va obrir la boca.

—És pel bé de tots dos —va dir Theresa resoludament en acabar—. Em sento bé amb aquesta decisió.

Deanna li va clavar una mirada escrutadora, amb els ulls prenyats de compassió. Però no va dir res, i es va limitar a brandar el cap davant les valentes manifestacions de Theresa.

Durant els dies següents, Theresa va fer un esforç per no pensar en ell. Trobava reconfortant treballar en la seva columna. Concentrar-se en la recerca i anar-ho bolcant en paraules li exigia tota l'energia mental que posseïa. L'ambient febril de la sala de redacció també l'ajudava, i com que la reunió amb Dan Mandel havia resultat tal com Deanna li havia promès que seria, Theresa encarava la seva tasca amb entusiasme renovat, preparant dos o tres articles diaris, molt més ràpidament que no els havia escrit mai.

Als vespres, però, després que Kevin se n'anava a dormir i ella es quedava sola, li resultava difícil de mantenir la imatge d'ell a ratlla. Recorrent als seus hàbits de treball, mirava de concentrar-se en altres feines. Durant els vespres següents va netejar la casa de dalt a baix: va fregar els terres, va netejar la nevera, va passar l'aspiradora i va treure la pols de l'apartament, i va reordenar els armaris. No va quedar res sense tocar. Fins i tot va revisar els calaixos per separar-ne les peces de roba que ja no es posaria mai més, amb el propòsit de fer-ne donació a alguna institució de beneficència. Després de ficar-les en una caixa, la va portar al cotxe i la va carregar al darrere. Aquella nit es va passejar per l'apartament, buscant alguna cosa més —qualsevol cosa— que calgués fer. Per fi, veient que havia acabat però que igualment no podia dormir, va engegar el televisor. Mentre passava d'un canal a l'altre, va parar en veure que entrevistaven Linda Ronstadt al programa *Tonight*. A Theresa sempre li havia encantat la música, però quan després Linda es va acostar al micròfon per interpretar una balada romàntica, Theresa es va posar a plorar. I no va parar durant ben bé una hora.

Aquell cap de setmana, ella i Kevin van anar a veure els Patriots de Nova Anglaterra jugant contra els Bears de Chicago. Kevin havia insistit per anar-hi tan bon punt acabés la temporada de futbol, i ella per fi va accedir a acompanyar-lo, tot i que no hi entenia ni un borrall, en aquell joc. Van seure a les grades, i l'alè es condensava tan bon punt sortia de la seva boca a causa del fred, mentre prenien xarop de xocolata calent i animaven l'equip local.

Després, quan van anar a sopar, Theresa va explicar a Kevin, a contracor, que ell i Garrett ja no es tornarien a veure mai més.

—Mare, ¿va passar alguna cosa quan vas anar a veure en Garrett l'última vegada? ¿Va fer alguna cosa que no et va agradar?

—No —va contestar ella, en veu baixa—, no va fer res. —Va titubejar abans de desviar la vista—. Simplement, no havia de ser.

Per bé que Kevin es va quedar aparentment desconcertat per aquella resposta, era la manera que ella va trobar més adequada per explicar-ho en aquell moment.

En un moment donat de la setmana següent, Theresa estava treballant davant el seu ordinador i va sonar el telèfon.

—¿Parlo amb la Theresa?

—Sí, sóc jo —va contestar ella, sense reconèixer la veu.

—Sóc en Jeb Blake..., el pare d'en Garrett. Sé que li semblarà estrany, però voldria parlar amb vostè.

—Ah, ¿com va? —va quequejar—. Hum..., ara disposo d'alguns minuts.

Ell va fer una pausa.

—Voldria parlar amb vostè personalment, si fos possible. No em sentiria còmode parlant-ne per telèfon.

—¿Puc preguntar de què es tracta?

—És sobre en Garrett —va fer ell, en veu baixa—. Sé que és demanar molt, però ¿li sembla que podria venir fins aquí? No l'hi demanaria si no fos important.

Havent accedit finalment a anar-hi, Theresa va plegar i va passar per l'escola de Kevin. Després, el va deixar a casa d'un amic en els pares del qual podia confiar, tot explicant-li que segurament seria uns quants dies fora. Kevin va provar de saber alguna cosa més sobre aquell viatge sobtat, però la reacció de la seva mare li va fer comprendre que l'explicació dels motius vindria més endavant.

—Records de part meva —va dir, en fer-li un petó de comiat.

Theresa es va limitar a assentir amb el cap, i se'n va anar a l'aeroport per agafar el primer vol que li fos possible. Un cop a Wilmington, va anar directament a casa de Garrett, on Jeb l'esperava.

—Celebro que hagi vingut —va fer Jeb tan bon punt va arribar ella.

—¿Què passa? —va preguntar Theresa, recorrent l'interior de la casa amb curiositat buscant algun senyal de la presència de Garrett.

Jeb semblava més vell de com el recordava. Portant-la fins a la taula de la cuina, va treure la cadira perquè ella s'hi assegués. Parlant en veu baixa, va començar a explicar el que sabia.

—Segons he pogut esbrinar després de parlar amb diverses persones —va dir—, en Garrett va sortir amb el *Happenstance* més tard que de costum...

Era simplement una cosa que havia de fer. Garrett sabia que els núvols negres i feixucs de l'horitzó presagiaven una tempesta imminent. Amb tot, encara semblaven prou llunyans, de manera que disposaria del temps que li feia falta. A més, només s'endinsaria unes quantes milles en el mar. Si l'agafava la tempestat, seria prou a prop per poder tornar al port. Després de posar-se els guants, va menar el *Happenstance* a través de les onades altes, amb les veles en posició.

Durant tres anys, havia enfilat la mateixa ruta cada vegada que sortia a navegar, governant l'embarcació per instint i els records de Catherine. Havia estat idea d'ella anar directament cap a l'est aquella nit, la primera després que el *Happenstance* estigués a punt. Imaginàriament, Catherine volia creure que viatjaven cap a Europa, un lloc on ella sempre havia volgut anar. De vegades, tornava de la botiga amb revistes de viatges i en mirava les il·lustracions mentre ell seia al seu costat. Ella ho volia veure tot —el famós *château* de la vall del Loire, el Partenó, les terres altes d'Escòcia, la basílica del Vaticà—, tots els indrets sobre els quals havia llegit alguna cosa. Les seves vacances ideals anaven des de les més corrents fins a les més exòtiques, i variaven cada cop que agafava una revista diferent.

Però, naturalment, mai no van visitar Europa.

Aquella era una de les coses que a ell li sabien més greu. Quan rememorava la vida amb ella, comprenia que era una cosa que hauria d'haver fet. Li hauria brindat allò, almenys, i ara que hi pensava, s'adonava que hauria estat impossible. Al cap d'un parell d'anys d'estalviar, havien reunit els diners per fer el viatge i fins i tot havien fet plans, però finalment van destinar els diners a la compra de la botiga. Quan Catherine va comprovar que la responsabilitat que els imposava el negoci no els deixaria mai temps per viatjar, el seu somni va començar a esvanir-se. Cada vegada eren menys freqüents els dies que duia les revistes a casa. Al cap d'un temps ja ni en parlava, d'Europa.

La nit que van sortir a navegar amb el *Happenstance* per primera vegada, però, ell sabia que el somni de Catherine encara era viu. Ella es va situar a la proa, amb la mirada perduda a la distància, mentre agafava la mà de Garrett.

—¿Hi anirem mai? —va preguntar en veu baixa, i era aquella visió de la seva esposa la que ell sempre recordava: els cabells agitats pel vent, la seva expressió radiant i esperançada, com la d'un àngel.

—Sí —li va prometre ell—, tan bon punt disposem del temps necessari.

Encara no havia transcorregut ni un any, mentre estava embarassada, que Catherine va morir a l'hospital amb Garrett al seu costat.

Més endavant, quan van començar els somnis, ell no va saber què fer. Durant un temps va provocar d'allunyar els sentiments turmentats. Després, un matí, en un atac de desesperació, va intentar trobar alleujament expressant els seus sentiments per escrit. Es va posar a escriure ràpidament, sense parar, i la primera carta tenia gairebé cinc fulls. Aquell dia, quan va sortir a navegar, es va emportar la carta i, en rellegir-la, se li va acudir una idea. Com que el Corrent del Golf, que recorria la costa dels Estats Units en direcció al nord, acabava desviant-se cap a l'est un cop arribava a les aigües més fredes de l'Atlàntic, amb una mica de sort una ampolla podria anar a parar a Europa i recalar en aquella terra que ella sempre havia volgut visitar. Presa la decisió, va ficar la carta dins l'ampolla ben tapada i la va tirar per la borda amb l'esperança de complir d'alguna manera la promesa que havia fet. Aquella seria una pauta que ell mai no violaria.

D'ençà d'aleshores, havia escrit setze cartes més..., disset, si comptava la que ara portava a sobre. Mentre s'estava al timó, dirigint l'embarcació cap a l'est, acariciava distretament l'ampolla que duia a la butxaca de la caçadora. L'havia escrita aquell matí, tan bon punt s'havia llevat.

El cel començava a tornar-se de color de plom, però Garrett mantenia el seu rumb, en direcció a l'horitzó. Al seu costat, la ràdio crepitava amb l'advertiment de la tempesta que s'apropava. Després d'un instant de vacil·lació, la va apagar i va mirar el firmament amb esguard calculador. Va arribar a la conclusió que encara tenia temps. El vent era fort i constant, però encara era imprevisible.

Després d'escriure la carta a Catherine, n'havia escrita una segona. D'aquesta, ja se n'havia encarregat. A causa de la segona carta, però, sabia que havia d'enviar la de Catherine aquell mateix dia. Es produïen tempestes per tot l'Atlàntic, que avançaven lentament cap a l'oest en una marxa incessant cap a la costa de llevant. Segons els pronòstics que havia vist per televisió, semblava que no tindria ocasió de sortir de nou almenys durant una setmana, i això hauria representat esperar massa. Aleshores, ell ja se n'hauria anat.

La mar continuava agitada: les onades cada vegada eren més altes, i les depressions, una mica més fondes. Les veles van començar a tibar-se sota l'embat del vent constant i fort. Garrett va ponderar la seva posició. L'aigua era fonda en aquell indret, però no prou. El Corrent del Golf —un fenomen estival— ja havia passat, i l'única oportunitat que l'ampolla tenia de travessar l'oceà era que anés a parar força mar endins quan la tirés. Altrament, la tempesta podria portar-la a la platja al cap de pocs dies, i entre totes les cartes que havia escrit a Catherine, aquella era la que més desitjava que arribés a Europa. Havia decidit que seria l'última que enviaria.

A l'horitzó, els núvols oferien un aspecte amenaçador.

Es va posar l'impermeable i se'l va cordar. Quan arribés la pluja, confiava que el protegiria almenys durant una estona.

El *Happenstance* va començar a sacsejar-se a mesura que s'endinsava cap a mar obert. Garrett aferrava el timó amb totes dues mans, mantenint-lo tan estable com podia. Quan va canviar el vent i es va fer més fort —indicant que arribava el front de la tempesta—, va començar a canviar de bordada, avançant en diagonal a través de les onades a despit dels perills que això comportava. Navegar a l'orsa resultava difícil en aquelles condicions, perquè alentia la marxa, però ell s'estimava més navegar contra el vent abans que intentar canviar de bordada durant el camí de tornada si l'atrapava la tempesta.

L'esforç era esgotador. Cada vegada que movia les veles, perdia totes les energies que necessitava per no perdre el control. Tot i els guants, les mans li cremaven quan les cordes li fregaven els palmells. En dues ocasions, quan inesperadament el va atrapar una ratxa de vent, gairebé va perdre l'equilibri, i se'n va salvar tan sols perquè la ràfega va morir tan de pressa com havia nascut.

Durant ben bé una hora, va continuar navegant a l'orsa, tota l'estona observant la tempesta que s'anava congriant al seu davant. Semblava que havia minvat, però ell sabia que era una il·lusió. Arribaria a la costa al cap de poques hores. Tan bon punt trobés aigües menys fondes, la tempesta s'acceleraria, i l'oceà esdevindria innavegable. Ara, simplement anava agafant força com un obús amb espoleta lenta, preparant-se per explotar.

Garrett s'havia vist atrapat per tempestes més importants i sabia que no havia de subestimar el poder d'aquella. Al més petit descuit, l'oceà l'engoliria, i ell estava decidit a evitar-ho. Era cabut, però no estúpid. A l'instant en què pressentís que hi havia perill de debò, giraria cua i tornaria a tota velocitat al port.

Al cel, els núvols continuaven fent-se més densos, rodolant i recargolant-se tot prenent formes noves. Va començar a caure una pluja lleugera. Garrett va mirar enlaire, sabent que tot just era el començament.

—Només alguns minuts més —va mussitar.

Només necessitava uns quants minuts més...

Un llampec va fendir el firmament, i Garrett va comptar els segons abans de sentir el tro. Al cap de dos minuts i mig va ressonar per fi, tot retrunyint per sobre la immensitat de l'oceà. El centre de la tempesta es trobava amb prou feines a unes vint-i-cinc milles de distància. Per la velocitat del vent, va calcular que li quedava una hora abans no esclatés amb tota la seva força. Aleshores, planejava ser ben lluny d'allà.

La pluja continuava caient.

Va començar a fer-se fosc mentre ell avançava incessantment. A mesura que el sol davallava cap a l'horitzó, uns núvols impenetrables van barrar la claror restant, tot fent baixar ràpidament la temperatura de l'aire. Al cap de deu minuts, la pluja va començar a caure més freda i amb més força.

«Redéu!» Se li acabava el temps, però encara no havia arribat on ell volia.

Les onades semblaven créixer, l'oceà s'agitava, mentre el *Happenstance* avançava de través. Per conservar l'equilibri, Garrett va obrir-se més de cames. El timó es mantenia estable, però les onades ara van començar a venir en diagonal, i el veler es balancejava com un bressol inestable. Resoludament, Garrett continuava resistint.

Al cap d'alguns minuts, va tornar a centellejar un llampec..., pausa..., el tro. Ara, vint milles. Va consultar el rellotge. Si la tempesta avançava a aquell ritme, aniria just. Encara podria arribar a port a temps, sempre que el vent continués bufant en la mateixa direcció.

Però si el vent canviava...

La seva ment va fer prestament una composició de lloc. Es trobava a dues hores i mitja mar endins: seguint la direcció del vent, necessitaria, com a màxim, una hora i mitja per tornar al port, si tot continuava com ho havia planejat. La tempesta arribaria a la costa al mateix temps que ell.

—Redéu! —va exclamar, aquesta vegada en veu alta.

Havia de tirar l'ampolla ara, malgrat no haver arribat tan endins com ell volia. Però no es podia arriscar a anar més enllà.

Va aferrar la roda del timó, que ara vibrava, amb una mà mentre ficava l'altra a la butxaca de la caçadora i en treia l'ampolla. Va prémer el tap per assegurar-se que estava ben tapada, i tot seguit la va posar a contrallum en la poca claror que hi havia. Va poder veure la carta a l'interior, fermament enrotllada.

Mentre la contemplava, va experimentar una sensació de plenitud, com si s'hagués acabat per fi un llarg viatge.

—Gràcies —va fer amb una veu amb prou feines audible entre el fragor de les onades.

Va tirar l'ampolla tan lluny com va poder i la va seguir amb la vista fins que va caure a l'aigua. Llestos.

Ara, calia virar en rodó.

En aquell moment, dos llampecs van fendir el cel simultàniament. A quinze milles, ara. Va titubejar, amoïnat.

No podia ser que avancés tan de pressa, va pensar de sobte. Però la tempesta semblava que guanyava velocitat i força, expandint-se com un globus, avançant directament cap a ell.

Va fermar el timó amb les bagues, mentre tornava cap a popa. Tot perdent uns minuts preciosos, va bregar furiosament per mantenir la botavara en posició. Les cordes li cremaven les mans, a través dels guants. Per fi, va aconseguir canviar les veles, i l'embarcació es va decantar sensiblement quan va rebre l'envestida del vent. Mentre Garrett tornava cap al timó, una altra ratxa de vent fred va bufar d'una altra direcció.

«L'aire calent es refreda ràpidament.»

Va engegar la ràdio al moment just per sentir una advertència adreçada a les embarcacions petites. Va augmentar-ne prestament el volum, escoltant atentament el pronòstic que anunciava un canvi molt ràpid de les condicions meteorològiques.

—Repetim..., advertència a les embarcacions petites..., formació de vents perillosos..., s'esperen pluges intenses.

La tempesta anava agafant impuls.

A mesura que la temperatura baixava de pressa, els vents havien anat guanyant força perillosament. En els darrers tres minuts, s'havien intensificat fins a una velocitat constant de vint-i-cinc nusos.

Garrett es va inclinar sobre la roda del timó amb una creixent sensació d'urgència.

No va passar res.

De sobte es va adonar que la popa s'elevava fins a fora de l'aigua, i el timó no podia actuar. El veler semblava immobilitzat en la direcció errònia, mentre es balancejava precàriament. Va salvar una altra onada, i el buc va topar fortament contra l'aigua, mentre la proa gairebé s'hi enfonsava totalment.

—Va..., estabilitza't —va mussitar, mentre començava a notar les primeres punxades de pànic dins el seu estómac.

Allò durava massa. El cel s'anava posant més negre a cada moment, i la pluja començava a batre de costat en cortines denses i impenetrables.

Al cap d'un instant, per fi el timó va tocar l'aigua, i l'embarcació va començar a virar...

Lentament..., lentament..., el veler encara es decantava massa cap a un costat...

Amb horror creixent, Garrett va veure com l'oceà s'elevava al seu voltant per formar una onada gegantina i udolant que es precipitava cap a ell.

No la podria superar.

Es va aferrar fortament a la roda del timó mentre l'onada s'estavellava contra el buc, que s'elevava fora de l'aigua, amb un gran esclat d'escuma blanca. El *Happenstance* es va decantar encara més, i a Garrett li van fer figa les cames, però no va afluixar la força amb què s'aferrava al timó. Va tornar a posar-se dempeus en el precís moment en què una altra onada petava contra el veler.

L'aigua va inundar la coberta.

L'embarcació maldava per mantenir-se dreta sota l'embat dels vents, mentre avançava a gran velocitat. Durant una estona, l'aigua es va bolcar sobre la coberta amb la força d'una riuada. Aleshores, els vents van amainar de sobte durant un instant, i miraculosament el *Happenstance* va començar a redreçar-se, i el pal va quedar retallat foscament contra el cel d'ebonita. El timó va tornar a actuar en ficar-se dins l'aigua, i Garrett va fer girar la roda activament, sabent que havia de fer virar el veler tan de pressa com li fos possible.

Més llampecs. Ara la tempesta era a set milles de distància.

La ràdio crepità.

—Repeteixo..., advertència a les embarcacions petites..., s'espera que els vents assoleixin velocitats de quaranta nusos..., repeteixo..., vents de quaranta nusos, ràfegues de cinquanta...

Garrett va comprendre que corria perill. Amb vents tan forts, no tenia manera de dominar el *Happenstance*.

El veler continuava girant, sota el pes addicional i els embats violents de les onades. Ara l'aigua sota els seus peus arribava a quasi vint centímetres. Gairebé hi havia...

Un vent molt fort va començar a bufar de cop de la direcció oposada, i va aturar en sec el *Happenstance* i el va sacsejar com si fos una joguina. En el precís moment en què l'embarcació era més vulnerable, una onada grossa es va estavellar contra el buc. El pal es va decantar, apuntant cap a l'oceà.

Aquesta vegada la ratxa no va parar.

Una pluja glaçada queia de costat, tot encegant Garrett. El *Happenstance*, en comptes de redreçar-se, va tornar-se a inclinar, amb les veles xopes d'aigua de pluja. Garrett va tornar a perdre l'equilibri, i la inclinació de l'embarcació desafiava els seus esforços per posar-se dret. Si tornava a copejar-lo una altra onada...

Garrett no la va veure venir.

Talment el gest d'un botxí, l'ona va petar contra la nau amb un impuls terrible, que va obligar el *Happenstance* a caure de costat, i el pal i les veles van xocar contra l'aigua. El veler estava perdut. Garrett s'aferrava a la roda del timó, sabent que si la deixava anar, seria engolit pel mar.

El *Happenstance* va començar a omplir-se d'aigua ràpidament, tot panteixant com una enorme bèstia que s'ofegava.

Garrett havia d'abastar l'equip d'emergència, que incloïa un bot: era la seva única oportunitat. Va encaminar-se cap a la porta de la cabina, agafant-se on podia, lluitant contra la pluja que l'encegava, lluitant per la vida.

De nou, més llampecs i trons, quasi simultàniament.

Per fi va arribar a l'escotilla i va agafar el pom. No volia cedir. Desesperat, Garrett va posar els peus en posició per fer molta més força i va tornar a estirar. Quan la porta es va obrir, l'aigua es va precipitar a l'interior, i de sobte Garrett va comprendre que havia comès un greu error.

L'aigua entrava a dolls, enfosquint de cop l'interior de la cabina. Garrett de seguida va veure que l'equip, normalment fermat en una de les parets, ja es trobava sota l'aigua. Va comprendre, finalment, que res no podia evitar que l'embarcació fos engolida per l'oceà.

Dominat pel pànic, va maldar per tancar la porta de la cabina, però la força de l'aigua i la manca de suport per part seva no li ho van permetre. El *Happenstance* va començar a enfonsar-se ràpidament. Al cap d'uns quants segons, la meitat del buc ja estava submergit. La seva ment va tornar a funcionar ràpidament.

«Les jaquetes salvavides...»

Es trobaven col·locades sota els seients a prop de la popa.

Va mirar. Encara eren sobre l'aigua.

Bregant furiosament, va allargar el braç cap a les baranes del costat, els únics agafadors que encara es mantenien sobre l'aigua. Quan va poder-s'hi agafar, l'aigua li arribava al pit i les cames ja no tocaven fons. Es va maleir a si mateix, sabent que s'hauria hagut de posar la jaqueta salvavides molt abans.

Ara, tres quartes parts de l'embarcació ja eren sota l'aigua, i continuava enfonsant-se.

Avançant penosament cap als seients, anava posant una mà sobre l'altra, lluitant contra la força de les onades i obligant els seus músculs que li pesaven com si fossin de plom. A mig camí, l'aigua ja li arribava al coll, i per fi ell va comprendre que tots els seus esforços eren inútils.

No ho podria aconseguir.

Quan va deixar d'esforçar-se, l'aigua ja li arribava al mentó. Tirant el cap enrere, esgotades les forces, encara es negava a creure que acabaria d'aquella manera.

Va deixar anar la barana i va començar a nedar allunyant-se de l'embarcació. La roba i les sabates eren com un llast. Va fer unes braçades, elevant-se a la cresta de l'ona, mentre contemplava com finalment el *Happenstance* desapareixia sota la superfície de l'oceà. Aleshores, mentre el fred i el cansament començaven a insensibilitzar-lo, va tombar-se i va iniciar el lent i impossible intent d'arribar a la costa nedant.

Theresa seia amb Jeb a taula. Enraonant embarbussadament, Jeb havia trigat una llarga estona a explicar-li tot el que sabia.

Posteriorment, Theresa recordaria haver escoltat el seu relat, amb una certa sensació temorosa així com amb gran curiositat. Estava segura que Garrett havia sobreviscut. Era un mariner expert i encara un millor nedador. Era massa prudent, massa vital, per ser vençut per una situació com aquella. Si hi havia alguna persona al món capaç de salvar-se, aquesta persona era ell.

Va allargar la mà per sobre la taula per agafar la de Jeb, desconcertada.

—No ho entenc... ¿Per què va sortir si sabia que s'acostava una tempesta?

—No ho sé pas —va contestar ell, en veu baixa.

L'home li esquivava la mirada. Theresa va arrufar les celles, i l'estupor tornava irreal tot el que la voltava. Distretament, Theresa va mirar al seu entorn. Tot estava endreçat a la cuina, com si l'haguessin netejat moments abans d'arribar ella. Per la porta oberta del dormitori va veure la vànova curosament estesa sobre el llit i, cosa curiosa: a sobre hi havien col·locat dos grans rams de flors.

—No ho entenc... Ell està bé, ¿oi?

—Theresa —va dir per fi Jeb mentre se li formaven unes llàgrimes als ulls—, el van trobar ahir al matí.

—¿És a l'hospital?

—No —va contestar Jeb.

—Aleshores, ¿on és? —va demanar ella, negant-se a acceptar allò que d'alguna manera ja sabia.

Jeb no va respondre.

Va ser llavors que a Theresa li va resultar penós respirar. Començant per les mans, tot el seu cos es va posar a tremolar. «Garrett! —va pensar—. ¿Què ha passat? ¿Per què no ets aquí?» Jeb va acotar el cap perquè ella no veiés les llàgrimes, però Theresa sentia els seus sanglots ofegats.

—Theresa... —va fer ell, sense acabar la frase.

—¿On és? —va cridar ella, posant-se dreta d'un bot sota l'impuls d'una frenètica onada d'adrenalina.

Va sentir el soroll de la cadira que va caure a terra al seu darrere com si vingués de molt lluny.

Jeb se la va quedar mirant fixament en silenci. Tot seguit, amb un gest deliberat, es va eixugar les llàgrimes amb el dors de la mà.

—Ahir al matí van trobar el seu cos.

Theresa va sentir una forta opressió al pit com si s'ofegués.

—Ha mort, Theresa.

A la platja on havia començat tot, Theresa es dedicava a rememorar els esdeveniments d'un any abans.

L'havien enterrat al costat de Catherine, en un petit cementiri a prop de casa seva. Jeb i Theresa estigueren junts durant l'ofici religiós al costat de la tomba, rodejats per les persones que s'havien relacionat amb Garrett al llarg de la seva vida: amics de l'escola secundària, exalumnes de submarinisme, empleats de la botiga. Va ser una cerimònia senzilla, i tot i que es va posar a ploure quan el capellà acabava la seva homilia, aquelles persones van romandre al voltant de la tomba una bona estona més.

La vetlla es va realitzar a casa de Garrett. D'un a un, van anar arribant els coneguts, tots oferint les seves condolences i compartint els records. Quan es van haver retirat els darrers, deixant Jeb i Theresa sols, Jeb va treure una capsa de l'armari i li va demanar que segués amb ell mentre en revisaven el contingut plegats.

A la capsa hi havia centenars de fotografies. Al llarg de les hores següents, Theresa va veure passar per davant els seus ulls la infància i l'adolescència de Garrett: totes les peces que faltaven de la seva vida i que ella s'havia intentat imaginar. Després, hi havia les fotografies dels anys posteriors: els actes de graduació de l'escola secundària i de la universitat; la restauració del *Happenstance*; Garrett davant la botiga remodelada abans de ser oberta al públic. Theresa va veure que el seu somriure no canviava en cap de les fotos. Somrient amb ell, Theresa va observar que tampoc no canviava la roba que duia. A menys que la foto hagués estat feta en una ocasió especial, de la primera infància endavant, feia l'efecte que Garrett sempre anava vestit de la mateixa manera: amb texans o pantalons curts, una camisa esportiva i unes nàutiques sense mitjons.

Hi havia dotzenes de fotografies de Catherine. De primer, Jeb va semblar una mica incòmode en veure-les, però curiosament a Theresa no li van causar cap efecte. No sentia ni tristesa ni ira en veure-les. Simplement, formaven part d'una altra època de la vida de Garrett.

Aquell vespre, mentre miraven les últimes fotografies, Theresa va veure el Garrett del qual s'havia enamorat. Una instantània en particular li va cridar l'atenció, i la va contemplar durant una llarga estona. En advertir la seva expressió, Jeb li va explicar que l'havien feta el Dia de la Commemoració dels que van morir durant la Guerra Civil, unes quantes setmanes abans que l'ampolla anés a recalar a Cape Cod. Garrett hi apareixia dret a la coberta de popa, i es veia si fa no fa talment com la primera vegada que ella havia anat a casa seva.

Quan per fi va poder deixar-la sobre la taula, Jeb la va agafar amb molta cura.

L'endemà al matí, Jeb li va donar un sobre. En obrir-lo, va veure que li havia regalat la foto, juntament amb d'altres. Amb les fotos hi havia les tres cartes que havien possibilitat que Theresa i Garrett es coneguessin personalment.

—M'ha semblat que les voldria tenir.

Massa emocionada per poder contestar, Theresa va assentir amb el cap en un agraïment silenciós.

Theresa no podia recordar gran cosa dels primers dies que va passar en tornar a Boston, i retrospectivament comprenia que, en realitat, tampoc no ho volia. Recordava que Deanna l'esperava a l'aeroport de Logan quan l'avió va aterrar-hi. Després de mirar-li la cara, Deanna de seguida va telefonar al seu marit, per demanar-li que li portés algunes peces de roba a casa de Theresa, perquè tenia intenció d'estar-s'hi uns quants dies. Theresa es va passar la major part del temps al llit, i ni tan sols es prenia la molèstia de llevar-se quan Kevin arribava de l'escola.

—¿Es posarà bé, la mare? —preguntava Kevin.

—Necessita un temps per refer-se, Kevin —contestava Deanna—. Sé que és penós per a tu, també, però ja passarà.

Els somnis de Theresa, quan va poder recordar-los, eren fragmentats i desorientadors. Sorprenentment, Garrett no hi apareixia mai. Ella no sabia si era una mena de mal averany o si ni tan sols podia atribuir-li cap significat. En el seu atordiment, li resultava difícil de pensar clarament, i es ficava al llit molt d'hora i s'hi quedava, arraulida en la fosca alleujadora tant de temps com podia.

De vegades, en despertar-se, experimentava durant una fracció de segon una sensació d'irrealitat en què tot plegat semblava un terrible error, massa absurd per haver ocorregut realment. Durant aquella fracció de segon, tot tornava a ser com havia de ser. Feia un esforç per sentir el soroll que feia Garrett a l'apartament, segura que el llit buit significava tan sols que ja s'havia llevat i era a la cuina, prenent cafè i llegint el diari. Al cap d'un moment, ella s'asseuria a taula amb ell i brandant el cap diria: «He tingut un somni horrorós...»

L'únic record que conservava d'aquella setmana era la necessitat de comprendre com podia haver succeït tot allò. Abans de marxar de Wilmington, va fer prometre a Jeb que li telefonaria si mai sabia alguna cosa més sobre els motius que havia tingut Garrett per sortir aquell dia amb el *Happenstance*. Per un curiós efecte de la raó, creia que si en coneixia els detalls —el perquè—, d'alguna manera s'alleugeriria el seu dolor. Es negava a creure que Garrett hagués sortit a l'encontre de la tempesta sense pensar tornar. Cada vegada que sonava el telèfon, les seves esperances donaven ales a l'expectativa de sentir la veu de Jeb. «Ja ho entenc —s'imaginava que deia ella—. Sí..., comprenc. Això té sentit...»

Com és natural, en el fons, ella sabia que això no succeiria mai. Aquella setmana, Jeb no va telefonar per donar una explicació, ni tampoc la resposta no li va arribar en un moment de contemplació. No; la resposta finalment va arribar d'un lloc que ella mai no s'hauria imaginat.

Al cap d'un any, a la platja de Cape Cod, Theresa reflexionava sense amargura sobre el tomb dels esdeveniments que l'havien portat a aquell indret. Sentint-se finalment preparada, Theresa va ficar la mà dins la bossa. Després de treure'n l'objecte que hi duia, se'l va quedar mirant, tot revivint l'hora en què finalment havia arribat la resposta que ella esperava. A diferència dels records dels dies immediatament posteriors al seu retorn a Boston, aquest encara es mantenia infrangiblement clar.

Després d'anar-se'n Deanna, Theresa havia provat de restablir una mena de rutina. Per culpa de la confusió de la darrera setmana, havia ignorat els aspectes de la vida que, a desgrat de tot, havia prosseguit. Mentre Deanna l'havia ajudat a atendre Kevin així com la casa, ella simplement havia deixat que s'anés acumulant la correspondència en un racó del menjador. Una nit, després de sopar, mentre Kevin era al cinema, Theresa va començar a revisar distretament la pila de correspondència.

Hi havia una dotzena de cartes, tres revistes i dos paquets. Un dels paquets va veure que corresponia a un regal que havia seleccionat d'un catàleg per a l'aniversari de Kevin. El segon, però, estava embolicat amb paper marró sense remitent.

Aquell segon paquet era llarg i rectangular, i tancat amb cinta adhesiva. Duia dues etiquetes de «Fràgil» —una a tocar de l'adreça i l'altra al costat oposat del paquet—, i una altra que deia: «Manipuleu-lo amb cura». Com que sentia curiositat, va decidir d'obrir-lo en primer lloc.

Va ser aleshores quan es va fixar que el mata-segells era de Wilmington, Carolina del Nord, amb la data de quinze dies enrere. De seguida va examinar l'adreça escrita a mà a la part del davant.

Era la lletra de Garrett.

—No...!

Theresa va deixar el paquet, sentint de sobte un nus a l'estómac.

Va buscar unes tisores al calaix i amb mà tremolosa va tallar la cinta, tot estirant curosament el paper mentre ho feia. Ja sabia el que hi trobaria a dins.

Després de treure'n l'objecte i de comprovar que no hi havia res més a dins el paquet, va voler desenrotllar l'embolcall protector de bombolles d'aire, però estava tan ben tancat amb la cinta adhesiva, que no va tenir més remei que tornar a fer servir les tisores. Per fi, després de treure'n aquell embolcall, va deixar l'objecte sobre la taula i es va quedar un moment mirant-lo fixament, sense poder-se moure. Quan el va alçar per observar-lo amb més bona llum, s'hi va veure reflectida.

L'ampolla duia un tap, i a dins hi havia la carta enroscada. Després de destapar-la —el tap no l'havia ficat fins a dins de tot—, Theresa la va capgirar, i la carta va caure fàcilment. Com la carta que havia trobat uns quants mesos enrere, estava lligada amb una cinta. La va deslligar amb molta cura.

Era escrita amb ploma estilogràfica. A l'angle superior dret hi havia el gravat d'un veler antic, amb les veles onejant al vent.

Estimada Theresa,

¿Pots perdonar-me?

Va deixar la carta sobre l'escriptori. Li feia mal la gola, i li resultava difícil respirar. El llum del sostre convertia en un prisma estrany les llàgrimes no vessades. Va agafar un mocador de paper i es va eixugar els ulls. Tot asserenant-se, va tornar a començar la lectura de la carta.

¿Pots perdonar-me?

En un món que rares vegades comprenc, hi ha vents del destí que bufen quan menys ens ho esperem. De vegades, tenen la fúria d'un huracà; de ve-

gades, amb prou feines ens acaronen la galta. Però els vents no es poden negar, i porten sovint un esdevenidor que resulta impossible d'ignorar. Tu, amor meu, ets el vent que jo no vaig poder preveure, el vent que ha bufat amb molta més força del que jo havia imaginat mai que fos possible. Tu ets el meu destí.

Estava equivocat, molt equivocat, en no voler veure allò que era obvi, i et prego que em perdonis. Com un viatger cautelós, vaig provar de protegir-me del vent i, a canvi, vaig perdre l'ànima. Vaig ser un imbècil de no voler acceptar el meu destí, però fins i tot els imbècils tenen sentiments, i he arribat a comprendre que tu ets la persona més important que tinc en aquest món.

Sé que no sóc perfecte. He comès més errors durant els darrers mesos que en tota la meva vida. Estava equivocat en actuar com ho vaig fer quan vaig descobrir les cartes, de la mateixa manera que estava equivocat en ocultar la veritat sobre la pena que m'aclaparava respecte al meu passat. Quan et vaig perseguir mentre tu t'allunyaves amb el cotxe carrer avall i quan vaig observar com t'allunyaves a l'aeroport, vaig comprendre que hauria d'haver intentat aturar-te amb totes les meves forces. Però, sobretot, estava equivocat en negar allò que era obvi dins el meu cor: que no puc viure sense tu.

Tu tenies raó en tot. Quan érem a la cuina, vaig mirar de negar les coses que tu deies, fins i tot quan jo sabia que eren veritat. Com aquell que només mira enrere en un viatge a través del país, no vaig veure el que tenia al davant. Em vaig perdre la bellesa d'una sortida de sol imminent, la meravella de la il·lusió que torna la vida digna de ser viscuda. Vaig cometre un error en això, producte de la meva confusió, i voldria haver-ho comprès abans.

Ara, però, amb la mirada posada en el futur, veig la teva cara i sento la teva veu, convençut que aquest és el camí que he de seguir. Desitjo profundament que em donis una nova oportunitat. Com deus haver endevinat, espero que aquesta ampolla exerceixi la seva màgia, tal com va fer en una altra ocasió, i que d'alguna manera torni a unir-nos.

Durant els primers dies després de marxar tu, volia creure que podria tirar endavant com sempre. Però no vaig poder. Cada vegada que contemplava la posta de sol, pensava en tu. Cada vegada que passava pel costat del telèfon, esperava la teva trucada. Fins i tot quan sortia a navegar, només podia pensar en tu i en els moments meravellosos que vam viure. Sabia en el fons del meu cor que la meva vida ja no tornaria a ser mai més com abans. Desitjava que tornessis, més del que mai hauria imaginat que fos possible; amb tot cada vegada que conjurava la teva imatge, continuava sentint les teves paraules de la nostra última conversa. Per molt que t'estimés, sabia que no seria possible a menys que nosaltres —tots dos— estiguéssim segurs que jo em lliuraria plenament al nou camí que s'obria al meu davant. Aquestes idees van continuar turmentant-me fins que ahir a la nit, per fi, em va arribar la resposta. Confio que, després que t'ho hagi explicat, significarà tant per a tu com va significar per a mi:

Al meu somni, em veia a mi mateix a la platja amb la Catherine, al mateix lloc on et vaig portar després de dinar al Hank's. Feia un dia esplèndid, la sorra reflectia els rajos brillants del sol. Mentre caminàvem l'un al costat de l'altre, ella escoltava amb atenció el que jo li explicava sobre tu, sobre nosaltres, sobre els moments meravellosos que havíem compartit. Per fi, després de certa vacil·lació, jo reconeixia que t'estimava, però que això em causava un sentiment de culpa. Ella no deia res de moment, sinó que es va limitava a continuar caminant fins que finalment es tombava de cara a mi i em preguntava: «¿Per què?»

«Per tu.»

En sentir la meva resposta, em va somriure amb paciència, tal com solia fer abans de morir.

«Oh, Garrett!», va exclamar finalment mentre m'acariciava suaument la cara. «¿Qui et penses que va portar l'ampolla fins on era ella?»

Theresa va deixar de llegir. El lleu botzineig de la nevera semblava el ressò dels mots de la carta:

«¿Qui et penses que va portar l'ampolla fins on era ella?»

Tot reclinant-se contra el respatller, Theresa va tancar els ulls, mentre intentava contenir les llàgrimes.

—Garrett —va mussitar—. Garrett...

Per la finestra, podia sentir el soroll dels vehicles que passaven pel carrer. Pausadament, va començar a llegir una altra vegada.

En despertar-me, em vaig sentir buit i sol. El somni no em va servir de consol. Més aviat em va causar un dolor intern a causa del que jo havia fet i em vaig posar a plorar. Quan finalment em vaig asserenar, vaig saber què era el que havia de fer. Amb mà tremolosa, vaig escriure dues cartes: la que ara tens a les mans, i una altra d'adreçada a la Catherine, en la qual finalment m'acomiadava per sempre. Avui, sortiré amb el Happenstance *per enviar-la-hi, tal com vaig fer amb totes les altres. Aquesta serà la meva última carta: a la seva manera, la Catherine m'ha dit que continuï vivint, i jo he decidit escoltar-la. I no només escoltar les seves paraules, sinó també els dictats del meu cor que em porten de nou als teus braços.*

Oh, Theresa, lamento de tot cor haver-te ferit. La setmana entrant vindré a Boston amb l'esperança que puguis trobar la manera de perdonar-me. Potser ja he fet tard. No ho sé.

Theresa, t'estimo i sempre t'estimaré. Estic cansat d'estar sol. Veig la canalla que crida i riu mentre juguen a la platja, i m'adono que desitjo tenir fills amb tu. Vull veure com en Kevin es converteix en un home. Vull agafar-te la mà i veure't plorar quan finalment es casi; vull besar-te quan els seus somnis es facin realitat. Si m'ho demanes, vindré a viure a Boston, perquè no puc continuar així. Estic trist i abatut perquè no et tinc. Assegut aquí, a la cuina, prego que em deixis tornar al teu costat, aquesta vegada per sempre.

Garrett.

S'havia fet fosc, i el cel gris s'anava tornant negre ràpidament. Si bé Theresa havia llegit la carta un miler de vegades, encara li provocava la mateixa sensació que havia experimentat quan la va llegir per primer cop. Durant l'últim any, aquella sensació l'havia perseguit en tots els moments que estava desperta.

Asseguda a la platja, va intentar una vegada més imaginar-se Garrett mentre escrivia la carta. Resseguia amb el dit les paraules, sabent que la mà del seu estimat havia tocat aquell paper. Contenint les llàgrimes, va estudiar la carta, com sempre feia després de llegir-la. En alguns punts hi veia taques, com si la ploma hagués perdut una mica de tinta mentre escrivia; aquelles marques atorgaven a la carta una aparença peculiar, que quasi denotava precipitació. Hi havia sis paraules ratllades, i ella les va observar amb especial atenció, mentre intentava endevinar què havia volgut dir. Com sempre, ho ignorava. Com moltes coses d'aquell darrer dia, era un secret que Garrett s'havia endut a la tomba. Cap al peu de la pàgina, va advertir que la lletra resultava difícil de llegir, com si hagués agafat la ploma amb molta força.

Quan va haver acabat, va tornar a enrotllar la carta i la va lligar amb molta cura amb la cinta, per conservar-la sempre en el mateix estat. La va ficar de nou dins l'ampolla i la va deixar en un costat, a tocar de la bossa. Sabia que quan arribaria a casa, tornaria a col·locar-la a sobre la calaixera, on sempre la guardava. A la nit, quan la resplendor dels fanals del carrer penetrava a la seva habitació, l'ampolla lluïa en la foscor i solia ser l'última cosa que veia abans d'adormir-se.

Tot seguit, va treure les fotos que Jeb li havia donat. Recordava que després de tornar de Boston, les havia mirat d'una a una. Quan començaren a tremolar-li les mans, les va desar a la calaixera i no les havia tornat a mirar més.

Ara, però, les va anar passant, i en va trobar una que havia estat feta al porxo del darrere. Mentre la contemplava, anava recordant totes les coses que el caracteritzaven: la manera de moure's, el somriure fàcil, les arrugues de les comissures dels ulls... Potser l'endemà, es va dir, buscaria el negatiu i en faria fer una còpia, una ampliació que pogués posar en un marc sobre la tauleta de nit, tal com ell tenia la fotografia de Catherine. Aleshores, va somriure tristament, mentre comprenia que no ho portaria a terme. Les fotos tornarien al calaix on havien estat, a sota dels mitjons i al costat de les arracades de perles que li havia regalat la seva àvia. Li resultaria massa dolorós veure el seu rostre cada dia, i ella encara no estava preparada per poder-ho suportar.

D'ençà de l'enterrament, s'havia mantingut esporàdicament en contacte amb Jeb: li trucava de tant en tant per saber com estava. La primera vegada que li va telefonar, li va explicar el que ella havia pogut saber sobre els motius pels quals va sortir amb el *Happenstance* aquell dia, i tots dos van acabar plorant mentre parlaven per telèfon. A mesura que van anar transcorrent els dies, però, va arribar un moment en què ja podien esmentar el seu nom sense llàgrimes, i Jeb es posava a descriure els records que conservava de Garrett quan era petit o li explicava les coses que Garret li havia dit sobre ella durant les llargues separacions.

Al juliol, Theresa i Kevin van viatjar a Florida i van practicar submarinisme als Cayos. L'aigua, com a Carolina del Nord, era càlida, però molt més clara. S'hi van estar vuit dies, i cada matí anaven a capbussar-se, i a la tarda, s'estaven descansant a la platja. Durant el viatge de tornada a Boston, van decidir que ho repetirien l'any següent. Per al seu aniversari, Kevin va demanar una subscripció a una revista de submarinisme. Curiosament, el primer número contenia un article sobre els vaixells afonats a la costa de Carolina del Nord, incloent-hi el que reposava en aigües somes i que havien visitat amb Garrett.

Si bé havia tingut proposicions, Theresa no havia sortit amb ningú més des de la mort de Garrett. La gent de la feina, amb excepció de Deanna, intentava repetidament d'engrescar-la amb diversos homes. Tots eren descrits com a ben plantats i com un bon partit, però ella rebutjava cortesament totes les invitacions. De tant en tant, sentia les murmuracions dels seus col·legues: «No entenc per què no en vol saber res», o bé: «Encara és una dona jove i atractiva.» D'altres, que demostraven ser més comprensius, simplement remarcaven que amb el temps es refaria.

Tres setmanes després, va ser una trucada de Jeb la que va fer-la tornar a Cape Cod. Quan va sentir la seva veu dolça, suggerint-li que era hora de tirar endavant, els murs que ella havia construït van començar a enrunar-se. Es va passar la major part de la nit plorant, però l'endemà al matí ja sabia el que havia de fer. Va fer els passos necessaris per tornar a Cape Cod, cosa bastant fàcil ja que era fora de temporada. I va ser aleshores quan va començar finalment la curació de les seves ferides.

Mentre s'estava a la platja, es preguntava si devia veure-la algú. Va mirar d'un costat a l'altre, però la platja era deserta. Tan sols el mar semblava estar en moviment, i es va sentir atreta per la seva fúria. L'aigua feia l'efecte d'estar rabiosa i de ser perillosa: aquell no era el lloc romàntic que ella recordava. Es va quedar contemplant-la una llarga estona, pensant en Garrett, fins que va sentir el braol d'un tro llunyà ressonant en el cel hivernal.

Va aixecar-se vent, i Theresa va tenir la sensació que la seva ment volava amb ell. ¿Per què, es va preguntar, havia acabat tot d'aquella manera? Ella no ho sabia pas. Una altra ràfega, i va sentir Garrett al seu costat, que li apartava un ble de cabells de la cara. Això era el que havia fet quan s'acomiadaren, i ella va sentir de nou el seu contacte. Hauria volgut modificar tantes coses d'aquell dia, covava tantes recances...

Ara, sola amb els seus pensaments, l'estimava. Sempre l'estimaria. Ho havia sabut des del moment en què el va veure al moll, i ara n'estava convençuda. Ni el pas del temps ni la seva mort no podien canviar els seus sentiments. Va tancar els ulls, tot enraonant-li en veu baixa.

—Et trobo a faltar, Garrett Blake —va dir, dolçament.

I durant un moment, es va imaginar que d'alguna manera ell la sentia, perquè el vent de sobte va parar i va regnar la calma.

Quan va destapar l'ampolla de vidre clar que aferrava fermament i en treia la carta que havia escrit el dia abans, la carta que havia portat allà per enviar-la, van començar a caure les primeres gotes de pluja. Després de desenrotllar-la, la va aguantar al seu davant, de la mateixa manera que ho havia fet amb la primera carta que va trobar. La poca claror regnant amb prou feines li permetia veure les paraules, però ella, tanmateix, se les sabia de memòria. En començar a llegir-la, les mans li tremolaven lleugerament.

Amor meu,

Ha passat un any des que vaig reunir-me amb el teu pare a la cuina. És més de mitjanit i per bé que les paraules em costen de sortir, no puc defugir la impressió que ja és hora que finalment respongui a la teva pregunta.

És clar que et perdono. Et perdono ara, i et vaig perdonar al moment en què vaig llegir la teva carta. Al fons del meu cor, no tenia alternativa. Deixar-te una vegada ja va ser prou penós; fer-ho un segon cop, hauria estat impossible. T'estimava massa per tornar-te a deixar. Si bé encara m'afligeixo per allò que podria haver estat, també agraeixo que arribessis a la meva vida ni que fos per un espai de temps molt breu. Al començament, vaig suposar que d'alguna manera el destí ens havia unit per ajudar-te a suportar la pena que t'acuitava. En canvi ara, al cap d'un any, he arribat a creure que era ben a l'inrevés.

Curiosament, jo em trobo en la mateixa situació que estaves tu la primera vegada que ens vam veure. Mentre escric, brego amb l'espectre d'algú que vaig estimar i que vaig perdre. Ara comprenc més plenament les penalitats per les quals passaves, i m'adono fins a quin punt et devia resultar dolorós tirar endavant. De vegades la meva pena és insuportable, i si bé comprenc que no tornarem a veure'ns mai més, hi ha una part del meu ésser que desitja aferrar-se a tu per sempre. A mi em resultaria fàcil de fer-ho ja que estimar una altra persona podria reduir els records que conservo de tu. Això no obstant, aquesta és la paradoxa: tot i que et trobo a faltar desesperadament, és per tu que no temo l'esdevenidor. Precisament perquè vas poder enamorar-te de mi, m'has donat esperança, amor meu. Tu em vas ensenyar que és possible de tirar endavant a la vida, per molt terrible que sigui el teu dolor.

I a la teva manera, em vas fer creure que el vertader amor no pot ser negat.

En aquest precís moment, no crec estar preparada, però he pres una decisió. No et culpis de res. Per tu, tinc l'esperança que arribarà un dia en què la meva tristesa serà substituïda per una cosa bella. Per tu, tinc forces per tirar endavant.

No sé si els morts poden tornar a aquesta terra i voltar per aquí sense ser vistos per aquells que els van estimar, però si poden fer-ho, aleshores sé que tu sempre seràs al meu costat. Quan escolti la remor del mar, serà que sento els mormols de la teva veu; quan una brisa m'acaroni la galta, serà el teu esperit que passa a frec. Sigui qui sigui que entri a la meva vida, tu no has desaparegut per sempre. Tu ets amb Déu, al costat de la meva ànima, guiantme cap a un futur que no puc preveure.

Això no és un comiat, amor meu, sinó un agraïment. Gràcies per haver entrat a la meva vida i haver-me brindat alegria; gràcies per estimar-me i rep el meu amor en canvi. Gràcies pels records que conservaré eternament. Però sobretot, gràcies per demostrar-me que arribarà un dia en què finalment et deixaré anar.

T'estimo.

T.

Després de llegir la carta per darrera vegada, Theresa la va enrotllar i la va ficar dins l'ampolla. La va fer girar unes quantes vegades entre les mans, sabent que el seu viatge havia descrit el cercle complet. Per fi, quan va comprendre que no podia esperar més, la va tirar tan lluny com va poder.

Va ser aleshores quan es va aixecar un vent molt fort i es va començar a dissipar la boira. Theresa va romandre callada, contemplant com l'ampolla s'allunyava flotant mar endins. I si bé sabia que era impossible, es va imaginar que l'ampolla mai no recalaria a cap platja. Viatjaria pel món eternament, passant per llocs que ella mai no coneixeria.

Quan l'ampolla va desaparèixer de la vista al cap de pocs minuts, va encaminar-se cap al cotxe. Mentre caminava sota la pluja en silenci, Theresa va somriure lleument. Ella ignorava quan o on o si mai l'ampolla arribaria a terra. Però, d'alguna manera, sabia que Garrett rebria el missatge.